문학과의식 소설동인

17인의 작품 제5집

2021

문학과의식 소설동인 작품집

신新소小설說

강송화
곽명규
김근당
김선기
김용섭
김용채
김유조
김은경
김창수
김호진
신강우
안명지
안혜숙
윤인영
이애연
전홍배
허 빈

문학의식사

　조반니 보카치오의 『데카메론』은 흑사병이 중세 유럽을
죽음의 공포로 몰아치던 때를 배경으로 태어났습니다.
　이탈리아의 피렌체에서 흑사병을 피해 한적한 별장으
로 몸을 피한 젊은 남녀 10명이 죽음의 공포와 무료를 달
래기 위해 주고받는 이야기입니다.

　지금 우리는 중세의 페스트처럼 전 세계적으로 창궐하
는 코로나19가 지배하는 팬데믹 시대를 살고 있습니다.
　코로나19는 우리 삶을 근본적으로 뒤흔들어 놓고 있습
니다. 시스템은 붕괴되고 관계는 마비되어 고립과 암울
의 동굴에 가둬놓고 있습니다.

이 작품집은 1988년 6월에 창간된 후, 척박한 문학적 환경 속에서도 33년간이나(지령 121호) 굳세게 명맥을 이어오고 있는 문예계간지《문학과의식》을 통해 등단한 작가 17명이 엮어내는 '신(新)데카메론' 입니다.

일찍이 겪어보지 못한 이 참담한 역병의 시대에, 아무쪼록 저희 작품을 통해 잠시나마 위안을 받고 무료를 달랜다면 더 바랄 것이 없겠습니다.

2021년 3월

문학과의식 소설동인회장

허 빈

차례

일러두기

1. 책에 쓰인 인명, 지명 등은 외래어표기법에 따랐으며 일부는 저자의 의도를 반영해 예외로 두었다.
2. 작가의 출간 도서명은 『 』, 등단 문학지는 《 》, 신문은 〈 〉, 발표한 글은 「 」로 표기하였다.

새로운 시작

강송화

이제라도 한 남자의 그늘에 갇힌 지
긋지긋하고 구질구질한 일상을 탈피
하는 거야. 이렇게라도 하지 않으면
남편을 원망하던 팍팍한 나의 삶이 답
답해서 질식사할지도 모르겠다는 생
각이 들었다.

다른 날과 다를 바 없는 하루. 어제
와 다른 오늘. 이제 내가 만드는 미지
의 첫 시간을 향하여 나는 용감해져야
했다.

강송화

경상남도 함양 출생

2007년 〈미주 한국일보〉 공모전 소설 부문 가작, 해외문학 신인상 단편소설 당선, 2009년 《문학과의식》 신인문학상 단편소설 당선, 2011년 11월 〈중앙일보〉 시조백일장 장원, 2012년 1월 〈중앙일보〉 시조백일장 장원, 2015년 《월간문학》 시조 신인작품상 당선

2010년 단편소설집 『구스타브쿠르베의 잠』, 2013년 단편소설집 『파도의 독법』(共著), 2014년 시집 『살아있는 기호들』(共著), 2014년 단편소설집 『기억된 상실』(共著), 2016년 스마트소설집 『네여자 세남자』(共著), 2016년 한중대표 소설선집 『에덴의 서쪽』(共著), 2017년 『한국소설』에 중편소설 「재회」발표, 2019년 《한국소설》에 단편소설 「선인장의 가시」 발표, 2019년 중단편소설집 『빨간 연극』, 2019년 한국문인협회 특별기획 : 「내 마음을 사로잡은 여행지」 「키웨스트에서 헤밍웨이를 만나다」 봄 특집

세계한인작가연합 이사, 한국소설가협회 이사, 한국문인협회, 국제펜클럽 회원

새로운 시작

　정체된 도로에서 앞차의 뒤꽁무니만 바라보고 있는 느낌이다. 요즘 남편은 매사에 짜증이다. 사소한 일에도 사사건건 트집을 잡는다. 대학 친구와 IT 계통의 사업을 한다고 했을 때 나는 필사적으로 말렸다. 하지만 결심한 것은 실행에 옮기고야 마는 남편을 더는 말릴 수가 없었다. 남편의 결정에 따라 플로리다에서 이곳 로스앤젤레스까지 왔다. 돌이켜 보면 남편이 일을 저질러 놓으면 뒷수습은 늘 내 몫이었다. 남편은 언제나 마지막이라는 말로 나를 설득시켰고 강하게 말리지 못하는 성격 탓에 결국 나는 두 손을 들고 만다.

　옥외 대형 전광판 허가를 받는 것이 보통 까다로운 게 아닌 모양이다. 설령 공사를 낙찰시켜도 의외로 많은 시간이 걸린다. 몇 백만 불 공사가 하루아침에 이뤄지지는 않겠지만, 몇 달째 미뤄지다 보면 생활에 지장이 많았다. 이번 일만 잘되면 큰 수익이 있을 거라며 조금만 더 기다리라는 남편의 말을 곧이곧대로 믿었다. 기대와 걱정으로 일 년을 버텨왔다. 달리는 자동차의 기름만큼이나 남아 있던 현금이 줄어들자 걱정은 늘어만 갔다.

　우리 부부는 예민해져 작은 일에도 충돌했다. 날 선 칼처럼 곤두선 신경전의 연속이었다. 남편이 하는 일이 마땅치 않았다. 실패할 것 같은 불안한 생각이 자꾸 들었기 때문이다.

　어느 날부터 매일 아침 신문에 나온 매물을 들여다보는 습관이 생겼다. 매물들은 큰 수익도 없으면서 엄청난 권리금이 있다는 게 놀라웠다. 고작 이삼천 불을 버는 가게가 권리금은 무려 몇 십만 불이라는 게 터무니없었다. 이런 조건에도 과연 매매가 이루어지는지 참으로 의아했다. 계산기를 아무리 두드려 수익을 계산해 봐도 투자 비례 수익이 나는지 의구심이 들었다.

남편의 사업은 어두운 터널로 향하고 있는 것 같았다. 사업에 관해 물어보면 뭐가 그렇게 궁금하냐고 퉁명스럽게 답하곤 자물쇠를 채우듯 입을 다문다. 그런 남편을 보고 있으면 괜히 무시를 당한 것 같아 온종일 기분이 엉망이다. 무심코 아내에게 던진 말 한마디가 커다란 상처가 된다는 사실을 전혀 모르는 것 같다. 이럴 때면 혼자 살고 싶다는 생각이 더욱 간절했다.

남편의 사업이 위기에 봉착했음을 느끼면서 내색은 하지 않았지만, 몹시 불안했다. 알아서 하겠지 생각하지만, 걱정이 앞서는 것은 어쩔 수가 없다.

며칠 전부터 남편과 방을 따로 쓰기 시작했다. 내가 안방으로 들어가지 않아도 왜 다른 방에서 자느냐고 묻지 않았다. 그렇다고 남편과 싸운 것도 아니다. 그저 그렇게 서로 묵언 수행을 하고 있을 뿐이다. 우리 부부는 밑바닥부터 미세한 균열이 일어나고 있었다. 남편과 나는 그것을 인식하고 있지만 별다른 변화나 의심을 하지 않고 지냈다.

나는 어렴풋이 짐작할 수 있었다. 남편이 말하지 않아도 막연한 불안감에 사로잡혀 있다는 것을, 그 불안감이 현실로 다가오고 있음을 인식하고 있었다. 남편은 실낱같은 희망을 잃지 않으려고 입을 다물고 있을 뿐이었다. 시간이 흐를수록 남편의 모습을 지켜보는 것도 서서히 지쳐갔다. 그런 날이면 친구에게 전화를 걸어 수다로 마음을 달랬다. 그나마 나의 속내를 내보일 수 있는 유일한 친구는 은정이다. 멀리 떨어져 있어도 함께한 세월만큼 우정은 두터웠다. 나의 모든 것을 알기에 언제든지 고민거리가 생기면 은정을 찾았다. 은정이는 기다렸다는 듯 전화를 받았다.

"마침 전화하려고 했었는데. 반갑다."

낙천적이고 시원한 은정의 목소리는 언제 들어도 마음을 편안하게 하는 마력이 있다.

"넌 어떻게 지내니. 난 매일 똑같애. 어제가 오늘이고 오늘이 내일이야."

"내가 전에 말하던 보석상 하는 사촌 여동생이 LA 산다고 했지. 너도 보고 싶고 해서 며칠 후 LA에 갈 거야."

"그래! 나도 보고 싶다. 우리 얼마 만에 보는 거니? 얼굴 못 본 지 일 년은 넘었지. 아무튼, 널 볼 수 있다고 생각하니 벌써부터 기다려지네."

은정이 온다고 한다. 그동안 귀찮아서 팽개쳤던 집 안을 둘러보며 응접실과 이 방 저 방 구석구석 청소기를 돌린다. 언제 청소를 했는지 기억이 흐리다. 싱크대의 물소리를 들으니 이제야 사람 사는 집 같다.

11시에 '화선지'라는 찻집에서 은정을 만나기로 했다. 도착해서 시계를 보니 이십 분이나 남았다. 처음 와보는 찻집이다. 한국의 전통 가락이 잔잔하게 흐른다. 입구 왼쪽 벽으로 다양한 다도 세트들이 진열되어 있고, 오른쪽으로는 작은 물레방아가 돌면서 물을 퍼 나른다. 홀 안에는 나지막한 나무로 된 테이블이 여러 개 놓여 있다. 나는 홀 중앙의 구석진 자리로 가서 앉았다. 한국 인사동의 좁은 골목길에 있는 전통 찻집 같은 분위기다. 오랫동안 잊고 있던 고향 집에 온 느낌이다. 모처럼 고국의 향수를 느낄 수 있어서 마음이 편안했다. 오래 기다리지 않아 은정은 동행과 함께 나타났다. 자리에 앉은 은정은 같이 온 이를 소개했다.

강송화 _ 새로운 시작 ——————

"인사해. 언니 친구야. 그리고 얘는 내 사촌 여동생 혜영이야."

"반가워요."

"안녕하세요. 두 분 오랜 친구라고 이야기 많이 들었어요."

혜영은 하얀 원피스가 잘 어울리는 미인이었다.

"은정아, 뭐 마실래? 혜영 씨도 차 주문하세요."

그러자 혜영은 시계를 보더니 일어서며 말했다.

"제가 볼일이 있어서 지금 가봐야 해요. 두 분 좋은 시간 보내세요. 언니 이 따 픽업할 때 전화해요. 그럼 먼저 실례할게요."

그녀는 인사만 나누고 가버렸다.

"무슨 일로 온 거니? 아무 일 없이 오지는 않았을 테고 말해 봐. 아까 동생 얼굴이 어둡던데."

"사실은 동생 일 때문에 왔어."

내 예감이 적중했다.

"제부가 그동안 동생 몰래 마약을 복용했나 봐."

"마약을 하려면 돈이 엄청나게 들었을 텐데?"

"그러니까 제부가 보석상을 하면서 금을 몰래 빼돌린 거야. 도매상에서 외상으로 가져온 금을 외국인들에게 덤핑으로 팔아서 그 돈으로 마약을 했나 봐. 결국, 빚더미에 앉게 되었고."

"어머! 어쩜 그런 일이. 아니 그걸 동생은 몰랐다는 거야? 마약을 하면 표가 난다고 하던데, 어떻게 감쪽같이 속일 수 있었대?"

"나도 이해는 안 가지만 그렇다고 하니 믿어야지. 다른 도매상들이 제부가 금을 녹여 되판 것을 눈치 채고 고소를 하는 바람에 뒤늦게 알게 되었다는구나. 빚이 사오십만 불이 넘는데. 지금 파산한 상태야. 가게에 있던 물건은 법원에서 이미 거둬 갔고, 가게는 노란 줄로 막아 접근금지 상태란다. 그러니 내가 뭘 어떻게 도와줄 수 있겠니."

"어떡하니. 너 아주 속상하겠구나."

"착한 아이인데, 남편 잘못 만나 인생이 저렇게 망가지는 것 같아 속상해. 게다가 제부라는 놈은 어디로 갔는지 집을 나가서 코빼기도 안 보이고 연락도 끊어지고, 결혼 전에 가족들이 제비족처럼 생겼다고 인물값 한다고 탐탁지 않게 여겼는데 결국 이런 일이……."

친구의 말을 들으면서 누구나 살면서 남모르는 일들을 많이 겪고 산다는 것을 새삼 깨달았다. 어려움을 극복하는 방법들 또한 저마다 다르겠지만, 젊은 여인이 겪는 일치곤 상당히 가혹하다는 생각이 들어 안타까웠다. 집으로 돌아와서도 은정이 한 말들이 떠올랐다. 파산, 경매라는 단어가 매우 생소하게 다가왔다.

그날 밤, 퇴근한 남편을 상냥하게 맞이했다. 그러나 남편의 표정이나 태도는 변함이 없다. 나는 민망해하며 잠자리에 들었다.

아침에 신문을 보고서야 남편이 왜 그런 태도를 보였는지 알았다. 남편이 마지막으로 희망을 걸었던 H영사관 옥외광고 입찰이 실패로 끝났던 것이다. 다른 회사로 낙찰이 되었다. 말을 안 하니 속속들이 회사 돌아가는 것은 알 수가 없었다. 신문에 난 기사를 통해 회사가 어렵다는 것을 알게 되었다. 이제 내가 뭔가를 해야 한다는 조급함이 덮쳐왔다.

은행 잔고와 카드로 융통할 수 있는 금액을 계산해 보니 이십만 불쯤 되었다. 아침에 밀쳐놓은 신문을 다시 펼쳤다. 사업체 매매 란을 꼼꼼히 훑어보며 주유소, 마켓 리커 스토어, 세탁소, 식당은 일단 제외했다. 자금도 턱없이 부족하다. 혼자 할 수 있는 커피숍, 옷 가게, 아이스크림 가게로 분리를 하니 항목이 몇 가지 안 되었다. 가진 금액과 비교해도 선택할 수 있는 것이 별로 없었다. 남들처럼 남편 몰래 비자금도 만들어 놓지 못한 것이 그저 바보스럽게 느껴졌다.

나는 괜히 남편 눈치를 살폈다. 그동안 별다른 변화의 조짐도 없이 머쓱하게 말없이 지내는 사이다.

'식사하세요.' 하면 '알았어.' 하거나 '먹었어.' 등 지극히 절제된 단어로 의사 전달만 할 뿐이다. 남편에게는 기댈 수 없다는 판단이 나왔다.

은정이 플로리다로 돌아간다고 했다. 사촌 동생과 함께 은정을 공항에 내려주고 돌아오는 차 안에서 혜영과 이런저런 이야기를 나누었다. 어쩌다 이 지경까지 왔는지 혜영이 안쓰러웠다. 나는 혜영에게 뭐라 위로를 해주어야 할지 적절한 말을 찾지 못하고 있었다.

"언니한테 들으니까 가게를 찾아보는 중이라고 하시던데 혹시 보석상은 어떠세요?"

갑작스런 그녀의 질문에 나는 당혹스러웠다.

"글쎄? 그쪽으론 전혀 생각해 보지 않아서 아는 것도 없고 그만한 자금도 부족하고 아직 이거라고 결정한 것은 없어. 그리고 남편하고 의논한 것도 아니고 지금은 나 혼자만의 생각이야."

나 혼자 생각하고 있지만 결정된 것은 없었다.

"사실은 우리 가게가 곧 경매에 들어가게 되었거든요. 언니가 그 가게를 경매에서 낙찰만 할 수 있다면 괜찮겠다는 생각이 들었어요. 가게가 법원으로 넘어가기는 했지만, 장사는 잘 되었어요. 잘 만하면 순수익 팔구천 불은 떨어져요."

나는 순수익 팔구천이란 말에 귀가 솔깃했지만, 자신이 없었다. 경매에서 낙찰 받는다는 보장도 없고, 무엇보다 돈이 없다는 말을 그녀에게 할 수 없었다.

"보석상이라면 큰돈이 필요할 텐데, 그리고 무엇보다 경험이 전혀 없잖아."

"처음 시작은 한 이십오만 불이나 삼십만 불 정도만 있으면 돼요. 그리고 필요하다면 저를 종업원으로 쓰세요. 제가 도와드릴게요."

운전하며 혜영의 옆얼굴을 슬쩍 보았다. 절박함이 느껴졌다. 나도 모르게 그녀를 도와주고 싶다는 마음이 들었다. 이십오만 불이 적은 금액은 아니지만, 수익이 많다는 그녀의 말에 잠시 갈등했다. 좀 더 생각해 보고 내일 통화하기로 하고 그녀와 헤어졌다. 집으로 돌아와 부지런히 저녁준비를 하면서 차 안에서 나누었던 이야기를 되새겨 봤다.

신문에 난 사업장 매매는 한 달 수입이 팔구천 되는 경우, 많은 권리금이 붙었다. 보석상이 괜찮은 장사라는 생각이 들었다. 한번 해볼 만한 것이란 자신감도 생기고 무엇보다 그녀가 도와준다고 하지 않았던가. 비록 짧은 만남이었지만 사촌언니 친구에게 해가 되는 일은 하지 않겠지, 라는 생각이 들었다. 남편에게 이 문제를 논의해야 할지 갈등이 생겼다.

'이참에 일을 저질러 봐? 아니야. 그래도 그렇지, 이건 남편과 이혼을 생각하지 않고는 도저히 있을 수 없는 일이야.'

나는 일을 저지를 만큼 강심장도 아니었다. 아! 모르겠다. 결론은 나지 않고 머릿속만 혼란스러웠다.

각방을 쓰고 있는 우리 부부는 식사 시간에만 얼굴을 마주할 수 있었다. 나는 생각다 못해 남편 방을 기웃거렸다. 간간이 텔레비전 소리가 나는 것을 보면 아직 자는 것 같지는 않았다. 남편의 방문 앞에서 잠시 서성이다가 응접실 소파에 털썩 주저앉았다. 무슨 말로 남편을 설득시켜야 할지 고민을 하다 보니 슬며시 짜증이 올라왔다. 에라, 모르겠다. 자신도 예상치 못한 오기가 치솟았다.

'그래! 나도 일을 한 번 저질러 보는 거야.'

남편에게 말하기 전에 먼저 일을 성사시키는 거야. 이참에 나도 변해 보자. 이제라도 한 남자의 그늘에 갇힌 지긋지긋하고 구질구질한 일상을 탈피하는 거야. 이렇게라도 하지 않으면 남편을 원망하던 팍팍한 나의 삶이 답답해서 질식사할지도 모르겠다는 생각이 들었다.

다른 날과 다를 바 없는 하루. 어제와 다른 오늘. 이제 내가 만드는 미지의 첫 시간을 향하여 나는 용감해져야 했다.

혜영이 운영하던 보석상은 쇼핑몰 안에 있는 매장이다. 매주 화요일에 몰 전체가 문을 닫는다고 했다. 하지만 영업하는 다른 매장에 방해를 주지 않기 위해 경매는 화요일에 진행한다는 정보를 입수했다.

매장에 대한 상식은 혜영이 해준 이야기가 전부였다. 나는 매장에 대한 정보가 필요했다. 정확한 자료가 있어야 밑그림부터 그릴 것이 아닌가. 나는 이 일에 뛰어들기 전에 변호사를 만나 상담을 통해서 도움을 받았다. 나름대로 열심히 뛰어다녔다. 알아본 바에 의하면 법원에서 하는 경매와 매장에서 하는 경매는 달랐다. 매장에 있던 보석들은 법원에서 경매한다고 했다. 그녀의 말에 의하면 물건이 오십만 불이 넘고 법원에서 물건을 낙찰하면 일시불로 지급해야 했다. 그만큼의 돈이 없는 나로서는 법원에서 하는 경매는 일찌감치 포기해야 했다. 내 관심은 매장을 낙찰 받는 것이었다. 매장 경매에 참여하기 전에 법원에서 정해준 금액을 먼저 보증수표로 준비하고 남은 잔액 역시 지급할 금액을 준비해서 가야 했다.

드디어 기다리던 디데이! 경매가 있는 날이다. 열 시에 경매를 시작한다고 해서 삼십 분 먼저 상가에 도착했다. 넓은 주차장이 텅 비어 있었다. 어찌된 영문인지 상가 정문은 굳게 닫혀 있었다. 나는 몹시 당혹스러웠다. 혹시 내가 장소를 잘못 알고 온 건가. 만약 이곳이 아닌 다른 곳이라면? 그동안 뛰어다닌 것이 헛수고가 되는 거다. 나는 갑자기 마음이 초조해졌다. 다시 확인해 보아도 분명 이곳에서 진행한다는 것이다. 조급한 마음에 차에서 내려 쇼핑몰 빌딩을 따라 걸어가다가 차 두 대를 발견했다. 나는 한달음에 달려갔다. 조그만 후문이 열려 있었다. 반가워서 달려갔다. 그곳에는 두 남자가 있었다.

"실례합니다. 오늘 이곳 쇼핑몰에서 경매입찰이 있다고 들었는데 찾지를 못하겠어요. 혹시 아시는지요?"

나는 두 남자에게 물어보았다.

"제대로 찾아왔어요. 여기서 합니다."

나는 그들의 말에 안심이 되면서도 의아했다. 그중 한 남자는 이 쇼핑몰을 책임지고 있는 매니저라고 했다. 상가 몰 주인이 한국 사람이란 이야기는 혜영을 통해서 알고 있었다.

"제가 알기론 열 시라고 했는데? 왜 사람이 없는 거죠?"

"열 시라고 알고 저희도 기다리고 있는데 잘 모르겠어요."

"그래요. 아직 오 분 전 열 시니 기다려보죠."

사실 난 몹시 긴장하고 있었다. 말로만 듣던 경매에 참여해 본 경험이 전혀 없는 나로서는 당연했다. 그때 백인 두 명이 들어왔다.

"안녕하세요?"

나는 그들에게 먼저 인사를 했다. 그들이 누군지 궁금했다. 가만히 있을 수가 없었다. 내가 먼저 말을 건넸다. 내 짐작대로 오늘 경매를 담당하는 법원경매직원이라 했다.

"정식 경매입찰은 한 시에 시작하니까 갔다가 그때 오세요."

나이가 들어 보이는 직원이 말했다. 그때서야 사람이 없는 이유를 알았다.

"아녜요. 왔다 갔다 하기 보다는 그냥 기다리죠. 그런데 경매에 참여하는 것은 처음인데, 어떤 방식으로 시작하나요?"

나는 아주 조심스럽게 질문을 했다. 그들은 친절하게 절차 진행을 설명해주었다. 물론 속으론 얼마나 떨리고 긴장되는지 몰랐다. 몇 시간 후 내게 어떤 상황들이 닥칠지 모른다. 이제 상황에 따라 내 운명도 달라지겠지. 단순하게 생각하자. 두려워하지 말자. 이제 어떤 형태가 되었던 주사위는 던져졌다. 편안하게 생각하려고 안간힘을 썼다.

시곗바늘이 12시를 가리키고 있었다. 나는 옆 건물의 '가디나 마켓'으로 갔다. 멕시칸 음식인 타코 오 인분을 사 가자고 돌아와 경비원 두 사람과 경매원들에게 나누어 주었다. 그들은 고맙다며 함께 점심을 했다. 보석 진열장 위에서 점심을 먹으며 나는 쉼 없이 그들에게 질문했다. 그들이 하는 말을 머릿속으로 새기며 막연하게나마 내가 무엇을 해야 할지 그림을 그려봤다. 보통 경매입찰자들은 몇 명이나 참가하는지, 얼마에 시작하는지, 만약에 아무도 없이 나 혼자라면 최저가에 낙찰할 수 있는지…….

그들로선 상식적인 질문일 텐데도 그들은 신중하게 물어보는 나를 귀찮아하지 않고 성의껏 답변을 해줬다.

그때였다. 한 남자가 건물 안으로 들어왔다. 우리의 대화는 거기서 중단되었다. 남자는 경매직원들을 잘 아는지 서로 악수를 한다. 남자는 이런 일에 노련한 전문가적인 이미지를 풍긴다. 걱정되어 자신감이 없어졌다. 조금 전까지만 해도 희망적이었는데 말이다. 나는 팽팽한 긴장감을 느끼면서 남자에게 먼저 말을 걸었다. 그가 내민 명함을 보니 예상대로 그는 물건을 사고팔고 하는 경매 전문 장사꾼이었다. 하지만 나는 포기할 수 없었다.

"오늘은 저를 위해 양보를 좀 해주었으면 좋겠어요. 제가 이 금방자리를 계약했어요. 여기서 장사를 해야 하거든요. 오늘은 절 위해서 좋은 일 좀 해주세요. 잘 부탁드려요."

금방 자리는 나에게 절실히 필요하다는 것을 전문가 남자에게 알리고 싶었다. 혹시 모르는 일이 아닌가. 전문가 남자는 묘한 미소만 짓는다. 다른 한편으론 더 큰 걱정이 앞섰다. 많은 사람이 더 온다면…….

겉으론 태연한 척해도 속은 바짝 타들어 가고 심장이 떨렸다. 시간은 흐르고 전문가 남자 외에 다른 사람은 다행히 나타나지 않았다. 십오 분 전 한 시. 전문가 남자와 나, 우리 둘뿐이다. 경매직원은 미소를 지으며 나를 쳐다본다.

정각 한 시가 되었다. 정확하게 한 시가 되자, 경매직원들은 압류된 매장에 둘러쳐진 노란 줄을 떼어 냈다.

"경매에 들어가기 전에 한 번 둘러보시죠."

경매직원들의 말에 전문가 남자는 보석상 매장 안으로 들어간다. 나도 남자를 따라 들어갔다. 아무것도 모르는 나는 눈치껏 남자의 흉내를 냈다. 남자는 노련한 전문가답게 CCTV 카메라가 작동하는지 확인한다. 나 역시 생소한 기계들을 만져보고 진열장 서랍을 꼼꼼하게 살핀다. 대충 둘러본 남자가 진열장 밖으로 나가자 나도 따라 나갔다.

경매직원과 육 피트 간격 사이로 마주 섰다. 경매직원은 우리를 향해 정식으로 경매의 규칙을 알리고 경매입찰을 시작하겠다고 선언했다.

"다들 준비가 되었습니까?"

"네."

"그럼, 백 불부터 경매 시작합니다."

"오백 불."

직원의 말이 끝나자마자 남자가 오백 불을 외쳤다.

"천 이백 불."

나도 모르게 남자의 말을 되받았다.

"천 삼백 불."

"이천 불."

어느 정도의 금액을 정해 놓은 상태라 나는 대담하게 배팅을 했다.

"이천 삼백 불."

남자는 나를 힐끗 쳐다보며 외친다.

"사천 불."

금액을 높이 올리자 남자는 놀란 표정으로 나를 돌아본다.

"사천 이백 불."

남자가 이백 불을 올린다.

"팔천 불."

나는 베팅 금액을 두 배로 올렸다. 오직 우리 두 사람의 배팅 하는 목소리만이 팽팽한 긴장감을 조성했다.

"팔천 오백 불."

"만 이천 불."

"기권합니다."

남자가 기권을 선언했다.

"당신이 만 이천 불에 낙찰되었습니다. 축하합니다."

직원은 나에게 낙찰되었음을 선언했다.

아! 내가 해냈다. 난생처음 참가한 경매에서 이긴 것이다. 다른 생각은 할 수가 없었다. 오직 이겼다는 승리감에 희열을 느꼈다. 팽팽했던 배팅은 그렇게 끝이 났다. 남자는 나에게 다가와 악수를 청했다.

"축하합니다."

"고마워요. 당신이 빨리 기권하지 않으면 어떡하나 걱정을 많이 했어요. 진심으로 감사해요."

나는 정말로 남자가 고마웠다.

"그런데 궁금한 게 있어요."

"물어보세요."

"당신이 정한 최종가격은 얼마였소."

"만 이천 불이 나의 최종가격이었지요."

나는 웃으면서 남자에게 말했다. 옆에서 서류를 꾸미고 있는 경매직원들이 우리의 이야기를 듣고 웃는다.

"맙소사! 내가 당신의 함정에 빠졌었군요. 훌륭했어요. 다시 한 번 축하합니다. 그럼 전 이만 바빠서 갑니다."

"잘 가요. 오늘보다 더 좋은 행운이 당신을 기다리고 있을 거예요. 정말 고마웠어요."

나는 남자에게 손을 흔들어 주었다. 보편적으로 외국 사람들은 무리한 배팅을 하지 않는다. 그래서 나는 처음부터 남자의 기선을 제압하는 심리전을 이용했다. 내 생각이 어느 정도 맞아 떨어진 것 같았다.

경매직원들과 서류에 사인하고, 준비해 온 케시어스 책과 나머지는 수표로 잔금을 지급했다. 영수증과 서류를 꼼꼼하게 챙겨 나오면서 혜영에게 제일 먼저 소식을 전했다. 남편에게 이 사실을 알릴 수 없다는 것이 안타까웠다. 난생처음 말로만 듣던 경매를 몸소 체험했고 스스로 해냈다는 성취감은 이루 말할 수 없을 만큼 기뻤다. 이젠 어떤 일도 할 수 있다는 자신감도 생겼다.

집이 가까워지면서 남편에게 무슨 말로 설명을 해줘야 할지 고민이 되고 겁이 나기 시작했다. 좀 전의 기쁨보다 걱정이 앞섰다. 하지만 이미 벌어진 사태를 수습하기에는 너무 늦었다. 조금 전에 누린 기쁨은 어디로 가고 긴장과 압박감에 숨이 막혔다. 나는 남편에게 은정의 사촌동생이 보석상 매장을 당분간 봐준다고 말했다.

"잘 되었네. 집에 있는 거 답답해하더니."

남편은 별 의심 없이 나의 말을 믿어 주었다. 안심이다. 앞으로 잦은 외출과 출퇴근을 어떻게 말해야 할지 난감했었는데, 이제 그 문제는 깨끗이 해결된 셈이다. 그렇다고 당장 사실을 말하는 건 생각만 해도 끔찍하다. 당분간 남편에게는 알리지 않기로 했다.

모든 일은 일사천리로 이루어졌다. 기존에 있는 매장에 물건만 채우는 일이라 큰 어려움은 없었다. 경매를 통해 시설비 및 진열장에 드는 비용과 권리금으로 오육만 불의 금액을 절약할 수 있었다.

보석가게에 경험이 없는 나로서는 은정의 사촌 동생 혜영의 도움이 절실했다. 혜영은 일사천리로 며칠 만에 가게를 정상적으로 오픈 할 수 있게끔 옆에서 큰 힘이 되어 주었다.

매장을 정식으로 오픈한 지 일주일 만에 남편에게 편지를 썼다. 지금까지의 과정을 그리고 만약 최악의 경우 장사가 안 되면 금을 되팔아도 절대 손해를 보지 않는 안전한 사업이라고 전후에 있었던 일들을 써 놓았다.

출근하는 남편에게 나는 편지를 건네주었다. 온종일 남편의 전화를 기다렸다. 남편이 편지를 읽어 본 후의 반응이 궁금했다. 충격을 받았을까? 긴장된 하루였다. 끝내 남편에게서는 전화 한 통 없었다.

저녁에 남편의 얼굴을 대하기가 걱정스러웠다. 나는 용기를 내어 집으로 들어갔다. 남편은 평소와 똑같은 표정이다.

'아직 편지를 안 본 건가?'

저녁 식사는 오래지 않아 끝났다.

남편이 먼저 말문을 열었다.

"편지를 봤어. 기가 막히더군."

남편은 그 말 한마디뿐이었다. 기가 막힌다는 것이다. 무덤덤하게 말하는 남편, 그가 고마우면서도 많이 미안했다.

"여보! 정말 고마워. 사실 그동안 엄청나게 겁먹고 있었어요. 당신한테 뭐라고 말을 해야 할지. 그 큰돈을 상의 한마디 없이 일을 저지른 것을 당신이 눈치 챌까 봐 노심초사했었어요. 정말 고마워요. 여보, 이왕 시작한 것 잘해볼게요."

남편은 어처구니없다는 묘한 표정을 지으며 나를 쳐다볼 뿐 별말이 없다. 나는 그동안 괜한 마음고생을 했다는 생각이 들었다.

금방은 생각보다 장사가 잘되었다. 나는 점점 자신감도 생기고 더욱 대범해졌다. 아침마다 남편의 눈치도 보지 않고 당당하게 출근을 했다. 하루가 눈 깜짝할 사이 지나갔다.

내일은 물건들을 구매하는 날이다. 돈을 넣어 둔 서류봉투를 찾았지만 보이지 않았다. 집에 두고 왔나 했는데 집에도 없었다. 저녁 식사가 끝난 뒤 다시 서류봉투를 찾았지만 없다. 불길한 예감이 들기 시작했다. 아무리 기억을 더듬어 봐도 생각이 나지 않았다. 이런 나를 옆에서 지켜보던 남편이 뭘 찾느냐고 물었다.

"경매서류와 만 불이 든 서류봉투를 못 찾겠어요. 매장에서도 찾았지만 없었어요. 집에 있는 줄 알았는데…."

돈 봉투를 어디에다 두었는지 도대체 기억이 나지 않았다.

"혹시 착각하고 어디 버린 것 아냐?"

남편의 말을 듣는 순간 번쩍하고 떠오르는 것이 있었다. 날마다 신문을 읽고 버리는데 어쩌면 신문과 함께 서류봉투가 휩쓸려 나간 것 같았다.

"쓰레기통에 버린 것 같은데 지금 가지 않으면 찾을 기회가 없어져요. 함께 가주지 않을래요."

"지금 시간이 몇 시인데 밤 열두 시 반이라고."

"알아요. 하지만 어떡해. 그 서류봉투를 꼭 찾아야 한단 말이야. 자그마치 돈이 만 불이에요. 지금 가야만 해요. 새벽에 쓰레기를 가져가 버리면 영영 찾을 수도 없잖아요."

옷을 갈아입고 나와 보니 남편이 보이지 않았다. 그 사이 그는 차에 시동을 걸고 차 안에서 나를 기다리고 있었다. 좀 전에 짜증 섞인 그의 말투도, 서운했던 감정도 솜사탕처럼 녹아내렸다. 남편이 고마웠다. 사람 마음이 이렇듯 간사하다니.

매장까지는 상당한 거리였다. 다행히 한밤중이라 프리웨이는 텅 비어 있었다. 새벽 한 시가 넘어서 상가 몰에 도착했다.

늦은 밤이라 큰 상가 건물이 을씨년스럽게 시커먼 어둠에 갇혀 있는 분위기다. 날마다 하루를 보내는 곳이지만 밤이라 그런지 섬뜩하고 낯설게 느껴졌다.

남편은 건물 뒤의 쓰레기장을 향해 차를 파킹하고 헤드라이트를 켰다. 그때였다. 갑자기 불빛 속에서 나타난 검은 물체가 움직였다. 나는 몹시 당혹스러웠다. 남편도 순간 놀란 것 같았다. 그곳에 웬 남자가 쓰레기 컨테이너 통에 들어가 열심히 무엇을 찾고 있는 것이 아닌가.

"노숙자가 쓰레기를 뒤지고 있는 것 같으니 차 안에서 꼼짝하지 말고 있어."

남편은 나를 차에 남겨 두고 혼자 내렸다. 남편한테 미안했다. 역시 부부란 힘들 때 함께 헤쳐 나가는 것이다. 하지만 감상은 잠시, 마음이 다시 불안해졌다. 노숙자 때문이다. 남편은 아랑곳없이 플래시를 들고 노숙자 곁으로 다가가고 있었다.

"조심하세요."

남편에게 말했다. 나는 덜컥 무섭고 불길한 생각이 들었다. 영화나 드라마에서 보면 항상 으슥한 쓰레기장 근처에서 칼부림이나 살인 사건이 일어났던 것이 떠올랐다. 무슨 일이 벌어질 것 같은 공포심에 심장이 멎는 것 같았다.

'왜 이렇게 시간이 안 가는 거야.'

남편에게 소리치고 싶었다. 서류고 뭐고 다 집어치우고 빨리 차 안으로 돌아오라고. 괜히 다치지나 않을까, 걱정만 점점 커지면서 불안하고 초조했다.

결국 자동차 밖으로 뛰쳐나갔다. 속수무책으로 차 안에 가만히 앉아서 남편을 기다리고만 있을 수 없었다. 나는 남편과 노숙자가 있는 곳으로 향했다. 혹시 불미스러운 일이 일어난다고 가정했을 때 혼자보다는 두 사람이 같이 있는 것이 나을 것 같다는 생각을 했다. 다행히 두 사람은 서류 찾는 일에만 열중하고 있었다.

"차 안에 있지 않고 왜 왔어?"

남편의 핀잔에 노숙자가 나를 보면서 남편에게 부인이냐고 물었다.

"네, 제 아내입니다."

남편의 말에 걱정으로 긴장된 마음이 확 풀어지면서 나도 모르게 남편의 손을 슬며시 잡았다.

낯선 흑인 남자는 비록 노숙자가 분명해 보였지만 어둠 속에서 봐도 그리 나쁜 인상이 아니었다. 웃는 얼굴에서 악한 사람이 아님을 느낄 수 있었다. 한밤중 쓰레기장에서 벌어진 이 진풍경에 나도 모르게 웃음이 나왔으나 입을 꾹 다물었다.

이곳 LA에는 워낙 많은 한인이 살아 외국인들도 한국말 한두 마디씩은 할 줄 안다. 그는 간혹 한글로 된 잡지나 신문이 보이면 남편에게 말을 건네며 확인을 했다. 그렇게 한참을 뒤적거리고 있을 때 찾는 것이 이것이냐고 누런 봉투를 흔들어 보였다. 그것은 내가 찾는 서류봉투가 분명했다. 나는 단숨에 달려가 노숙자가 손에 들고 있는 서류봉투를 낚아채듯이 빼앗아 확인부터 했다. 경매서류와 금액을 지급한 영수증과 돈이 그대로 있었다. 아! 나는 너무 반가워서 노숙자의 손을 덥석

잡았다.

"감사합니다! 혹시 도움이 필요하면 언제라도 저의 매장으로 찾아오세요."

나는 안도의 숨을 깊게 들이마셨다. 노숙자가 정말 고마웠다.

노숙자에게 이처럼 큰 도움을 받는다는 상상을 해본 적이 없었다. 노숙자는 나를 쳐다보며 정말 다행이라는 표정을 지으며 웃고 서 있었다. 차 속에서 상상했던 일들을 떠올리며 괜히 노숙자에게 미안했다. 옆에 서 있던 남편이 백 불짜리 지폐 한 장을 노숙자의 손에 들려줬다.

"고맙소. 당신들에게 신의 은총이 가득하길 빌겠소."

노숙자는 어둠을 뚫고 유유히 사라졌다.

나는 남편을 포옹했다.

"당신 오늘 정말 멋지고 최고였어요."

나는 남편에게 엄지손가락을 높이 세워 보였다.

"이럴 때만……."

남편은 웃으며 차에 시동을 걸었다.

한밤중 쓰레기장 소동은 그렇게 끝났다.

등대 위의 나비

곽명규

"나비는 그리지 않겠어요. 나비는 구름의 높이로 날 수도 없고 큰 등대 위에 앉을 수도 없어요. 언제나 낮게 날아서 따뜻하고 안락한 곳을 찾아갈 뿐, 향기로운 풀꽃 위에도 잠시밖에는 머물지 않지요."

곽명규

서울대학교 문리과대학 졸업
(전)한국유리 부사장, (전)한국베트로텍스 사장
《문학과의식》신인상 (소설, 2008), 《시선》신인상 (시, 2014)
저서 중단편집 『사랑의 기쁨과 슬픔』(2012), 장편 『지금도 마로니에는 피고 있겠지』(2000)
역서 시집 『노래하는 시집 슈베르트』(2010)

등대 위의 나비
Butterfly on the Lighthouse

나비

드물게 잘생긴 흑인 기사가 시원스럽게 차를 몰기 시작했다. 이십 분도 채 안 걸릴 거라고 말하던 그의 힘찬 목소리가 그녀에게 활기를 되찾아 주었다. 창밖으로 오래된 목조 건물들이 지나갔다. 틈틈이 바다가 보였다. 그녀는 돌려받은 주소 쪽지를 다시 내려다보았다.

등대길(Lighthouse Avenue) 1991번지, 나비 여인숙(Butterfly Inn).

그 밑에 또 하나의 주소가 적혀 있었다. 같은 길에 있으면서 번지수만 차이가 나는 주소였다.

"등대 갤러리요? 잘 압니다."

"그 갤러리 앞으로 지나가 주시면 좋겠어요. 내일 아침에 찾아가야 해서 미리 봐 두려고요."

그녀는 공연히 미안한 생각이 들어 이유까지 설명하며 힘들여 부탁했지만, 젊은 기사는 아무 문제가 없노라고 가볍게 대답했다.

"갤러리입니다."

기사가 차를 멈추고 돌아다보며 말했다. 그녀의 시선이 창밖을 향했다. 낡은 통나무집이어서 갤러리처럼 보이지는 않았지만, 출입문 옆에는 '동양 여류화가의 등대 그림 특별전'이라고 쓰인 포스터가 붙어 있었다.

"들렀다 가시겠습니까?"

기사가 친절하게 물었다.

"아니요, 됐어요. 그냥 떠나세요."

"알겠습니다. …그림을 보러 오셨나 봐요?"

"네. …내 그림을 전시하는 중이라서요."

"아아, 화가시군요. 어느 나라의 누구세요?"

"한국인이고요, 이름은 마리 리─ 못 들어 보셨나요?"

그녀의 말끝에 웃음소리가 얹혀졌다.

"제가 미술 쪽은 잘 몰라서요."

그녀는 한 번 더 웃고 나서 눈을 감았다.

"여인숙입니다."

택시가 다시 멈춰 섰다. 차창 밖에 커다란 나비 한 마리가 있었다. 여인숙의 목제 입간판 속에 음각으로 새겨진 나비였다. 밝은 주황색 날개의 테두리를 하얀 점들과 갈색 선이 이중으로 감싸고 있어 윤곽이 매우 뚜렷했다.

여인숙의 로비는 작고 깨끗하고 아름다웠다. 리셉셔니스트 할아버지가 친할아버지처럼 반갑게 웃으며 그녀를 맞았다. 친절하다기보다는 친근한 느낌을 풍기는 할아버지였다.

"정말 하룻밤만 묵을 거라고요?"

"네."

"그렇게 멀리서, 이 좋은 데를 찾아와, 하루만 묵고 가다니!"

할아버지는 시를 읊듯 영탄조로 말했다.

"내일 저녁엔 로스앤젤레스로 내려가야 해서요."

"그거 참 안 됐군요, 마리!"

마리는 체크인만 하고는 돌아섰다. 아직 오후가 남아 있었다. 한 시간쯤 산책이나 하고 돌아와 간단히 저녁을 먹고 일찍 잠자리에 드는 것이 좋겠다고 생각하며 여인숙을 나섰다. 할아버지는 바로 옆에 좋은 숲이 있다고 했다.

오래된 숲이었다. 적어도 이삼백 년은 되었을 것 같은 굵은 나무들 사이로 산책길이 나 있었다. 가끔 새소리만 들릴 뿐, 사람들은 보이지 않았다. 달콤한 풀냄새가 흘러 왔다. 큰 나무들의 사이사이에서 사람의 키보다도 높게 자란 풀들이 덤불로 자라고 있었다. 줄기마다 크리스마스 전구 같은 노란 꽃들이 수북이 달려 있었다.

문득 나비 한 마리가 눈에 띄었다. 마리는 얼핏 모형이거니 생각했었다. 그러나 곧이어 이꽃 저꽃 앉아 있는 나비들이 눈 안으로 들어왔다. 입간판의 그림과 똑같이 생긴 주황색 나비들이었다.

"세상에, 지금도 나비가 있네! 벌써 시월 중순인데?"

마리는 여인숙에 돌아와 할아버지의 설명을 듣고서야 고개를 끄덕였다.

"모나크 종의 나비들이라우. 철새처럼 겨울을 나려고 북쪽에서 내려오는데, 멀리 뉴욕에서부터 오기도 한다우. 아직은 시작이라 그리 많지 않지만, 다음 달이면 숲이 나비로 꽉 찰 테니, 그때 꼭 다시 와서 보시우."

구름

등대 갤러리까지 걸어가는 데는 십오 분밖에 걸리지 않았다. 바다에서 불어오는 아침 바람을 맞으며, 맑은 하늘과 맞닿은 끝없는 바다를 이따금 바라보며, 가슴속이 점점 투명한 푸른색으로 물들어가는 것을 느꼈다.

갤러리에는 손님은 없었고, 큐레이터 스미스 씨 혼자 마리를 기다리고 있었다. 마리는 스미스 씨의 안내로 전시장을 둘러보았다.

"등대라는 특이한 주제에 많이들 흥미로워하더군요."

스미스 씨가 마리를 힐끗 쳐다보며 말했다.

전시 중인 그림은 열두 점이었다. 모두가 등대를 그린 것이었지만, '기억'이라는 그림 하나만은 예외였다. 한적한 바닷가의 바위들 옆으로 등대의 그림자가 살짝 지나가는 그림이었다.

"괜찮을까요? 등대가 없는 그림인데?"

마리가 은근히 걱정이 되어 물었다.

"변화가 있어서 더 좋지요."

큐레이터 스미스 씨가 쾌활한 목소리로 대답했다. 그리고는 질문 하나를 던졌다.

"등대를 주로 그리게 된 동기가 있으셨겠지요?"

예기치 않은 질문에 마리는 약간 당황했다. 그러나 어쨌든 대답은 해야 했다.

"특별한 동기는 없었고요. 다만 제가 '자유'라는 명제를 필생의 테마로 삼고 그림을 그려 오던 중에, 우연히 등대라는 소재가 떠올라 시리즈 작업까지 하게 된 것뿐이죠."

"자유와 등대… 얼핏 잘 연결이 안 되는데요?"

스미스 씨가 머뭇거리며 말했다.

"그렇죠? 보통 등대의 의미는 빛이고 구원이지, 자유는 아니니까요. 하지만…"

마리는 말을 그쳤다. 설명을 이어가기가 어려웠다.

"…하지만, 뉴욕에 있는 '자유의 여신상'도 일종의 등대라고 생각해 본다면 혹시 이해가 되시지 않을는지요."

이런 말이 생각났지만 별로 내키지를 않았다.

"자유의 여신상을 정말 자유의 상징이라고 보시나요?"

이런 반론이라도 나오게 되면 그 다음엔 더 말하기가 어려워질 것 같았기 때문이다. 그러나 다행히도 스미스 씨는 상상력이 매우 뛰어난 사람이었다.

"아아, 알겠네요. 구원의 불빛은 밤의 등대의 이미지일 뿐, 한낮의 등대는 아무 의무도, 구속도 없는 상태… 바로 '자유'를 의미한다는 말씀이군요?"

이렇게 말하면서 마리를 쳐다보고 빙긋 웃었다.

"바로 그거예요. 그래서 낮의 등대를 그리는 거죠."

마리는 큰 소리로 동의했다. 이것으로 한 가지 문제는 해결되었다.

스미스 씨가 벽 쪽으로 눈길을 돌리며 말했다.

"좋은 뉴스가 있는데요. 그림 한 점이 팔렸어요. 어느 그림인지 짐작이 되세요?"

마리는 얼른 벽의 그림들을 훑어보았다. 그러나 어디에도 빨간 스티커는 붙어 있지 않았다.

"바로 이 그림입니다."

스미스 씨가 손가락을 펴들고 '구름이 있는 등대' 앞으로 다가서며 자랑스럽게 말했다.

"네에? 완전히 예상 밖인데요? 왜 그 그림이죠?"

마리가 고개를 갸우뚱거리며 그림 앞으로 다가갔다.

"아마 이 그림의 싯적 이미지에 끌린 게 아닐까 합니다만."

"싯적이라니요? 어디가…"

"등대 위의 구름이 그렇지 않을는지요. …구름이란 게 때로는 사랑이나 그리움의 감정을 일깨우기도 하니까요."

스미스 씨도 단정적으로는 말할 수 없는 모양이었다. 마리는 잠시 생각하다가 불쑥 큰 소리로 말했다.

"이 그림을 좀 손질하면 안 될까요?"

"손질요? 어디를?"

"구름요. 구름을 없애고 싶어요."

"네에? 구름 때문에 팔렸는데?"

"그래서 싫어요. 등대가 아니라 구름 때문에 팔린다는 게."

"그게 무슨 문제죠? 무엇 때문이든 마음에만 들면 되는 것 아닌가요?"

"저는 싫어요. 구름을 없애 버리고…"

마리는 잠깐 망설이다가 말을 이었다.

"…그 대신에 나비를 넣어야겠어요."

"나비요? 구름 대신 나비가 날게 하겠다고요?"

"아니요. 날아가는 게 아니라, 등대 위에 앉은 나비!"

스미스 씨는 심각한 표정이 되었다. 그러나 잠시 후 표정을 풀고 시원스럽게 말했다.

"좋습니다. 안 사겠다면 말라고 하죠. 주문 제작이 아니고 예술이니까!"

"맞았어요, 스미스 씨!"

마리는 웃었고 손을 내밀어 악수를 청했다.

마리는 그림을 가지고 여인숙으로 돌아갔다.

"그림을 사 왔군요, 마리?"

할아버지가 눈을 크게 뜨며 관심을 보였다. 마리는 그림을 보여주고 스미스 씨와의 이야기도 들려주었다.

"등대 위에 앉은 나비라… 참 재미있는 발상이네!"

할아버지는 방으로 뛰어 들어가, 오래 모아 놓은 나비 사진들을 꺼내 왔다.

"이 사진들을 참고하시우. 저쪽 언덕 아래로 조금 내려가면 등대가 있고, 주변 풀밭엔 나비도 있을 테니, 그리로 가시우."

할아버지의 말대로 마리는 등대를 찾아 나섰다.

등대

'등대길'이 갑자기 급하게 꼬부라진 곳에서 작은 골목 하나가 갈라져 나갔다. 골목을 따라 조금 내려가자 너른 풀밭이 나왔다. 그 풀밭이 바다를 향해 비탈져 내리다가 다시 평평하게 멈춘 곳에 하얀 집 한 채가 있었다. 이 층짜리 작은 집이었다. 그 집의 지붕을 뚫고 짤막한 등대 하나가 솟아올라 있었다.

"이 작은 등대가?"

마리는 넓디넓은 바다와 작디작은 등대를 번갈아 바라보며 한참을 서 있었다.

주변은 작은 초원이라고도 부를 수 있을 만큼 널찍한 풀밭이었다. 여인숙 옆 숲에서 보았던 키 큰 풀들도 한쪽에서 자라고 있었다. 곧게 벋은 줄기 끝 노란 꽃 위에 나비 몇 마리가 앉아 있었다.

"문제는 나비가 아니야. 구름이지."

마리는 혼잣말을 하면서 풀밭 한가운데에 그림을 내려놓았다.

등대 위에 걸려 있는 커다란 구름 조각들을 푸른 하늘 속으로 자연스럽게 감추어 넣는 것이 작업의 핵심이었다. 그 작업에 거의 두 시간 가까이가 걸렸다.

"본 조르노!"

등 뒤쪽으로부터 사람의 목소리가 들려왔다. 처음에는 새소리나 바람 소리처럼 그냥 들려오는 소리의 하나라고만 느껴졌었다. 그러나 그 뒤를 따라온 짧은 기침 소리가 마리의 귀를 깨워주었다. 뒤를 돌아보았다. 휠체어를 탄 남자 하나가 미소를 짓고 있었다.

"작업이 끝나신 것 같아서요."

남자가 다가오며 예의 있게 말했다. 양쪽 뺨과 턱에 수염을 기르고 있었다. 아주 검지도 않고 아직 하얗지도 않은, 진한 회색의 두툼한 수염이었다. 하얀 야구 모자의 챙 아래로 두 눈이 반짝이고 있었다.

"안녕하세요? 여기 사시는 분인가 봐요."

마리는 엉겁결에 한국말로 인사를 하다가 다시 영어로 고쳐 말했다.

"네. 등대지기이지요. …하나 물어봐도 될까요? 구름을 왜 지우셨는지."

"…등대를 구름이 가리고 있는 게 싫어서요."

"허전하지 않으신가요? 있던 것이 없어졌는데?"

"그 대신 나비를 넣으려고 해요."

"나비요?"

"네. 이곳 나비가 너무 아름다워서요."

"아아."

휠체어의 남자가 고개를 끄덕이고는 손을 내밀었다.

"필립이에요."

"저는 마리…"

마리는 만나서 반갑다는 인삿말을 덧붙일 생각이었다. 그러나 머릿속에는 엉뚱한 말이 떠올랐다.

"필립 모리스라는 담배가 있던데요."

물론 마리는 이 말을 참았다. 그리고는 깜짝 놀랐다. 마리가 생각한 것을 그가 말했기 때문이다.

"필립 모리스의 그 필립이에요, 마리."

마리는 다시 그를 쳐다보았다. 남자는 야구 모자를 벗었다. 마리는 잠깐 정신을 놓쳤다. 필립은 마리를 바라보며 기다렸다.

"…필립? …뉴욕의… 그 필립?"

마리는 겨우 조금씩 말을 이었다.

"맞아요. '핸디맨 필립'이에요."

"세상에, 어떻게 된 거예요? 왜 여기 계세요?"

"이사를 왔죠. 이십 년 전에."

"이십 년 전?"

"그래요. 그때 당신이 귀국하고, 한 달쯤 후에."

필립은 바다 쪽으로 눈을 돌렸다.

"딸은… 니나는 어떻게 됐어요? 시집갔겠네요?"

"네, 작년에. …그때 그렇게 어렸던 아이가 자라나서 결혼까지 했네요."

"세월이 어느새 그렇게 됐군요. 니나를 키우느라고 고생이 많았죠?"

"고생이야 뭐… 여기 살고 있는 사촌 누이가 다 키워 준 걸요. 실은 그 때문에 우리가 이리로 오게 됐던 거죠."

"잘 하셨어요. 어린 딸한테는 누군가 엄마 역할을 해주는 사람이 있어야 돼요."

"사실 나 혼자 뉴욕에서 니나를 키울 수가 없었죠."

필립은 조그맣게 머리를 흔들었다. 마리는 듣기만 했다.

"그때 내 생활이 너무 엉망이 됐었거든요. 마음 붙일 데 없이 떠도느라고…"

"미안해요."

마리가 낮은 소리로 말했다. 나비 한 마리가 날아 지나갔다.

"지금 같은 시월 중순이었지요. 저 나비처럼, 뉴욕이 너무 춥게 느껴졌었지요."

"나비들이 여기 와서 겨울을 난다면서요?"

"네. 나도 처음엔 겨울만 지나고 나면 돌아갈까 생각했었지요."

"뉴욕으로요? 왜요?"

"거기가 내 고향이나 마찬가지였으니까요. 내가 처음 이탈리아에서 유학을 와 미국 여자를 사귀고, 딸을 낳고, 공부를 중단하고 결혼을 했던 곳, …그러나 어느 날 아내가 니나를 버려두고 사라져 허탈에 빠졌던 곳…"

필립의 말소리가 힘을 잃고 끊어졌다. 마리는 그 다음 말을 대신 이어 주고 싶었다.

"그러다가 나를 만나고 가까워지고 마침내 내게 사랑을 고백했던 것도 모두 그 뉴욕에서였으니까!"

그러나 그 말을 할 수가 없었다.

"그렇지. 당신과 결혼을 약속했던 곳, 그리고 당신이 나를 버린 곳도 다 거기였어!"

필립이 이렇게 소리칠 것이었기 때문이다. 그랬다면 이십 년 전과 똑같은 언쟁이 다시 한번 되풀이될 수밖에 없었으리라.

"난 당신을 버린 게 아니야. 잃은 거지. 어쩔 수 없었다는 걸 당신도 알잖아? 아버지가…"

"또 그 아버지! 왜 아버지가 언제나 우리 사이에 끼어들어야 되는 거지?"

"아버지를 거역할 수는 없으니까. 아버지가 원하시면 언제라도 달려

가야 하는 거니까. 아버지는 언제나 나를 위해 옳은 결정을 하시니까.”

“아버지가 당신의 행복을 만들어 주지는 못해! 사랑하는 사람과의 결혼을 막는 게 당신을 위한 일이야? 당신이 만일 끝까지 버티기만 한다면 아버지도 끝끝내 우리 결혼을 반대할 수는 없다는 걸 왜 몰라?”

“그렇게는 못 해. 나는 돌아가야 해!”

마리는 하마터면 이십 년 전에 외쳤던 대로 이렇게 소리칠 뻔했다. 그랬다면 필립은 가슴을 끌어안으며 괴로워했으리라.

“가슴이 많이 아파요?”

마리가 걱정스럽게 물었다.

“너무 따가워요. 불화살이 꽂힌 것처럼 뜨겁고 따가워요.”

필립은 겨우겨우 이렇게 대답했었다.

“그 동안 어떻게 살았어요? 화가가 된 것 말고, 개인적으로.”

필립의 목소리가 마리를 다시 깨웠다.

“잘 살았지요. 아무 어려움 없이.”

마리는 억양 없이 대답했다.

“아무 어려움 없이, 아무 괴로움 없이?”

필립이 약간 높은 톤으로 되물었다.

“네. 그렇게 잘.”

마리는 짧게 대답했다.

촛불

“내가 어떻게 살고 있는지 보겠어요?”

필립이 말했다. 마리는 필립을 따라 집 안으로 들어갔다.

입구의 홀은 거실로 쓰이고 있었다. 한쪽 벽에 자그마한 벽난로가 있었고, 그 옆으로는 이층―등대의 작업 공간―으로 올라가는 층계와 부엌으로 나가는 통로가 나란히 뚫려 있었다. 일일이 안내할 필요도 없이 모두가 한눈에 보이는 자그마한 집이었다.

"오랜만에 내가 멋진 저녁을 대접하지요."

필립은 부엌으로 향했다. 그러다가 잠깐 휠체어를 멈추고 뒤를 돌아다보았다.

"내가 여기서 혼자 등대를 지키며 사는 지 벌써 오 년째랍니다."

"오 년요? 심심해서 어떻게 여기서 살아요, 혼자?"

"혼자라고 꼭 혼자뿐인 건 아니지요. 마음속에 사랑하는 니나도 있고…"

그 뒤는 무슨 말을 했는지 안 했는지 알 수 없었다. 필립이 말을 끝내지 않은 채 부엌으로 들어갔기 때문에 혹 말을 더 했다 해도 들을 수 없었다.

마리는 한가롭게 거실 안을 왔다 갔다 하며 등대의 작업에 쓰일 만한 물건만 아니면 아무것이나 눈길이 가는 대로 뜻 없이 집어 들고 들여다보았다. 창문 옆에 딸의 사진이 걸려 있었다. 옛날 어렸을 때의 것이었다.

"뉴욕에서의 마지막 사진이지요."

필립이 작은 꽃병 모양의 잔 하나를 손에 들고 다가오며 밝은 목소리로 말했다.

마리는 잔을 받아 들었다. 맨 밑의 진한 보라색에서부터 층층이 위로 올라오며 빛깔이 달라지는 무지개 모양의 칵테일이었다. 제일 위의 붉은 층으로부터는 하얀 휘핑크림이 나선형으로 올라가다가 끝이 뾰족하게 끝나고 있었다.

"내가 고안한 칵테일인데, 이름을 지어 봐 주겠어요?"

필립이 기대에 차서 말했다.

"음… 횃불? …아니, 레이디 리버티(Lady Liberty, 자유의 여신상)!"

"그것 참 딱 맞는 이름이네! 그렇게 바꿔야겠어요."

"뭐라고 지었었는데요?"

"마리 리."

필립은 눈을 잠깐 아래로 향해 부끄러움을 숨기면서도 조금은 자랑스러운 목소리로 말했다. 그리고는 휠체어를 돌려 다시 부엌으로 돌아갔다. 마리는 칵테일을 입에 대지 못한 채 손에 들고 내려다보았다. 여신상의 횃불 같은 크림 부분이 밑에서부터 조금씩 녹으며 무지개 속으로 방울방울 흘러내리고 있었다.

마리는 잔을 탁자 위에 내려놓고 다시 거실 안을 서성거렸다. 열린 문으로 필립의 침실이 들여다보였다. 회색 컴포터가 덮인 싱글 침대 옆에 작은 책상이 있었다. 마리는 천천히 방안으로 들어섰다.

책상 위에는 책 몇 권이 한 줄로 세워져 있었는데, 한쪽은 벽에 기대여 있었고, 한쪽은 두툼한 나무로 만든 북엔드로 지탱해 놓고 있었다. 마리는 북엔드를 집어 들었다. 책 한 권이 쓰러졌지만 아랑곳하지 않았다. 북엔드의 바깥쪽에는 삼각형의 지지대가 붙어 있었고, 책과 맞닿는 안쪽 면에는 창문 모양의 작은 사각형이 그려 있었다. 마리는 사각형의 한 귀퉁이를 조심조심 눌렀다. 창문이 밖으로 열리며 작은 비밀의 공간이 드러났다. 그 안에 사진 한 장이 들어 있었다. 이십 년의 세월 동안 거의 잊혀졌던 젊은 처녀의 얼굴이 앳된 미소를 보내고 있었다.

마리는 잠깐 눈을 감고 서 있다가 사진을 제자리에 넣고 북엔드를 책상 위에 내려놓았다. 그리고는 옆에 쓰러져 있던 책을 집어 들었다.

책이 아니라 메모지의 묶음이었다. 흐릿한 펜화로 그린 등대가 전체 배경으로 깔려 있었고, 맨 위쪽에는 '밤의 바다를 비추는 불빛'이라는 표어가 흘림체로 인쇄되어 있었다. 그 표어를 제목으로 삼은 듯, 바로 그 아래에 싯귀 하나가 적혀 있었다.

> 그러나, 이 작은 등대의 불빛이
> 검은 바다를 희게 할 수는 없으리.
> 도리어 두꺼운 암흑 속에 빨려들어
> 스스로 꺼지고야 말 촛불일 뿐.
> 먼 바다 끝, 낮의 나라, 잊혀진 여인에게는
> 이 등대의 존재조차 전할 수 없으리.
> 다만 오늘 밤도 그리움의 바다에서 길을 잃을
> 내 조각배의 뱃전에서 쓰러질 촛불일 뿐.

그 밑으로도 여섯 줄이 더 있었지만, 여러 번 두껍게 덧칠이 되어 읽을 수가 없었다.

마리는 생각했다. 예전에 필립은 자주 노래는 불렀지만 글을 쓴 적은 없었다고. 그러므로 이 글은 혹시라도 필립 자신의 싯귀는 아닐 것이라고.

마리는 빠른 걸음으로 침실을 나왔다. 거실 탁자 위의 '레이디 리버티'는 이제 횃불도 무지개도 없이 서로 뒤섞여 형체를 거의 잃어버리고 있었다.

필립의 휠체어가 노랫소리와 함께 나타났다. 이탈리아 사람답게 필립은 입에 착 붙는 파스타와 올리브기름을 살짝 뿌린 고소한 샐러드를 내 왔다. 거실 창가의 작은 식탁에 촛불이 켜졌다.

풀꽃

필립이 샐러드 속에서 초록색 잎사귀 하나를 집어 마리의 눈앞에 내밀었다.

"이 향초는 아까 나비들이 앉아 있던 키 큰 풀의 잎사귀지요. 페널 (fennel)이라고 부르는 이 풀의 노란 꽃을 나비들이 무척 좋아해요. 내 고향 소렌토에서 자라는 이 풀꽃을 여기서도 만나게 될 줄은 몰랐어요."

마리는 무슨 말을 해야 할까 떠오르지 않던 중에 소렌토라는 말이 나오자 얼른 그것을 붙잡았다.

"소렌토에 한 번 가 본 적이 있어요."

"그래요? 언제?"

"오 년쯤 됐을 거예요. 친구들과 이탈리아 여행을 갔었지요. 나폴리와 폼페이를 거쳐 소렌토와 카프리까지 갔었는데…."

"남부 지방을 다 돌았군요. 적어도 두 주일은 걸렸겠네요?"

"어휴, 그렇게 오래 어떻게 다녀요? 이탈리아 전체를 열흘 안에 다 돌았죠."

"소렌토에서는 무얼 했어요? 오페라 극장에도 갔었나요? 무슨 공연을 하던가요?"

필립은 열심히 물었지만 마리는 얼른 답을 하지 못하다가 조그맣게 말했다.

"소렌토는 그냥 바다에서만 바라보고 버스로 지나쳤어요. 빨리 로마로 올라가야 해서. …그래도 다들 '돌아오라 소렌토로'를 합창하며 얼마나 즐거웠는지 몰라요."

"그랬었군요."

필립은 잠깐 무엇을 생각하는 듯 하다가 다시 말을 이었다.

"우리가 처음 만났던 날… 그날의 일을 기억… 못하지요?"

마리는 눈만 빠르게 깜빡였다.

그때 마리는 뉴욕에 유학을 온 지 얼마 되지 않았었는데, 학교에 가지고 다니던 녹음기가 고장 나 급히 고쳐야 했었다. 집과 역 사이에 '핸디맨(Handyman, 만능잡역부) 필립'이라는 허름한 가게가 있었기에, 핸디맨은 무엇이든 다 고친다던 말이 생각나 그리로 뛰어갔었다. 필립은 막 퇴근을 하려던 참이었다. 마리는 미술학교 강의를 잘 알아듣지 못해 꼭 녹음을 해야만 한다며 눈물까지 흘릴 태세로 애원을 했었다.

녹음기를 뜯고 들여다보면서 필립은 계속 '돌아오라 소렌토로'를 불렀었다.

"웬 똑같은 노래를 그렇게 끝도 없이 부르세요? 다른 노래는 모르시나 봐요."

"아아, 이건 우리 고향의 노래라서 자면서도 부를 수 있거든요. 일하면서 이 노래를 부르면 신도 나고 일도 아주 잘 되지요."

"나도 그 노래는 자면서도 부를 수 있는데…"

마리는 한국말로 노래를 시작했다. 그러자 필립이 이탈리아 말로 따라 불렀다. 소리가 아주 잘 어울려서 몇 번이나 더 반복해 불렀었다.

그 다음에는 서로 자기 고향 이야기도 조금씩 했었다. 필립이 소렌토를 떠나 보스턴의 한 공과대학에 유학생으로 왔으나 공부를 포기할 수밖에 없었던 사정도 그날 아주 조금은 알게 되었었다.

마리의 녹음기는 조금만 잘못 만지면 테이프가 돌아가지 않았다. 그럴 때면 언제나 필립에게 달려갔고 그때마다 서로 고향 이야기를 나누며 친해져 갔다. 나중에는 음악회나 전시회를 함께 가기도 했고, 때로는 필립의 딸 니나까지 데리고 피크닉을 가기도 했다. 크리스마스나

부활절에는 필립의 집에서 그가 차려 주는 이탈리아 음식을 먹기도 했다. 그리고 마침내 미술공부를 그만두는 한이 있더라도 필립과 결혼을 해야겠다는 생각까지 하기에 이르렀다. 바로 그 때 아버지에게서 편지가 왔던 것이다. 당장 귀국해서 결혼을 하라는 내용이었다.

"서울에 사랑하는 사람을 두고 왔었나요?"

필립이 놀라서 물었었다.

"아니요. 그런 게 아니라, 아버지가 정해 놓은 사람과 결혼하라는 거지요."

"모르는 사람과요?"

"…얼굴을 본 적은 있지만."

"그런 결혼이 도대체 있을 수 있는 거예요?"

"우리는 많이 그렇게 해요. 관습이에요."

마리의 기억이 여기까지 흘러 왔을 때, 필립의 목소리가 그 흐름을 끊었다.

"그날 당신이 녹음기를 고쳐 달라고 나를 찾아왔을 때…"

필립은 말을 맺지 않은 채 방으로 들어가서는 무엇을 들고 나왔다.

"이게 바로 그 녹음기라오. 기억이 나시오?"

필립은 녹음기의 버튼을 눌렀다. 잡음 소리가 조금 나더니 젊은 남자의 목소리가 들려왔다.

"녹음 테스트 중입니다. 밤에 집에도 못 가고 일을 했으니 잘 고쳐졌기를 바랍니다. 그래야 우리 아가씨가, 참 이름이 뭐죠? …마리−? 마리 아가씨가 내일 학교 강의 때 마음 놓고 졸아도 될 테니까요."

그러고는 끊어지는 소리가 났다. 그러나 곧 다시 이어졌다. 이번에는 앳된 여자의 목소리가 나왔다.

"잘 고쳐졌네요. 고맙습니다, 이름이… 아, 맞다, 필립 씨! …얼마 드리면 될까요?"

거기서 잠깐 목소리가 뒤엉켰다. 그런 다음 필립의 목소리가 다시 나왔다.

"퇴근 후에 개인적으로 한 일은 무료입니다. 다음부터는 꼭 근무시간에 가져오시기 바랍니다. 그래야 일도 정식으로 하고 돈도 제대로 받을 것 아닙니까. 하하하."

그 뒤로는 녹음된 것이 없었다. 그래도 필립은 매우 즐거워 보였다.

"나중에 새 녹음기를 사면서 강의 녹음은 다 지웠나 봐요."

마리는 가까스로 기억난다는 듯이 말했다.

"그때 아주 버린다는 걸 내가 달라고 했었죠. 내 목소리가 안 지워져서 고마웠어요."

이 말 뒤에 필립은 화제를 소렌토 쪽으로 되돌렸다.

"소렌토에 갔을 때 혹시 내 생각은 안 했어요?"

마리는 잠깐 대답을 망설였다.

"나라고 뭐, 모두 다 잊고 살았던 건 아니에요. 하지만 생각을 했던들 또 무엇에 썼겠어요?"

마리는 이렇게 말하고는 쓸쓸하게 웃었다. 그리고는 샐러드 속의 향초를 찾아 코앞으로 가져다 댔다.

"이 풀의 냄새가 너무 좋아요. 페널이라고 했죠? 에프 이 엔 엔 이 엘?"

그러면서 휴대폰의 영한사전에서 페널을 찾았다. '회향(茴香)'이라고 한자로 쓰여 있었다.

"무슨 뜻이래요?"

필립이 호기심을 보였다.

"고향으로 돌아간다는 뜻인가? 아니, 아니네요. 알 수 없는 한자네요."

마리는 그냥 어물어물 말을 끝냈다.

"뉴욕에는 그 뒤로 안 가 봤나요, 마리?"

필립이 결국 이야기를 뉴욕으로 끌고 갔다. 마리는 대답하기 전에 생각부터 해야 했다.

사실 그동안 뉴욕에는 여러 번 갔었다. 가기만 했던 게 아니라 갈 때마다 필립을 생각했었다. 어쩌면 필립과의 옛일을 추억하려고 일부러 뉴욕에 갔던 것이라고 해도 부인할 수가 없었다.

다른 것은 모두 덮어 두더라도 필립에게서 받았던 사랑의 고백만은 자꾸만 기억해 내고 싶었었다. 늦은 오후의 해가 조금씩 빠르게 기울어 갈 때, 동쪽 바다 위로 길게 드러눕는 자유의 여신상의 그림자를 바라보며, 나직하고 달콤한 필립의 고백을 듣던 그 순간의 전율과 기쁨!

그래서 마리는 처음에 정직한 대답을 내놓을 뻔했었다.

"뉴욕은 자주 가죠. 아무래도, 화가니까."

그러나 본능적으로 이 말을 참았다.

"거기 가서는 내 생각을 안할 수 없었겠죠? 뉴욕은 우리가 사랑했던 기억이 사방에 깔려 있는 곳이니까."

필립의 말이 틀림없이 이런 방향으로 흘러갈 것이었기 때문이다.

마리의 머릿속에는 짧은 순간에 여러 가지 그림들이 마구 떠올랐다. 뉴욕, 서울, 비행기, 바다, 등대, 나비, 아버지, 필립… 그리고 마지막에는 자신의 얼굴!

마리는 마침내 대답했다.

"뉴욕은 잘 안 갔어요. 그 대신 파리를 갔죠. 아무래도, 화가니까."

그러면서 속으로 타이르듯 자신에게 말했다.

"사랑은 기억만으로 충분하잖아, 마리."

불꽃

　파티는 거의 끝부분에 다다랐다. 마리는 곧 일어서야 했다. 로스앤젤레스에서 언니가 기다리고 있었고, 그것을 이유로 필립을 뿌리치고 떠나야 했다.

　필립은 이제 더는 머뭇거리고 있을 때가 아니라는 것을 알았다. 마지막 희망을 마리 앞에 펼쳐 놓기로 했다. 대화는 이렇게 펼쳐졌다.

　"마리, 진실을 말해야만 하겠소. 나는 그동안 잠시도 당신을 잊은 적이 없소."

　"알아요."

　"오늘처럼 만날 수 있으리라고는 꿈도 꾸지 못했었소. 하지만 이렇게 기적이 일어나고 나니, 이제는 절대로 놓아 줄 수 없다는 생각이 드오."

　"이해할 수 있어요."

　"당신도 이제껏 행복한 삶을 살아오지는 못한 것 같소."

　"그렇다고 할 수 있지요."

　"그런데도 가야겠소, 마리?"

　"네. 가야 해요."

　"당신이 떠나면 나는 살지 못할 것 같소."

　"나도 그럴는지 모르죠."

　"이대로 헤어져 서로 죽기만을 기다려야 하겠소?"

　"전에도 이렇게 헤어졌었죠. 이제는 훨씬 더 쉬운 일인 걸요."

　"그땐 우리가 너무 어렸소. 우리는 캄캄한 바다에서 길을 잃었던 것이오. 나는 이제 우리의 조각배가 가야할 방향을 알았소. 떠나지 마시오, 마리."

"아니에요. 그때 내가 울면서 아버지에게로 돌아갔듯이, 오늘도 언니에게로, 그리고는 함께 집으로 돌아가겠어요."

"그리고는 지금까지처럼 똑같이 살아가겠다는 거요?"

"네, 똑같이."

"아아!"

필립은 쓰러질 듯 했다.

"완성 못 한 그림은 어떡하려오? 등대 위에 앉아야 할 나비는?"

필립은 가슴을 치며 겨우겨우 힘들여 말했다. 마리는 또렷한 발음으로 대답했다.

"나비는 그리지 않겠어요. 나비는 구름의 높이로 날 수도 없고 큰 등대 위에 앉을 수도 없어요. 언제나 낮게 날아서 따뜻하고 안락한 곳을 찾아갈 뿐, 향기로운 풀꽃 위에도 잠시밖에는 머물지 않지요."

마리의 대답을 마침표로 삼아, 힘들었던 대화는 끝이 났다. 마리는 미완성의 그림을 택시에 싣고 등대를 떠나, 여인숙과 갤러리를 차례로 거쳐 공항으로 달려갔다. '등대길'이라는 이름의 표지들만이 잊지 말라는 듯 길가에 끝없이 늘어서서 마리를 배웅했다

해가 넘어가며 바다도 차츰 검은색으로 물들어갔다. 마리는 눈을 꽉 감고 머릿속의 캔버스에서 사랑과 그리움과 인생의 모든 구름 같은 것들을 하나하나 털어냈다. 그럴수록 몸도 마음도 나비의 날개처럼 가벼워지는 것 같았다.

마침내 비행기가 활주로를 달려가 어둠에 덮인 서쪽 바다를 향해 떠올랐다. 창문 아래로는 검은 태평양을 향해 불쑥 턱을 내민 몬터레이 반도가 펼쳐졌다. 마리의 눈길이 무심코 흐릿한 해안선을 더듬어 갔다. 문득 작은 불빛 하나가 반짝이는 것이 보였다.

"저 작은 불빛으로 저 넓은 바다의 조각배에게 방향을 알려줄 수 있

는 것일까?"

마리는 이렇게 생각하면서 다시는 볼 수 없을 필립의 슬픈 얼굴을 떠올렸다.

불빛은 계속해서 깜빡였다. 그러나 단순히 똑같은 깜빡임을 반복하는 것이 아니라, 숨을 쉴 때마다 피어나는 담뱃불처럼, 잠깐 흐려졌다가는 다시 진한 빨간색 불꽃으로 피어나고 있었다.

마리는 지나간 어느 크리스마스이브를 떠올렸다. 생전 처음으로 필립에게서 첫 번 키스 같은 담배 한 모금을 얻어 마셨던 날, 그리고는 정신을 잃고 그의 무릎 위에 쓰러졌던 날.

"필립 모리스!"

마리는 입속으로 불꽃의 이름을 불렀다. 그 순간 창 아래 바닷가 절벽 위 어둠 속의 불꽃은 마지막으로 한번 크고 환하게 피어났다가 사라졌다.

폭발

"그냥 부딪혀 봐야지 어쩌겠어?"

마리가 남기고 간 '구름이 없는 등대'의 그림을 들고 갤러리를 나서면서, 스미스 씨는 고객이 무어라고 할까 걱정이 되었다. 그러나 화가 자신이 못 팔아도 좋다고 했다는 것이 그나마 위안이 되었다.

스미스 씨는 '등대길'을 따라 달려가다가 급격하게 길이 꼬부라진 곳에서 차를 세웠다. 그림을 꺼내 들고 언덕길을 내려가 등대 집에 도착했다.

현관의 벨을 여러 번 눌렀으나 대답이 없었다. 집안을 살피며 창문을 두드려 보며 거의 한 바퀴를 다 돌았을 때 서쪽 창문 하나가 잠기지 않은 것을 발견했다. 창문을 통해 집 안으로 들어가며 계속 필립의 이름을 불러 보았다. 대답도 없고 사람도 없었다. 침실 안에는 빈 휠체어 하나만이 창밖을 향해 놓여 있었다.

"아침부터 어디를 간 거지?"

그는 혼잣말을 하며 돌아서다가 스스로 깜짝 놀라 외쳤다.

"아니, 휠체어 없이는 멀리 못 가는 사람이잖아?"

스미스 씨는 침실 안으로 달려 들어갔다. 등을 보이고 앉아 있는 휠체어를 확 잡아 돌렸다. 그리고는 그 자리에서 무릎을 꿇었다. 작은 신음소리가 스미스 씨의 입안을 가득 채웠다.

휠체어 위에는 필립의 바지와 재킷이 놓여 있었다. 그냥 놓인 것이 아니라 재킷은 등판에 잘 기대어져 있었고, 바지는 사람이 입고 앉은 형태로 휠체어로부터 마룻바닥까지 흘러내릴 듯 걸쳐져 있었다. 재킷 안쪽으로는 하얀 셔츠의 가슴 부분이 들여다보였다. 셔츠는 단추가 잘 채워진 단정한 모습이었다, 목의 칼라 부분에는 거무스레 그을린 자국이 있었다. 손목 끝도 마찬가지로 그을렸다. 바지의 밑단도 똑같았다. 원인도 과정도 알 수 없는 완전연소의 흔적들이 옷의 끝자락마다 조금씩 남겨진 채, 보이지 않는 필립이 단정하게 휠체어를 타고 앉아 있었다.

책상 위에 낡은 녹음기가 놓여 있는 것이 보였다. 스미스 씨는 버튼을 누르고 필립과 마리의 이십여 년 전 첫 대화를 들었다.

그 끝에 새로운 녹음 하나가 추가돼 있었다. 필립의 마지막 목소리를 들으며 스미스 씨는 돌처럼 굳어져 갔다.

"이것이 무엇인지 알 것 같소. 오랫동안 꽁꽁 얼려 놓았던 내 마음속의 불꽃 하나가 지금 막 얼음벽 틈으로 흘러나온 것이오.

불꽃이 폭발하며 다른 불꽃을 끌어내고, 또 그 불꽃이 폭발하며 다른 불꽃을 이끌어낼 것이오. 그렇게 내 몸의 세포들이 하나하나 불꽃으로 바뀌며 발긋발긋 피어오를 것이오.

아, 이제 가슴 부분이 횃불 모양의 나선형으로 타들어 가기 시작했소. 그러면서도 가슴 전체가 여전히 차갑소. 몸의 다른 부분도 모두 얼음보다 차오.

이 가슴이 모두 타는 듯 녹고 나면 그 다음엔 상반신 전체가, 그 다음엔 하반신이 차례로 녹아 없어져, 마지막에 내 몸은 아무 형체도 남지 않을 것이오.

그러나 내가 지금 입고 있는 옷가지들만은 휠체어 위에 그대로 앉아 그대를 기다릴 것이니, 친구여, 너무 놀라지도 슬퍼하지도 마시오."

스미스 씨는 다시 정중하게 무릎을 꿇고 하늘을 향해 성호를 그었다. 하늘은 구름 한 점 없이 푸르렀다. 나비 한 마리가 가벼운 날개를 흔들며 창밖을 스쳐갔다.

한국소설 2017년 8월호 / 2021년 개작

멸치를 다듬는다

김근당

남자는 여전히 멸치의 뱃가죽을 찢어 똥을 빼낸다. 바싹 말라 부스러지는 똥은 얼마 들어 있지도 않다. 살아 있는 내내 배가 고팠을 것 같다. 남자는 동생들을 생각한다. 성격이 여리고 어리석어 세상에서 자기 밥그릇을 찾지 못했다. 남자는 그런 동생들을 도와주어야 한다고 생각했다.

김근당

본명 김영호. 당진 출생.
1996년 《시대문학》 신인상(시부문)
시집 『달빛 이야기』 『우자의 노래』 『물방울 공화국』 『그대 소식이 궁금합니다』
2017년 《문학과의식》 신인상(소설부문)
단편 「불꽃놀이」 「그림 그리는 여자」 「겨울 공화국」 「뱀이 사는 집」 등 다수 발표
단편집 『겨울 야생화』 출간
한국문인협회 회원, 한국시인협회 회원, 한국소설가협회 회원, 한국문협 성동지회 이사로
활동 중

멸치를 다듬는다

여자와 남자가 마주앉아 멸치를 다듬고 있다. 다정한 장년 부부의 모습이다. 넓은 거실 한쪽 바닥에 신문지가 깔려 있고 그 위에 바가지 가득 다듬어야할 멸치가 담겨 있다. TV가 걸려 있는 벽에서 마루를 건넌 맞은편에 길게 놓여 있는 황토색 물소가죽 소파 밑이다. 여자가 멸치를 다듬어야 한다고 남자를 불러 앉혔다. 아들 집에 멸치볶음을 만들어 가야 한다는 것이다.

여자는 막내아들 집에 이것저것 반찬을 만들어갔다. 며느리가 직장에 다니기 때문이기도 하지만 막내아들에게 마음이 쓰이기 때문이다. 막내이기도 하지만 살아오면서 늘 마음이 쓰였다. 어려서부터 그랬다. 막내는 엄마만 좋아했고 엄마 품에서 떨어지지 않으려고 했었다.

여자는 반찬 중에도 멸치볶음을 자주 만들어갔다. 제 어미를 닮아 뼈가 가늘고 몸이 약한 손자를 보면서 여자는 멸치를 많이 먹어야 된다고 생각했다. 일곱 살 손자도 할머니의 멸치 효용론을 알아들었는지 아니면 할머니가 만들어주는 멸치볶음이 맛이 있는지 잘 먹는다. 일하는 아줌마가 아침을 챙겨주고 유치원 차에 태워 보내면 엄마가 퇴근하며 데려오는 아이다. 여자는 손자가 늦게까지 유치원에 남아 있는 것이 안쓰러워 어떤 때는 유치원이 끝나는 세 시에 데려오기도 했다.

건너편 벽에는 대형 TV가 걸려 있고 TV 왼쪽으로 '내일을 위해 오늘을 살자.'라는 가훈(家訓)이 긴 족자로 걸려 있다. 서예가인 남자의 친구가 써준 것이다. 베란다 문이 있는 오른쪽으로는 초록과 노랑과 하얀색 줄이 섞인 관음죽 잎들이 무성하다. 커다란 화분이 심겨져 있는 것이다.

남자가 바가지에 가득 쌓여 있는 멸치들을 헤쳐 본다. 모두 다듬으려면 시간이 꽤 걸릴 것 같다. 남자는 마음이 급하다. 해야 할 일이 남아 있기 때문이다. 그런데도 여자는 해야 할 일이 생기면 시도 때도 없이 남자를 불러냈다. 남자는 여자가 부르면 하던 일을 멈추고 나와야 한다. 여태껏 그렇게 살아왔다. 시장 가기에서부터 시금치 다듬기나 마늘 까기, 깍두기 무 썰기, 쪽파나 총각무 다듬기 등의 일이 있을 때마다 그랬다. 남자는 그때마다 마다하지 못했다. 거절을 하면 아내를 도와줄 줄 모르는 속 좁은 남자라고 퍼부어대는 여자의 잔소리를 감당하지 못하기 때문이다.

창 밖 허공으로 가는 빗줄기들이 날리고 있다. 삼월 말의 봄이라지만 일이 도의 기온과 이십 도 이상의 기온이 반복되는 변덕스런 날씨다. TV에서는 촛불집회와 태극기집회의 모습을 번갈아 보여주고 있다. 봄비가 구질구질 내리고 있는데도 양쪽 모두의 행렬이 끝도 없다.

남자는 다듬어야 할 멸치를 뒤적이며 한숨을 쉰다. 시간은 여섯 시를 넘어서 있다. 멸치를 다듬고 저녁을 먹고 설거지(설거지는 남자 책임이다.)를 하면 열 시가 넘을 것 같다. 이청준의 소설 '병신과 머저리'를 읽고 요점 정리를 하여 내일 오전 열 시부터 모이는 독서 모임(일곱 명의 회원이 모여 문학작품뿐만 아니라 철학 사회인문 서적 그리고 시집까지 의견을 모아 선정한 작품을 읽고 한 달에 한 번씩 모여 토론하며 삶의 아름다움을 추구하는 모임이다.)에 나가 말해야 하는데 시간이 없다. 오래 전에 발표된 병신과 머저리는 인간내부에 도사리고 있는 실존적 의미를 질문하는 내용이다. 같은 시대를 살면서도 서로 다른 아픔을 안고 사는 형과 아우의 이야기다. 남자는 형은 왜 병신이고 아우는 왜 머저리인지 정확하게 파악하지 못했다.

　남자가 똥만 불룩하게 들어 있는 멸치 하나를 집어 든다. 바짝 마른 몸에 붙어 있는 머리와 지느러미 그리고 꼬리는 하잘 것이 없이 말라 부스러져 있다. 살아 있을 때는 유용하게 쓰였을 것들이다. 삶을 유지하고 살아가는 일들을 결정하고 행동했을 머리도 다 삭아있다. 머리가 이 모양이니 잘못 생각하고 잘못 행동하다 이렇게 잡혀왔을 것 같다. 위험한 바다 속이다. 남자가 머리를 떼어 내고 배를 찢는다. 엷은 뱃가죽이 잘 찢어지지 않는다.

"더듬기는… 이렇게 잡고 밀어 올려봐. 똥이 쏙 빠지잖아."

　여자가 멸치의 머리를 떼어내고 엄지손가락으로 배를 밑에서 밀어 올린다. 멸치 똥이 머리를 떼어낸 부분으로 쑤욱 올라온다.

"뱃가죽을 찢거나 밀어 올리거나."

　남자는 시큰둥하다. 멸치의 뱃가죽이 얇은 습자지 같기 때문이다.

"그래도 이렇게 밀어 올려 봐요. 고집 부리지 말고."

　여자가 한심하다는 듯이 말한다. 별것도 아닌 것을 가지고 고집을 부리는 남자가 하찮게 보인다.

"뭐. 그게 그거지…"

　남자가 투덜거린다.

"그러니까 자기아집에서 벗어나지 못하는 거야. 사람들이 어떻게 보는지도 모르고."

　여자가 핀잔을 준다.

"사람들이 나를 어떻게 보는데?"

　남자는 기분이 좋지 않다.

"외골수면서 눈치도 없고, 그러니 마누라가 무슨 생각을 하고 사는지도 모르지."

여자가 기다렸다는 듯이 속에 있는 말을 끄집어낸다.

"당신이 무슨 생각을 하는지 모른다고? 그 속을 훤히 들여다보고 있는데."

남자도 지지 않는다.

"그 소갈딱지에… 그렇기도 하겠다."

여자가 심하게 말한다. 아직도 풀어지지 않은 마음의 앙금에서 검은 꽃이 슬금슬금 피어나기 때문이다. 결혼하고 칠 년여 동안 가슴 속에 눌러 붙은 앙금이다. 남자와 말다툼을 할 때면 그 앙금에서 검은 꽃이 피어났다.

"자기는… 자신을 알고?"

남자도 할 말이 많다. 여자에 대해 잘 알기 때문이다. 이기적인 성격에 양보를 모르는 여자다. 어떤 경우에도 자기 생각이 옳고, 그것을 상대에게 주입하기 위해 엉뚱한 말들을 만들어냈다.

"알고 있으니까 지금껏 밴댕이 속 같은 당신하고 살고 있지 않았나?"

여자가 비꼬아 말한다.

"밴댕이 속이니까 내가 지금껏 당신하고 살고 있지 않고?"

남자도 받아친다. 나태하고 참을성이 없는 여자이기 때문이다. 여기저기 아프다는 말을 달고 살고 조금만 힘든 일을 하면 머리가 아프다고 짜증을 냈다. 뭐가 그리 아프냐고 하면 아내를 위할 줄도 모르는 위인에게 말해서 뭐하겠냐고 쏘아붙였다. 그에 대구라도 하면 말이 엉뚱한 곳으로 튀어갔다. 말이 말을 낳고 또 말을 낳았다. 여자가 말을 끌고 다니고 끌려 다니는 남자는 자신이 어느 곳에 있는지 몰랐다.

"그럴까? 바다 같은 마음을 가진 나니까 살아준 거 아니고."

여자는 남자의 모든 것을 품어주며 살아왔다고 생각한다. 남자가 돈이 없어 사글세방을 전전해도, 자식들보다 동생들에게 마음이 더 가 있어도, 시도 때도 없이 시댁에 돈을 붙여주어도, 여자가 무슨 생각을 하고 사는지 몰라도, 모두 다 품고 살았다고 생각한다.

"그렇기도 하겠다."

남자가 말을 돌린다. 맞대면하면 고성이 오갈 것이기 때문이다. 자존심을 짓밟는 말을 거침없이 내뱉고, 좀 더 나가면 세상에서 가장 못된 남자로 만드는 악담을 퍼부었다. 남자는 여자의 말 폭탄을 감당하기 어려우면 방에 들어가 쑤셔 박혀 있어야 했다. 그러나 여자는 방에다 대고 한 시간이고 두 시간이고 온갖 말을 쏟아냈다. 그래도 성이 안 차면 소주병을 나발 불고 거실 바닥에 빈 병을 내동댕이쳤다. 그리고는 안방에 들어가 하루고 이틀이고 꼼짝도 하지 않았다. 그럴 때마다 남자는 속이 탔다.

TV에서는 언제부턴가 뉴스가 끝나고 자연 다큐가 이어지고 있다. 바다 속 생태계 풍경이다. 남자가 멸치 다듬던 손을 놓고 TV를 본다. 바다 속은 투명하고 아름답다. 모래벌도 깨끗하고 바위에 붙어 있는 노랑과 연분홍과 붉은색의 산호 군락들이 바람이 흔들리듯이 살랑거리고 있다. 바위들은 산처럼 높고 산호초 속에서는 비단 색깔의 물고기들이 숨바꼭질을 하고 있다. 보이지 않는 문어가 바위틈에 있는가 싶더니 기어가는 게를 긴 발을 뻗어 잽싸게 낚아챈다. 또 다른 게는 새우를 먹어치우기도 한다. 좀 더 넓은 수중에서는 바다사자가 펭귄을 쫓고 펭귄이 오징어를 쫓는다. 물 소용돌이가 일고 있는 곳에서는 참치 떼가 합동작전으로 멸치들을 몰고 있다. 구름떼 같은 멸치들이 이리 몰리고 저리 몰리다 다급하게 바닷가 백사장으로 뛰어오르기도 한다. 와글와글하는 멸치들의 고함소리가 파도 소리와 함께 들린다.

"멸치는 다듬지 않고 뭘 봐요!"

여자가 쏘아붙인다. 남자가 TV에서 얼굴을 돌려 멸치 하나를 집어 든다. 몸은 구십 도로 구부러져 있고 눈알은 회색으로 퇴색되어 있다. 천적에게 쫓기어 정신없이 어딘가에 쑤셔 박혔을 것 같다. 남자는 난감하다. 뱃속의 검은 똥을 떼어내려면 몸을 똑바로 펴야 하는데 몸을 펴면 부러질 것 같다. 망설이던 남자가 들고 있던 멸치를 다듬지 않은 바가지에 놓고 다른 멸치를 집어 든다. 그놈도 바싹 마른 몸이 비틀어져 있다. 살아온 세월이 힘들었다 말하는 것 같다. 수많은 난관을 겪었을 것이다. 그러고 보니 멸치들은 가지각각이다. 큰 놈, 작은 놈, 굽은 놈, 똑바른 놈, 비틀어진 놈, 딱딱한 놈, 부서진 놈, 똑같은 놈은 하나도 없다. 바다에서는 모두가 같은 것 같지만 모두 다른 모습이다.

남자는 사람 사는 모양도 멸치와 다를 것이 없다는 생각이 든다. 같은 세대에 살지만 모두 다른 삶을 살고 있고 한 지역은 물론 같은 부모 밑에서 태어나 한 가정에서 큰 형제들도 다른 삶을 살고 있기 때문이다. 이청준도 그런 의도에서 병신과 머저리를 썼을 것 같다. 같은 시대를 살면서도 서로 다른 아픔을 안고 사는 형과 아우의 이야기다. 형은 전쟁을 몸소 겪었고 거기다 적군의 지역에서 헤매다 탈출한 경험이 있고 아우는 전쟁 경험이 없다. 형은 어린 시절 사냥 나가는 사람들을 따라가 피 흘리며 도망가는 짐승을 보았고 적지에서 탈출 과정에 동료 병사를 죽인 경험이 있다. 그렇기 때문이었을 것이다. 거리에서 손을 땅에 놓고 엎드려 구걸하는 어린 소녀의 손을 아무렇지도 않게 밟고 지나갔다. 아우는 무기력해서 사랑하는 여자도 잡지 못하고 화실을 운영하는 화가이면서 그림도 그릴 수 없다. 왜 그런지 이유도 모른다. 그러면서 형과 갈등을 겪는다. 둘의 갈등은 경험과 관념의 차이에 기인한다지만 좀 더 근본적인 문제가 있을 것 같다. 두 형제의 부모에 대한 이야기는 없다. 일제 말기의 격변기에 태어났을 형제다. 인간 내부에 도사리고 있는 실존을 파헤친다면 좀 더 근원적인 문제까지 파고 들어 갔어야 되지 않았을까 싶다.

　남자는 여전히 멸치의 뱃가죽을 찢어 똥을 빼낸다. 바싹 말라 부스러지는 똥은 얼마 들어 있지도 않다. 살아 있는 내내 배가 고팠을 것 같다. 남자는 동생들을 생각한다. 성격이 여리고 어리석어 세상에서 자기 밥그릇을 찾지 못했다. 남자는 그런 동생들을 도와주어야 한다고 생각했다. 왜 그래야 하는지는 몰랐다. 끈끈하게 달라붙은 생각이 마음을 놓아주지 않았다.

“당신은 부모에 대해 어떻게 생각해?”

　여자가 다듬는 멸치에 눈을 고정한 채 뜬금없이 묻는다. 뼈가 들어 있는 말 같다.

“부모에 대해…?”

　남자는 여자가 묻는 의도를 알 수 없다.

“불만 같은 거 없어?”

　여자가 달리 묻는다. 남자가 자신의 부모에 대해 말하거나 불평하는 말을 한 번도 한 적이 없기 때문이다.

“있지.”

　남자가 쉽게 대답한다.

“뭔데?”

　여자가 의외라는 듯이 남자를 바라본다.

“마음 놓고 기댈 수 없었다는 거.”

“기댈 수 없었다니?”

　여자는 남자의 대답이 마음에 차지 않는다.

"그럼 뭐?"

"뭐 다른 것은 없어? 원망 같은 것이나…"

"없는데. 원망이랄 것이 있나. 어머니 아버지의 운명이고 어쩔 수 없는 시대였는데."

"운명은 무슨 운명이고 시대는 또? 어느 부모는 그런 시대에 안 살았나."

"가난하고 척박했던 환경."

"그 시절에는 사람 사는 게 다 그랬지. 뭘? 얼마나 척박했다고."

여자는 남자의 말에 수긍할 수 없다. 자기 핏줄이라고 억지 변명을 하고 있다는 생각이 든다.

"당신에게는 아무리 이야기해도 몰라."

남자는 잘라 말한다. 절대로 모를 것이기 때문이다. 사십 년 가까이 살면서도 불평불만과 비난만 했다. 정직하게 열심히 살아온 어머니 아버지를 조금도 이해하려 들지 않았다. 속정이 깊어 말은 안 해도 자식들을 위해 속을 태우며 살아온 어머니 아버지였다. 남자는 아버지 어머니와 별로 말을 하지 않았다. 형제자매와도 마찬가지였다. 말을 하지 않아도 서로의 마음을 알았다. 아내는 그런 부모를 무능하고 피도 눈물도 없는 사람들이라고 쏘아붙였다. 남자는 가슴이 아팠다. 뜨거운 염천에도 매일 남의 집 논일을 하고 추운 겨울에도 밥사발 속 종지기에 새우젓을 싸가지고 가서 공사판에서 언 밥을 먹으면서 하루 종일 일하던 아버지였다. 남의 집 일을 할 때면 남들보다 두 배나 많은 짐을 지었다. 마을에서 녹두장군이라 불렸다. 어머니는 땡볕에서 하루 종일 남의 밭일을 했다. 겨울이면 남의 집 부엌일을 도와주며 쌀이나 돈을 받아왔다. 남자는 그렇게 살았던 아버지와 어머니를 기억한다.

"모르긴 뭘 모른다고? 당신 어머니 얼마나 모질고 냉정한데."

여자가 늘 하던 말을 또 한다.

"어머니가 모질고 냉정하다고?"

남자는 가슴이 답답하다. 그만큼 보아왔으면 알만도 할 텐데 또 다시 터지는 비난이다.

"그래! 그 잘난 당신 어머니."

여자가 쏘아붙인다.

"우리 어머니? 못나고 어리석지. 사람 사는 도리도 모르고…"

남자가 여자의 가슴 속에 숨어 있는 말을 대신한다. 자기 생각만 꽉 들어차 있는 여자이기 때문이다.

"그게 아니지. 냉정하지. 바늘로 찔러도 피 한 방울 나오지 않을 만큼… 당신 어머니는… 그런 생각 안 들어?"

여자의 속 깊은 앙금에서 또 다시 검은 꽃이 피어나기 시작한다. 여자도 어쩔 수 없다. 자신에게 그토록 무거운 짐을 지워놓고도 시골에 가면 소 닭 보듯 했던 시어머니이기 때문이다. 된장 간장은 고사하고 푸성귀 하나 싸줄 줄 몰랐다. 거기다 자기 자식들을 큰아들에게 맡겨놓고 말 한 마디 없었다. 친정에 가면 맨발로 뛰어나와 사위를 얼싸안는 친정어머니와 달라도 너무 달랐다.

"어머니가 얼마나 속정이 많은데. 어렸을 때 자다가 눈을 떠보면 헌 부채로 모기를 쫓으며 앉아 있기도 했고, 남의 집 콩밭을 매다 개똥참 외를 발견하면 남몰래 치마폭에 감추었다 가져다주기도 했고…"

남자는 가슴 속에 있는 이야기들을 다 말 하지 못한다. 몸이 약한 아들을 위해 소의 생피가 좋다고 도살장에 데리고 가서 뜨끈한 피를 얻어 먹이기도 했고 죽어가는 막내 동생을 업고 십 리 읍내까지 뛰어가기도 했었다. 무능한 부모 때문에 고생하는 며느리를 똑바로 쳐다보도 못했다.

"뭐가 그래요? 당신도 모질고 냉정한 어머니처럼 나에게 대했잖아!"

여자가 목소리를 높인다. 가슴 속 앙금에서 검은 꽃이 피어나고 있기 때문이다.

"내가 모질고 냉정하게 대했다고…"

남자는 아무리 말해도 여자의 생각을 돌이켜 놓을 수 없다. 결혼하고 칠 년 가까이 여자를 고생시켰지만 그 후로는 여유 있게 살았다. 진급도 남 못지않게 했다. 은행에서 운영하는 부동산에 적은 돈을 넣어 돈도 좀 불렸다. 그동안 아내는 외식을 집 밥 먹듯 했고 나이보다 젊어 보인다고 부러워한다는 친구들을 안락한 승용차에 태워 딸애가 예약해 준 콘도에 놀러 다녔고 해외여행도 여기저기 다닐 만큼 다녔다. 경제권도 손에 쥐고 돈을 어떻게 쓰는지 말하지 않았다. 남자는 잔소리를 들어가며 용돈을 얻어 써야 했다. 학교 동창회나 직장 퇴직자 모임에서도 회장을 맡으라고 아우성이지만 여자가 쪼이는 용돈 때문에 고사하고 있었다.

"그럼. 그것도 몰랐단 말이야? 하기는… 자기 생각대로 산 사람이니까."

여자가 또 다시 남자를 몰아붙인다. 남자가 조금도 변하지 않았다고 생각되기 때문이다.

"당신은 어떻고?"

남자는 여자가 상냥하고 지혜로운 줄 알았다. 그러나 살면서 다른 면에 부딪쳤다. 어떤 상황에서도 생각을 꺾지 않는 성격에 어려운 일이 생기면 짜증내고 신경질부터 부렸다. 처음에는 시댁과 동생들 때문인 줄 알았다. 그런데 그것도 아니었다. 살아오는 내내 사람을 달달 볶았다.

"당신은? 독불장군이었지. 지금도 마찬가지야."

여자는 남자가 바보 온달 같다고 생각했다. 이십일 세기에 나타난 바보 온달. 사람의 도리도 제대로 못하는 무능한 아버지 어머니의 말만 나오면 자존심을 짓밟는다고 눈에 쌍심지를 켜는 남자였다.

"독불장군? 그게 아니야. 운명을 개척하고 싶었을 뿐이야."

남자는 살아오는 내내 여자에게 이해시켜주고 싶었다. 그러나 통하지 않았다. 오로지 자기만 행복하고 편안하면 그만이었다. 남자는 어떻게 말해야 좋을지 몰랐다. 열심히 일해서 가로막고 있는 장애물인 운명을 뚫고 나가 동생들도 여자도 행복한 가족을 만들겠다고 말하고 싶지만 여자를 어떻게 이해시킬지 몰랐다.

"그래서 당신의 운명을 개척했다고? 한 여자의 가슴에 대못을 박으면서."

여자는 남자를 이해할 수 없다. 여자의 소중한 꿈을 산산이 부셔놓은 남자였다.

"가슴에 대못을 박았다고? 우리의 꿈을 이루려고 악전고투 했는데."

"악전고투라고? 여자를 처참하게 만들어 놓고."

산동네 판자촌이었다. 신혼생활을 시작한 곳이었다. 생활비를 아끼려고 정부미를 사다 먹고 먼 길을 걸어 재래시장에 다녔다. 고통스러운 삶이었다. 그러나 남자는 한 가지 생각뿐이었다. 마누라도 한번 돌아봐 달라고, 우리 아이도 생각하라고 애원해도 요지부동이었다.

여자는 날씬하고 예뻤다. 그러나 남자는 여자가 몸이 약하다고 생각했다. 무거운 짐을 지우기에는 여자의 어깨가 너무 연약해 보였다. 하얗고 깨끗한 얼굴이 어려움을 모르고 큰 것 같았다. 남자는 직속 상사인 팀장의 권유로 여자를 만나기는 했지만 여자에게 마음을 줄 수 없었다. 군대에서 제대하고 복직한 직장의 팀장이 소개한 여자였다. 남

자는 여자에게 마음을 두지 않기로 작정했다. 직장에 복귀했지만 아직
도 짊어지고 있는 짐이 많기 때문이었다. 동생들 학비에 아버지의 약
값 등 시골집에 보내는 돈이 많았다. 함께 기거하는 여동생도 있었다.
여자가 감당해내지 못할 것 같았다. 남자는 여자와 마주앉아 있기가
거북했다.

"왜. 자리가 불편하신가요?"

여자는 눈치가 빨랐다. 재치 있고 약아 보이는 인상이었다. 남자는
언뜻 이런 아가씨라면 어리석은 동생들을 잘 이끌어줄 것 같은 생각이
들었다.

"아 아닙니다."

남자는 자신도 모르게 손사래를 쳤다. 속으로 생각하고 있던 것을 여
자가 알아챘을 것 같기 때문이었다. 여자는 남자가 좋았다. 선량한 얼
굴에 순진하고 정감어린 인상이었다. 여자를 배려해줄 것 같았다. 남
자를 소개해준 언니도 진실하고, 책임감이 강하고, 사려 깊고, 정이 많
고, 의지가 강한 남자라고. 고등학교까지 나왔지만 늦게나마 방통대도
등록했고, 실력도 있고, 상사에게 인정도 받는다고, 칭찬을 입이 닳도
록 늘어놓았었다. 꽃꽂이 모임에서 만나는 언니였다.

"언니가 칭찬을 많이 하던데요."

여자는 호감을 표시하고 싶었다. 외롭고 허전한 심정으로 만난 남자
였다. 어머니는 동대문시장에 나가면 밤늦게야 돌아왔다. 언니들이 하
나 둘 시집가고 혼자 집을 지키고 있을 때면 성북동 큰 집이 무서웠다.
들창 밖 대나무에 바람이 스치는 소리가 귀신이 찾아오는 소리 같았
다. 동대문 시장에서 이불 도매상을 하는 어머니는 늘 바빴다. 아버지
가 돌아가시고 이어받은 가게였다. 여자는 전문대를 나와 개인 회사의
경리를 보고 있는 자신에 비해 시중은행의 정식 직원인 남자가 좋아

보였다.

"저의 직속 상사입니다. 저에 대한 과장을 너무 심하게 하신 모양이
네요."

남자는 마음을 다잡았다. 전화번호도 주고받지 않고 일어섰다. 자신
을 속속들이 이해하고 힘든 삶을 함께 개척해나갈 수 있는 여자를 만
나고 싶었다.

남자는 여자를 보내며 가슴이 아팠다. 슬픔이 가슴을 쓸고 지나갔다.
자신이 좋아하는 것을 가질 수 없는 슬픔이었다. 서울에 올라와 고등
학교를 다닐 때도 그랬다. 남자는 부자 무모 밑에서 어려움 모르는 아
이들이 부러웠다. 아버지 어머니는 아들이 서울에서 어떻게 공부를 하
는지 몰랐다. 중학교 때도 그랬었다. 삼 년 간 장학금으로 다녔기 때문
이었다. 남자는 그래도 넓은 세상으로 나와 미래를 개척하는 자신은
괜찮다고 생각했다. 중학교도 다닐 수 없는 동생들이 불쌍했다. 아버
지 어머니는 여섯이나 되는 자식들을 길가의 굴러다니는 돌처럼 키웠
다. 어떻게 할 줄 몰랐다. 초등학교 때는 남자도 양은도시락에 고구마
와 김치를 싸가고 다녔다. 그래도 부끄럽지 않았다. 중학교 때는 공부
에만 매달려 배고픈 줄도 몰랐다. 낮에는 밭에 나가 일하고 밤새도록
공부했다. 서울에서 학교에 다닐 때도 아르바이트와 공부로 늘 코피를
흘렸었다.

여자는 남자와 헤어지고 집으로 돌아오며 왠지 손에 들었던 보물을
잃어버린 것 같은 느낌이 들었다. 아쉬움이 남아 있는 마음이었다. 한
번 더 만나고 싶었다. 다시 만나기로 한 약속은 없었지만 전화를 걸고
싶었다. 소개해준 언니도 먼저 전화를 해보라고 부추겼다. 남자는 전
화를 건 여자를 거절하지 못했다. 생각은 만나지 말아야지 하면서도
마음은 그렇지 않았다. 상냥하고 영리한 여자이기 때문이었다. 무능해

서 세상에 적응하지 못하는 동생들에게 도움이 되어주었으면 하는 마음이 간절했다. 바위라도 뚫고 나가려는 자신의 성격과 여자의 상냥하고 영리한 성격이 합친다면 새로운 세상을 만들어 갈 수 있을 것 같기도 했다.

남자와 여자는 그렇게 서로 다른 생각으로 만났다. 둘이 거리를 걸으면 사람들이 모두 쳐다봤다. 참으로 잘 어울리는 선남선녀라고 생각하는 것 같았다. 여자는 흡족했다. 이촌동 빈민촌에 있는 남자의 자취방에 갔을 때도 지저분한 살림살이와 퀴퀴한 냄새, 누이와 함께 사는 것도 이상하게 생각되지 않았다. 여자는 남자가 가난한 집 장남이고, 동생들을 돌봐야 되고 그래서 고생할 텐데 그래도 좋겠느냐고 물었을 때도 그것이 무슨 문제가 되는 것인지 몰랐다.

멸치는 반 이상이 다듬어져 있다. 밖에는 어둠 속에 빗줄기가 거세지고 있다. 베란다 유리문을 두드리는 빗줄기들이 눈물처럼 주르르 흐른다. 남자는 소리 없이 울며 시골집으로 가던 여동생을 생각한다. 시골에 있는 남동생이 올라와 여동생을 데리고 갔다. 아내와 여동생의 불화를 어떻게 알았는지 모를 일이었다. 남자는 가슴이 아팠다. 올케와 잘 지내며 앞날을 개척하길 바랐지만 해준 것도 없이 생각뿐이었다. 남자가 구부러진 멸치를 집어 들어 이리저리 살핀다. 뱃가죽을 찢으면 부러질 것 같다. 남자는 멸치를 조심스럽게 펴고 똥을 빼낸다. 멸치가 반으로 갈라지고 만다. 남자는 그대로 다듬어진 양재기에 넣는다.

"버려요!"

여자가 명령하듯 말한다. 남자는 여자의 말을 듣지 않는다.

여자가 두 동강이 난 멸치를 집어 들고 '이런 걸 누가 먹으라고.' 투덜대며 신문지 바닥에 버린다.

"그것도 멸치인데 왜 버려요."

남자가 버려진 멸치를 다시 집어 들자 여자가 남자의 손은 탁 친다.

"이러니까 진구렁에서 구질구질하게 살아왔지. 나까지 쑤셔 넣고."

여자가 또 다시 모진 말을 한다. 남자는 가슴이 메인다. 이제 이만큼 살고 있으니 옛날 일은 잊었으면 싶지만 그게 아니다. 사사건건 가슴을 쑤시고 들어온다. 그러나 여자는 털어버릴 수가 없다. 다시없을 젊은 날을 망쳤기 때문이다. 험난한 바다 속에서 지지리도 못나게 살다가 구부러지고 비틀어진 멸치처럼. 꿈 많은 처녀 시절이었다. 어려움을 모르고 살았다. 남자와 가정을 이룬다는 것이 꿈만 같았다. 행복을 설계하고 싶었다. 직장에서도 나왔다. 신혼 생활을 시작할 방을 사당동 산꼭대기에 있는 허름한 집에 얻을 때도 불평하지 않았다. 남자만 있으면 된다고 생각했다. 부엌을 임시로 만든 작은 방과 문간방, 그렇게 두 개를 얻어 문간방에는 시누이를 두고 겨울바람이 새어 들어오는 부엌이 달린 작은 방에서 신혼을 시작했다. 아이도 생겼다. 장래가 있고 행복했다. 그렇게 반년이 지난 어느 날 남자가 시골에서 중학교 일학년에 다니는 시동생을 전학시키자고 했다. 문간방에 시누이와 함께 기거하면 된다는 것이었다. 넓은 세상을 경험하며 머릿속에 박힌 어리석음을 빼내어 험한 세상에서 살아갈 경쟁력을 키워주자는 것이었다. 여자는 남자의 생각이 기특하다고 생각했다. 그러나 학비와 늘어난 생활비가 남자의 봉급에서 나갔다. 하는 일이 없는 시누이는 어딘가로 나가 저녁때야 들어왔다. 그러면서 생각지 못했던 일들이 터졌다. 시누이가 구두를 말없이 신고 나가고 코트도 입고 나갔다. 어느 날은 장롱 문 열쇠를 부수고 옷을 찾아 입고 나갔다. 혼수로 해온 장롱이었다. 남자가 시누이를 타이르자 오빠는 너무한다고, 나에게는 옷도 한 벌 사주지 않고, 어떻게 지내는지 관심도 없고, 언니가 날 얼마나 무시하는지 아느냐고. 울고불고 난리를 쳤다. 주인집 사람들과 이웃집 사람들이 몰려들었다. 여자는 창피하고 억울했다.

그 후로 시누이는 시골로 돌아갔지만 시동생은 서울에서 고등학교까지 보내며 계속 학비를 대야 했다. 그 와중에 적금을 들어 모은 돈으로 시골에 농토를 사주었다. 배울 기회를 놓치고 시골에서 무력하게 사는 바로 밑의 남동생에게 그나마 생활 터전을 마련해 주어야 한다는 것이었다. 그 사이 한남동으로 금호동으로 산비탈 월세 집으로 이사 다녔다. 그리고 얼마 후였다. 시동생이 배가 동산 만하게 불러 동서와 함께 왔다. 시어머니가 형에게 가보라고 했다는 것이었다. 본점 과장이었던 남자는 고심 끝에 전무이사에게 말씀드려 동생을 간에 권위 있는 대학병원에 입원시켰다. 국내 최고의 간 전문의가 있는 곳이었다. 의사는 술에 간경화가 심하고 복수가 찼다고 했다. 남자는 은행에서 돈을 빌려 입원비와 치료비를 대주었다. 여자도 죽어가는 시동생이기에 어쩔수 없었다. 은행에서 빌린 돈을 갚으며 생활하기에 힘이 들었다. 그러나 병원에서 퇴원하고 시골로 내려간 시동생이 이번에는 목에서 피가 올라온다고 다시 찾아왔다. 의사는 또 다시 술을 먹으면 죽는다고 했다. 그러나 시골로 내려간 시동생은 또 술을 먹는다고 했다.

여자는 남자와 돈 문제로 말싸움하는 날이 많았다. 남자는 동생이 불쌍하니 사람답게 살도록 도와주자고 했고 여자는 우리도 아이들과 살아야 된다고 했다. 남자는 몸이 부서지는 한이 있어도 돈을 벌어 앞으로 잘 살도록 해주겠다고 사정했고 여자는 제발 나를 좀 봐달라고 했다. 그런 와중에 시아버지가 돌아가시고 결혼할 때 받은 금반지를 팔아 장례비용을 마련해야 했다. 남자가 그렇게 하자고 사정했다. 또 일년이 지난 후, 시누이 결혼에 장롱을 해주자고 했다. 붙여먹을 땅도 없는 가난한 집으로 시집가는 동생이 불쌍하니 어떻게든 도와주자고 사정했다. 사글세 집에서도 돈이 필요하니 전세로 돌려주든지 그렇지 않으면 나가달라고 했다. 둘째 아이가 뱃속에서 자라고 있었다. 여자는 남자가 원수 같았다.

"이러려면 왜 결혼 했어? 당신 말이야! 그 잘난 동생들하고 살지. 내 인생은 뭔데. 내 인생 돌려놓으라고!"

여자가 악을 쓰며 대들었다. 남자는 마음이 처참했다.

"거지꼴에 사람 사는 도리도 모르는 네 어머니 아버지. 너도 똑같은 놈이야. 알았어!"

여자가 악에 받쳐 막말을 쏟아냈다.

"뭐가 어쩌구 어째!!"

남자는 자신도 모르게 여자의 얼굴에 손이 올라갔다.

"그래 새끼야. 도와주면 도와주는 줄 아나, 지 새끼들을 맡겨 놓고 아들이 어떻게 사는지 아나. 왜 지 새끼들을 너한테 다 맡기는데!"

여자도 남자의 가슴을 쥐어뜯었다. 남자의 흰 셔츠가 찢겨졌다. 남자는 여자를 이리 밀치고 저리 밀쳤다. 여자는 남자의 가슴을 박박 긁었다. 세 살 경애가 방구석에서 자지러지게 울었다. 단칸 월세 방이었다. 집 주인이 나가라고 소리 질렀다. 여자는 집을 뛰쳐나갔다. 그러나 갈 곳이 없었다. 오빠와 함께 사는 엄마 집으로는 갈 수 없었다. 밤길을 무작정 걸었다. 뱃속에 있는 아기가 발길질했다. 자지러지게 울던 큰애가 붙잡고 늘어지는 것 같았다.

멸치는 이제 다 다듬어졌다. 남자는 먼 길을 걸어온 것 같다. 밖은 짙은 어둠이 드리워져 있다. 이제 비는 그친 것 같다. 잘 다듬어진 멸치들이 양재기에 수북이 쌓여 있다. 갖가지 모양이던 멸치들이 하나 같이 정갈하다. 머리와 내장은 깔아놓은 신문지 위에 수북하게 쌓여 있다. 험난한 바다 속에서 살아남기 위해 잠시도 쉬지 못하고 움직여야 했을 멸치들이다. 먹이 사슬의 위쪽에 있었더라면 좀 더 여유 있게 살 수도 있었을 것을, 멸치나 사람이나 처해진 운명은 어쩔 수 없는 모양이다. 이청준도 그런 주제로 병신과 머저리를 썼을까? 형은 그렇다 쳐도 아우는 왜 머저리인지 알 수 없다. 선천적인 아픔이 있는 것은 아닐까? 소설의 말미에 아우는 머저리인 원인을 영영 찾아내지 못할 것이라고 했다. 하지만 남자는 그렇게 생각하지 않는다. 머릿속에 새겨져 있는 것들이 있으니까. 남자도 머릿속에 박혀 있는 것이 있다. 컴퓨터의 하드디스크처럼. 살아오면서 그렇게 생각했다. 돌이킬 수 없는 일이지만 여동생과도 대화를 나누었더라면 좀 더 좋은 길을 찾아주었을 수도 있었을 것이다. 생각이 미치지 못했다. 착한 동생이었는데, 가난하게 살다 병을 얻어 일찍 죽었다. 남동생도 그랬다. 결국은 술에 빠져 죽고 말았다. 모두가 생긴 대로 살았다 갔다. 남자는 독서모임에 나가면 병신과 머저리에 대해 할 말이 많을 것 같다.

여자는 다듬어진 멸치를 이리저리 뒤적여본다. 혹시나 못난 것들이 들어있지 않나 싶어서이다. 모두가 잘 다듬어진 멸치들뿐이다. 지저분한 것들은 모두 제거되고 남은 것은 뼈와 살뿐이다. 단백질과 칼슘의 보고다. 여자는 가족을 위해 맛있는 반찬을 만들 것이라 생각한다. 살아온 만큼 농익은 손맛을 더할 것이다. 여자가 잘 다듬어진 멸치가 가득 담긴 양재기를 들고 일어선다.

이승의 흔적

김선기

"인간은 어떻게든 흔적을 남기는 법
이지요. 좋은 흔적이든 나쁜 흔적이
든. 이런 모든 일을 하실 때 하나님은
만물을 아니 미물까지도 도구로 사용
하시지요. 그러니까 결국은…"

김선기

전주에서 34년간 목회를 하고 은퇴한 목사
성결교신학대학원교수 외 외래교수, 객원교수
성결신학, 감신대학선교교육원, 킹스웨이신학대학원, 히브리대학교INSTITUTE, 연세대학
교연합신학대학원, 이벤젤크리스천 신학대학원
저서 설교와 컬럼 모음집 『울어야 삼킨다』 신앙에세이집 『노컷 하늘 드라마』, 박사논문 「성결
과 인간성과의 관계」, 장편소설 『사랑행전』

이승의 흔적

　1980년대 초, 전에 미군정시 전라북도지사였던 정일사의 서울 아현동 저택에서 독신으로 거주하던 60대 중반의 귀녀 씨라는 여인이 전라도 반암리라는 마을에 있는 반석교회를 찾아 내려갔다. 이번에 그 교회에 새로 부임한 담임목사를 만나보기 위해서다.

　전라도에 있는 반암리라는 시골은 60여 호가 모여 살고 있는 산촌에 가까운 마을이다. 서씨 문중이 토박이고 타성받이는 여남은 가호쯤 된다. 밭농사와 논농사가 반반을 이루고 있다. 사방이 야산으로 둘러싸여 있고 서편 반쪽은 툭 트여있어 벌판으로 벋어있다. 동네 우편 앞자락에는 판판하고 널따란 바위 위에 누각처럼 서있는 서씨 문중의 제실이 있어 추석이면 대청마루에서 동네연극을 했다. 그 때마다 동네방네에서 시끌벅적하게 모였다. 동네 뒤편 절반은 대나무 숲이 신대처럼 너울댔고 좌편으로 절반은 정원같은 동산이 병풍처럼 들러리를 섰다.
　그 동산 중앙에는 오래 전부터 부자집 묘가 크고 넓게 자리를 잡았고 그 묘를 쓸 때 심었던 나무들이 지금은 거목이 되고 고목이 되어 터줏대감 노릇을 했다. 가령 대여섯 그루가 되는 백일홍은 야들야들한 꽃잎에 연륜을 과시하듯 은빛으로 반질거리는 표피를 뽐내며 잔바람에도 추임새를 깔 듯 태를 부렸다. 줄잡아 백여그루 남짓한 소나무수림은 그네를 맬 만큼 아름드리 왕소나무로부터 매끈한 것 흰 것들이 의

77

좋게 어우러져 송림 왕국을 이루고 있다. 부자집 묘의 널따란 상석은 동네 애들의 딱지치기 딱 맞춤 자리이며 부자집 묘는 겨울 말고는 내리 춘하추를 애들의 술래잡기와 고지점령 전용 난장이 되었다. 그래서 어떤 이들은 그 묘를 명당 중의 명당이라고 농담을 했다. 밤낮을 가리지 않고 주야장천 애들과 자반뒤지기로 놀테니 외롭지 않고 얼마나 신이 나겠느냐고.

소나무 숲 뒤켠으로는 이웃 큰동네의 방앗간으로 잇대어지는 마차길이 있고 그 길 건너편에는 중키 정도의 소나무 밭이 어림잡아 천여 보쯤 벋어 있다. 그 솔밭이 끝나는데서부터는 만경평야로 이어지는 백구들판이 시원스럽게 벋어있다. 들판 가운데로는 목포행 호남선이 줄자처럼 길을 내고 철로를 따라 전신주가 오선처럼 늘어놓은 줄 위에서는 참새들이 앉아서 음표놀이를 했다. 해질 무렵 노을을 가르며 낭만객처럼 서있는 전신주를 터치하듯 기차가 지나갈 때에는 솔밭을 배경삼고 어우러진 풍경이 언뜻 밀레의 만종을 떠올리게도 했다.

마차길에서 솔밭 안쪽으로 50여 보 양지바른 곳에는 별장같은 집이 한 채 있었다. 그런데 지붕은 황금색 윤기가 흐르는 볏짚 이엉이었다. 별장같은 현대 감각이 느껴지는 집 지붕을 볏짚이엉으로 씌우니 오히려 더 예스럽고 친근감이 생긴다고들 했다. 그 집에 서울에서 내려온 할머니가 혼자 사셨다. 여간 신식 할머니가 아니었다. 동네 사람들이 그 서울 할머니를 구경하려고 짬짬이 기웃거렸다. 그 당시 시골에서는 얼굴이 깨끗하고 흰 사람은 무조건 서울 사람으로 격상하여 대했다.

서울 할머니는 서울 할머니답게 얼굴도 뽀얗고 곱게 생기셨다. 할머니의 서울 말씨는 숫제 귀에 음악 같아서 시골 애들은 혀를 굴려 흉내내기에 열을 올렸다. 서울 할머니 집에는 서양사탕이 떨어지지 않았다. 동네 애들이 얼씬거리면 손짓으로 불러 손바닥에 사탕 한 개씩을 얹어주었다. 난생 처음 보고 맛보는 사탕이다. 색깔도 얼마나 곱고 달고 맛이 있는지 두어 번 빨고는 손바닥에 뱉어 쥐고 아꼈다. 어떤 애는 사탕 한 개를 사흘씩 나흘씩 아껴서 빨아먹기도 했다. 해마다 여름이면 서울 할머니 집에는 서울에서 귀한 손님들이 와서 보름 남짓씩 머물다 가곤했다. 그 때는 동네도 경사가 난 듯 들떴다. 사람들이 서울 할머니네 집 근처를 어슬렁거리며 힐끗힐끗 훔쳐보았다. 그런 세월이 십수년이 지나고 서울 할머니도 세상을 떠났다. 한동안 동네가 휑하니 빈 것 같았다. 할머니네 빈 집을 보노라면 지나간 시절이 그리워 눈물이 마려웠다. 여차여차한 일로 그 집터에 교회를 세우게 되었다. 반석교회라고 불렀다. 이제 70여년이 넘는 장자교회가 되었다. 이번에 목사가 새로 부임했다. 그 소식을 듣고 서울에서 내려 온 부인이 있다.

그 부인은 목사가 바뀔 때마다 서울에서 내려와 새로 부임한 목사를 만났다. 그리고 그 목사에게 반석교회가 세워진 내력을 성지순례 안내원처럼 소상하게 들려주었다. 평소에도 이삼년 간격으로 성지순례하듯 반석교회를 다녀갔다. 그 여인의 이름은 귀녀 씨었다. 귀녀 씨가 들려 준 이야기는 대략 이러했다. 아니 그 이야기보다는 먼저 그 이야기의 출처가 되는 배경에 대한 언급이 우선일 것 같다.

정일사(1881~1948)라는 분이 있었다. 미국으로 유학하여 미군장교가 되었고 제1차 세계대전 때는 미군 군의관으로 참전하였다. 1924년에 귀국하여 세브란스 의학전문학교의 교수가 되었다. 1946년 미군정시 전라북도 지사에 임명되었다. 그후 이화여자전문대학 교무처장을 지냈고 그 때 그의 부인은 그 학교의 교수였다. 정지사는 1948년에 심장질환으로 세브란스병원에서 별세했다. 이화여전 교수인 그의 부인이 곧 서울 할머니의 동생이었다. 그 교수는 여름방학이면 홀로 외롭게 사는 언니 집에 두 아들과 함께 왔다. 어떤 때는 미국 여자와 동행할 때도 있었다. 그런 때는 영락없이 소문이 멀리까지 퍼졌다. 오리 밖에서까지 여럿이 어울려 구경하러 오기도했다. 용하게 안성맞춤일 때는 정지사 부인 교수께서 몸소 나와서 손을 흔들어 보이며 사탕이랑 초콜릿을 나누어 주었다. 애들 머리도 쓰다듬어 주었다. 어떤 애들은 까닭없이 엉엉 울기도 했다. 구경하러 온 사람들이나 애들 눈에는 정지사 부인이 이세상 사람 같지가 않았다. 동동구리무 같은 뽀얀 얼굴에 금테 안경을 낀 그의 얼굴은 아주 먼 나라에서 온 신선만 같았다. 똥이나 오줌같은 것들과는 아무런 상관이 없는 사람으로만 보였다.

훗날 알게 되었는데 일본 강점기 때 태극기를 가슴에 품고 처음으로 미국에 건너 간 사람이 그 정지사 부인 교수라고 했다. 정지사 부인이 여름방학 때마다 동행하는 두 아들은 초등학교 애들로 큰애는 중증 박약이었고 둘째는 똘똘했다. 큰애는 틈만나면 밖으로 나돌았다. 박약아라 조심스러워 상관해도 용하게 빠져나가군 했다. 둘째는 안에서만 맴돌았다. 형 때문에 창피해서 바깥을 꺼리는 것같았다. 큰 애 이름은 한기이고 둘째 애는 용기였다. 한기는 곧잘 동산의 백일홍 나무 그늘에서 놀았다. 저들 역시 피부 색깔이며 생김새며 걸친 옷이 촌놈들 것과는 하늘과 땅이었다. 비록 박약아지만 그가 쓰는 서울 말도 딴 세상 말 같았다. 한기는 노는 버릇이 있었다. 앉아서 노는가 싶으면 어느새에 고추를 꺼내 만지작거렸다. 동네 그 또래 아이들에게는 한기의 그 모습이 여간한 구경거리가 아니었다. 시골 애들의 고추는 늘 물놀이 하는 방죽 물때에 쩌들고 뙤약볕에 그을려 삶은 누에 번데기처럼 거무틱틱하게 생겼는데 반해 한기의 고추는 뽀얗고 굵은게 격이 달랐다. 그게 부럽기도 하고 신기해서 한기를 부추겨 계속 고추를 가지고 놀게 했다. 한번은 서울 할머니한테 이를 들켰다. 할머니는 꾸지람 대신 잘 타일렀다. 애들 마음 속에 할머니의 그 모습 그 말씨가 오래토록 머물렀다.

 세월이 흘렀다. 육이오 전쟁이 발발했다. 정일사지사는 전쟁 발발 2년 전에 병사했다. 그의 큰 아들 한기도 피난 중에 병사했고 둘째 용기는 경기고 재학생으로 학도병에 자원입대하여 낙동강 전투에서 전사했다. 전쟁이 끝났다. 적신이 된 정지사 부인은 피난처에서 서울로 돌아왔다. 아현동 서울 집은 다행히 크게 훼손되지 않아서 들어가 살만했다. 놀란 것은 피난길에서 어쩌다 서로를 놓쳐 헤어졌던 가정부 귀녀가 살아서 먼저 돌아와 집을 손보고 있었다. 아현동 자택에서 둘이 그렁저렁 생활을 이어갔다.

 다시 귀녀라는 여인의 이야기를 이어가보자. 그녀는 정지사네와 먼 친척관계다. 일찍이 조실부모해서 천애고아가 되었다. 여자 태가 나면서부터 손끝이 야무지고 태도가 반반했다. 그녀의 싹수가 정지사네에 귀뜸이 되어 그 집에 하녀로 들게 되었다. 태반을 허드레 일로 섬겼다.
 그런 가운데서도 정지사 내외분이 워낙 인품이 훌륭한 사람들인지라 귀녀는 수양딸처럼 귀염을 받으며 그집 가풍에 익숙해져갔다. 그런 가운데 일찍이 남편을 사별하고 육이오 때 두 아들마저 잃은 정지사 부인은 그 충격에서 헤어나지 못하고 기어이 몸저 눕게 되었다. 한 달 남짓 시름시름 앓다가 세상을 떠나고 말았다. 명색이 명가문이 멸절을 했다. 대가 끊겼다. 정지사 부인께서 세상을 떠나기 전에 귀녀 씨에게 아현동 자택을 유산으로 물려주었다. 귀녀 씨는 그 집에서 보고 배운 대로 언행심사가 발라서 아현동 마님으로 귀히 여김을 받았다. 세월이 가도 벗남이 없었다. 귀녀 씨는 보은하는 마음으로 옛주인들의 기일을 꼬박꼬박 챙겨 기독교 예대로 추도식을 드렸다. 집도 그분들을 섬기는 마음으로 알뜰하게 손을 보며 살았다. 그런 귀녀 씨에게 가끔씩 별다른 웃음과 함께 얼굴이 홍당무처럼 붉어질 때가 있다. 주로 화장실에서 일어나는 일이었다. 귀녀 씨는 그 때 그 일만 생각하면 절로 웃음이 나오고 얼굴이 붉어졌다. 한번은 화장실에서 요란스럽게 들려오는 귀녀 씨의 웃음 소리를 듣고 가정부가 달려온 적도 있다. 귀녀 씨에게 있어서 잊을만하면 화장실에서 한바탕 웃는 내력은 이렇다.

귀녀 씨가 처음 아현동 집에 올 때는 여남은 살이었다. 숫제 깡시골 뜨기가 서울 구경도 처음이거니와 정지사대 양옥저택도 처음 보는 집이었다. 눈이 휘둥그레지고 가슴이 벌렁거렸다. 거실에 들어와서도 잔뜩 주눅이 들어 쩔쩔맸다. 어떻게 예까지 들어왔는지도 도무지 생각이 나지를 않았다. 엉거주춤하고 있는데 여기 앉으라는 소리가 들렸다.

그냥 바닥에 웅크리고 앉았다. 정지사 부인께서 지그시 웃으며 귀녀의 손을 잡고 일으켜 의자에 앉혔다. 귀녀는 왠지 가슴이 찡했다. 하마터면 흑하고 울뻔했다. 귀녀의 눈에는 그런 정지사의 부인이 한없이 큰 어른으로 보였다. 금태 안경을 낀 얼굴이 얼마나 뽀얗고 귀해 보이는지 숫제 이세상 사람 같지 않다는 생각이 들었다. 또 말씨는 얼마나 부드럽고 인자하신지 그래서 귀녀의 마음은 두근거리고 어리둥절한 가운데서도 왠지 편해졌다. 이때 그집에서 수종들고 있는 아가씨가 마실 것과 과일 접시를 들고 들어왔다. 귀녀 앞에 밀어 놓으며 눈웃음을 건넸다. 귀녀는 자신도 모르게 얼른 일어나 아가씨 뒤를 붙들었다. 뒤돌아 보는 아가씨에게 아랫도리를 튀틀며 급한 사정을 전했다. 아가씨는 얼른 알아차리고 눈웃음으로 응답했다. 눈치를 챈 정지사 부인께서도 피식 웃었다. 아가씨는 서둘러 귀녀를 화장실로 안내했다.

화장실에 들어선 귀녀는 어리둥절했다. 이건 뒷간이 아니었다. 대문짝만한 거울이 걸려 있고 흰색 연두색 수건도 여러 개 걸려 있었다. 창문에는 꽃무늬가 있는 비단도(커튼)걸려 있고 이건 아무리 둘러봐도 뒷간이 아니었다. 잘못 들어왔나 싶어 되나갈려는데 물이 담긴 큰 사기그릇이 눈에 띄었다. 그것은 양변기인데 처음 보는 귀녀가 알 리가 없다. 귀녀는 양변기를 신기한 눈으로 들여다 보면서 문득 언젠가 우연찮게 들었던, 서양 사람들은 뒷간에서도 세수를 한다는 말이 생각났다.

옳지 이것이었구나. 얼굴도 씻고 손도 씻고… 귀녀는 당장 오줌부터 해결해야 했다. 그런데 오줌을 눌곳이 보이지 않았다. 바닥을 정신없이 살폈다. 구멍이 숭숭 뚫린 철망 같은게 보였다. 귀녀는 눈이 번쩍 뜨였다. 아, 여기가 볼일을 보는데로구나 하고 철망같은 덮개를 손가락으로 열어젖혔다. 오줌을 해결했다. 그러면서 중얼거렸다. 어찌 다른 것들은 크고 으리으리하게 꾸몄으면서도 정작 볼일을 볼곳은 어찌 이모양으로 옹색하고 으지짠하게 만들어뿌렸을꼬? 볼일을 마친 귀녀는 서둘러 양변기의 고인 물에 손도 씻고 그 물을 한움큼 움켜 얼굴도 훔쳤다. 워낙 어떨떨해서 신식 세면대와 샤워기 그리고 욕조는 눈에 들어오지도 않았다. 황망 중에도 거울을 들여다 보았다. 손가락으로 대충 머리를 손질했다. 문을 열려다 말고 앞자락을 손바닥으로 펴듯 훑었다. 문을 밀었다. 문이 열리지 않았다. 또 밀었다. 또 열리지 않았다. 가슴이 덜컥했다. 서양식 문은 처음 선을 보기 때문에 손잡이 사용법을 알 리가 없었다. 몇 번 더 실랑이하다 열렸다. 순간 불같은 숨이 토해졌다. 한손으로는 두근거리는 가슴을 누르고 또 한손으로는 이마의 땀을 훔쳤다. 그로부터 십수년 후에 귀녀 씨는 아현동 저택을 유산으로 상속 받았고 그후로 서너 해가 지나면서부터는 가정부를 거느린 아현동 마님으로 통했다. 명문가에서 보고 배운 것이 있어 단정하고 품위있게 언행을 다스렸다.

　귀녀 씨는 새로 부임한 반석교회 목사와 인사를 나누었다. 자기는 서울에서 내려 온 사람이고 아현교회 권사라고 신분을 밝혔다. 목사님이 새로 부임 했다는 소식을 듣고 일부러 시간을 내서 찾아뵙게 되었다고 했다. 영문을 모르는 목사는 적이 당황했다. 이를 눈치 챈 귀녀 씨는 밝게 웃으며 말을 이었다.
　"목사님 마음 편히 가지세요. 제가 좋은 말씀 드리려고 찾아 뵈었으니까요."
　"아 예, 무슨 좋은 말씀을?…"
　"목사님께서는 혹 알고 계시는지요? 이 교회가 서기 전에 이 자리가 어떤 자리였는가를요?"
　"전혀 모르는 일입니다만, 근데요?"
　"모르시겠지요. 이 교회 자리가 사연이 있는 자리지요."
　"아, 예…?"
　"수십년의 세월이 흘렀습니다만 이 자리는 서울 할머니란 분이 사셨던 집터였지요. 그분은 정일사라는 도지사님의 처형이 되시는 분이었지요.

신의주 분으로 일제 때 배움도 많으셨던 분이셨지요."

"아 예, 대단한 분이 사셨군요. 근데 어찌 그런 분이 이런 벽촌까지 오셔서 사셨군요?"

"거기 사정까지는 저도 모를 일입니다만 암튼 목사님 말씀대로 예삿분은 아니었지요. 그때 서울 할머니네 집이 각별했던 것은 여름방학 때면 드나드는 손님들 때문이었지요."

"손님들 때문이라고요? 특별한 분들이 오셨나보죠?"

"그럼요. 정말 특별한 손님들이었지요. 서울 할머니 동생 되시는 분이신데 정지사 님 사모님께서는 서울에 있는 이화여전 교수였지요. 여름방학 때면 홀로 사는 언니도 볼겸 두 아들과 함께 꼬박꼬박 들렀지요. 두어 주간씩 머물다 갔지요. 드물게는 미국 사람들과 동행할 때도 있었지요. 아무튼 그런 때는 소문이 동네방네에 쫙 퍼지지요. 집 근처에 있는 큰 나무나 솔밭은 몰래 엿보는 사람들의 가림막이가 됐지요."

"정말 그랬겠네요. 그때라면 저래두 좀이 쑤셔 가만히 못있었을 겁니다 헛…"

"목사님 생각에도 그리 믿어지지요?"

"내래두 놓칠세라 구경을 가고말고요."

목사가 맞장구를 쳐주니까 귀녀 씨는 신이났다.

"제가 불원천리하고 목사님을 뵈러 온게 다행이라 싶네요. 암튼 정지사 님 사모님께서 여기에 오시면 동네가 들썩였지요. 그때로는 엄청 큰 손님이셨으니까요. 그리고 그 분의 자태가 얼마나 자르르 귀티가 흐르고 헌칠하게 생기셨던지 숫제 천상의 여인을 보듯 했지요. 서울 말씨는 은방울 굴리는 소리 같았고 살포시 웃을 때에는 영락없이 신사임당을 쏙 빼닮았다고 했지요. 제가 너무 호들갑을 떠는 것 같아 민망하네요.”

“궁금해집니다. 편안한 마음으로 말씀하세요.”

“목사님 고맙습니다. 정작 제가 드릴려는 말씀은 이제부터라고 할 수 있지요. 그러니까 그때도 여름방학 때였지요. 한번은 이 동네 유지가 정지사 님 사모님과 그의 두 아들과 언니 되시는 서울 할머니 이렇게 네 사람을 자기 집으로 초대를 했지요. 점심을 대접하려구요. 그 집은 이 동네에서 유일하게 신학문에 눈을 뜬 신식 가정이었지요. 여름이니까 상은 널찍하고 시원스러운 그 집 대청마루에 차렸지요. 남원 명품 교자상에 뉘말따나 상다리가 부러지게 차렸지요. 오죽이나 정성을 다 쏟아 준비 했겠어요. 옥색이 은은하게 우러나는 사기반상기에 불면 날아갈 듯한 뽀얀 쌀밥을 그릇 안으로 살포시 봉이 지도록 담았지요. 그 집 마당에도 담 밖에도 구경꾼들이 서성댔지요. 그시절 시골에서 여간한 경사가 아니지요. 암적색 광체가 자르르 흐르는 나전칠기 교자상에, 은은한 옥색이 우러나는 사기반상기에 뽀얀 얼굴로 군침을 돋구는 쌀밥을 보는 구경도 여간한 꺼리가 아니었지요. 그 시절에는 쌀밥 구경이 귀했으니까요. 일년에 서너 번 꼴했지요. 추석 설 명절 때하고 생일이었지요. 명절 땐 온 식구가 다 쌀밥을 먹었지만 생일 때는 당사자만 먹었지요. 그때는 일제 때라 농사를 지으면 왜놈들 한테 공출이다 뭐다해서 다 빼앗겼지요. 그래서 궁상들을 떨었지요. 곧잘 석유병으로 사용했던 대되병이나 네댓 되짜리 단지 속에 쌀을 담아서 텃밭에 묻었다가 명절 때나 가족 생일 때 꺼내어 밥을 지어먹었지요. 그때나 쌀밥 구경을 했지요. 저좀 봐요. 바쁘신 목사님을 붙들고 왠 사설을 늘어놓까요.”

“역사공부하는 것 같아서 재미 있는데요.”

“목사님 고맙습니다. 정작 드리고 싶은 말씀은 꼬리가 길어졌네요.

정 지사 님 사모님께서는 독실한 기독교 신자였지요. 출타하실 때는 언제나 손가방과 성경책을 꼭꼭 챙기셨지요. 그날도 성경책을 밥상 곁에 놓고 식사기도를 하셨지요. 다시 한번 초대에 대한 감사를 표하고 수저를 들었지요. 두어 번 국물을 떠서 목을 축이며 입맛을 다셨지요. 기름기가 배어보이면서도 불면 날아갈듯한 쌀밥에 수저를 얹었어요. 수저로 쌀밥의 봉긋한 봉을 가볍게 헤쳤어요. 그리고 한술 뜨려는데 이 무슨 변고란 말입니까."

귀녀 씨는 에서 말을 잇지 못한다. 다음 말을 꺼내려다가 울컥하고 눈시울을 붉힌다. 목사는 나직이 주여 하고 긴 숨을 흘린다. 혼잣말로,

"변고라…?"

귀녀 씨는 두어 번 밭은기침으로 추스르고 말을 이었다.

"변고고 말고요. 대단한 변고였지요. 글쎄 들어보세요. 막 첫술을 뜨려는데 이 무슨 심술궂은 일이에요. 글쎄 익어서 통통 불은 파리 한 마리가 툭 불거지는 거예요. 이를 본 주인은 물론 뒷전에서 힐끗힐끗 훔쳐보던 동네 아낙네들까지 사색이 되어 부들부들 떠는 거예요. 이제 우리는 다 죽었다. 대죄를 지었으니 죽고 못 산다. 그런 생각이 들지 않겠어요? 무엇보다도 이런 대망신이 없지요."

"저도 땀이 나는데요."

"목사님 고맙습니다. 변변찮은 여인네의 말을 경청해 주시니 존경스럽습니다."

"별말씀을. 변변찮은 시골 목사를 만나러 서울에서 예까지 일부러 오신 분도 계시는데요."

"황송합니다. 아무튼 큰 사달이 난 것이지요. 그런데 그 사달이 무탈하게 지나간 거에요. 무탈하게 지나간 정도가 아니었지요. 되레 엄청난 감동이었지요. 정말 감동이었어요. 예서 뜸들이고 싶은데요."

"더 궁금해지는데요?"

"그 때 그 일만 생각하면 지금도 가슴이 뛰어요. 목사님 그 사달이 어떻게 마무리를 한줄 아세요. 글쎄 정지사 님 사모님께서 그 파리를 얼른 밥으로 가리고 그 밥을 수저로 뚝 떠서 입안에 넣자마자 물로 꿀꺽 삼켰답니다! 그러고는 아무 일이 없었던 것처럼 시치미를 뚝 떼고 그 밥 한 그릇을 다 비우셨지요. 감식한 것처럼요."

예서 귀녀 씨는 잠시 말을 멈춘다. 목사는 입술을 오므려 모아 물고 감탄조로 머리를 주억거린다.

"그날 굉장했겠습니다."

"정말이지 굉장했지요. 주인은 물론 일을 거들던 동네 아낙네들도 눈 갓이 빨갛게 울었지요. 감격해서요. 소문은 터진 봇물처럼 삽시간에 퍼져 동네는 물론 근동이 다 감동에 빠졌지요. 그리고 그때부터 이곳 사람들은 성경을 들고 다니는 사람을 예사롭게 보지 않게 되었지요. 더불어 교회에 대한 좋은 소문들이 퍼지기 시작했지요. 그 무렵 정지사 님 사모님 언니 되시는 분께서 갑자기 세상을 떠나셨어요. 바로 이 교회터에 사시던 서울 할머니께서요. 졸지에 빈 집이 되었지요. 그 때에 이런 여론이 돌게 되었어요. 그 집을 폐가로 묵혀서는 안 된다고요. 아니 폐가로 만들어서도 안 된다고요. 우리 동네는 물론 이 지역의 명예와 긍지를 하늘같이 높여 준 그런 훌륭한 분들이 살기도 하고 머물기도 한 그런 명가를 폐가로 만들어서는 안 된다고요. 그건 우리 동네뿐 아니라 이 지역의 명예를 실추시키는 일이라고요. 아니 넝쿨 채 들어 온 복을 밑둥까지 싹둑 잘라버리는 망쪼라고요. 이렇듯 여론은 급물살을 타고 진전이 되었지요. 이번 기회에 그분들의 명예도 기리고 우리들뿐 아니라 무엇보다도 우리 후손들의 장래를 위해서라도 이 집터에 교회를 세우자고요. 그 무렵에는 정지사 님 사모님께서 생존해

계실 때라 그 말을 듣고 기뻐하시면서 건축헌금 상당액을 흔쾌히 기부하셨지요. 그렇게 해서 오늘 날 이렇게 훌륭한 반석교회가 세워지게 된 것이지요."

목사는 머리를 깊게 끄덕이며 두 손바닥을 포개어 맞잡았다.

"제가 그런 훌륭한 교회에 부임하게 되어서 감개무량합니다!"

"말주변머리 없이 장황하게 늘어놓은 말인데도 끝까지 들어주셔서 감사합니다. 그런데요 목사님, 제가 정작 드리고 싶은 대목은 이렇답니다."

"아, 예…?"

"목사님께서 제 말을 듣고 아시는 대로 우리 정지사 님 댁은 혈육이 끊겼지요. 말하자면 족보가 없어진 것이지요. 대가 모지락스럽게 끊긴 것이지요. 그분들이 이 땅에 왔다 간 흔적이라면 이 반석교회 뿐이지요. 그분들 때문에 이 반석교회가 세워졌으니까요. 이 교회는 예수님이 이 땅에 다시 오실 때까지 건재하지 않겠어요? 그때까지 그분들의 대가 이어지지 않겠어요? 이 말씀을 드리고 싶어서 제가 목사님을 찾아 뵌 것입니다."

목사는 교회를 새삼스럽게 바라보았다. 교회의 첨탑 위에 세워진 십자가에 시선을 얹었다. 그 시선을 천천히 귀녀 씨에게로 옮기면서 나직이 말을 건넸다.

"인간은 어떻게든 흔적을 남기는 법이지요. 좋은 흔적이든 나쁜 흔적이든. 이런 모든 일을 하실 때 하나님은 만물을 아니 미물까지도 도구로 사용하시지요. 그러니까 결국은…"

'파리도 크게 한몫을 한샘이지요.' 이렇게 말을 하려다가 삼켰다. 자칫 욕이 될까 싶어서였다.

이때 키 큰 소나무 꼭대기에서 푸른 하늘만 쪼고 놀던 까치가 날아와

교회를 심방하듯 종탑의 종을 툭 건드렸다. 종이 댕그렁 하고 울었다. 목사는 그 종소리를 이렇게 들었다.

－ 내가 세상 끝 날까지 함께하리라 －

빛을 졌습니다

김용섭

내가 어쩌자고 이런 불장난을 하고 있나. 한 사람의 여자이기에는 내 어깨가 무거운데. …… 한 번 만난 남자에게 넋을 잃고 빠져들다니. 마음을 단단히 가져라. 그래, 불장난은 오늘 여섯시까지이다.

김용섭

1965년부터 17년간 공직근무. 1980년부터 20년간 대우에 봉직(대우자동차부사장, 인력개발원장, 대우정보사장 등 역임) 2001년 이후 레고코리아(주)회장, 용인대학교 겸임교수 역임, 대성산업(주) 사외이사 및 감사위원장(현), 에세이스트(1992년 월간에세이), 소설가(2009년 문학의식), 여행작가(2014년, 월간 여행작가) 저서 『김기스칸 vs 칭기스칸』 역서 『충돌(Collision)』

빚을 졌습니다

문일규는 길 건너 식당의 간판을 쳐다본다. 『수라』. 악필이다. 비틀비틀 꼬불꼬불. 그런데 정겹다. 한글 서예가가 한껏 멋을 부린 글자가 분명하다. 한옥 대문 냄새가 물씬한 고동색 출입문 위쪽에 오색 갓을 씌운 등불이 노을의 힘에 눌려 희미하다. 커다란 태극문양이 문의 한가운데에서 뽐을 내고 있다. 비싼 집 같다. 일규의 왼손이 슬그머니 엉덩이로 올라가 뒷주머니 지갑에 닿는다. 비엔나의 한식집이 궁금해서 인터넷을 뒤져 찾아 왔는데 발걸음을 돌리기도 그렇다. 일규는 슬금슬금 일방로인 좁은 차도를 건너간다. 나무 대문은 단단한 근육질인 일규의 팔에도 묵직하다. 밖은 여전히 밝은데 안은 은은한 조명이어서 일규는 눈을 껌뻑이며 서 있다. 여자 매니저가 다가와서 좌석이 없다고 말한다. 예약 없이 불쑥 들어온 내가 잘못이지. 안을 들여다보았으니 이 집을 찾아온 목적의 30%는 이룬 것이다. 얇은 지갑도 그만큼 굳을 테니 잘 되었다. 일규가 돌아서려는데 그녀가 혼자 왔느냐고 묻는다. 한국인 영어가 분명했다. 일규는 고개를 꺼덕이며 네 라고 말한다. 그녀가 한국 분이세요? 라고 반색을 하며 몸을 틀어 홀 안쪽을 잠간 바라보고선 일규에게 묻는다.

"저기 혼자 오신 여자 분이 있는데 합석해도 괜찮으시겠어요? 괜찮으시면 제가 저 분께 양해를 구해 볼게요."

그녀는 일규의 대답을 듣지도 않고 혼자 앉은 여인에게로 가더니 이내 돌아왔다.

"저 분이 합석해도 좋다고 하시는 군요. 저 분도 한국분이세요."

라며 앞서 걷는다. 여인이 일어나 일규에게 자리를 권한다. 마치 자신이 초대한 사람을 맞이하는 듯한 태도다. 일규는 여자가 앉기를 기다려 자리에 앉는다. 일규는 여인의 자태에서 기품을 느낀다.

"군인 이-신-가-요?"

어색한 침묵을 깬 그녀의 첫 질문은 엉뚱하고 당돌하다.

"제가 군인이냐고요?"

일규가 문을 들어섰을 때 그녀는 그 쪽을 바라보고 있었다. 의도한 건 아니었지만 그녀는 그의 움직임을 찬찬히 바라보았던 거다.

"헤어스타일이랑 걸음걸이, 앉은 자세, 말씀 까지, 군인이다 싶어요."

"하하, 완전 들켰습니다. 군인입니다. 대한민국 해군대위 문일규 입니다."

"어머, 해군장교는 우리나라에서도 만나기 어려운데. 여기서 만나다니 반갑습니다."

"저도 반갑습니다. 비엔나에 와서 처음 만나는 분이 아름다운 한국여성이라니 행운입니다."

"아름다운지는 모르겠는데 한국여성인 건 확실합니다. 대위님이라고 하셨지요. 성함이 문…"

"네, 문일규입니다. Ms의 성함은?"

"저 미스예요."

일규는 멈칫했다. 실수를 한 건가.

"아 예. 저도 그렇게 생각…"

"그런데 왜 Ms라고 부르세요?"

"보편적인 호칭이잖아요?"

"저는 미즈라는 호칭이 싫어요. 여자의 정체성이 뒤죽박죽되는 것 같아서요."

대화가 여성의 문제에 이르면 너무 조심스럽다. 일규는 대화를 비튼다.

"성함을 알려주고 싶지 않으신가요."

"아, 제 이름은 도은교입니다."

"예쁘네요. 아주 예쁜 이름입니다."

"그런 얘기 많이 들어요. 여기 사람들도 은교라고 하면 예쁘다고 해요."

"비엔나에 살고 계신가요?"

"아니요, 유학생입니다."

"그럼 음악전공이신가요."

"맞아요. 척척이시네요. 음악교육 박사과정을 하면서. 지휘석사과정을 같이하고 있어요."

"와우, 또순이는 절로 가라네요. 완전 철혈음악도(徒)네요."

"좀 힘들기는 해요. 그래도 석사 때만큼은 아닙니다."

"석사가 왜요? 이해가 안 되네요."

"학부는 피아노를 전공했고 석사는 오페라와 작곡 두 개를 했어요. 어려서 노래 공부를 했고 소질도 있는 편이라 하는 김에 하나 더 해보자고 시작했는데 과욕이었어요."

"그래도 끝냈다는 말씀이시잖아요."

"맞아요, 석사학위가 2개입니다."

"그럼 여기 생활이 꾀 오래되었겠군요."

"아니요, 학부는 한국에서 했고 석사는 커티스에서 했어요."

"아, 필라델피아에 있는 커티스 음악원말이죠."

"커티스를 어떻게 아세요? 사람들이 커티스는 잘 모르는데. 음악을 좋아하세요."

"당근이죠, 음악 싫어하는 사람 있나?"

"어떤 음악 좋아하세요."

"이것저것, 뽕짝도 좋아하고 한국 가곡을 아주 좋아 합니다."

"한국 가곡, 왜요?"

"노랫말이 너무 아름다워요."

"클래식은 좋아하지 않으세요?"

"클래식은 어려워서, 그래도 듣는 건 좋아합니다."

"어떤 곡을 좋아하세요?"

"행진곡."

"어머, 클래식 들을 때 행진곡만 듣나요."

"내가 듣는 게 아니고 안 들을 수가 없어서 들었습니다."

"음악을 억지로 듣는다구요?"

은교가 잔뜩 의아한 눈으로 일규를 바라본다. 일규도 여인을 바라본다. 네 개의 눈이 마주친다. 호의를 품은 눈길이 교차한다.

"맞습니다. 듣기 싫어도 들어야 했지요. 싸우며 정든다고 하잖아요. 싫어도 자꾸 듣다보니 귀에 익고 좋아졌습니다."

"무슨 말씀이세요!"

"저 해군사관학교 나왔거든요. 사관생도들은 행진곡과 함께 생활합니다. 학과 출장할 때, 행진 연습을 할 때, 계산 안 해 봤지만 졸업할 때까지 아마 4~5백 시간 들을 겁니다. 어떤 필수과목도 이보다 길지는 않지요."

"행진곡학사 자격증을 받아도 되겠어요. 세 시간에 1학점만 주어도 150학점이네요."

단도직입인 그녀의 첫 질문으로 이어진 대화가 두 사람의 가슴이 스르르 열리게 한 것 같았다. 주문한 음식이 왔다. 떡국이 두 그릇이다.

"떡국을 시키셨어요?"

일규가 떡국을 번갈아 보면서 은교에게 묻는다.

"아까 떡국을 주문하시기에 저와 똑 같은 걸 시키신다고 생각했어요. 왜 떡국을 주문하셨어요?"

은교의 또 뜬금없는 질문이다.

"집에 돌아가면 엄마에게 떡국을 해 달라고 할 것 같아서요."

"아직도 엄마 품을 못 벗어난 소년이시군요."

"저는 중학교 때부터 집을 떠나 있어서 엄마에 대한 그리움이 남다른 것 같습니다."

두 사람은 조용히 떡국 맛을 음미한다. 청화백자 주발과 그 속에 담긴 하얀 떡국과 빨갛고 노란 고명과 감미로운 냄새까지 그들을 향수에 젖어들게 한다.

"어떤 행진곡을 좋아하세요."

"글쎄요 많지요. 행진곡은 거의 좋아합니다. 한 개 만이라면 개선행진곡……."

"오페라 아이다의 개선행진곡 말이죠. 나도 좋아하는데, 왜 좋아하시죠?"

"군인에게 승리는 지고의 가치입니다. 손자병법같이 안 싸우고 이기면 좋지만 그건 외교의 영역입니다. 개선행진곡은 승리의 노래입니다. 군인정신을 북돋우어 줍니다. 첫 머리 트럼펫 팡파르가 일품입니다. 몸이 부르르 떨립니다. 라다메스 장군의 사랑도 멋있잖아요."

"비극을 좋아하세요?"

"아니요, 진실한 사랑, 이해관계를 초월한 사랑, 그런 게 마음에 들어요."

은교는 잠시 눈을 깜빡인다. 약혼자를 생각한다. 그와 나의 사랑은 어떤 건가.

"행진곡만 듣지 않고 스토리까지 아시네요."

"사관생도들은 음악의 배경에도 관심을 갖습니다. 작곡가는 물론이고 곡이 만들어진 배경이나 스토리 등을 공부합니다. 대체로 그런 편입니다."

"어머, 굉장히 학구적이시네요."

"학구적이라기보다 시각의 문제인 것 같아요. 총알 하나가 우리의 생명을 앗아갑니다. 전쟁이 국가의 명운을 좌우합니다. 총알은 아주 작지요. 전쟁은 거대합니다. 군인은 아주 작은 것에서 지구적인 것에까지 고루 살피는 능력을 가져야 합니다. 음악 하나를 접하면 그 음악의 모든 것을 알려고 하는 태도가 거기서 연유하지 않나 싶습니다."

"어렵네요. 그렇지만 알 것 같습니다. 그럼 음악을 굉장히 많이 아시겠네요."

"아닙니다. 다른 취미활동도 많지 않습니까. 주말에는 데이트도 하구요."

"데이트를 이 사람 저 사람과 한 다는 것같이 들리네요."

"붙박이가 있는 생도와 없는 생도의 차이이겠지요."

*

"오늘 저녁은 제가 초대하는 걸로 하면 좋겠는데요."

상위에 놓인 두 개의 계산서를 손에 들면서 일규가 말했다.

"그거 제게 주세요. 제가 비엔나에 사는데 제가 사야지요."

"아닙니다. 다 객지인데 남자가 사는 게 마땅합니다."

"그러세요, 그러면, 제가 커피를 살게요."

두 사람은 식당을 나와 나란히 걷는다. 차도는 아스팔트이나 인도는 직사각형의 돌을 덮었다. 식당에 들어갈 때는 도로 양편에 자동차들이 주차하고 있었는데 다 사라지고 거리는 한적하다.

"비엔나에 왜 오셨어요."

"관광!"

"며칠이나 계실 건데요."

"2박 3일."

"그냥 거쳐 지나가는 거네요."

"그런가요. 제게는 아주 긴 시간인데."

"2박 3일이 긴 가요."

"못 올 시간에 왔다면 아주 긴 시간이지요."

"셈법이 다르네요. 다음은 어디로 가세요?"

"프라하요. 거기서는 1박 2일. 딱 하룻밤. 다음 날 대한항공으로 귀국합니다."

딱 하룻밤, 딱 하룻밤, 은교가 머릿속에서 되뇐다. 어감이 시적이다.

"출장 중이신가요?"

"저도 유학생입니다. 함부르크에 있는 독일연방군해군대학에 15개월 간 유학마치고 귀국하는 길입니다."

"무슨 공부를 하셨어요?"

"잠수함 전략을 공부했습니다."

"한국에 가셔서 잠수함을 타시나요."

"해군사관학교에서 2년간 교수생활을 합니다. 그 뒤에 잠수함을 타던지."

"타던지, 다른 건 뭐에요?"

"어린애처럼 질문이 많군요."

"저 호기심이 별론데 대위님에 대해 질문이 자꾸 생기네요."

"호감이라고 받아드려도 되겠습니까?"

"다른 건 뭔데요?"

아마도 호감인 것 같다. 하지만 은교는 대답을 비켜간다. 은교의 발길따라 걸은 길은 공원으로 이어졌다.

"다 왔어요. 여기가 stadtpark(도시공원)예요. 저어기 팝 레스토랑이 있어요. 다리를 건너면 고급레스토랑이 있는데 지금 가기에는 적당치 않아요."

"아까 식당으로 갈 때 이 공원을 지나갔는데요."

"어떻게 여길 지나셨어요?"

"저기 담 너머로 보이는 빌딩 있지요. 저 빌딩이 제가 유숙하는 호텔입니다."

"저도 저 호텔 알아요. 아버지가 오셨을 때 저 호텔에 계셨거든요. 제가 사는 집도 여기서 가깝습니다."

식당은 아름드리나무들 사이에 소담하게 지었다. 빨간색 앞치마를 두른 뚱뚱한 친구가 달려오더니 야외 빈자리를 안내한다. 주문한 300cc생맥주 두 잔과 안주 한 접시가 나왔다. 일규가 허리를 굽히고 접시를 내려다본다. 포테이토칩 위에 구운 소시지 네 개를 얹어 놓았다. 독일식의 굵다란 소시지를 7~8센티 길이로 잘라서 살짝 눌러 구웠다. 밥공기같이 오목한 접시3개에 잘게 썬 양파 피클과 토마토를 성글게 갈아서 만든 소스와 가래떡을 말아 놓은 듯한 버터가 담겨있다.

"이 건요 브랏우어스트라는 오스트리아 전통 음식이에요."

"이름이?"

"B, R, A, T, W, U, R, S, T, Bratwurst, 길거리 노점에서 샌드위치 같이 빵 속에 넣어서 파는데 여기는 좀 고급스럽게 만든 거네요."

"소시지가 좀 다릅니다. 보통 보는 것하고."

"이건 체코식 소시지에요. 비엔나가 스위스의 북동쪽에 있잖아요. 체코하고 가까워 비슷한 문화가 있나 봐요."

"그럴 수 있지요. 우리나라도 그런 사례가 여럿 있습니다. 경북 김천, 전북 무주 그리고 충북 영동 세 지역의 문화가 비슷합니다. 언어도 비슷하구요."

"그러고 보니 여기는 합스부르크제국의 중앙이네요."

"합스부르크제국 전성기의 영역을 감안하면 그럴 것 같군요."

일규가 술잔을 든다. 은교도 따라 든다. 유리 술잔이 두꺼워서 묵직하다. 럭비 볼을 아래위로 잘라놓은 모양이다. 잔을 부딪치며 일규가 말한다.

"은교 님을 만나게 해주신 하늘에 감사드립니다."

은교의 가슴에 파랑이 인다. 은교는 맥주잔을 입으로 가져가면서 일규를 본다.

"맥주 맛이 어떠세요?"

"이거 오스트리아 맥주겠지요."

"이 집에서 만든 수제맥주 일 거예요."

"소시지가 맛있습니다. 음식도 푸짐하구요."

"런던이나 파리에 비해 물가가 싼 편입니다. 이 메뉴는 오늘 특별히 더 싸요."

"왜죠?"

"Today's Special! 맥주 두 잔을 시키면 브랏우어스트가 공짭니다."

"스마트! 여기 자주 오십니까?"

"자주 못 오지요, 유학생인데."

"그런데 여길 오셨다?"

"빚지기는 싫으니까요. 처음만나는 분한테 얻어먹으면 빚이잖아요."

"저는 가난한 군인이지만 제가 산 밥값을 빚으로 지우지는 않습니다."

"저렇게 비싼 호텔에 있으면서 가난하다고 하시나요."

"좀 과하긴 합니다. 2박 3일이지만 온전히 구경할 날은 내일 하루거든요. 시간이 우선입니다. 여기가 위치가 좋아서 이 공원을 중심으로 호텔을 찾았는데 이 부근에는 비즈니스호텔이 없고 5성급 호텔만 있는데 이 호텔 가격이 아주 착합니다."

"어디를 구경하실 건데요."

"음악가들의 유적을 둘러보려 합니다."

"쉔브런궁이나 슈테판성당에는 안 가시고요?"

"안갑니다."

"비엔나 관광 명소 1번, 2번인데요."

"압니다. 거기는 결혼하고 아내와 같이 가려고 남겨 둡니다."

은교가 입술을 살짝 깨문다.

"언제 결혼하실 건데요."

"모르죠, 언젠가 하겠죠."

"약혼했어요? 아니면 피앙세가 있으세요?"

"없어요. 완전무결 자유남입니다."

"어머, 그러면서 아내를 위해 남겨둔다. 우습네요."

"언젠가 아내와 여행할 때 도움이 될 겁니다."

갈수록 태산이라더니, 웃기는 남자다. 없는 여자를 위해 명소를 남겨둔다? 철따구니 없어. 가슴에 부글거리게 하는 이 감정은 뭐야. 두툼한 접시를 엎어 놓은 것 같은 일규의 가슴팍에 은교의 시선이 스친다.

"음악가들의 유적도 너무 많아서 하루 이틀에 모두 볼 수는 없는데요."

"주어진 시간 안에 볼 수 있는 만큼 봐야지요. 버킷리스트 1번이베토벤이구요, 다음이 요한 스트라우스 2세인데 아까 여기 지나면서 참배했으니 지우고요, 스트라우스 1세도 보았으면 합니다. 그의 라데츠키 행진곡도 좋고 도대체 아들의 재능에 대해 그렇게 질투를 한 아버지가 어떻게 생겼는지 동상으로라도 보고 싶어요. 그 다음은 모차르트. 중앙묘지에고 갈 수 있으면 갈 겁니다. 거기 슈베르트도 있고 브람스도 있던데요."

"거긴 슈베르트 묘지이구요 동상은 이 공원 안에 있어요."

"인터넷으로 다 뒤졌는데 왜 못 봤을까?"

"가 보실래요?"

두 사람은 어깨를 나란히 하고 걷는다. 누가 보아도 다정한 커플이다. 식당을 나와 몇 걸음에 스트라우스 2세의 동상을 지난다. 은교가 묻는다.

"참배했다고 하셨지요. 보면 되지 왜 참배를 하지요."

"아름다운 음악으로 인류의 영혼을 위무하신데 감사드리고 천상에서도 음악하시며 행복하시라고 기도했습니다."

"동상마다 다 그렇게 하세요?"

"그럴 겁니다. 나의 평가에 따라 조금씩은 다르겠죠."

"스트라우스 2세도 높이 평가하시는 거네요."

"그럼요, 그의 음악도 좋지만 저는 그의 역할에 무게를 둡니다. 프러시아와의 전쟁에서 패하고 나라가 꼴이 아니었을 때 '아름답고 푸른 도나우'를 작곡해서 국민들에게 희망과 활력을 주었고 나라를 재건하는 데 기여했다고 책에서 읽었습니다. 그를 흠모하는 이유입니다."

슈베르트 동상 앞에 이르렀다. 일규는 불교식으로 합장했다. 은교가 묻는다.

"어떤 기도를 하셨어요?"

"나쁜 사람이라고 불평했어요."

"어머, 슈베르트는 싫어하시나요?"

"그럴 리가요."

"그럼 왜 불평해요?"

"겨울 나그네를 만들어 나를 슬프게 하니까요. 노래를 들을 때 마다 주인공 청년이 애처로워 눈물이 나거든요."

은교가 나직이 보리수를 흥얼거린다.

"은교 님 노래 듣고 싶네요, 굉장히 잘 하실 것 같아요."

"굉장히는 아니지만 성악가와 보통 사람 중간쯤은 되겠죠."

"그렇게 겸손하지 않아도 되요. 난 은교 님이 뻐기는 거 다 받아 줄 수 있으니까요."

이 녀석 봐라. 너그러이 나를 품어 준다고. 지가 뭔데, 그래도 심쿵, 쿵, 쿵.

"우리 저기 다리 건너서 저쪽 식당으로 가요. 거기 가서 제가 피아노 한곡 칠게요. 저 식당은 10시까지 문 열어요. 홀에 있는 피아노, 아무나 연주해도 돼요. 돈은 안 주지만, 우리 학교학생들이 가끔 와서 연주해요 시험이나 리사이틀을 하기 전에 여기 와서 평가를 받는다고 해요."

"여기 손님들의 음악 수준이 심사위원에 버금간다는 의미네요."

"그럼요. 우리학교 은퇴하신 교수님들도 여럿 있고 비엔나 상류사회는 음악 수준이 아주 높답니다."

도나우로 흘러드는 샛강이 소리 없이 흐른다. 강을 넘어가는 아취 형 다리 양쪽에 띄엄띄엄 꼽힌 자그마한 수은등이 밤의 습기를 헤집고 아스라이 발길을 열어주고 있다.

"이 다리 이름이 Love Lock Bridge예요."

은교의 설명이다.

"우리가 여길 지나가도 연인이 되나?"

"연인들이 지나가면 사랑이 굳어진다는 뜻이잖아요. 우리에게는 그냥 다리죠."

일규가 오른 팔을 번쩍 들고 손바닥을 은교에게로 향한다.

"은교 님, 우리 하이파이브 해요. 은교 님은 '우리는 친구다'라고 하세요. 나는 '우리는 연인이다'라고 할게요. 은교 님 한테는 내가 더 가까운 친구가 되고 나한테 은교 님은… 그럼 완전 짝사랑이네."

은교는 일규를 쳐다 본다. 소꿉장난 하자고 덤비는 소년이다. 소년 소녀의 소꿉장난이 영화 같은 희비극으로 이어지는 경우도 있다. 그렇게야 될까마는 잊히지 않는 추억으로 남을 것 아닌가. 임자 있는 몸이다. 삼가자. 공연한 추억 같은 건 만들지 말자. 은교는 일규의 손을 잡고 다리 위로 이끈다. 식당의 메니저가 은교에게 반색을 한다. 일규가 묻는다.

"여기 자주 오시나 봐요."

"몇 번 왔어요. 저희 학교가 여기서 가까워서요. 가끔 교수님이랑 학생들 여기로 와요. 저녁도 먹고 피아노도 치고, 식당에서 참 좋아해요. 아버지가 오셨을 때도 모시고 와서 저녁 먹고 피아노 연주하고, 아버지가 참 좋아하셨어요."

은교는 아름답고 푸른 도나우를 연주한다. 박수가 식당에 그득하다. 은교가 일어서서 서울에서 온 친구라고 일규를 소개한다. 해군장교라고, 독일에서 유학 마치고 귀국 길에 비엔나의 위대한 음악가들에게 참배하러 왔다고. 라데츠키행진곡에 맞춰 행진하는 걸 특별히 좋아하는 남자라고 말했을 때 손님들이 환호한다. 은교는 한국의 국민민요라고 소개하고 아리랑을 연주한다. 조국을 떠나 듣는 아리랑은 애국가만큼이나 가슴에 울림이 있다. 모두 기립 박수다. 앵콜~. 은교는 자신의 피아노 반주로 '보리수'를 독일어로 부른다. 60대로 보이는 여인이 다가와 조수미가 부르는 그리운 금강산을 자주 들어서 따라 부를 수 있다고. 함께 부르자고 제안한다. 즉석 이벤트로 식당은 대성공을 거둔 공연장이 되었다.

수백 년은 되었을 같은 아름드리나무들 아래로 겨우 보이는 공원길을 걸으면서 일규는 은교의 어깨를 감싸 안는다. 은교는 온 몸의 세포가 일규 쪽으로 곤두선다. 은교가 몸을 빠져나간다. 일규가 다가서며 말한다.

"제 일생에 이렇게 아름다운 밤이 있었던가 싶습니다. 감동한 나머지 나도 모르게 은교 님을 껴안았네요. 용서하십시오."

은교는 일규를 힐긋 쳐다본다. 얼굴의 가벼운 미소가 그를 비난하고 있지는 않다. 공원의 남쪽 문을 나서니 바로 일규의 호텔 앞이다.

"은교 님, 숙소가 여기서 가깝다고 하셨지요. 얼마나 떨어져 있어요?"

"학교 근처에요. 한 500미터 600미터 쯤 될라나."

"제가 모셔다 드릴게요."

"아이, 괜찮아요, 저 여기 밤길 자주 다녀요, 안전해요."

"그래도요, 혼자 보내면 저는 걱정하느라 밤잠 설칩니다."

아, 이 이상한 남자 가슴 두드리는 또 소리를 한다. 억센 팔의 감각이 아직도 어깨에 남아있는데.

"생소한 도시인데 어떻게 돌아오시게요?"

"군인은 길눈이 밝습니다. 저는 특별히 밝은 편이라 한 번 간 길을 잊지 않습니다. 그런 염려는 안하셔도 되요. 총 갖고 덤비지만 않으면 저 스스로 보호는 합니다."

"비엔나에는 총 싸움은 없어요."

"그럼 갑시다."

혼자 타박타박 걷는 길보다 함께 걸으니 가까운 길이 되겠다. 은교는 허공에서 약혼자를 본다. '나는 동의하지 않았어. 이 남자의 우격다짐으로 함께 걷게 되었어. 밤인데, 나 잘 했지. 500미터를 같이 걷는 거야. 물리적인 길이야. 거기까지야.' 약혼자에게 하는 변명인지 스스로에게 다짐인지 알지 못한다. 은교의 빌라 앞이다. 은교는 일규의 손이 앞으로 나오기를 기다렸지만 일규는 멀거니 서 있다. 은교가 일규에게 다가가 그의 손을 가볍게 잡고 선 돌아서서 빌라 안으로 사라진다. 은교가 3층 방의 창문을 열었을 때 일규는 그 자리에 서 있다. 은교가 다시 내려온다.

"이렇게 헤어지는 겁니까?"

일규의 목소리는 절규다. 은교는 대답하지 못한다. 급습에 대비할 준비가 되어있지 않아서다. 둘은 마주 본다. 한참을, 말없이.

"내일 제가 안내해 드릴까요?"

일규는 뛸 듯이 기뻤다. 하지만 얼른 좋다고 대답하지 못한다. 그 또한 급습이었기 때문이다.

"그러실 수 있어요?"

은교의 담대한 의사결정에 대한 일규의 반응은 초라하다.

"오전에 한 강좌 있는데 빠지죠 뭐."

"그건 안 되죠."

"되고 안 되고는 제 사정인데요."

"당근, 하지만 그러다가 한 과목 학점 못 따면 한 학기 더 있어야 하잖아요. 나 때문에 그런 불상사가 발생하는 것은 못 받아드립니다."

"안 받아드려도 되요. 내가 결정하는 거니까."

은교의 반응이 뾰족하다. 일규가 솔루션을 내 놓는다.

"이렇게 하시지요, 오전에 저 혼자서 중앙묘지에 다녀와서 학교로 갈게요.

"좋아요, 학교 구경도 하시고, 수업이 11시 30분에 끝나요."

"캠퍼스가 굉장히 넓어 보이는데 어디로 갈까요?"

"제 전공인 음악교육학과 교실은 본관에 있어요. 직사각형 건물 안쪽 광장에 키가 큰 사철나무가 있는데 잎이 붉어요. 그 아래서 만나요."

"OK, 내일. 11시 45분 본관광장 붉은 잎 사철나무 아래에서 뵙습니다."

일규가 명령하듯 툭 던지고는 아무 일 없다는 듯 성큼성큼 가버린다. 은교는 어둠 속으로 사라지는 일규의 모습을 지켜본다.

*

책상 위에는 나갈 때 펼쳐놓았던 책이 펼쳐진 채 그대로다. 은교는 책을 덮어 책장에 꽂은 뒤 샤워실로 간다. 샤워 수건을 꺼내지 않고 손으로 비누를 문지른다. 비누거품이 하얗게 덮인 손바닥으로 가슴과 허리와 허벅지와 종아리를 부드럽게 문지른다. 수건으로 쓱싹쓱싹 미는 것과는 느낌이 너무 다르다. 감미롭고 짜릿하기까지 하다. 거울 앞에 선 나신이 탐스럽다. 나무랄 데 없이 균형 잡힌 몸매다. 내 몸을 이렇게 유심히 들여다 본 적이 있었던가. 내 눈으로 내 몸이 가진 암컷의 매력을 살핀 기억은 없다. 약혼자는 살쪘다고 놀리지만 그 남자는 내 몸매에 호감을 가진 게 확실하다. 설핏설핏 내 몸을 살피는 남자의 눈빛이 그랬다. 얼굴을 거울 가까이 가지고 간다. 두 손으로 뺨을 쓰다듬어 본다. 고등학생일 때 엄마에게 불평했다. 친구 영희는 피부가 잘 익은 복숭아같이 뽀얗고 볼이 발그레 한데 자기는 왜 그렇지 않느냐고. 여자의 피부가 도화색이면 팔자가 드세다. 나의 피부는 귀부인의 색이니 불평 말고 잘 가꾸거라. 라고 엄마가 말했다. 엄마의 말을 믿었다. 엄마의 피부를 닮았고 엄마는 동네에서 미인으로 칭송을 받았으니까. 코를 만져 본다. 높지도 낮지도 않다. 코끝이 동그랗다. 엄마는 마늘 코라며 복을 부르는 코라고 했다. 눈을 들여다본다. 맑다. 열아홉 소녀의 초롱초롱한 눈을 그대로 갖고 있다. 남자는 내 얼굴에도 호감을 가진 게 분명하다. 내 얼굴을 보다가 얼른 눈을 돌리고 했으니까.

머리를 말리지도 않고 침대에 몸을 던진다. 긴장이 풀려서인가 술기운이 남아있는 걸 느낀다. 눈을 감는다. 남자의 얼굴이 커다랗게 보인다. 언제나 약혼자의 얼굴이 있었던 자리에 다른 얼굴이 있다. 은교는 고개를 흔든다. 약혼자를 부른다. 남자의 얼굴이 자리를 비켜주지 않는다. 멋쟁이 교수도 많고 매력을 내뿜는 학생들과 어울려 지내지만 마음은 언제나 차돌처럼 단단하다. 약혼자의 얼굴을 밀어내는 이 남자는 누구인가. 20대 청춘의 마지막 해를 보내고 있는 내 몸이 수컷을 찾는 건가. 은교의 몸이 달아오른다. 맥박마저 빨라진다.

*

은교는 거울 앞에서 얼굴을 쓰다듬는다. 얼굴이 푸석푸석하다. 밤을 지새워 공부를 해도 이렇지는 않는데. 잠 좀 설쳤다고 이럴 수는 없다. 싫다. 팽팽하고 싶은데. 머리칼이 마른 수풀더미다. 가지런히 빗은 뒤 한 줄로 모아서 밴드로 묶는다. 한복을 입고 아버지와 나들이를 하시던 엄마의 얼굴이 떠오른다. 엄마가 돌아가시고 벌써 10년이 넘었다. 엄마도 이렇게 가슴이 뛴 적이 있었을까. 엄마가 계시면 물어보고 싶다. '임자 있는 년이 별소리 다 한다.'고 핀잔일까 과년한 딸의 복잡한 심사를 어루만져 주실까. 청바지를 입는다. 스키니다. 다리가 겨우 들어가고 엉덩이가 꽉 조인다. 헐렁하게 아무거나 걸치고 다니는데 어쩌자고 이걸 입나. 하얀 티셔츠를 입는다. 실크70%, 면30%라 몸에 적당히 붙는다. 몸을 좌우로 돌려본다. 가슴이 알맞게 표현되고 있다. 만족이다. 셔츠 가슴 부분에 Beyond 여섯 글자가 일렁이는 물결을 타고 있다.

교실 복도를 지나 광장으로 통하는 문으로 향하는 은교는 종종 걸음이다. 밖으로 나오니 일규가 보인다. 그는 고개를 꺾어 나무를 쳐다보고 있다. 연회색 화강석으로 만든 직경 4미터이고 30센티 높이의 원통 위에 비슷한 높이의 작은 원통을 얹어 흙을 채우고 나무 한 그루를 심었다. 높이가 10미터는 될 것 같다. 측백나무가 이렇게 크게 자라나 생각한다.

"오래 기다리셨어요?"

"막 도착했습니다. 늦을까봐 달려왔지요."

"아직 10분이나 남았는데"

"숙녀를 기다리게 할까봐 조바심이 났습니다."

이 남자 만나자 말자 또 가슴 흔들리는 소리를 한다.

"중앙묘원에 다녀오셨어요?"

"후딱 갔다 왔어요. 베토벤, 슈베르트, 브람스, 스트라우스 모두 옹기종기 이웃이던데요."

"오늘도 참배하셨어요?"

"그럼요, 그들은 참배를 받을 자격이 있습니다. 그들의 음악으로 인류를 행복하게 했으니까요. 나라를 지킨 군인들을 국립묘지에 봉안하고 경배하는 거와 같지요."

"참 고마운 말씀이시네요. 음악인의 한 사람으로 용기가 납니다. 사명감도 생기구요. 캠퍼스 한 번 둘러보실래요."

"안에는 들어가지 않을 거지요. 밖은 벌써 둘러봤거든요."

"막 도착했다고 했잖아요."

"이 자리에 막 도착했다는 의미였어요.. 실은 11시쯤 도착해서 한참 돌아다녔습니다. 캠퍼스가 엄청 넓군요. 학교 이름 길어요. 독일에서 15개월이나 공부했는데도 발음하기가 쉽지 않네요."

"비엔나에서는 엠데베(MDW)라고 해요. 첫 글자를 모은 겁니다. 1817년에 개교했으니 200년이 넘었네요. 학생은 3천명 쯤 이구, 교수는 200명 쯤 되요."

"이 나무는 측백나무 종류인 것 같은데 굉장히 크네요."

"황금측백이라고 하던데, 여름에는 황금색이고 차츰 붉어져요. 저기 보세요. 빨갛게 되었죠."

"어째서 이 큰 구조물 위에 딱 한 그루씩 심었죠?"

"이 본관이 학교 설립 때 지어진 건물이에요. 설립에 참여했던 사람들의 기념물이래요. 이 둥근 화강석에 한 사람씩 이름을 붙였어요."

"그럼 이 나무들이 200년이 된 건가?"

"나무가 수명을 다 하면 똑 같은 나무를 또 심는다고 해요."

큰 길 쪽으로 가지 않고 엉뚱한 데로 나가려는 일규를 향해 은교가 소리를 높인다.

"그 쪽은 주차장이에요."

"알아요, 주차장."

주차장에는 까만색 싱글 유니폼을 입고 까만색 헌팅캡을 쓴 남자가 서 있다. 눈에 익은 유니폼이고 남자도 본 기억이 있다. 남자가 차문을 열어준다. 까만 색 아우디자동차. 아, 호텔 자동차다. 아버지가 오셨을 때 렌트해서 쓴 바로 그 차다. 운전기사도 바로 그 사람이다.

"제가 호텔차를 12시간 하이어했습니다."

"걸어 다녀도 되는데, 왜 돈을 쓰세요."

"고귀한 숙녀를 정중하게 모셔야지요. 여러 군데 가는데."

은교는 전신이 짜릿하다. 자동차를 갖고 자기를 모시러 온 남자가 한둘이었나. 어째서 여왕 대접이라도 받는 것처럼 감동하나. 은교는 그 짜릿함의 정체를 알지 못한다.

"베토벤이 비엔나에서 30여 군데서 살았다고 해요. 거길 다 돌아 볼 필요는 없으니까 베토벤뮤지엄을 먼저 구경하시죠."

"뮤지엄 가까이에 '베토벤의 마지막 집'이 있던데 임종한 집이란 뜻이죠."

"거기도 별 거 없는데."

"베토벤이 만년에 겪은 고통이 너무 가슴 아파요. 거기서 베토벤의 마지막 숨을 호흡해 보고 싶습니다."

"가는 도중에 슈테판대성당이 있는데 들렀다 가실래요."

"아니요, 거긴 남겨 둔다고 했잖아요."

"어이없어요."

"뭐가요?"

"애인도 없다면서 결혼 뒤의 얘기하는 거, 숙녀의 제의를 거절하는 거."

"은교 씨는 저와 결혼할 분이 아니니까요."

은교는 속으로 발끈한다. 얼토당토않은 말이다. 모욕을 당했다 싶다. 자동차에 올랐지만 은교의 기분은 착 가라앉았다. 새침해진 은교의 옆모습을 힐긋 보면서 일규가 말을 건다.

"죄송해요, 은교 님. 시간이 없으니 지나가자는 말을 그렇게 했습니다. 화 푸시고 학교 얘기 좀 더 해 주세요."

두 사람은 차에서 내린다. 일규는 길을 건너가서 베토벤이 마지막 호흡을 했던 건물을 살핀다. 3층의 흰색 건물이다. 규모가 큰 연립주택 같다. 외벽에 걸린 베토벤의 얼굴 동판이 보인다. 다가간다. 그 아래에 새까맣게 변색된 동판에 'Ludwig van Beethoven(1770. 12. 17. ~1827. 3. 26.)'이라고 쓰여 있다. 56년 동안의 인고의 세월이 마치 일규 자신의 인생인 듯 가슴이 답답하다. 주변이 한가롭다. 은교가 말한다.

"저것뿐이에요. 안에 들어가면 베토벤의 침실과 가구들이 있는데 너무 초라해요. 베토벤이 운명할 무렵에 얼마나 삶이 곤궁했는지 알 수가 있어요."

"보면 더 가슴 아플 것 같네요. 패스."

100걸음도 안 될 것 같은 위치에 식당이 보인다. 두 사람은 서로 합의라도 한 듯 그쪽으로 걸음을 옮긴다.

"간단히 합시다. 어제 같은 비엔나 전통 음식. 저는 진한 커피. 은교 님은 제 손님이니 밥값은 제가 냅니다."

이 녀석 봐라. 또 혼자 정하고 명령한다. 약혼자는 최대한 나의 비위를 맞춰주려고 애쓰는데 이 남자는 극과 극이다. 허물 스럽지가 않다. 아까 진짜 화를 낸 거였나. 자신을 화나게 했던 말이 도리어 이 남자에 대한 매력과 신뢰로 변하게 하는 것 같은 건 왜지? 은교가 상체를 일규 쪽으로 약간 구부리며 말한다.

"베토벤 뮤지엄 구경한 뒤에 모차르트 동상 보고, 참배라고 하셨죠, 참배하고, 저녁 먹고, 우리 학교 피아노교실에 가요. 거긴 24시간 열려 있어요. 제가 피아노 연주할게요."

"와 멋지다. 어제는 너무 짧아 아쉬웠는데 오늘은 은교 씨의 피아노에 흠뻑 젖어 보고 싶네요. 일생에 잊지 못할 추억이 되겠죠. 아름다운 추억, 가슴 아리는 추억."

아 이 남자 또 헛소리한다. 아름다운 추억이면 됐지 가슴이 아린 추억은 또 뭐야.

은교가 걷자고 제안한다. 밥도 먹었고 멀지도 않으니까. 은교가 일규의 팔짱을 끼다말고 얼른 놓고 한 걸음 물러난다. 일규는 갑자기 온 몸이 텅 비어버린 느낌이다. 일규는 은교 쪽으로 고개를 돌리지 못한다.

'베토벤 마지막 집'에 비하면 베토벤기념관은 고급이다. 외벽이 대리석인데다 돌 한 장 한 장 조각으로 다듬어 붙였다. 입구 벽에 오스트리아 국기가 2개 걸려있고 '베토벤은 1804년부터 1815년 사이에 때때로 이 집에 살았다.'라고 기록되어 있다. 때때로 살았다는 말이 어떻게 했다는 것인지 이해가 되지 않는다. 2층 홀 한 가운데 놓인 그랜드 피아노를 들여다보고 있는 일규를 향해 은교가 말한다.

"이 건반을 보면 손가락에 피가 맺힐 만큼 두들겼다고 생각돼요. 이 피아노 이렇게 큰직해도 음질이나 음량이 요즈음 피아노하곤 차이가 많아요. 그땐 모든 게 다 그랬어요."

"연주자들도 오늘 날 같은 프로들이 아니었다고 하던데요."

"그랬다고 해요. 그런 환경에서 그런 위대한 음악을 만들었으니 이 시대의 우리들이 부끄럽지요."

여기저기 둘러보던 일규가 손바닥으로 자신의 이마를 친다.

"베토벤이 산책했던 그림이 있던데 안 보이네요."

"베토벤 기념관이 하나 더 있어요. 거기 그 그림이 있어요. 산책길이 거기서 가까운데. 그 부근에 베토벤 하우스라는 집이 네 개나 더 있어요. 가실래요? 15분 쯤 걸리는데."

"갑시다. 은교 님, 산책길도 걸읍시다."

은교는 어릴 때 한번 마음이 쏠리면 참지 못하던 남자 동생을 생각했다. 이 남자 막무가내 때를 쓰던 동생과 조금도 다르지 않다. 귀엽다. 차 속에서 은교가 조심스럽게 물었다.

"대위 님, 몇 살이시죠?"

"갑자기 왜 나이를 물으시죠?"

"내키지 않으면 대답하지 않아도 되요."

"말 못할 이유야 없지요. 스물아홉입니다. 우리 나이로."

"어머, 나하고 동갑이네. 생일이 언제예요?"

"11월, 자기 생일도 밝혀야지요."

"제가 누나예요. 저는 2월이거든요. 이제부터 누나라 불러요."

"싫습니다. 신의 은총으로 만났는데 누나라구요. 못합니다."

　은교의 가슴이 또 쿵이다. 이 사람도 흔들리고 있구나. 그래, 맘대로 생각해라. 몇 시간 안 남아서 다행이다.

　일규가 베토벤 산책길을 걸으며 묻는다.

"이 길 걸어보셨어요?"

"그럼요, 음악 공부하러 비엔나에 오면 거의 이 길을 먼저 걷습니다."

"성지순례인가?"

"비슷하겠네요."

"200년 전 그 시절에 이 동네는 비엔나의 변두리였겠지요. 베토벤이 40년 쯤 비엔나에 살면서 30번이나 변두리로 전전했다는 말인데. 베토벤은 그의 역량에 걸 맞는 대접을 못 받은 거네요. 덕분에 음악도들의 성지가 하나 생겨났긴 한데. 왜 그랬을까요. 베토벤은 왜 그렇게 고통스럽게 살아야 했을까요?"

"베토벤의 건강문제와 가족문제 등이 근본 원인이었겠지만 비엔나가 영웅을 제대로 대접하지 않았던 게 그의 만년을 더욱 비참하게 만들었다고 볼 수도 있어요. 좀 더 나은 조건을 좇아 런던에 갈려고도 했고 이태리에도 가려 했었잖아요. 그때마다 오스트리아 귀족들이 좋은 조건을 제시하고 붙잡았는데 그들은 약속을 지키지 않았어요."

"국보가 다른 나라에 가는 건 국가망신이니 우선 붙잡아 놓고 보자."

"베토벤도 국가의 체면이라는 점에는 귀족들과 생각이 같았던 것 같아요. 그러니 제안을 순순히 받아드렸을 거구요. 설마 약속을 안 지킬 거라고는 생각 못했겠지요."

"지도자들의 배신은 자유입니다, 예나 지금이나, 어느 나라나 마찬가지죠."

모차르트 동상 앞에 서서 일규가 말한다.

"은교 님, 여기는 합스부르크 왕궁 정원이잖아요. 동상의 위치만 봐도 모차르트와 베토벤의 대접이 달랐다는 걸 알 수 있습니다. 제가 비엔나에서 베토벤 동상을 세 개 보았는데 그거 모두 합쳐도 이 동상을 못 따라 가겠네요. 얼마나 화려합니까?"

"말씀 듣고 생각해 보니 베토벤은 억울했다 싶어요."

"은교 님, 이 동상 저쪽 뒤편에 프란츠 죠셉 황제의 무덤이 있는데 보셨어요?"

"아니요. 못 봤는데, 언제 보셨어요?"

"인터넷에서 보았지요. 거기 지팡이를 짚고 서 있는 황제의 전신상이 있습니다. 모차르트 동상에 비하면 작은 정도가 아니고 초라합니다."

"궁전 광장에 말을 탄 황제의 커다란 동상이 있어요."

"그렇더라도, 오스트리아-헝가리제국을 건설한 황제인데, 바로 옆에."

"동상 뿐 아니고 모차르트기념관도 베토벤 기념관과 비교가 안돼요. 집도 크고 외양도 화려하고 집기들도 삐까번쩍이구."

"그 차이가, 왜 그랬을까요?"

"글쎄요. 그런 의문을 가져본 적이 없는데, 아마도. 모차르트는 황궁과 밀접했고 베토벤은 귀족들과의 교류, 인간관계의 차이였을 수도 있겠네요."

"그럴 듯한 해석입니다. 은교 님, 모차르트 기념관으로 갑시다."

"안 돼요, 시간이 늦었어요. 지금 부지런히 가도 문 닫을 시간에 도착할 겁니다."

"실망, 실망, 시간을 좀 더 효과적으로 배분했어야 하는 데."

"배고프지 않아요? 식당으로 가요, 모차르트 기념관은 미래의 아내를 위해 남겨 두시구요."

"와, 반격. 한 방 먹었습니다."

식당에 다가가면서 일규가 말한다.

"스램 브로(Slam Brau). 무슨 맥주 집 느낌이 나는데요."

"맞아요, 맥주 공장을 식당으로 고친 집이에요. 홀 가운데 맥주 제조 기계가 있어요. 시중에 팔지는 않고 식당 손님들에게만 서브해요. 독일 맥주랑 체코 맥주에 눌려서 오스트리아 맥주는 힘을 못 써요."

아치형의 천정이 10미터는 되어 보인다. 천정도 벽도 완전 붉은 벽돌이다.

"와 멋지다, 진짜 멋져요."

맥주가 나왔다. 아래가 넓고 위가 좁은 사다리꼴 원통 유리잔이다. 잔 가운데 식당이름이 있고 그 위쪽은 BRAUEREI, 아래쪽에는 GASTSTATTE이라고 타원형 로고의 원둘레를 따라 쓰여 있다. 은교가 brewery이고 restaurant이라고 알려준다. 일규가 웃는다.

"독일에서 1년 반 살았는데 그 정도는 알지요."

묵직한 유리잔을 마주 들고. 일규가 은교의 눈을 본다. 축배를 재촉하는 눈빛이다.

"비엔나의 누나와 동생을 위하여!"

"또 누나, 동생, 싫은데, 싫다고 했잖아요. 다시 하세요."

"비엔나의 일규와 은교를 위하여!"

쨍, 유리잔 부딪히는 소리가 둔탁하다. 요리가 나왔다. 비엔나 전통 갈비요리라고 한다. 도마 같은 나무판 위에 익힌 마늘과 감자를 깔고 그 위에 잘 구운 갈비 두 쪽이 있다. 머스터드를 살짝 뿌리고 채 썬 보라색 양파를 살짝 덮었다.

"와 엄청 크다."

"이게 1인분이거든요. 이 사람들 엄청 먹지요."

"독일 사람들과 다르지 않네요."

일규가 술잔을 든다. 은교도 따라 든다. 쨍, 유리잔 소리는 여전히 둔탁하다.

"비엔나의 황홀한 여인 도은교 님을 위하여!"

일규가 은교의 눈을 들여다본다. 은교는 눈을 깔고 맥주잔을 입으로 가져간다. 황홀. 아름답다는 찬사는 많이 들어보았으나 이렇게 간지러운 찬사는 처음이다.

"고기가 많이 남았는데 한 잔씩 더 할까요?"

"한 잔 더 하면 피아노 못 쳐요. 한 잔 시켜서 반으로 나누죠."

"그럼, 500cc 한잔 시키죠, 제가 3분의 2를 마실 테니까요."

일규가 다시 잔을 든다. 쨍.

"비엔나의 황홀한 여인을 연모하는 못난 남자를 위하여!"

이건 노골적이다. 은교는 얼굴이 붉어진다. 술기운 때문이기도 하겠지만 은교의 수줍은 가슴이 볼 위에 드러난 거다. 은교의 볼은 그대로 꽃이

다. 아름다움을 넘어 우아하다. 일규는 은교의 얼굴에서 눈을 때지 않는다. 고개를 들어 일규의 눈을 마주 했던 은교는 이내 고개를 숙인다.

식당을 나와 은교는 벨베데르궁 정원으로 들어선다. 약간은 돌아가는 길이다. 은교는 일규의 팔을 잡고 걷는다. 어슴푸레 수은등이 열어주는 정원 길을 걷는 젊은 남과 여의 가슴에 유토피아가 따로 있지 않다. 은교가 학교 얘기를 한다.

"지금 가는 피아노 교실은요 공식으로는 Institute Ludwig van Beethoven이라고 해요. 우리나라의 피아노 학과인데 여기는 Institute 라고 해요. Institute가 마흔 두 개나 되요. 여기서 본관까지 전부 학교 관련 건물입니다. 왕궁 인근에서 시작해서 4킬로가 넘어요. 위치만 봐도 우리 학교의 위상을 알 수 있어요. 음악대학으로는 세계 최고입니다."

"진짜요. MDW가 세계 최고 음대예요?"

은교가 일규의 팔을 툭 친다.

"알면서 날 놀리려는 거죠. 좋아요, 믿거나 말거나…. 일규씨가 좋아하는 지휘자 말씀해보세요."

"좋아하는지는 몰라도 이름을 아는 지휘자는 있지요. 폰 카라얀, 레오날드 번슈타인, 리카르도 무티, 주빈 메타…"

"됐어요, 지금 말씀하신 분 중에서 카라얀과 주빈 메타가 이 학교 출신이세요.. 그 밖에도 많아요. 한국에서 활약하고 있는 훌륭한 음악가도 여러 명이에요. 신수정 씨 아세요? 바로 베토벤 연구실 출신이세요."

교실마다에 피아노가 놓여 있다. 은교는 그랜드 피아노가 놓인 큰 교실로 들어간다. 주위에 의자도 여러 개 놓여있다.

"자, 나의 귀한 손님을 위해 무슨 곡을 연주할까요."

"동생이라더니 손님으로 격이 떨어졌군요."

은교는 일어나서 왈칵 껴안아 주고 싶은 충동을 참는다.

"대위님은 행진곡을 좋아하시고 저는 베토벤보다 모차르트가 좋으니까, 공평하게 모차르트의 터키행진곡입니다."

혼자 두들기는 피아노 소리가 군악대의 연주보다 더 우렁차다. 연주를 끝낸 은교가 말한다. 신이 난 목소리다.

"다음은 봄의 왈츠입니다."

일규는 혼자서 왈츠 스텝을 밟으며 교실을 빙글빙글 돌았다.

"자 그럼 나의 귀한 손님에게 엘리제를 위하여를 헌정합니다."

"나는 그 곡이 싫은데요. 철부지 여자 아이에게서 바람맞는 베토벤이 불쌍해서요."

"그럼 제가 대위님께 이 곡을 헌정할 테니 대위님이 저를 바람맞히세요. 내일 떠나시니 제가 바람 맞았다고 생각할게요."

은교는 차분히 엘리제를 위하여를 연주한다. 일규는 황홀하다. 가슴이 녹아내린다.

두 사람은 대학 캠퍼스를 가로 질러 천천히 걷는다. 은교는 일규의 팔을 잡았고 두 몸 사이에는 빈틈이 없다.

"왈츠 스텝이 물 흐르듯 하던데, 춤을 많이 춘 솜씨 같아요."

"사관생도 때 댄스 시간이 있는데 기초만 배워요. 졸업하고 사설 교습소에 다니면서 좀 익혔습니다."

"댄스는 좋지만 여자 사냥꾼 되면 안 되죠. 조심하셔야겠어요."

일규가 은교의 손등을 살짝 친다.

"예전엔 모르겠지만 인제는 그럴 일이 없어졌습니다."

"왜요, 갑자기 개과천선하셨나요."

"아니요, 은교 님 때문에요. 은교 님께 완전 꽂혔으니까요."

"바람둥이의 전형 같아요."

"왜요?"

"당신에게 꽂혀서 다른 사람은 사귀지 않겠다. 바람둥이들이 하는 말. 의미 없이 던지는 말, 아닌가요?"

"억울합니다. 그렇게 해석하시는군요."

은교의 집 앞이다.

"대위님을 우리 집에 초대할게요."

"언제요?"

"지금. 올라가서 차 한 잔 하고 가세요."

"사절입니다."

"숙녀의 호의를 또 거절하시네요."

"가슴이 저리도록 고맙습니다. 당장 올라가고 싶습니다. 하지만 저 자신을 믿지 못합니다. 은교 씨에게 저의 막된 모습을 보여드리고 싶지 않습니다."

"남녀 관계를 언제나 그렇게 생각하세요?."

"천만에요, 저는 해군장교입니다. 분별이 있고 절제도 압니다, 하지만 은교 님 앞에서는 자존심이고 절제고 교양이고 다 허물어 질 것 같습니다. 저는 우리 관계를 고결하게 끌어가고 싶은 겁니다."

고결하게. 차 한 잔 마시고 가는 게 불결인가. 꽂힌 여인의 유혹을 거절하는 이 당당함은 뭔가. 은교는 종잡을 수가 없다. 일규의 솔루션이 날아온다.

"은교 님 제가 초대할게요. 내일 조찬, 호텔에서요. 비엔나 힐튼호텔에서 아침을. 영화제목 같네. Abschied Frühstück, farewell breakfast 서글픈 조찬이군요."

"몇 시 기차에요?"

"11시 30분, 아침 같이 하고 나가면 될 것 같습니다."

"좋아요. 초대에 응합니다."

"아홉시에 호텔 커피숍에서 뵙습니다."

일규는 성큼성큼 걷는다. 은교는 그의 뒷모습을 바라본다. 어제는 내가 계단을 올라가서 손을 흔들 때까지 그 자리에 서 있더니. 저 남자 마음이 흔들리고 있는 거다. 그 자리에 더 길게 서 있으면 자기가 한 말을 뒤집을까봐 도망치는 거다. 기분이 좋다. 은교는 계단을 뛰어 오른다.

*

토요일 아침 은교는 청바지에 하얀색 긴소매 티를 입었다. 전날 입었던 청바지이고 똑 같은 티셔츠이다. 다만 소매가 길 뿐이다. 물결을 타고 있는 여섯 글자 Beyond도 똑 같다. 머리도 전 날처럼 하나로 모아서 묶는다. 하늘 색 바람막이를 어깨에 걸치고 테니스 모자를 백팩에 넣는다. 호텔까지 10분이면 닿지만 30분 전에 집을 나선다. 호텔 입구에서 서성이고 있는 일규가 보인다. 저 남자 나를 기다리고 있구나. 가슴이 뛴다. 발걸음이 빨라진다.

"왜 여기 계세요."

"은교 님을 기다리고 있었습니다. 고귀한 숙녀가 오시는데 정중하게 모셔야지요."

쿵. 쿵. 쿵 은교의 가슴.

"해군은 모두 이렇게 해요?"

"해군 예절 플러스 문일규의 도은교 님에 대한 존경과 애정. 기타 등등"

"기타 등등 뭐예요?"

"말하기 싫은데, 쪽 팔릴까봐."

"말씀하세요, 봐 드릴게요."

"꿈, 욕심, 내 사람이었으면 하는 꿈과 욕심."

팔딱 팔딱 은교의 가슴. 존경이라고. 태어나서 첨 듣는 말이다. 고귀한 숙녀 그것도 첨 듣는다. 추파를 던지는 뭇 사내들이 있었지만 가슴을 쿵쿵 때린 사람은 없었다. 내가 끌려가는 사람의 야무진 꿈과 욕심. 은교는 가슴이 벅차다.

"아버지가 여기 오셔서 이틀 계셨는데 그 때 여기서 아침을 먹었어요."

"이 호텔 아침은 빵과 치즈가 여러 종류라서 마음에 듭니다. 은교 님도 치즈 좋아하시는 것 같던데."

"어떻게 아세요."

"엊그제, 공원 카페에서 치즈를 손으로 들고 드시던 걸요. 즐겨하는 인상이었어요."

이 사람 봐라. 또 그런다. 입만 뻥끗하면 가슴을 두드리는 소리를 쏟아낸다. 여자의 행동을 그렇게 유심히 살피나. 타고난 바람둥인가 훈련된 사냥꾼인가.

테이블에 놓인 커피 잔에서 모락모락 피어오르는 김을 바라보며 일규는 비탄에 빠져든다. 조금 있으면 헤어져야 한다. 하늘에 감사해야 할 일이고 하늘을 원망해야 할 일이다. 카푸치노 잔을 든 체 은교가 조심스럽게 입을 연다.

"저, 오늘 토요일이라 일규씨와 같이 프라하에 갔다 오려구요."

"세상에 이런 광영이. 대환영입니다. 하늘의 은혜에 감사드립니다."

진심이다. 갑자기 목울대가 막힌다.

"말씀을 늘 어렵게 하시네요. 킹스스피치 영화를 보는 것 같아요."

"사관학교에서 그렇게 교육받아서요. 해군작전용어에 약자가 엄청 많습니다. 작전할 때는 대화는 거의 없고 약자와 약어뿐입니다. 보통 대화는 약어나 방언을 못 쓰게 합니다. 4년간 기합 받으며 몸에 익힌 악습입니다."

"악습이라구요. 제게는 교양 있는 말로 들리는데요."

"젊은 여성들은 하나같이 꼰대들의 어법이라 하는데, 은교 님의 내공, 상류시민 등등이 교양으로 받아드리는 거지요."

상류시민? 그럴지도 모르지. 하지만 누가 나에게 상류란 말을 썼나. 자리를 잠시 떴던 일규가 돌아왔다.

"은교 님이 오늘 프라하에 갔다가 돌아오시려면 좀 일찍 떠나는 게 좋을 것 같아서요. 컨시아지에게 조금이라도 빠른 시간 알아봐달라고 했더니 한 시간 일찍 예약되었습니다. 바로 일어나야 되겠습니다. 돌아오는 시간도 예약했습니다. 프라하에서 네 사간 머무신 뒤에 떠나셔야 합니다."

"그건 너무해요. 마지막 차가 10시 넘어 있는데, 그거 타도 괜찮아요. 전에 탄 적 있어요."

"그건 제가 용납 못합니다. 막차타면 은교 님이 새벽 3시나 되어야 집에 도착할 텐데 그때까지 제가 자지 않고 전화 기다리는 걸 은교 님도 좋아하지 않겠지요. 몇 시간 더 있으면 또 더 있고 싶어집니다. 네 시간이 부족하다면 다시 네 시간도 또 부족합니다."

이런, 용납 못해, 내가 좋아하지 않는다고, 내가 자기 여자라도 되었나. 하지만 이 남자 주도면밀하다. '나와 결혼할 사람이 아니잖아요.'라고 말할 때는 천방지축같이 느꼈는데 이런 때는 아주 다른 사람 같다. 한꺼번에 모든 걸 체계적으로 생각하고 해결하려한다. 어떤 여자가 이 남자의 아내가 될까. 궁금해서가 아니다. 없는 여자를 향한 질투다.

은교가 일규에게 창가 자리를 권한다. 비엔나를 떠나 체코 제2의 도

124

시인 브루노에 잠간 정차하고 프라하까지 달리는 특급열차다. 일규는 창밖을 바라본다. 열차가 도나우강을 건너고 있다. 이 강도 한강과 같이 영욕을 품고 있다. 지도자가 지도자다웠을 때는 세계를 호령하는 대제국이었다. 지도자가 타락하고 국민이 따라서 타락했을 때는 오욕을 피 할 수 없었다. 긴 영화 짧은 오욕의 역사다. 한강 20세기말에 반짝 영화를 누리고 있다. 긴 영화를 이어가는 것은 지도자의 몫이다. 그런 지도자를 만들어 내는 것은 국민의 몫이다.

은교는 눈을 감은 체 똑 바로 앉아 생각에 잠겨 있다.

내가 어쩌자고 이런 불장난을 하고 있나. 우리 이웃에 살던 남자 아이는 어릴 때부터 내게 살갑게 굴었다. 엄마가 돌아가신 뒤로 자기가 오빠라도 된 듯 나를 돌봐주려 했고 그럭저럭 약혼자가 되었다. 아버지는 그의 아버지와 절친이다. 대학교를 설립할 때도 함께 주머니를 모았다. 아버지의 지분이 50이고 그의 아버지 지분이 40이다. 그와 결혼하면 학교는 완전무결하게 안정이 된다. 아버지가 그를 나의 반려자로 결정했을 때는 그 점을 염두에 두었을 것이다. 그와 결혼하고 나는 교육자로서의 길을 걸으면 된다. 한 번 만난 남자에게 넋을 잃고 빠져들다니. 마음을 단단히 가져라. 그래, 불장난은 오늘 여섯시까지이다.

열차가 도시를 벗어나 하늘에 닿을 듯 쭉쭉 뻗은 전나무 숲으로 들어선다. 하늘이 열린 터널에 들어 온 듯 어두워진다. 돌아앉은 일규가 은교의 상념을 깬다.

"저, 열차에 앉아 바깥 내다보는 거 참 좋아하거든요…."

"여기서 프라하까지는 산이 없고 계속 이래요. 한국의 산야같이 아기자기한 맛이 없어요."

"오늘은, 경치 같은 거 관심 없어요."

"……"

"프라하까지 4시간, 그리고 4시간 뒤에 은교 님은 떠납니다. 8시간뿐입니다. 서글퍼요. 어떻게 창밖을 내다봅니까."

"기차역에서 헤어졌다고 생각하면 8시간이 생긴 거잖아요."

"알아요, 그런 계산 나도 할 줄 알아요. 하지만 너무 짧아요. 8천 시간, 8만 시간도 모자랄 것 같은데."

일규가 오른 손을 은교에게로 내민다. 은교의 하얗고 보드라운 손이 일규의 손에 포개진다. 일규는 그 손을 꼬옥 잡는다. 은교는 8만 시간을 셈 해본다. 얼굴을 마주보며 어깨를 나란히 하며 밥을 함께 먹고 이야기를 주고받고 그렇게 8만 시간이면 한 집에서 평생을 살아야 할 시간이다 싶다.

"은교 님은 왜 전공을 자꾸 바꾸세요? 시간도 더 걸릴 거구, 고생도 더 많이."

"아버지가 사립대학교를 설립하셨어요. 아직 총장을 하시는데 조만간 이사장으로 물러앉으실 겁니다. 우리 집에 딸만 셋인데 딸 중에서 아니면 사위 중에서 학교를 이어받아야 해요. 제가 맏딸이니 제가 우선순위 1번이지요. 피아니스트는 24시간 피아노에 매달려야 해요. 학교 운영자가 되려면 교육학을 전공하는 게 더 도움이 될 것 같아서 바꾸었습니다. 다른 이유가 하나 있어요. 제가 학부를 마치고 커티스에 갔을 때 피아노 전공하는 아이들의 재능이 엄청나 보였어요. 저는 안 되겠다 싶어 작곡으로 바꾸었어요. 제게 뼈아픈 과거입니다. 서울에 돌아가서 2년 간 대학에서 강사를 했어요. 아버지가 학교 후계자 얘기를 하시면서 공부를 더 하라고 하시더군요. 비엔나로 왔지요. 공부하기는 힘들어요. 하지만 세계 최고의 음악대학에 다닌다는 자부심은 있어요. 학위를 마치고 나면 보람도 있겠지요."

은교는 백팩에서 준비해 온 샌드위치와 커피를 꺼냈다. 홀몸으로 나오기도 바쁠 텐데 점심까지 준비해 온 은교의 배려에 일규는 가슴이 뜨겁다. 서로의 가슴과 가슴에 빠져 들어 있는 청춘에게 샌드위치는 세상에서 가장 맛있고 열차가 달리는 4시간은 깜빡 짧았다. 프라하 역의 북문 쪽으로 나가 구시가광장 방향으로 5분 쯤 걸어서 예약한 호텔에 가방 두고 밖으로 나온다. 스메타나 음악홀과 드로르작기념관이 목표다. 은교가 묻는다.

"체코에도 유명한 음악가가 많은데 왜 두 분만 참배하세요."

"무식해서요. 다른 분은 모르거든요. 두 번째 이유는 두 분의 음악은 제게 특별한 울림이 있어섭니다. 드로르작의 신세계는 풍요로운 땅과 진취적인 미국인을 너무 잘 그리고 있어요. 베토벤 5번이나 9번과 어느 쪽이 더 좋으냐고 물으면 저는 대답 못합니다. 스메타나의 나의 조국은 한국인을 위해서 쓴 음악 같습니다. 나라를 잘 지켜야겠다고 각오를 다지게 하지요."

　드보르작 기념관을 건성건성 둘러보고 나올 때 철문을 닫는 소리가 뒤에서 들렸다. 5시다. 은교의 기차시간이 1시간 남짓이다. 일규는 마음이 바빠진다. 초침의 움직임 따라 일규의 가슴이 재깍재깍 답답해진다. 역 앞에 엄청 규모 있는 공원이 있고 공원 서쪽에 프라하의 먹자골목이 있다. 은교는 저녁을 먹지 않겠다고 한다. 일규가 자기 앞의 아메리카노를 반 쯤 마시고 은교에게 건넨다. 은교도 한 입밖에 대지 않은 카푸치노를 일규에게 넘긴다. 프라하 역에 들어선다. 어디서 피아노 소리가 들린다. 은교가 '아 피아노 소리가 감미롭다'하면서 그 소리를 따라간다. 허름한 엎라이트 피아노에 앉아 연주하던 청년이 일어선다. 일규가 눈으로 은교를 부추긴다. 은교가 피아노에 앉아 눈을 감고 건반을 조심조심 두드린다.

기러기 울어 예는 하늘 구만리

바람이 싸늘 불어 가을은 깊었네.

아아 아아 너도 가고 나도 가야지

　박목월 시인의 「이별의 노래」다. 사랑과 불륜과 이별의 슬픔으로 범벅인 시다. 경쾌한 노래를 연주해 주지 왜 이렇게 슬픈 노래를 연주하나. 심술궂게. 일규의 눈 가득 물방울이 맺힌다. 3절까지 연주를 마친 은교가 일어서서 일규의 팔을 붙잡는다. 은교의 눈은 붉어져 있다. 눈물을 두룩 두룩 흘린 눈이다. 둘은 홈을 향해 걷는다. 은교가 일규의 팔을 놓고 잠간 기다리란다. 돌아 온 은교가 말한다.

　"저 기차표 연기했어요. 막차로. 몇 시간 만 더 있다가 갈게요."

　일규는 혼란스러웠다. 환영과 걱정. 말 할 것도 없이 환호가 99% 염려는 1%이지만. 일규는 기차 시간을 묻지 않는다. 한 시간이건 두 시간이건 더 주어진 시간이 값질 뿐이었다. 둘은 팔짱을 끼고 성큼성큼 역사 밖으로 나간다. 은교가 말한다. 얼굴은 밝아졌고 말은 씩씩하다.

　"요 앞에 한식집이 있어요. 거기서 저녁 먹고 우리 노래방 가요."

　"여기도 노래방이 있어요?"

　"많아요, 중국인 일본인 한국인들이 얼마나 많이 오는 데요. 노래방이 없겠어요."

　노래방에는 독립된 공간과 홀이 있다. 일규는 홀을 선택한다. 독립된 공간에서 무슨 일이 일어날지 두려워서다.

　은교가 '꿈속의 사랑'이란 노래를 부른다. 현인 선생이 부른 옛 날 노래다.

　"은교 님이 이 노래를 어떻게 아세요.?"

　"엄마가 즐겨 부르던 노래예요. 엄마가 이 노래를 부르시면 나는 엄마한테도 그런 사랑이 있었을까 궁금했어요."

　일규가 패티김의 노래 '가을을 남기고 간 사랑'을 부른다. 은교가 함께 부른다. 은교가 소리새의 노래 '그대 그리고 나'를 같이 부르자고 한다. 은교의 노래는 끊어졌다 이어졌다 한다. 홀의 손님들이 힐긋힐긋 쳐다본다. 일규는 한껏 목소리를 높여 은교의 울먹임을 덮으려 한다. 10시가 가까워 온다. 일규가 은교를 껴안고 노래방을 나온다. 늦저녁의 가을바람이 두 사람의 얼굴을 식혀준다. 역 플랫폼에서 은교가 걸음을 멈추고 일규를 빤히 쳐다본다.

　"저 여기서 자고 갈래요."

　일규는 호텔직원에게 1인실 하나를 달라고 말한다. 그가 의아한 표정을 지으며 당신은 이미 체크인 하지 않았느냐고 되묻는다. 은교가 다가와 일규의 팔을 잡아끈다.

　"대위님, 해군장교가 그렇게 용기가 없어요. 뭐가 겁나요. 사관학교에서 절제를 배우고 익혔다면서요."

　"은교 님, 저 남잡니다. 해군장교이기 전에요."

　일규는 직원에게 트윈 룸으로 바꿔달라고 했지만 직원이 웃으면서 없다고 답한다. 일규는 생각한다. 여자가 괜찮다는데 사내가 뭘 주저하느냐. 내가 바라는 바가 아니었더냐.

　샤워를 하고 나온 은교를 바라보며 일규가 말한다.

　"은교 님, 군인은 아무데서나 자는 훈련이 되어 있어요. 저는 소파에서 잘 테니 은교 님이 침대에서 주무세요.

　"좋아요. 여기 침대 모서리에 높은 담이 있으니 넘어오지 마세요."

　은교가 팔을 뻗어 침대 주변에 담을 쌓는 시늉을 한다.

　"넘지 않습니다. 은교 님과 한 방에서 밤을 보내는 이 터질 것 같은 감동을 아름답게 지키고 싶습니다."

터질 것 같은 감동. 내 가슴이 터질 것 같은데. 섹스를 하면 감동이 날아 가냐. 섹스는 아름답지 않나? 그래, 견뎌라.

여분의 이불을 꺼내 덮고 소파에 누워 캄캄한 천정을 향해 까만 눈망울을 굴리던 일규가 막 잠이 들었는데 일규의 어깨를 가볍게 흔드는 손이 있다. 눈을 뜬다. 은교다. 은교가 두 무릎을 꿇은 자세로 일규를 내려다보고 있다.

"침대로 가요. 고집부릴 것 같아서 그냥 그러자고 했는데, 소파에 누워있는 걸 보니 애처로워요."

서로가 굳게 다짐을 하고 나란히 누웠지만 일규의 몸은 안절부절. 일규의 손이 은교의 몸 위로 간다. 은교는 밀어낸다. 일규는 누운 채 차렷 자세를 취한다. 자세는 금방 허물어진다. 그의 손은 그녀의 가슴으로 간다. 전투가 시작된다. 은교의 방어가 만만치 않다. 한사코 거부다. 승부가 나지 않는 싸움이 두 시간 넘게 계속된다. 은교는 일규의 미친 주무기를 자신의 사타구니 사이에 끼우고 비튼다. 은교의 두 다리 사이에 폭우가 넘쳐난다. 은교를 껴안은 일규는 갓 잡아 올린 물고기처럼 펄떡인다. 은교의 몸이 남자의 널찍한 가슴 속에서 부스러질 것 같다. 언젠가 여성잡지에서 읽은 위기 탈출 기술이 떠올라 그대로 했는데 성공이다. 쾌재를 불러야 할 그 성공의 뒤에 몰려오는 이 뼈저린 허탈감은 뭔가. 귀한 보물을 강물에 던져버린 심정이 이럴까. 코흘리개 적부터 보아 온 동네 오빠, 그 와의 약혼은 사랑의 결실인가. 스물아홉 인생에 처음으로 푹 빠져든 남자의 그 간절한 요구를 못 들어준 건 옳은 일인가. 그러려면 여길 오지 말았어야지, 어제 밤에 떠났어야지. 이 사람이 지금 얼마나 깊은 열패감에 빠져있을까. 이대로 보낼 수는 없다. 그의 가슴을 일으켜 세워야지. 이 남자의 영혼에 나를 새겨 넣자. 은교의 몸은 활활 타오른다. 은교는 일규의 가슴에 손은 얹는다.

죽은 사람처럼 조용하지만 그의 맥박은 여전히 정상이 아니다. 깊이 마셨다가 크게 내 쉬는 그의 숨소리가 .은교의 몸을 더욱 뜨겁게 한다. 은교는 그의 팔 안으로 몸을 밀어 넣는다.

그가 팔에 힘을 준다. 감정도 성의도 없는 동작이다.

"일규 씨, 미안해요. 용서하세요."

"용서는 제가 할 말입니다. 고결하게 끌고 가겠다고 약속하고선 약속을 저버린 건 나였으니까요. 인제 그런 말씀 하지 마세요."

일규의 훈장님 같은 말에 은교는 풀이 죽었다. 커튼이 쳐진 창밖이 새벽을 알리고 있다. 일규는 아무 일도 없었던 듯 조용히 숨을 쉬고 있다. 얼마를 잤는지 일규가 잠에서 깨었을 때 은교가 없다. 전등을 키고 화장실 문을 두드려보지만 은교는 없다. 프론트에 물어보려 전화기를 드는데 전화에 빨간 불이 들어와 있다. 메시지가 있다는 의미이다. 은교가 로비에서 메시지를 써서 맡기고 간 거구나. 일규는 군대에서 비상 훈련을 할 때의 동작으로 프론트로 달려갔다. 예상대로 은교의 메시지다.

먼저 갑니다.

당신과 마주하면 떠나지 못할 것 같아요. 저 도은교, 일규씨를 사랑합니다. 당신 덕분에 사랑을 알았습니다.

숙맥같이 살아 온 스물아홉 인생이었습니다. 책에서 읽고 영화로 보았던 사랑얘기가 나에게 이토록 황홀하게 다가오리라고는 꿈도 꾸지 못했습니다.

저 도은교, 당신을 가슴에 품고 일생을 살게 되겠지요.

무운장구를 기도하겠습니다.

일규는 메시지를 손에 잡은 채 프라하 역으로 달렸다. 아직 기차를 기다리고 있을지 모른다 싶어서다. 프라하 역은 너무 복잡해 자주 다니는 사람도 자기가 이용하는 열차가 아니면 플랫폼을 찾아가기가 쉽지 않다. 일규는 숨을 헐떡이며 발착 시간표를 올려다본다. 30분 전 기차를 탔거나 아니면 20분 뒤의 기차를 기다리고 있다. 달린다. 2층 계단을 뛰어 오른다. 동쪽에는 보이지 않는다. 돌아서서 서쪽으로 뛰어 걷는다. 멀리 의자에 머리를 짚고 앉아있는 은교가 보인다. 둘은 왈칵 껴안는다. 은교가 말한다.

"보고 떠나고 싶었어요. 30분 전 기차를 보내고 여기 앉아서 혹시나 하고 기다렸어요."

일규가 그녀를 으스러지게 껴안는다. 입맞춤이 깊고 길다.

"비엔나와 프라하의 4일은 꿈속이었습니다. 은교 님 덕분입니다."

일규는 울먹이고 있다. 은교가 다시 목에 매달린다.

"일규씨 빚을 졌어요."

"빚이라니요, 무슨 빚"

"못할 짓 한 빚. 사랑과 빚을 가슴에 안고 살겠습니다."

자재과장

김용채

그러나 나는 하얀 머리카락을 억새처럼 날리면서 이렇게 추운 날 용돈 몇 푼을 벌어 보겠다고 발버둥을 치고 있다. 전생에 나는 무슨 죄를 지었기에 이승에 사람으로 태어나 처자식도 제대로 건사하지 못한단 말인가? 차디찬 하늘에 흰 구름 한 송이가 떠다니고 있다.

김용채

시조시인 〈농민신문〉 신춘문예, 문학평론《문학과의식》, 소설《문학과의식》등단
행정학 석사(연세대학교), 공무원 정년 퇴임(서울특별시)
농민신문 신춘문예 시조부문 예심위원 역임(2013~5)
(사) 한국소설가협회, 세계한인작가연합 외 10개 문인단체 회원
봉집 김용채의 '고시조 산책' 연재(한국문학신문, 2014~6년 100회)
한국시조협회상 수상 외 다수
시조집『숭어, 뛰다』 해설집『고시조 100선』
시조시비 '예덕원'

자재과장

"말채 선생, 청력이 몹시 약하네요. 선생께 이 학원의 운영책임을 맡기려고 생각했는데 이렇게 청력장애가 심하면 이 사업체를 끌고 가기 어렵습니다. 직원들과 학생들의 인력통제가 어려워요."

내가 석박사 과정 대학원대학교 설립을 추진하던 때였다. 그 과정에서 자칫 사기꾼 누명을 쓸 뻔했던 위기가 있었다. 마침 교사(校舍)용 건물을 내놓았던 차 박사님의 깊은 배려와 기지로 그 위기를 무사히 넘길 수 있었다. 한평생 눈꽃처럼 살아왔다고 자부하던 내가 아닌가? 그 후 십여 년이 지나도록 명절이면 잊지 않고 문안을 드리는 나에게 호감이 생겼던 것 같다.

"말채 선생, 요즘 어떻게 지내시오?"

지난 설에도 문안을 드리고 전화를 끊으려는데, 차 박사님이 질문을 해왔다.

"네, 정년퇴직 한 줄은 알고 계시지요? 그 뒤, 징검다리식으로 아르바이트를 하곤 했지만, 지금은 놀고 있습니다."

"그래요? 아직 놀 나이는 아닌 것으로 알고 있는데…."

"그렇지요. 아직은 팔팔하지요. 이제 겨우 예순 중반인데요."

"그렇겠지요. 말채 선생, 내 사무실로 한번 와 봐요. 소일거리가 있을지 모르니까. 참, 연금은 받고 있지요?"

"네, 조금 받고 있습니다."

"그래요? 마침 잘 되었네요. 주 5일 근무에 매월 150만 원씩 챙겨 드리지요. 그런 조건으로 일할 생각이 있으면 이력서 한 장 써가지고 오세요."

자고 나니까 유명인사가 되어 있더라는 어느 사람의 말처럼, 백수 신세를 면할 수 있는 기회가 찾아오는 것 같아 갑자기 들뜬 기분이 된다.

차 박사님은 경기도 광명시에서 육영사업을 하는 분이다. 서울대학교 합격자 배출 실적이 우수한, 고등학교 하나와 기숙형 입시학원을 운영하고 있다. 그런데 경기도 광주시에 또 하나의 기숙형 입시학원을 열었고 벌써 3년째라고 했다.

"광주 학원 운영을 맡을 수는 없지만, 그곳에 상주하면서 시설관리 등 잔일을 해 보실 생각은 없습니까?"

"고맙습니다. 하지만 총재님, 그건 좀 어렵겠는데요."

나는 그 일이 내 적성에도 잘 맞았고 욕심도 났지만, 내 자신의 욕심을 챙기기 위하여 남의 큰 일에 누를 끼칠 수는 없다는 생각에 정중히 사양했다. 여기에서 내가 차 박사님을 총재님이라고 호칭하는 까닭은 이분이 세계청소년연맹인가 하는 단체에서 총재직을 맡은 적이 있기 때문이다.

"말채 선생에게 적합한 일거리를 찾아낼 수 있을 것입니다. 이력서는 나에게 맡겨 놓고 가세요, 일거리를 찾는 대로 다시 연락드리겠습니다."

"알겠습니다. 그러나 너무 무리하지는 마십시오, 저는 괜찮습니다."

이렇게 1차 구직의 기회가 무산되었고 며칠이 지난 뒤 나는 다시 호출을 받았다.

"이력서 보니까 중등학교 2급 정교사 자격이 있던데 그것을 써먹어 봅시다."

차 박사님은 나를 자기가 운영하는 고등학교에 부속된 학생체육관 관리를 맡길 심산이었다. 그러기 위해서는 현직 직원 한 사람이 직장을 잃어야 했다. 나를 그 책임자로 임명하려면 약간의 위험부담을 안아야 했기에 그 또한 내가 사양하였다.

"생각보다 일이 쉽게 풀리지 않네요. 그러나, 걱정하지 말고 좀 더 기다려 봅시다. 어떻게든 무슨 방법이 나오겠지요."

그러던 끝에 결국 현재 리모델링 중인 건물 공사장에서 자재과장이라는 자리를 얻게 되었다. 그런데 이 자재과장이라는 자리가 엄청나게 재미있는 자리였다. 직함은 아주 근사하다. 그런데 그 실체를 보면 아연실색할 지경이었다. 공사장 숙련공들을 보조하는 자리였다.

나는 당장 거절을 하고 싶었지만, 차 박사님은 미국까지 가서 영문학을 전공하고 박사 학위까지 받은 분이다. 젊은 시절에는 여러 가지 사회사업도 하였다. 지금은 굴지의 명문 사학을 운영하고 있다. 무엇이 아쉬워서 본인이 직접 공사현장에 뛰어들어 몸소 작업도 하고 인부를 부리기도 하겠는가? 그 이면에는 내가 깨닫지 못하는 그 무엇이 있을 것이라는 생각이 들었다.

"해 보겠습니다."

저렇게 연세 많은 분도 하시는 일인데 나도 노력하면 되겠지. 적어도 남의 밥그릇을 빼앗는 일은 아니지 않은가.

"잘 생각했어요, 그 대신 무리하지 않게 해도 좋습니다. 얼마 동안만 이 일을 계속하면, 무엇보다도 건강이 좋아집니다. 나를 보세요, 여든을 넘긴 나이에 이 정도의 체력을 유지하고 있어요. 쉬운 일이 아니지요. 보신제요? 그런 거 먹어 본 적 없어요. 그런데도 감기 한번 앓아보지 않았어요. 말채선생도 그렇게 될 것입니다. 열심히 해 보세요."

"고맙습니다. 인생을 배운다는 마음으로 시작해 보겠습니다."

나는 마음에 썩 내키지는 않았지만, 일단 도전해 보기로 결심한다. 언제든지 그만 둘도 수 있다는 단서를 붙여서였다.

7시까지 현장으로 출근하여 기숙학원 식당에서 아침밥을 먹는다. 오후 4시까지 그날그날 달라지는 작업을 쫓아다니면서 허드렛일을 한다. 차 박사님이 지시하는 대로 움직이면 되었지만 때로는 나 자신이 필요하다고 생각되는 일을 찾아내어 차 박사님의 의향을 물어서 시행하는 경우도 있었다. 그러나, 주된 업무는 작업장에 버려지는 자재를 모아서 재활용할 수 있도록 조치하는 일이다. 필요한 자재를 작업장으로 옮기거나, 쓰고 남은 자재를 따로 모아 관리하는 일이다.

시간이 될 때는 숙련공들의 조수 역할도 한다. 서투르기 짝이 없어 차라리 없느니만 못하는 조수이다.

11시 30분부터 1시간 동안 점심시간이 있기는 했지만, 식사 후 마땅히 쉴 곳이 정해져 있지는 않다. 그저 편한대로 아무데서나 잠깐 눈을 붙이거나 하면서 휴식을 취한다. 출퇴근 시간은 정해져 있었지만 작업의 진행 상황에 따라서 다소 차이가 있었다.

숙련공들은 매일 출근하지 않는다. 시멘트 양생 기간 등 작업의 진행 상황에 따라 격일제 또는 부정기적으로 출근한다. 그것은 숙련공과 그를 돕는 미숙련공들의 몫이고 나의 경우는 상근이다. 보수는 일용근로자는 일당 12만 원, 숙련공은 30만 원이 넘었는데 나는 일당 5만 원으로 책정되었다. 최하위 등급이다.

나는 20여 일을 근무하고 그만두었다. 체력이 따라주지 않았다. 차 박사님은 경기도 광주 기숙학원에서 시설관리 등 내가 할 수 있는 일을 찾아보라고 권하였지만 나는 사양하였다. 청력장애, 그것이 항상 걸림돌이 되었다. 그리고 또 하나의 더 큰 이유는 지금 내가 심장에 위험신호가 오고 있다는 점이다. 집을 떠나서 생활해야 한다는 점도 마음에 걸렸다.

세상일이란 욕심대로 다 되는 것이 아니라는 것을 새삼스럽게 체득한다. '건강이 최고'라는 말을 이때처럼 피부로 느껴 본 적도 없었던 것 같다. 젊은 시절, 무슨 원수를 진 사이도 아니면서 '술'이란 놈을 그렇게 마셔 없앴더니 이제야 그 벌을 톡톡히 받는다는 생각이 든다. 내 생애에서 처음이자 마지막이 될 이 귀중한 체험 기간 중 나는 매일 일기를 썼다. 그 중 며칠 치를 소개한다.

가방에 시조작품 초안과 필기도구를 챙겨 넣는다. 호주머니에 잔돈 몇 푼과 지하철 우대카드가 있는가를 확인한다. 5시 20분쯤 집을 나서면 지하철 6호선 첫차를 탈 수 있다. 마침 지하철역은 우리 집에서 가깝다. 걸어서 3분이면 족하다.

5시 30분, 6호선 증산역에서 첫차를 탔다가 합정역에서 2호선으로 갈아타고 다시 대림역에서 7호선으로 갈아탄 뒤 광명사거리역에서 하차한다. 모두 45분 정도가 소요된다. 지하철 광명역 7번 출구로 나와서 목감천교 앞까지 도보로 약 10분이 걸린다. 버스 편도 있지만 기다리는 시간을 감안하면 큰 차이가 없어서 걷는 편이 오히려 나을 수도 있다. 결국 출근에 소요되는 시간은 약 1시간이 된다.

오늘은 공식적으로 임금을 받을 수 있는 첫 출근날이다. 출근하고 보니 직원들이 학원식당에서 아침 식사를 하고 있었다. 무료로 제공되는 급식이라고 한다. 내일부터는 이곳에서 아침 식사를 해결해야겠다고 생각한다.

나는 이곳 사정을 알지 못한다. 이런 분야에 관한 예비지식이 전혀 없어 잠시 혼란스러웠으나, 자상하게도 총재님이 직접 안내해 준다.

먼저 총재님 방에 들어가서 준비해 둔 작업복으로 갈아입고 가방은 그 방에 두고 오라고 했다. 나는 별도로 준비한 작업복이 없었기 때문

김용채 _ 자재과장 ━━━━━

에, 작업장에서 안전과 식별을 위하여 입을 자켓과 빨간색 모자를 지급받아 착용하고 안전화를 신었다. 내 발 싸이즈 보다 약간 컸으나 그냥 신기로 했다.

"날 따라와요, 당분간은 나를 따라 다니세요. 내가 하는 것을 보고 같이하면 됩니다."

나의 근무지는 7층 옥상으로 지금 리모델링 중이다. 바로 인접하여 같은 높이의 새 건물을 짓고 있는데 그 작업 광경을 내려다볼 수도 있는 곳이다.

오전에는 7층에서 콘크리트 작업을 하였는데 옥상으로 통하는 기존 출입구를 막는 작업이었다. 그 작업에 필요한 자재를 작업장으로 나르는 일부터 시작하였다. 그런데 이 일을 총재님과 함께 하는 것이다. 처음에는 어색했다. 그러나 총재님은 아주 능동적이고 적극적이었다. 그렇다고 무리를 하지는 않는다. 내가 이 일에 익숙하지 않다는 것을 이미 알고 있던 터라서, 나를 배려하여 작업의 경중과 완급을 조절하는 것이다. 고마운 일이지만 나로서는 좀 불편했다. 콘크리트를 섞는 데 필요한 물은 1층 화장실에서 호스로 끌어 올려야 했다. 그래서인지 수압을 받아 호스와 수도꼭지를 이은 부분이 자주 빠져서 애를 먹었다.

물이 확보되자 시멘트를 옮겨야 했는데 한 포대 무게가 40kg이다. 총재님과 나는 2인1조가 되어 7층에서 8층 옥상까지 시멘트를 날랐는데 무척 고생을 했다. 웬만한 장정이라면 한쪽 어깨에 둘러메고 가볍게 옮겼을 것이다. 그러나 나는 그렇지 못했다. 10살은 더 위인 총재님보다도 더 힘을 쓰지 못하고 비틀거렸다. 내 힘의 한계를 넘는 작업이었다. 다행히 오후에는 가볍게 몸을 푸는 듯한 일을 하였다. 총재님의 배려였다. 오후 4시가 되자, 퇴근하라는 허락이 떨어졌다.

"어때요, 별로 힘들지 않지요?"

총재님이 일부러 말을 돌려서 한다. 속으로는 요 녀석 혼 좀 났지. 하고 있을 것이다.

"힘들지가 않다니요? 나는 죽는 줄 알았는데, 그런데 총재님은 연세도 있으신데 웬 근력이 그렇게 쎄요? 저보다 3배는 더 쎈 것 같던데요."

"허허, 그렇기는 할 겁니다. 그 비결은 바로 오늘처럼 몸을 꾸준히 사용하는 것입니다. 이 일을 오래 계속하다 보면 나도 모르는 사이에 저절로 몸이 단련되지요. 말채 선생도 나와 함께 일을 하다가 보면 머지 않아 탄탄한 체력을 가질 수 있게 될 것입니다. 자, 첫날이라 피곤할 텐데 어서 퇴근하세요."

나는 총재님 방에서 옷을 갈아입고 나왔다.

"고생하셨지요?"

총재님 방 입구의 좁은 공간을 쓰고 있는 영양사가 인사를 한다. 나는 정중하게 인사를 나누면서 총재님 따님이냐고 물었다. 만일의 경우 실례를 하면 안 되었기 때문이다.

"아니예요, 학원에 소속된 영양사예요."

"그러셔요? 그런데 총재님과 방을 같이 쓰세요?"

나는 주제넘다고 생각하면서도 궁금하여 질문을 했다.

"원래는 제 방이 따로 있었어요, 그런데 이 건물을 리모델링하는 동안만 임시로 같이 쓰기로 한 것입니다. 선생님께서 이 방에다 소지품 등을 두시는 것과 같다는 말씀이죠."

"이 방이 그렇게 어려운 방입니까?"

"그럼요, 이 방을 드나드는 사람은 저 외에는 선생님뿐입니다. 총재님이 특별히 부르기 전에는 다른 사람들은 절대 출입할 수 없답니다."

"그래요? 나는 그것도 모르고 편하게 생각했지요."

"총재님께서 선생님을 특별히 생각하고 계신다는 증거입니다. 그리고 실례된 말씀 같지만, 제가 보기에 선생님은 이런 일을 하실 분이 아닌 것 같은데, 이곳에서 일하시는 까닭이 무엇인지 여쭈어도 될까요?"

"그야, 돈 벌려고 그러지요."

"아닌 것 같은데요, 굳이 말씀하시기 어렵다면 대답하지 않으셔도 괜찮습니다."

"아니요, 사실은 제가 글 쓰는 사람입니다. 체험 삼아 해 보는 것이지요. 글감을 찾는 중이라고 생각하시면 맞을 것입니다."

"아, 그렇군요. 어쩐지 미심쩍다고 생각했는데 제 예감이 맞았군요. 지금 이 공사장에서 선생님을 일용인부로 생각하는 사람은 아마 없을 것입니다. 참고가 될까 하여 드리는 말씀입니다. 너무 시간을 뺏었네요. 말씀 감사합니다."

나는 이렇게 출근 첫날을 보내고 퇴근을 했다. 아침 7시 출근에 오후 4시면 퇴근하는 직장, 세상 사람들은 저마다의 특색을 가지고 얽히고 설키면서 살아가는 것인가 보다.

퇴근하는 길은 출근하던 길의 역순이다. 퇴근에 소요되는 1시간을 어떻게 하면 효율적으로 보람 있게 활용할 수 있을까 고민을 한다. 늘 그랬던 것처럼 메모지를 꺼내 놓고 지금 눈앞에서 연출되고 있는 세상이라는 무대의 연극을 스케치하거나, 아니면 작품을 손질하거나, 새로운 창작품을 구상하기로 한다. 운이 좋은 날이면 지하철 1시간 거리에서 시조 한 편을 끌어내는 경우도 더러 있어 나는 이 방법을 즐겨 활용한다. 공부도 되고 지루함도 덜어낼 수 있어서 좋았다. 그런데 오늘은 공부보다도 출퇴근에 소요되는 시간을 체크하기로 한다. 그리고 새벽바람을 맞으면서 출근을 하는 사람들과 해가 지려면 아직 여유가 있는 시간인데도 퇴근하는 사람들은 어떤 사람들일까를 살펴보기로 하였다. 꽤 흥미롭고 짭짤한 소득이 있을 것을 기대하면서 나의 이 체험이 헛된 것이 되지 않기를 빌었다.

"말채 선생, 오전에는 공사장 주변 청소 좀 하세요. 나는 다른 급한 일이 생겨서 그걸 먼저 처리해야 하니까 혼자 해야겠네요. 공사장 측면 출입구에 모아 둔 시멘트 덩이를 저쪽 신축건물 공사장 빈터로 옮겨 주시면 됩니다."

총재님으로부터 작업지시가 떨어졌고 나는 홀로서기를 시작한다. 건물 벽을 깨뜨릴 때 생긴 시멘트 덩이는 꽤 무거운 것이 많이 섞여 있었다. 나는 철제 손수레를 이용하여 그 시멘트 부스러기를 공터로 옮겨 나르기 시작했다. 그런데 이것이 여간 힘 드는 일이 아니었다. 내가 시멘트 덩이를 손수레에 싣기 위해 움직이려면 꿈쩍도 하지 않는다. 시멘트 덩이도 무거웠지만 내 힘이 너무 약했다. 어린 시절 풀베기 등 경노동을 해 본 것이 전부였다. 그리고 60여 년간을 정신노동만을 해왔었고 육체노동이라야 대문이나 담장에 페인트칠을 하는 정도였을 뿐이다. 게다가 태생적인 허약체질이니 더 말할 필요가 없다.

허리가 부러질 것 같다. 무거운 물건을 옮기는 데에는 팔뚝 힘과 함께 허리힘이 세야 하는데 말이다. 시멘트덩이 하나를 붙들고 안간힘을 쓴다. 아직 바람 끝이 찬데도 땀이 비 오듯 한다. 내복 속으로 땀이 냇물처럼 흘러내린다. 속옷이 흥건히 젖는다.

"아저씨 뭣하세요?"

50대 후반 정도로 보이는 건장한 남자가 내 옆을 지나다가 말고 묻는다. 일을 일찍 마치고 퇴근하던 인부들이다.

"이 시멘트 덩이를 저쪽 공터로 옮기는 중인데 너무 무겁네요."

나는 이마에서 흘러내리는 땀을 훔치면서 잔뜩 풀 죽은 목소리로 대답한다. 그 사람은 잠깐 생각에 잠기는 듯 하더니 나에게로 다가온다.

"잠깐 이쪽으로 비켜 봐요. 어이 박 씨 이리 와서 이것 좀 거들어요, 정 씨도."

그 사람들은 내가 옮기던 시멘트 덩이를 삽시간에 옮겨 놓았다. 10분도 채 걸리지 않았다.

"보니까 이런 일 하실 분이 아닌 것 같은데 무리하지 마셔요. 까딱 잘못하면 몸 다칩니다. 나이도 꽤 된 것 같은데….'

진심 어린 말이었다.

"고맙습니다, 선생님들. 정말 고맙습니다."

나는 허리를 직각으로 굽히며 감사의 인사를 드렸다.

"고맙기는요. 그보다도 제 말씀을 새겨들으세요. 무슨 사연이 있기는 하겠지만, 몸을 다치면 어디에다 하소연할 곳도 없는 곳이 공사판입니다. 부디 몸조심하세요."

눈물이 왈칵 쏟아질 것 같다. 작업을 시작한 시간이 2시간이나 지났는데도 절반도 못 치운 시멘트 덩이, 그것도 잔부스러기만을 겨우 옮겨 놓은 상태였는데, 눈 깜짝할 사이에 다 치워버리고 아무 일 없었다는 듯 유유히 멀어져 가는 그 사람들이 고맙고 부럽기까지 하였다.

내가 이런 일을 하지 않으면, 당장 생계가 위협을 받는다거나 금방 노숙자로 전락할 정도의 상황은 아니다. 그렇다고 일을 하지 않아도 아무 영향이 없다는 뜻도 아니다. 어쩌면 이것은 내가 자초한 일인지도 모른다. 자업자득이다.

"당신 용돈은 당신이 해결하세요."

"그러지 뭐."

나는 큰 액수는 아니지만 매달 내 명의의 통장으로 들어오는 연금이 있다. 그런데 나는 그 연금을 한 푼도 만져 보지 못한다. 아내와의 약속 때문이다.

대학을 졸업하던 해에 하나밖에 없는 아들이 취직할 생각은 안 하고 행정고시 공부를 하겠다고 덤벼든 것이다. 그런데 내 눈에는 확신이 서지 않았다. 두뇌가 남달리 영리하다는 점만 제외하면 고시에 붙을 수 있는 여건이 전혀 갖추어져 있지 못했기 때문이다. 다만, 본인이 그러한 상황을 알고 죽기 살기로 덤벼들지 않으면 성공을 담보할 수는 없다는 판단이었다.

"지금, 너 뭐라고 했느냐?"

"행정고시를 준비해 보려구요."

"너 지금 제정신이냐? 괜히 취직이 어려울 것 같으니까 도피처로 삼는 건 아니고?"

"취직이 불가능해서가 아니라, 하여튼 고시 공부를 해 보고 싶어서요."

"네 나이가 지금 서른이 다 되었고, 전공도 법학과나 행정학과가 아니고 이과인데다가, 나도 정년퇴직을 한 상태라서 너를 뒷받침 해 줄 만한 여력이 없는 형편이다. 그리고 술과 담배를 다 배워버린 이 마당에 공부에만 매달릴 수 있을지도 모르겠다. 몸도 마음도 이미 사회물이 스며들고 말았단 말이다. 그런데도 고시 공부를 하겠다는 거냐?"

"예, 꼭 해 보고 싶습니다."

"만일 실패하는 경우, 그때는 사기업 취직도 안 될 것이다. 자칫하면 네 인생을 망쳐버릴 수도 있는 극히 위험한 선택인 줄은 알고 있느냐?"

"쉽지 않겠지만 꼭 해 보고 싶습니다. 결국 실패로 끝나더라도 후회 없는 삶을 살아 보고 싶으니까 허락해 주세요."

아들의 의지는 확고한 것이었고, 나도 젊은 시절 저런 경험과 고집이 있었던 터이라, 비록 후회하는 일이 생긴다고 할지라도 사내대장부가 굵은 인생 한번 살아 보겠다는데 굳이 그 열정을 꺾어 버릴 수는 없었다. 그래서 나는 아내와 상의를 했고, 아내는 아들에게 이미 허락을 해 버린 상태였다. 나 혼자 고집을 부릴 상황도 아니었다.

"좋다, 그 대신 2년 내로 승부를 끝내라. 지던 이기던 싸움을 길게 끌고 있을 복은 너에게 없다는 것을 명심해라."

아들이 고시에 합격할 때까지는 내 용돈은 내가 알아서 해결하기로 약속했다. 그래서 그 용돈 몇 푼을 벌기 위하여 오늘 내가 이런 고통을 겪고 있는 것이다. 그런데 이것도 내 복에 겨운 것인가 보다. 주어진 몫을 내 힘으로 해결하지 못하고 지나가던 사람의 도움을 받아야만 하는 나 자신이 한없이 작고 초라했다.

오후에는 일찍 퇴근했다. 오전에 지시한 작업에 대하여 총재님은 이미 다 알고 있는 듯했다. 오전에 고생하였으니 오후에는 일찍 퇴근하여 쉬라는 배려다. 나는 이래저래 이웃들에게 민폐만 끼치는 용도폐기 대상으로 전락하고 있는 것이다.

공교롭게도 오늘은 내가 72번째 맞는 생일이다. 여느 사람들 같으면 고희를 넘긴 어른이 맞는 생일이라 온 가족들이 한데 모여 생일 케이크를 자르고 촛불이라도 켜 놓고 축가를 부르고 있을 날이다. 그러나 나는 하얀 머리카락을 억새처럼 날리면서 이렇게 추운 날 용돈 몇 푼을 벌어 보겠다고 발버둥을 치고 있다. 전생에 나는 무슨 죄를 지었기에 이승에 사람으로 태어나 처자식도 제대로 건사하지 못한단 말인가? 차디찬 하늘에 흰 구름 한 송이가 떠다니고 있다.

오후에는 옥상에서 물탱크를 설치할 수 있는 공간 만드는 일을 도왔다. 전문 용어로 조적공사라고 하는데 시멘트 벽돌을 쌓아 올리는 일이다. 내 키 높이 만큼은 이미 쌓아 올려진 상태였고 그 위에 다시 가슴 높이 만큼 더 쌓아 올리는 작업이었다. 조적 숙련공 한 사람이 세멘벽돌을 쌓아 올리는데 나는 홍 반장이라는 사람과 함께 작업에 필요한 자재를 공급해 주는 일을 맡았다.

"면장갑은 반드시 끼고 작업을 해야 합니다. 맨손으로 하거나 떨어진 장갑을 끼고 작업하다가는 손바닥 껍질이 벗겨지는 수가 있어요. 시멘트 벽돌에서 나오는 독성이 피부에 두드러기나 염증을 생기게 할 수도 있구요."

그 숙련공이 주의를 준다.

"네, 잘 알겠습니다."

나는 작업복 주머니에서 너덜거리는 면장갑을 꺼내어 손에 낀다. 그런데 손가락 끝이 해져서 구멍이 난 장갑이었다.

"다른 면장갑은 없어요? 그것으로는 안 되겠는데…."

숙련공이 걱정스러운 표정을 짓는다.

"네, 이것 밖에 가진 게 없어요."

나는 오늘 아침 작업장에 나오기 전에 담당 직원에게 새 면장갑 지급을 요청했다가 거절당했다. 아직 쓸만하다는 것이었다. 물론 그 장갑을 끼고 빗질 같은 일을 할 때는 별 무리 없이 계속 사용이 가능할 것이다. 그러나 조적공사와 같은 작업을 할 때는 어림없었다. 그 직원은 그런 점을 고려하지 않았고, 나는 오늘 할 작업의 특수성을 제시하며 납득할만한 설명을 하지 못했다.

"면장갑 한 켤레 값이 얼마나 된다고…. 너무 짜구만. 자, 이것을 쓰세요."

그 숙련공은 새 면장갑 한 켤레를 내어 준다. 나는 겸연쩍었지만 고맙게 받았다. 시멘트와 물과 세멘벽돌 등은 오늘 오전에 아래층에서 이미 옮겨다 놓았다. 오후에는 벽돌 쌓는 작업을 도와주기만 하면 되었다.

두꺼운 각목과 철판으로 디딤대를 설치하고, 숙련공이 그 위로 올라가 조적작업을 한다. 나는 홍 반장과 함께 세멘벽돌과 시멘트 반죽을 그 디딤대 위로 올려주는 일을 했다. 한 번에 3~4장씩 올린다. 두 명이 보조했지만, 숙련공 한 사람이 쌓아가는 조적작업을 따라잡기가 힘들다. 아직 바람 끝이 차가운 겨울인데도 온몸이 땀으로 젖는다. 허리도 아프고 팔도 아프다. 새 장갑을 끼고 시작했지만 오래 버티지 못하고 또 해어진다. 시멘트 벽돌의 표면이 몹시 거칠었기 때문이다.

그럼에도 불구하고 그 숙련공은 작업 속도를 늦추지 않는다. 쉴 틈이라야 시멘트를 반죽하는 잠깐 동안이다. 그것도 세멘벽돌을 올리는 작업만 쉬기 때문에 비록 허리와 팔은 쉴 수가 있지만, 몸의 어느 한 부분은 계속하여 움직이고 있어야 하는 휴식이었다. 그렇게라도 잠시 쉴 수 있는 것은 참으로 다행이었다. 마치 초등학생 때 두 팔을 번쩍 들고 벌을 받던 생각이 난다. 지금도 그렇겠지만, 그때 팔이 아파 오던 기억은 지금도 잊을 수가 없다. 선생님이 한눈을 파는 틈을 타서 눈치 빠르게 두 손을 머리 위에 얹어 놓았을 때의 그 시원함이란 잊을 수 없는 꿀맛이었다.

나는 초등학교 때 벌을 서면서 써먹었던 묘책이 이곳에서는 무용지물이라는 것을 깨닫는다. 그저 몸을 뒤틀어 본다거나, 두 팔을 던지듯이 뻗어 본다든가 하면서 기계적으로 반복되는 움직임을 순간순간 바꿔 보는 수밖에 없었다. 드디어 하루치 조적공사가 끝났을 때의 그 상쾌함은 돈을 주고도 살 수 없는 것이었다.

건축공사장에서 막노동을 시작한 지도 벌써 보름이 넘었다. 닮은 듯 다른 나날이 절뚝이며 흘러갔고, 나는 차차 육체노동자의 모습으로 변신하고 있었지만, 그 속도는 너무 느렸다. 한평생 시나브로 물들어 온 몸 빛깔이 하루아침에 변하기를 바라는 것이 무리이기는 하겠지만, 책상물림이던 내가 탈을 바꾸는 일은 더뎌도 너무 더딘 걸음인 것만 같았다.

오늘도 나와 함께 잠에서 깬 아내는 과일쥬스를 만들어서 내밀었다. 맛이 있고 없고를 떠나서 나는 아침마다 아내의 정성을, 아니 사랑을 배부르게 마시는 행복을 만끽한다. 그러나 한편으로는 안쓰럽기도 하다. 내가 무슨 떼돈을 벌어 오는 것도 아닌데, 새벽부터 잠도 못 자고 이 고생이라니…. 가슴 한구석이 뭉클해진다.

지하철 첫차는 항상 자리가 꽉 찬다. 승객의 대부분이 얼굴에 주름살이 깊이 패어 있다. 지그시 눈을 감고 앉아 있는 모습이 운주사를 꽉 채우고 있는 못난이 불상들 같다. 도선국사가 하룻밤 사이에 만들었다는 천불천탑이다. 그렇게 묵언수행을 하다가도 자기가 내려야 하는 지하철역은 귀신같이 알아차린다. 절대 놓치는 일이 없다. 참 신기한 일이다. 나도 어느새 그런 운주사의 불상이 되어가고 있겠지.

열차는 한강철교 위를 달려간다. 새벽달이 마지막 빛살을 쏟아내고 한강은 '월인천강지곡'을 읊는다. 저 돌부처들은 달그림자의 노래를 듣기나 하는 것인지…. 저마다의 사연을 어깨에 메고 흔들리며 가고 있다.

또 하나의 하루 일이 거의 끝나갈 무렵이었다. 김 주임이라는 사람이 홍 반장과 나를 불러 세웠다.

"영감님들, 이 벽돌을 안으로 들여놓고 퇴근하세요. 이렇게 인도에다가 쌓아 놓으면 민원 들어와요"

이제 30분만 있으면 퇴근인데 작업지시를 하려면, 진즉 할 것이지, 이제야 일을 시키다니…. 괘씸하다. 종일토록 제대로 쉬어 보지도 못하고 몸을 혹사시켜서 퇴근 시간만 목이 빠지도록 기다리고 있던 참이

김용채 _ 자재과장

다. 아닌 밤중에 홍두깨도 유분수지, 지금 이것을 모두 건물 안으로 옮기라고? 왈칵 화가 치밀어 오른다. 하지만 어쩌랴, 칼자루는 저쪽이 쥐고 있는 것을….

홍 영감은 편의상 홍 반장이라고 부르는 80이 다 된 노인이다. 타고 난 몸이 워낙 강골이라서 한겨울에도 냉수욕을 거르지 않는다고 한다. 그래서 지금까지 이렇게 힘들고 궂은일을 할 수 있단다. 아들이 하나 있는데 며느리와 함께 돈벌이 나가고, 동갑내기 할멈은 손주들 밥해 먹여 학교 보내느라고 바둥대는 꼴이 그렇게도 안쓰럽다는 영감님이다. 그래서 이런 일이라도 놓치지 않아야 한단다. 우리는 3시간이 넘게 걸려서야 작업을 마치고 퇴근할 수 있었다.

"이왕 늦었으니 조금만 더 고생하면 안 되겠어요?"

퇴근을 서두르는데 홍 반장이 나를 불러 세운다.

"그럽시다. 무슨 일인데요?"

"아주 간단해요. 1층에 모아 둔 철근을 건물 뒤편으로 옮기는 일이예요."

우리는 리어카에 토막 난 철근을 잔뜩 실었다. 내가 앞에서 끌고 홍 반장이 뒤에서 붙잡았다. 1층에서 보도까지는 세 개의 계단이 있었다. 보도 너머로는 일반 차도가 깔려 있다. 우리는 조심조심 리어카를 끌면서 계단을 내려왔다. 철근 토막은 무게가 꽤 나갔다. 움직이기도 어렵지만 한 번 움직이면 멈춰서기도 여간 힘 드는 것이 아니었다. 그런데 리어카가 갑자기 미끄러져 내렸고 나는 그만 뒤로 넘어지면서 몸이 인도를 건너 차도까지 밀려갔다. 그와 동시에 철근 토막 하나가 마침 지나가던 차에 흠집을 내고 말았다. 다행히 나의 몸은 크게 다친 데가 없었다. 그로인해 나는 적지 않은 금액을 도장비로 물어 주고 허리를 굽신 대면서 빌어야 했다. 며칠 치의 일당이 순식간에 날아가고 말았다.

그 이튿날 홍영감이 돌연 사표를 제출한다. 어제처럼 부당한 작업지시를 감당할 수 없다는 이유다.

"말채 선생님이라고 했지요? 듣기에 유명회사를 다녔다던데, 연금은 나오지 않나요?"

"연금이요? 나오지요."

"얼마나요?"

"300여 만원 쯤 됩니다. 그건 왜 물어요?"

"그런데도 이런 일을 하고 있어요? 웬만하면 그만 때려치워요, 나이 먹어가면서는 몸 챙기는 일이 최고예요. 먹고 사는 데는 지장 없겠구만…."

"그렇군요, 한번 고민해 볼게요. 오늘 그만두신다던데 섭섭하네요."

"네, 그만두려구요. 불쌍한 마누라 데리고 바람이나 좀 쐬고 올까 해요. 그다음에 다시 일거리를 찾아보든지 하렵니다. 그동안 재미있었습니다."

"저두요, 도움도 많이 받았구요. 고맙습니다. 그리고 늘 건강하십시오."

우리는 쓴 소주 한잔 나누지 못하고 그렇게 헤어졌다. 이것이 이 바닥의 이별방식이었다.

며칠 전에 발목 인대를 다쳤다. 내가 하는 일은 항상 위험 앞에 노출되어 있는 일이다. 안전장치란, 안전화에 안전모를 쓰는 것이 전부이다. 날씨는 제법 많이 풀어진 느낌이다. 오늘도 또 다시 가벼운 사고를 당했다. 아무래도 결단을 내려야할 때가 온 것 같다.

"힘들지요?"

총재님은 나를 물끄러미 바라보면서 말을 건넨다.

"아무래도 이 일을 감당하기에는 제 체력이 너무 떨어지는 것 같습니다. 차차 익숙해질 줄 알았는데 몸이 따라 주지 않네요."

우리는 결단을 내려야한다는 데 동의했다. 그리고 총재님은 그동안 나와 접하면서 발견한 점을 몇 가지 일러 준다. 참고사항으로 활용하라는 뜻일 것이다.

"청력장애가 상당히 심각해요, 이것이 결정적인 약점이에요. 보청기로도 큰 효과를 보기가 어려울지 몰라요. 허리힘도 약해요, 거의 힘을 쓰지 못하고 있어요, 그리고 근력이 약하고요. 결국 건설현장에서는 적응이 불가능하다는 것이지요. 쓸모가 없다는 말입니다."

"맞는 말씀입니다. 저도 그 점은 잘 알고 있어요."

"광주 학원에 가서 말채 선생이 할 수 있는 일을 찾아보실래요? 한 열흘 동안 그곳에서 지내다 보면 뭔가 일거리를 찾을 수 있을 것입니다. 그렇게 해 보시겠어요?"

"그 문제는 집사람과 먼저 상의를 해봐야겠습니다. 집을 비우는 일이라서요."

총재님은 어떻게든지 나에게 일거리를 주고 싶다는 뜻을 내비친다. 나도 나에게 맞는 일자리를 얻을 수 있으면 오죽이나 좋을까마는 결코 무리하지 않기로 했다. 그 이튿날 나는 총재님에게 광주 근무는 불가능하다는 뜻을 전화로 말씀드렸다.

"알았습니다. 이후라도 말채 선생께 맞는 일자리가 있는지 찾아보고 연락 드리겠습니다. 그동안 수고하셨습니다."

나는 또 다시 백수가 되고 말았다.

간헐천

김유조

그녀도 주스를 마시려고 덮는 책을 보니 제목이 "Love"였다. 그녀의 옆에는 역시 비슷한 나이의 백인 할아버지가 앉아서 눈을 감고 있었다. 편안한 자세의 잘 생긴 얼굴이었다. 하긴 할머니도 한 때는 지역사회의 대표 미녀였을 것 같은 얼굴이었다.

노인네가 무슨 사랑 타령으로 'Love'라는 책이람…. 그래도 놀랍군, 저 나이에….

김유조

국제 PEN 한국본부 부이사장
건국대학교 명예교수(부총장 역임)
세계한인작가연합 공동대표
미국소설학회 회장 및 헤밍웨이 학회 회장 역임
한국현대작가연대 부이사장

간헐천

　지방대학에서 민속학을 가르치는 최세출 교수가 여름 방학을 이용하여 옐로우스톤 관광단에 끼이며 첫째 목적으로 내세운 것은 학술 자료 수집 관련이었다. 바로 옐로우스톤 지역에 있는 인디언 보호구역을 탐사, 탐방하고 현장 조사를 한다는 내용이었다. 방학 중의 해외여행이 대학의 허락을 받아야할 사항은 아니었지만 일단 제출 서식은 있었으므로 그럴듯한 문구가 나쁠 리는 없었고 외부에서 받은 연구비의 사용 내역에도 크게 기여할 참이었다.

　두 번째로는 몇 년 전에 뉴저지로 이민을 한 누이를 오랜만에 만나보는 순전히 개인 가사에 속한 목적도 있었다. 그리고 끝으로 누구에게도 밝히지 않은 마지막 목적에는 '오드리 옥희 케네쓰'라는 여인을 만나는 일이 숨어있었다. 개인사가 끼어있어서 최 교수는 관광단과는 출발을 달리하여 따로 솔트레이크 시티에서 일행과 합류하고 옐로우스톤 관광이 끝나면 다시 헤어지는 일정이었다.

　유림의 목소리가 아직도 센 경상도 내륙 지방 유지의 딸인 최 교수 부인은 고3인 아들 때문에 이 시점에서 동행은 엄두도 내지 못할 처지였다. 그녀의 아버지는 최 교수가 이곳 지방 대학에 오래 전에 임용될 때 한 역할을 하였는데 지금은 작고하여 선산에 누워계신다.

　"단디 하소."

　여름 방학 두 달 계획으로 미국 행 비행기를 타러 상경할 때 최 교수의 아내 유 여사가 던진 말은 이 말 한 마디 뿐이었다. 유림의 딸로서 과묵이라는 덕목을 지니고 살아오는 유 여사는 남편이 비싼 새 디지털 카메라, 수만 장까지 찍을 메모리 카드, 몇 십 기가의 저장용 USB 등 등을 뉴욕에서 사고, 그런 다음 또 비행기를 갈아타고서 중서부까지 가기 위하여 큰돈을 갖고 떠나는 마당에도 담담하게 이 말 한마디만 주문할 뿐이었다.

대학의 정원이 국책으로 묶여있던 시절에 어떤 권력자의 시혜 같은 것으로 이 지방대학에 민속학 전공 학과가 허가될 때만 해도 대학은 성역이었고 오로지 대학 진학을 위하여서 학생들은 학과나 전공을 따지지 않고 몰려들었었다.

하지만 세상은 변했다.

자유 전공제로 들어온 학생들이 2학년으로 올라갈 때에는 모두 취직이 잘 되는 경영학이나 IT 쪽으로 진로를 택했고, 인문학에는 찬바람이 돌았다. 이 어려운 때에 최 교수가 발휘한 학문적 기지는 놀라웠다. 바로 영상학문으로의 발상의 전환이었다.

'영상 문화학', '영상 민속학', '게임 삼국유사', '영상학 산책', '성과 영상학' 등등, 최 교수가 설강한 과목들은 수강생들로 인산인해였고 관련 부문에 대한 그의 저서는 날개가 돋친 듯 팔려나갔다.

처음 그가 민속학 교수로 부임했을 때만해도 좋게 말하여 대학 사회는 만고강산이었고 연구실은 신성불가침이었다. UCLA에서 '소수 민족 민속학'으로 학위를 하고 온 그에게 기다렸다는 듯이 이 지방대학에는 자리가 났고 그 전에 양가 부모들과의 인연으로 통혼 말이 오고 간 이 지역의 유지도 애를 써서 그는 약관에 교수가 되었다.

차제에 두 집안의 남녀는 결혼을 했고 한참만이긴 해도 아이가 태어났으며 만사는 형통이었다. 그러나 이어 대학사회에도 구조조정의 찬

바람이 불기 시작했다. 구조조정 과정은 십여 년이 걸렸고 그동안 동료 인문학 교수들이 자신들의 철 밥통 같은 전공과목을 부여안고 가열차게 변화에 반대 투쟁을 전개할 때, 그는 급속히 발달하는 인터넷을 통해 모교 UCLA 은사들의 동태를 주시했다. 미국의 은사들은 후기 산업사회의 메가트렌드에 발맞추어 이미 '영상 민속학'과 '영상 인류학'을 개척하고 있었고 최 교수도 얼른 그 출발 신호를 받은 새 열차에 국제적 안면으로 동승하였다.

말이 쉽지, 이 새로운 조류를 탄다는 일이 지금도 그렇지만 초창기에는 너무나 벅찬 과제였다. 수많은 정보와 자료들의 홍수 속에서 그 수량을 조절해주고 고랑을 파서 물길을 내면서 일기 예보까지 해 준 사람이 당시 막 취직이 되어 들어온 도서관의 젊은 사서 장옥희였다. 서울에 있는 대학의 도서관학과, 아니 이제는 이름과 성격도 완전히 바뀌어 문헌정보학과를 나온 장옥희 사서는 마침 이 지방대학의 사서 채용공고를 보고 응시하여 들어온 재원이었는데 새 시대의 문헌 정보학으로 중무장한 그 녀를 활용할 수 있는 사람은 아무도 없었다. 최 교수를 빼고는….

정신적으로 새 시대의 급변하는 조류에 뜨겁게 달아오른 두 사람은 마침내 몸까지도 달아올랐으며 지방의 눈이 무서워 그녀의 집이 있는 서울에서 영상보다 더 진하게 새 세상을 수용하였다. 생각해 보면 지금은 별 것도 아닌 영상 자료들이 그때만 해도 놀라운 신세계이자 최음제였고 학문이라는 이름으로 면죄부를 발부하였다.

표면적으로는 나무랄 데 없는 양가의 규수, 옥희는 왜 결혼 같은 것에는 관심이 없고 때로 방종과 일탈의 선수임을 최 교수에게 은근히 과시까지 하였는가…. 3년도 넘게 최 교수는 자료 수집과 필드워크와 학회 활동이라는 거대 담론을 표방하며 주말이면 상경을 하였고, 장옥희 사서는 또 주말도 없다시피 지방대학에서 특근을 한다는 핑계로 서울 부모 집으로의 귀가를 기피하면서, 두 사람은 영상 세계에서의 순수 학문적 열정과 타락 천사와 같은 양 극단을 두루 섭렵하였다.

그러다가 어언 옥희의 눈매 가장자리에도 가냘프나마 잔주름의 예고가 얼핏 나타났다 사라지곤 할 즈음, 그녀는 미국으로 떠났다. 그녀가 다녔던 대학의 외국인 교수 부인이 마침내 남편과의 이혼을 허락한 순간이었다. 물론 장옥희 사서의 집에서도 처음 두 사람의 국제적 관계를 알았을 때 난리가 났었다고 한다.

당연한 반응이었을 것이다. 결코 이혼을 해주지 않겠다는 부인을 가진 외국인 교수와의 사랑은, 딸과의 의절을 선언할 정도로 반대가 심한 아버지의 견제까지 겹쳐서 그녀에게 멀리 지방대학의 사서로 피항지를 찾게 한 것이었다. 외국인 교수는 그때 대학에서의 물의를 피하여 일단 본국으로 돌아간 상태였다. 그렇게 떨어져 있던 기간이 3년이었고 마침내 그녀는 만신창이 끝에 이혼을 성취한 연인을 만나러 미국으로 떠나갔다.

이제 그 교수는 말썽이 두려워 미국에서도 중서부의 작은 대학으로 자리를 옮겨놓고 있었다. 알고 보니 그녀와 그 교수는 나이 차이가 17년이나 되었다. 최 교수와 그녀의 나이 차이도 10년이나 되었다. 팔팔한 엄부 아래 자라서 그런 가, 그녀가 추구한 두 남자들은 모두 그렇게 나이 지긋하고 자상한 사람들이었다.

그녀가 미국 대사관에서 영사의 인터뷰를 받기위하여 줄을 서던 날 최 교수는 함께 있어주었다. 뙤약볕이 뜨거웠던 그날 양산을 받쳐 들어주며 그가 물었다.

"아버지는?"

"끝내 의절하셨어요. 엄마가 도미 수속을 힘들게 도와 주고 계세요…."

그렇게 떠나간 그녀가 지금 와이오밍에 살고 있었다. 저명한 민속학자이자 환경론자인 케네스 교수의 부인으로서…. 한 가정을 해체하면서 그녀가 사랑을 획득하고도 벌써 20년이라는 세월이 흘러갔다. 최교수와 그녀는 그 사이에 한 번도 만난 적이 없었다. 그러나 인터넷을 통하여 가끔 안부는 전달되었고 발전하는 미국의 민속학과 영상학에 대한 정보도 얻을 수가 있었다. 둘의 관계는 그 이상도 이하도 아니었다. 미국의 모든 분야는 이제 모두 환경과 결부되어 있었다. 정치도 기업도 학문도….

인디언 보호 구역이 있는 중서부의 여러 주들 가운데에서도 와이오밍 대학은 인근의 인디언 보호 구역이라는 유리한 조건과 함께 민속학 분야의 강자이면서 아울러 이제는 환경 분야에서도 인문학 쪽을 접목하여 접근하는 방법론에서 선도하는 입장이라고 하였다. 케네스 교수의 역할이 매우 컸다고 한다. 다만 앞으로도 계속 선두에 서기에는 정년을 앞 둔 나이가 허락지 않았지만….

"제가 사는 데에서 가까운 옐로우스톤 구경 한번 하시지요…."

새 학기가 시작되고 얼마 되지 않은 어느 날, 연구실에 있는 최 교수의 인터넷에 와이오밍의 장옥희 사서로부터 메일이 들어왔다. 그랜드 테턴 밸리에 있는 '잭슨 홀 로지'에서 '세계 환경 북 페어'가 열리는데 '케네스-옥희 부부 공저'의 책도 출품이 되고 또 부부가 함께 그 환경 대회에도 참석하니까 오랜만에 한번 공식적인 자리에서 만나 보는 것도 좋겠다는 내용이었다. 최 교수도 부부 동반이기를 갈망한다는 그녀의 PS가 의례적인 수준이었는지는 가름이 되지 않았다.

"그동안 만날 기회를 그토록 피하더니?"

최 교수가 의문문으로 답장 메일을 띄었다. 그녀의 답신은 다시 진지한 평서문이었다.

"그랜드 테턴 마운튼을 보면 지난날들의 방종과 일탈이 가슴 아파요. 가슴을 서늘하게 하는 이 영봉들은 파라마운트 영화사의 상징으로 나오는 바로 그 산정이지요. 고개를 들어 그 산정들을 보면 지고지순한 감상이 들어요. 나이가 들고 철이 들어서 그런가, 이 산록을 끼고 살면서 옛날 일들은 다 해탈했어요. 저와 의절하셨던 아버지도 벌써 돌아가셨어요. 사람들을 많이 괴롭혀서 그런가, 제 머리는 일찍 하얗게 셌어요.

세월이 많이 흘렀네요. 학회에 오셔서 혹 사람들 사이의 저를 못 찾겠으면 흰 머리칼 동양인 여자만 찾아보세요. 호호호."

답신을 받으며 최 교수는 눈시울을 붉혔고 왈칵하는 심장의 동계를 느꼈다. 평소 좋지 않았던 심장이 격동하는지 부정맥도 두서없이 뛰기 시작했다. 나이가 들면 누구라도 심장이 닳는다. 그러나 물론 아내에게는 그런 내색을 하지 않았다. 여행을 막을 것 같았기 때문이었다.

뉴저지의 누이 집에 오던 날 최 교수는 즉시 집으로 전화를 걸었다.

"나 잘 도착했소. 누이 가족들도 보니까 걱정 없이 다 잘사네."

"당신 집안이 모두 당신 닮아서 좀 허랑해요. 시누 한사람만 빼고. 시누는 야무지니까 잘 살겠지요. 단디 하소."

"뭘 자꾸 단디 하라는 거요?"

"내가 돈 때문에 그카능 게 아니라요. 단디 하소. 내가 다 알아요."

최 교수의 가슴이 철렁하고 고동쳤다. 이 선량한 마나님이 혹시….

"여보, 사랑하오."

엉겁결에 나온 최 교수의 말이었다.

"세상에 살다보이 별 말을 다 듣네요, 각중에…, 듣기 싫소 마. 심장도 좋지 않은 양반이…. 실없는 생각 말고 단디 하소. 혹시 그 예전 아가씨 만나거들랑 내 안부도 전하이소. 인자는 유감없다고. 하기사 그 사서 아가씨도 인자는 마이 늙었겠네."

마누라가 귀신이구나….

새벽의 케네디 공항에서 최 교수는 누이가 싸준 샌드위치를 우적우적 씹어 먹으며 전날 밤 부인과 나눈 국제 전화 통화를 상기하고 탄식하였다. 그 새벽, 솔트레이크 시티 행 델타항공을 타는 동양인은 최 교수 혼자인 듯하였다. 요즈음 미국 항공사의 사정이 어려워서 네 시간 이상의 여정이지만 식사도 나오지 않는다고 하며 누이가 싸준 샌드위치였다. 비행기는 만석이었으나 다행히 창 측이어서 그는 타자마자 잠이 들었다.

얼마나 잤을까, 주스와 크래커를 제공하는 스튜어디스의 손길에 잠이 깨어보니 옆 좌석에는 초로의 백인 할머니가 두꺼운 책의 초반을 읽고 있다가 눈인사를 보냈다. 그녀도 주스를 마시려고 덮는 책을 보니 제목이 'Love'였다. 그녀의 옆에는 역시 비슷한 나이의 백인 할아버지가 앉아서 눈을 감고 있었다. 편안한 자세의 잘 생긴 얼굴이었다. 하긴 할머니도 한 때는 지역사회의 대표 미녀였을 것 같은 얼굴이었다.

노인네가 무슨 사랑 타령으로 'Love'라는 책이람…. 그래도 놀랍군, 저 나이에….

두서없는 생각에 뒤채이며 그가 다시 그 책의 작가를 보니 놀랍게도 '토니 모리슨'이었다. 토니 모리슨이라면 미국의 흑인 여류작가이자 노벨 문학상을 몇 년 전에 받은 사람이 아닌가. 그녀의 작품에 '빌라비드(Beloved)'가 있었고 그 작품은 흑인 여성들이 대를 이어 겪는 고난과 증오와 용서의 역사가 영혼의 세계, 영교의 경지로 엮어지며 전개되는 이야기가 아니던가. 그런 역사성이나 영교의 부분들이 최 교수가 연구하는 민속학의 변경에 맞물려 있어서 평소 익숙하던 작가였다.

"이 책의 작가 토니모리슨이라면, 저 노벨 문학상을 받은 여류작가가 아니던가요?"

흑인이라는 표현은 얼른 혀 바닥으로 말아 올려 삭혀버리며 최 교수가 말을 걸었다.

"그래요. 훌륭한 작가이지요."

그녀가 반갑게 동의하였다.

"이 책이 신간인가요?"

그가 진정 궁금하여 물어보았다.

"글쎄요…."

"로맨스 같은 내용입니까?"

이윽고 최 교수가 물었으나 물론 그런 건 아닐 것이었다. 하지만 달리 물어볼 재간이 없어서 그랬을 뿐이었다.

"아이구, 천만에요. 어떤 남부의 남자가 자기 손녀딸의 친구와 사랑을 했는데 그 늙은이는 죽었고…. 소설에서는 그 이후에 일어나는 여러 가지 일들을 다루고 있답니다. 나도 겨우 삼분의 일 밖에 읽진 못했지만…. 휴먼 드라마가 항상 복잡해요. 특히 사랑이란…."

그녀가 옆에서 눈을 감고 있는 자기 영감님을 힐끗 보면서 말했다.

"그렇겠군요. 단순한 러브 스토리나 로맨스 이야기는 아니리라고 짐작했습니다. 그런데 부인께서는 행선지가 옐로우스톤인가요?"

"아니오. 우리는 선 밸리로 간다오. 젊은이는 솔트 레이크 시티에 내려서 어디로 가시오?"

"고맙지만 저도 젊은이는 아니랍니다. 옐로우스톤으로 관광을 갑니다."

"좋군요. 혼자서 가나요?"

"아니, 솔트레이크 시티 공항에서 많은 코리언들이 기다리고 있답니다. LA 사는 분들이 제일 많을 것이고 서울에서 온 분들도 있을 것이고…. 저는 케네디 공항에서 탔으니 일시적이긴 해도 뉴욕, 뉴저지의 한국 대표인 것 같군요. 이 비행기 안을 둘러보니 아세안은 저 뿐인 것 같아서요. 하하하."

"하하하."

할머니도 웃더니 말을 이었다.

"선 밸리는 50년 만에 처음 간답니다. 처음 간 게 1950년대 중반이었어요."

"신혼 때 가시고 이번에 50년만의 금강혼 기념인가요?"

"아니오. 이 신사 하고는 중년에 만난 두 번째 결혼이라오. 사랑이란 누가 무어라고 말할 수 있는 게 아니잖아요."

백인 할머니가 자신의 이혼과 재혼 경력을 너무나 당당하게 이야기하여서 듣는 최 교수가 오히려 좀 민망해졌다.

그는 앞의 시트 포켓에서 '스카이 델타' 9월호를 꺼내면서 표지를 펼쳐보았다.

"모뉴먼트 밸리가 표지로 나왔군요."

할머니가 화보를 보고 얼른 알아내었다.

"이게 그 모뉴먼트 밸리입니까?"

최 교수는 커버스토리가 실린 페이지를 찾아가 펴면서 물었다.

"그렇지요. 애리조나와 유타에 걸쳐있는 대장관이지요."

그녀가 대단하다는 점을 몇 번이나 강조하면서 대답하였다.

그 설명문은 "유현하기 그지없는 기시감(erie deja-vue)"이라는 표현도 부제로 달고 나왔다.

장옥희 사서는 이메일에서 말하기를, 남편과 공저한 책의 사진은 대체로 자기가 모두 찍었는데 특히 애리조나의 호피와 나바호 부족이 사는 '모뉴먼트 밸리'가 가장 인상적이었다…, 혹시 최 교수에게도 아느냐고 물어보았었다. 당시에는 모른다고 답을 했는데 이제 보니 예전에 그랜드 캐년 갈 때 그리로 돌아서 들어갔던 지역이었다.

아, 기시감…, 데자부라니….

그제서야 최 교수는 갑자기 인디언들의 혼령에라도 씐 듯 몸을 떨었다.

"나이 들면 선 밸리로 와서 한번 지내보시면 좋을 것이오. 헤밍웨이도 인근에 있는 케첨에서 지내다가 자살하였지요."

"아, 아이다호의 케첨!"

최 교수가 평소 좋아했던 불패의 화신, 헤밍웨이가 자살한 곳이 마이애미의 키웨스트나 북 미시간이 아니고 하필이면 아이다호의 케첨인지를 그제야 알 것 같았다. 결국 용맹스러웠던 그도 노인들의 천국에서 요양원 신세를 지다가 사라졌구나…,

최 교수는 다시 탄식하였다.

"오, 솔트 레이크!"

할머니가 창밖을 보며 소리쳤다.

허연 소금 끼가 잔뜩 낀 푸른 호수가 여름에 내린 흰 눈 처럼 신비한 광경을 연출하고 있었다. 정상 바로 밑 산록으로는 계절을 잊은 노란 단풍이 수채와의 붓질처럼 쓱쓱 문질러진 모양을 보이고 있었다.

에어컨 때문인지 서늘한 한기를 느끼게 하는 솔트레이크 공항 로비에 한국인들이 모여서서 뉴욕, 뉴저지 대표 선수 같은 최 교수를 기다리고 있다가 인사들을 나누고 예정에 따라 서둘러 모르몬 교회의 본산으로 향하였다.

그렇지, 여기 솔트 레이크 시티는 모르몬교의 본산이 아니던가, 큰 성전에는 세계 각국에서 온 신도들과 봉사자들이 관광객들을 맞이하고 있었다. 예약이 된 한국 출신의 젊은 안내여성은 자신을 전도사의 직분이라고 하면서 모르몬교에 대한 설명을 하고나서 그들의 성전 이곳저곳을 안내해 주었다.

오래 전 최 교수가 한국에서 대학을 다닐 때에 이곳에 있는 명문대학 "브리검 영 유니버시티"의 합창단 학생들이 찾아와서 공연을 하고 학생 대표들과 좌담회를 했던 기억이 났다. 그들의 선한 얼굴 속에 신의 사랑을 향유하는 만족감이 가득하여서 대학 신문사의 기자로 참석했던 그는 얼마나 감동이 되었는지 몰랐었다. 그들이 받는 일반적 오해, 곧 일부다처에 대한 교리에 관하여서 모르몬교도들은 그때나 이제나 열심히 해명하였다. 결국 서부 개척시대에 남자들이 자연 재해나 인디언과의 전투에서 많이 죽는데, 이때 생기는 과부들과 버려진 아이들을 어떻게 수습하느냐 하는 데에 공동체의 책임이라는 개념이 도입되었다는 것이다. 그래서 능력 있는 남성 생존자들의 밑에 이들의 피난처를 마련한 수단이었다는 설명이었다.

고난의 시대에 생긴 공동체 의식이었으며 이제 시련은 가고 그런 제도도 사라졌다고 한다. 교리에 관한 시비는 최 교수의 관심이 아니었고 사랑의 본질과 형태에 대한 그들의 대처 방식에 인간적 고뇌가 담겨있어서 인상적이었을 따름이었다.

아, 장옥희 사서는 무엇으로, 어떤 사랑으로, 어떻게 사는가에 최 교수의 관심이 다시 되돌아 몰아쳤다. 이제 유타에 도착하였으니 저 드넓은 아이다호 주의 감자 밭 속과 그랜드 테턴 밸리를 지나서 와이오밍의 잭슨 홀 롯지(Jackson Hole Lodge)에 빨리 도착하여 그녀를 만나고 싶은 생각이 최 교수를 안절부절 못할 지경으로 몰아갔다.

사실 옐로우스톤 국립공원의 하이라이트는 와이오밍의 "올드 페이스풀 간헐천"이었지만 최 교수에게 그런 건 사실 아무래도 좋았다. 모르몬 성전을 관광하고 나온 관광객 스물다섯 명을 실은 대형 리무진은 빨리 달렸다. 솔트레이크 시티의 염분 가득한 호수가 주변의 산들을 병풍처럼 두르고 앉은 모습은 항상 분지에서만 자란 최 교수에게 고향 생각을 떠올리게 하였지만 그 규모에서는 어른과 아이의 차이라는 생각이 문득 들었다. 국토의 크고 작음 때문이리라….

리무진은 이내 유타를 벗어나서 아이다호를 향하였다. 아이다호 주립대학은 최 교수가 학생들을 가르치는 대학과 자매관계를 맺고 있어서 안식년 등으로 다녀온 교수들이 많았으나 한국의 북적대는 문화에 젖은 사람들이 있을만한 데는 아니라는 평가들도 나왔었다. 하지만 사실은 그만큼 긍정적인 요소이기도 하였다. 미국의 백만장자들이 최고의 휴양지로 치는 이곳이 한국적인 문화와는 충돌하는 사연도 '환경 사회학' 같은 데에서 한번 다루어볼 주제가 됨직도 하다고 최 교수는 자못 깊이 있게 생각해 보았다. 그런 생각이 옥희와의 상면을 초조히 기다리는 시간에 잠시나마 진통제의 역할이 되기를 기대하면서…. 속도를 낸 리무진도 그런 면에 한 역할은 하였다. 그래서 저 유명한 '그랜드 테톤 산'의 영봉들을 얼른 시야에 갖다놓았다. 어릴 때부터 익숙했던 미국 영화사인 '파라마운트 사'의 상징이 눈앞의 현지에서 뽐내며 으스대고 서 있었다.

"저 산 아래 흐르는 테톤 강가에다 텐트를 치고서 찍었다지요. 그 유명한 서부영화 '셰인'이 촬영되었던 장소입니다. 촬영 본부는 와이오밍 주의 잭슨 홀에 두고서 말이지요."

강가에 있는 표지 동판 앞에서 기념사진인가 증명사진인가를 찍으며 가이드가 신나게 설명을 해 주었다. 최 교수도 이미 솔트레이크 시티에서부터 사진은 수백 장을 찍고 있었다. 물론 피사체에 자신이 들어가는 일은 많지 않았다. 하긴 이제 한국 관광객들도 증명사진을 찍는 수준은 졸업을 하고 있는 현상이 재미있었다. 누가 경치 사진에 자기 얼굴을 넣으랴….

영화 '셰인'이라는 말이 나오자 진통제 효과가 사라지고 최 교수에게는 다시 장옥희 사서의 생각이 생생히 떠올라 왔다. 어느 날 그녀가 그의 위에서 열정을 쏟더니 잠간 멈추어 위엄을 한번 세우고는 이어 웃었다.

"싱겁게 무슨 짓이야?"

"셰인 알죠?"

"셰인? 아, 옛날 아란 랏드가 나와서 순식간에 총을 뽑은?"

"호호호, 아란 랏드가 뭐예요. 앨런 랫…. 그 영화도 페미니스트의 입장에서 보면 나쁜 영화라고 봐요. 순진한 시골 촌부가 착한 남편 보다 용맹스런 서부의 사나이에게 말없이 연정을 품었으나, 그 사나이 셰인은 악당을 물리친 다음 촌부의 영웅이 되어 떠나간다는 남성 우월주의의 기념비적 작품이 아니겠어요?"

"그럼 착한 남편은 남성이 아닌가? 그리고 셰인이 언제 적인데 미즈 장이 그 영화를 보았어?"

최 교수는 미즈 장, 그러니까 장옥희 사서가 요즈음의 페미니스트 영상계에서 들고 나오는 서부 영화 새로 보기 화두에서 조금 표절을 하고 있다는 생각을 하며 다소 맥 빠진 어조로 물어보았다.

"지금 제가 표절했다고 생각하고 있죠? 사실 아이디어는 그럴지 몰라요. 하지만 성감대, 아니 공감대는 저와 폭넓고 깊어요. 깔깔깔"

두 사람은 서로를 간질이면서 웃고 또 웃기도 하였었다.

"왜 웃으시죠?"

무슨 설명을 하던 가이드가 멋쩍은지 갑자기 정색을 하며 최 교수에게 따지듯 하였다.

"아니오. 난 잭슨 홀에서 뒤쳐지겠다는 일정을 미리 부탁했으니 나중에 그거나 잘 챙겨주시오."

"잭슨 홀에 가까스로 작은 호텔 방을 하나 잡았답니다. 비용은 알아서 하십시오. 엄청 비싸니까요."

"아, 교수님이 혼자 오신걸 보니 앨런 래드처럼 권총 뽑을 일이 있으신가 보네요?"

금방 사귄 일행 중의 미국 교포 한 사람이 부인들을 의식하지 않고 농담을 던졌다.

"권총이라니? 장총이실 텐데."

누가 또 거들었다.

리무진은 세속의 때가 묻은 농담들을 영산인 그랜드 테턴 기슭에 내다 버리면서 기세 좋게 와이오밍의 '잭슨 홀 시티'로 달려 들어갔다. 한때 미국과 소련의 영수들이 정상 회담을 하고 동서간의 냉전 종식과 데탕트를 가져와서 인류사에 신기원을 이룬 곳이 된 '잭슨 홀 로지'는 생각보다 규모가 크지는 않았으나 어딘지 모르게 신뢰감 같은 것을 안겨주는 매우 특이한 건물이었다. 정문 앞에는 과연 '세계 환경 대회'와 '환경 북 페어'가 열린다는 플래카드가 요란하지 않게 붙어있었다.

아, 저 속에 케네스 부부, 아니 오로지 장옥희라는 이름과 형상으로 더 절절한 바로 그 대상이 자신을 기다리고 있으리라는 기대에 최 교수의 가슴은 벅차게 뛰었다. 관광단 일행은 가이드의 안내를 받아 2층으로 올라갔는데 거기 로비에 양국 정상이 앉아서 데탕트 조약을 서명한, "피스 테이블"이라는 조촐한 탁자와 의자가 있어서 증명사진을 찍어야했기 때문이었다. 최 교수는 내색하지 않고 증명사진도 포기한 채 안쪽 컨퍼런스 홀로 발길을 옮겼다. 홀의 입구에는 참가자들을 접수하는 데스크가 있었으나 그는 일단 무시하고 안쪽을 휘둘러 옥희의 모습을 찾았다.

아니 보다 정확히 표현하자면 우선 하얀 머리칼의 아시안 여성을 급히 찾아보았다. 일찍 온 참가자들은 벌써 칵테일을 한잔씩 하고 있었고 테이블에서는 웨이터들이 와인의 코르크를 연회에 대비하여 위로 뽑아 올려놓고 있었다. 입구의 건너편으로는 큰 유리를 사용한 거대한 창들이 참석자들의 시선을 뽑아 들여서 넓은 초원을 가로질러 마운트 테튼으로 훌쩍 던져주고 있었다. 거기 파라마운트사의 심벌, 그랜드 테튼 영봉들은 구름을 아래로 깔고 의연히 서 있었다.

그러나 하얀 머리의 동양 여인은 시선이 달리는 포물선 아래에 없었다. 최 교수는 그 큰 창 쪽으로 향하며 홀의 양쪽을 샅샅이 살폈으나 마찬가지였다. 다만 창문 아래에는 서적을 잔뜩 쌓아놓고 판매하는 서적대가 있었는데, 문득 흰 머리칼을 휘날리는 옥희와 몹시 늙어 보이는 노인이 함빡 웃으며 서있는 모습이 표지가 된 "The Faithful Earth"라는 두꺼운 책들이 있었다.

지구의 생태 파괴 현장을 담은 옥희의 절묘한 사진술이 내재한 그 두꺼운 책은 속속 참석자들에게 팔려나가고 있었다. 최 교수도 한 권을 크레디트 카드로 사서 가슴에 안았다. 마치 그 옛날 옥희를 안았듯이…. 그리고 그 너머 그랜드 테튼 영봉을 우러르고 그 아래로 흐르는 테튼 강과 들판을 다시 음미하였다. 강물 소리도 멀어서 들리지 않는 그 계곡에서 그 옛날 허름한 재개봉관 2류 극장에서 들었던 '조디' 소년의 "셰인, 셰인, 캄백!" 하는 소리가 들려오는 듯하였다. 최 교수는 그 때 가까운 친구가 극장 밖으로 나오며 하던 말이 불현듯 생각났다.

"아따, 쪼디기 고녀석이 쎈, 쎈, 하는 소리에 눈물이 날려고 하대!"

그 때 그 말은 울음이 아니라 웃음을 불러일으켰지만 이제는 추억이 울음을 불러 올 기회만 노리고 있는 듯하였다. 아니야, 그 영화는 옥희가 말했듯이 정말 남성 우월주의와 빛나는 미국 서부개척사를 구축한 제국주의적 영화에 다름 아니지. 그런 주장을 부르짖을 때에 더욱 빛나던 옥희의 모습을 생각해 보는 게 더 좋겠어. 최 교수는 울음을 삼키려는 듯 옥희의 음성을 상기하며 접수부 쪽으로 갔다.

"이 책의 저자 커플들은 아직 등록하지 않았나요?"

"아, 그분들은 일찍 오셨으나 문제가 생겨서 병원으로 갔답니다."

"무슨 사고라도?"

"단순한 심장 발작인 듯 했으나 더 이상 우리는 모릅니다. 케네쓰 교수가 바닥에 쓰러졌고 앰뷸런스가 와서 응급실로 데려갔어요. 그 이상의 정보는 없습니다. 책에 사인 받기는 어려울 듯합니다."

대화는 그것으로 끝났다. 어디 무슨 병원인가를 묻거나 알아보아야 아무 도움이 되지 않을 것이었다. 최 교수는 일행이 실내에 있는 영수회담 '피스 테이블'에서 기념사진을 다 찍고 바깥쪽으로 나가 건물 외양을 배경삼아 다시 사진을 찍는 곳으로 빨리 걸어갔다. 이 곳 국립공원으로 지정된 곳은 어느 호텔이나 야생동물, 특히 엘크 사슴이 어슬렁거리고 있어서 생생한 야외 촬영장이었다. 일행이 있는 건물 앞 잔디밭으로 부터 멀리 내다보이는 곳에 사람들이 웅성거리며 모여 있는 모습이 보였다. 가이드가 무슨 일인가하고 뛰어가더니 이내 그쪽에서 급히 길을 건너왔다. 최 교수가 무슨 말을 하려는 그의 소매를 얼른 잡았다.

"여기 내가 따로 부탁했던 호텔 예약을 취소합시다. 나도 일행과 함께 움직여야 되겠어요."

"아이구, 지금 와서 그러시면 어떻게 합니까. 하여간 위약금은 내셔야할 겁니다."

그는 좀 성가신 표정을 짓더니 이내 얼굴색을 밝게 바꾸어서 일행들에게 외쳤다.

"지금 엘크 사슴이 새끼를 낳나 봐요. 여기 길을 건너서 저기 먼 쪽 건물 잔디밭 까지가 접근 경계이고 그 곳에서 사진도 찍을 수 있나봅니다. 좋은 기회이니 모두 사진이나 찍고 가시죠."

"우와, 경사났네요!"

일행이 환성을 지르며 그리로 몰려갔다. 과연 길 건너 저 먼 쪽에는 엘크 사슴이 한 마리 나뒹굴고 있었는데 진홍의 핏자국이 그쪽에 흥건하였다. 더 이상의 진출은 '파크 레인저'라는 글을 새긴 제복의 공원 보안관들이 정중히 막고 있었다.

"새끼 낳느라 저렇게 피를 많이 흘리나…, 그건 그런데 뿔 달린 수놈이 어떻게 새끼를 낳나?"

샌디에이고에서 왔다는 눈썰미 좋은 교포 아주머니가 혀를 차다가 고개를 갸우뚱 했다. 이때 여자 레인저가 아시아인으로 구성된 일행을 보며 천천히 설명을 해 주었다. 수놈 엘크가 어제 저녁부터 이상 발정이 되어 차량의 헤드라이트를 부시고 차체에 돌진하여 차를 다섯 대나 부셔놓더니 오늘 새벽에는 자신이 중상을 입고 쓰러져서 지금 치료를 받는 중이라고 하였다. 그러는 옆으로 남자 레인저가 대형 전기 톱날을 갖고 뛰어가는 모습도 보였다.

"에이, 잘못 알아들었나봐! 경사가 아니라 비극이네!"

일행 중 여자들은 카메라를 거두기 시작하였는데 남자들은 사건이 나서 좋아라고 디지털 카메라의 줌을 길게 뽑았다.

"자아, 그만하고 빨리 갑시다. 시간이 없어요. '올드 페이스풀 간헐천'이 12시에 터지는데 그걸 놓치면 90분을 다시 기다려야 합니다.ㅤ"

가이드가 상황반전이 민망한지 갑자기 서둘렀고 사람들이 웃었다. 11시 반경에 그들은 '올드 페이스풀 가이저(Old Faithful Geiser)"라는 팻말이 선명한 간헐천에 당도하였다.

'가이저'란 원래 북유럽 바이킹들의 말로서 간헐천을 뜻한다고 하였다. 그 앞에 붙은 '올드 페이스풀'이라는 말의 뜻은 약속을 굳게 지키는 '오랜 지기;라는 뜻이란다. 옐로우스톤에 있는 몇 백 개의 간헐천 중에서도 가장 높게, 가장 정확하게 시간을 지켜 뿜어 올려 주는 곳이 바로 이 '올드 페이스풀 가이저'이며 교과서에 나오는 사진도 바로 이 간헐천이었다.

조금씩이나마 끊임없이 증기를 뿜던 간헐천의 구멍에서는 12시 5분 전 쯤 흰 수증기에 섞여서 물줄기가 보이더니 12시 정각이 되자 어김없이 힘찬 물줄기가 치솟아 오르기 시작하였다. 믿음이 오랜 지기가 또다시 약속을 지키고 있다는 모양새였다.

물줄기가 최고로 뿜어 올라가는 순간에 최 교수는 누가 등허리를 힘차게 때리는 느낌을 받았다. 그는 카메라의 셔터를 눌러대던 몸짓을 멈추고 돌아다보았다. 옥희였다.

"아, 옥희!"

과연 그녀는 은빛 머리칼을 평원 위로 가로질러 오는 바람에 맡기고 아직 처녀 적 모습을 많이 지탱한 얼굴로 그를 쳐다보고 있었다. 20여 년 만이던가, 그러나 그녀는 남의 얼굴이 아니었다.

"실버 헤어 말고는 그냥 예전일세."

"선생님도 똑 같아요."

"부군은?"

"오래전부터 심장병을 앓았어요. 이번에도 일단 위기는 넘겼어요. 자주 그러는 편이고…."

그녀의 표정은 오히려 담담하였다.

"입술이 좀 탔네."

"입 맞추고 싶어요?"

그녀가 혀로 입술을 축이며 말을 잇는데 피곤하던 얼굴이 갑자기 생기를 띄고 순식간에 역동적으로 바뀌었다.

"며칠 머물며 이야기라도 나누고 싶었는데 욕심이고 치기였는지도 몰라. 근데 우리가 만날 곳이 왜 하필이면 여기인가?"

"제가 사는 동네와 가까운 곳에서 환경대회가 열리고 또 북 페어에도 솔직히 기념비적인 작품을 출품하게 되어서 선생님께 자랑하고 싶었어요. 근데 잊으셨는지 몰라도 선생님께서는 자주 이 간헐천 이야기를 하셨어요."

"간헐천 이야기를 자주? 글쎄 우리 사이에 민속학 이야기가 공통화제였다면 모를까. 아차, 그렇다면 우리가 친밀한 순간일 때 말인가? 장 선생…."

"아이구, 음흉해. 그게 아니라 초등학교 때부터 이 간헐천이 꼭 보고 싶었노라고…. 저는 그게 탐구심에 가득한 한 소년의 꿈이라고 생각했는데 그게 아니었나요?"

"미안해, 내가 늘 이래. 이번에 나온 책이 아주 좋던데. 특히 문헌정보학을 전공한 사람의 사진술이 대단했어요…."

"과찬이시겠지만 감사히 받아들이겠어요. 제가 사인을 한 책을 갖고 왔으니 배낭에 넣으세요. 그런데 책 제목에 페이스풀이라는 표현을 넣은 의미는 음미해 보셨어요?"

"아, 이 간헐천의 이름에서 영감을 얻은 측면도 있을 것이고 또 문득 내 생각도 나서 믿음과 영원성 같은 것이 내포되었다고 생각한다면 내 이기적 해석일는지도 모르겠구려."

"따뜻한 생각이 드는 건 따뜻한 데로, 다시 말해서 좋은 건 좋으실 데로 생각하는 것도 나쁘진 않아요. 하지만 faithful이라는 뜻에는 거의 종교적 의미가 담겨있지요. Faithful Earth라는 뜻은 인간의 자연을 향한 신의를 전제하는 것이지요. 인간이 자연에 대한 신의를 지킬 때만 이 지구도 인간의 삶을 지켜주겠다는 엄청난 기브 앤드 테이크의 게임을 이 책에서 역설하고 싶었어요. 글은 물론 남편이 주로 썼고 저는 영상 부분으로 승부를 걸었고요…. 이번에 선생님이 오시면 남편과 함께 만나 디너라도 나누고 싶었는데 우리 사이에는 항상 이렇게 불연속성의 상황이 전개되나 보네요."

간헐천에서는 어느새 물줄기가 사라지고 약한 수증기만 나오고 있었는데, 함께 떠나야할 일행은 가까이에 둘러서서 두 사람에게 시선을 꽂았다.

행복 렌탈 서비스

김은경

퇴근 후 버스를 기다리며 먹던 포장마차의 떡볶이, 점심시간 식사를 끝내고 테이크아웃하며 마시는 아이스라떼, 퇴근 후 단골 빵집에서 사온 빵을 먹으며 TV를 보던 시간들이 그리워져 다시 출근을 해보려고 했지만 부동산 투자회사 회장인 범희를 출근하게 하는 회사는 없었다.

김은경

백석신학대학교 대학원에서 M. div를 수여받으며 하나님과 친해진 뒤 연세대학교 연합신학
대학원 박사과정에서 상담학 공부를 하며 가족상담사 자격증을 취득했다. 워킹맘이자 신앙
인으로 살아가며 읽는 성서, 부딪치는 인생사, 접한 문화들을 신학적 가치관 안에서 소화하
고자 한다. 영혼엔지니어인 예수님을 본받아 하나님을 영업하고 천국을 마케팅하고 싶은 상
담학도로서 신과 사람을 잇는 징검다리가 되기를 소망한다. 매일 눈 앞에 놓이는 삶의 쓴 잔
도 주님의 능력으로 다디단 포도주로 변화시켜 원샷, 하길 기대하며 오늘도 책상 앞에 앉는
다. 병원 실장으로 일하며 카이캄 독립교단에서 안수 받아 쿰란 출판사에서 『은총의 별자리
지도』를 출간했다.

행복 렌탈 서비스

'띠링'

저렴한 가격에 만족을 드립니다. 당신이 필요한 렌탈 품목
을 고르세요.

몸이 천근만근인 월요일, 평범희는 출근하는 버스 안에서 카카오톡
으로 온 초대메시지에 수락 버튼을 터치했다. 행복 렌탈 앱에 접속된
평범희의 눈이 커졌다.

'어, 별 게 다 있네? 이게 진짜 렌탈 되는 것들이라고?'

넥타. 큐피드의 화살. 비너스의 허리띠. 제우스의 번개. 헤르메스의
운동화……

쓱 훑어보던 범희는 마침 목이 말랐기에 넥타를 골랐다.

'선택하신 품목이 렌탈되었습니다.'

범희는 자신의 왼손에 들려있는 음료를 바라보았다. 버스를 탈 땐 분
명 오른손에 휴대폰만 쥐고 있었다. 투명한 플라스틱 컵 안에 찰랑이
는 음료는 체리콕처럼 검붉은 매력적인 색이었다. 출근 준비를 서두르
느라 물 한잔도 못 마시고 나왔던 범희는 빨대를 통해 음료를 원샷했
다. 색깔처럼, 박카스에 체리콕을 섞은 듯 달달한 맛이었다.

신의 음료인 넥타라더니 색깔과 맛만 그럴 듯 했지, 별 효능은 없는 모양이었다. 그래도 마르던 목을 축인 것에 만족한 범희는 회사와 가까운 역에 내리려고 벨을 누르려고 했다. 그런데 범희 앞에 앉아 있던 목발을 짚은 분이 먼저 벨을 눌렀다.

'어휴, 저 장애인이랑 같은 역에서 내리는 건가. 짜증나네.'

누군가의 생각이 불현 듯 들려와 돌아보니 맨 구석 자리에 범희의 회사 동료가 앉아 있었다. 사내에서 미소천사로 이름난 영업부장이었다.

부장은 범희를 알아보고 미소지으며 목례했지만 그 사이에도 부장의 생각이 들려왔다.

'평범하기 그지 없는 평범희 쟤랑 아는 체하기 쪽팔리지만 앞으로도 계속 일할 사이니까.'

떨떠름한 기분으로 출근한 범희는 회사 사람들의 생각, 생각, 생각들 때문에 일에 조금도 집중할 수 없었다. 부장한테 아첨을 떨면서 속으론 재수 없다고 하는 사람, 범희에게 수고했다고 웃어 보이면서도 이것밖에 못 하냐고 짜증내는 사람, 점심시간에 몰려서 식사를 하는 동료들이 서로를 흉보는 것까지.

사라들의 생각이 들리는 게 재미있다고 생각한 것도 딱 한 시간 뿐, 너무도 이중적이 사람들의 모습에 구토가 치밀 정도였다. 귀마개를 끼어도 소용이 없자 범희는 아침에 접속했던 앱을 다시 실행했다. 다행히 렌탈 품목 반납 메뉴가 있었다. 재빨리 그 버튼을 터치하자 반납되었다는 알림창이 떴다.

'휴우.'

정말로 반납이 된 건지 이후엔 사람들의 생각이 들려오는 일이 없었다. 갑작스런 고민이 해결 되고나자 범희는 행복 렌탈 서비스의 다른 품목을 빌리고 싶다는 생각이 들었다. 무엇보다 일주일에 5일 일을 하는 대신 365일 펑펑 놀고먹으면 좋겠다는 바람이 생겼다.

'어? 있다.'

렌탈 품목 중에 '미다스의 손'이 눈에 띄었다. 아침엔 이 렌탈 서비스를 반신반의하는 마음으로 즉흥적으로 '넥타'를 선택했기에 설명을 차근차근 읽어보고 고르기로 했다. '미다스의 손' 아이콘을 누르니 큰 힘을 안 들이고도 부자로 만들어 준다는 설명이 딸려나왔다.

'그래, 바로 이거야!'

범희는 망설임 없이 그것을 눌렀지만 알림창을 보곤 힘이 빠졌다.

'본 렌탈 서비스는 1일 1개만 이용할 수 있습니다.'

잠에서 깬 범희는 눈앞에 펼쳐진 풍경에 깜짝 놀랐다. 통유리 창으로 보이는 바닷가, 돔형 지붕안으로 내리쬐는 따스한 햇살, 그리고 이국적인 야자수들.

"꿈인가보다. 다시 깨어나야지."

범희가 중얼거리자 어딘지 낯익은 외국 할아버지가 '미쓰 범희'라고 부르며 다가왔다. 얼굴에 함박웃음을 띠며 영어로 말하길 계속하여 지레 겁을 먹었지만 언제부터인지 모르게 범희 곁에 있던 통역사가 해석을 해주었다.

"범희 씨, 감사합니다. 저는 버크셔 해서웨이 대표 워런 버핏입니다. 우리 회사의 큰 고객인 범희 씨에게 감사 인사를 드리려 왔습니다."

그제야 범희는 눈앞의 노인이 낯익어 보인 이유를 알았다.

'워런 버핏이라고? 세상에. 무슨 꿈도 이렇게 국제적으로 꾸는 거야.'

범희가 고개를 흔드는 순간 오른손에 쥐어진 휴대폰이 눈에 들어왔다. 액정 화면엔 '미다스의 손' 렌탈 중이라는 글자가 떠 있었다.

"오, 마이, 갓!"

범희는 어제도 신의 음료인 넥타를 렌탈한 뒤 그것을 마시고 이상한 능력이 생겼던 것을 떠올렸다.

'그렇다면 내가 빌린 미다스의 손은 어디 있지?'

두리번대던 그녀는 자신의 잠옷에 황금 손 모양의 배지가 달려있는 것을 발견했다. 워런 버핏은 자기 말에 집중하지 않는 범희에게 인사를 하고 자리를 떴다. 그 뒤로도 각국의 수많은 사람이 즐을 서 있었다. 통역사에게 물어보자 이상한 표정으로 바라보며 범희에게 투자를 부탁하거나 투자해주어 감사하다는 인사를 전하러 온 사람들이라고 했다. 게다가 범희의 눈앞에 펼쳐진 이 환상적인 정경은 카리브 해의 작은 섬으로 범희의 소유라는 것이었다! 일단 아침식사를 하고픈 마음에 범희는 사람들이 내미는 서류에 다 사인을 해주었다. 그렇게 계약을 맺을 때마다 미다스의 손 배지가 번쩍, 빛났다.

일류 요리사가 준비한 칠성급 호텔의 뷔페를 바라보며 범희는 환호성을 질렀다. 푸아그라와 캐비어, 참치회와 7단 케이크까지 있었다. 혼자 다섯 접시를 먹고 나니 한 층의 넓은 테이블을 가득 채운 각종 음식은 아직도 따뜻했다. 범희 주변에 선 헬퍼들에게 음식을 같이 먹자고 해도 이 곳에서 먹지 않는 음식은 곧장 폐기된다며 손사래를 쳤다.

처음엔 버려지는 음식이 아깝다는 생각이 들었지만 곧 당연해졌다. 자신은 특별대우를 받을 가치가 있는 사람이니까. 그녀는 회사에 출근하지 않고 노트북으로 범희 회사의 실적을 보고 받았다. 빌 게이츠가 초대한 그의 저택 테니스장에서 같이 테니스를 치고 워런 버핏의 우쿨렐레 리사이틀에 참여 했다. 자기 생일 날 비욘세와 레이디 가가를 불러 큰 규모의 파티를 열기도 했다.

범희는 미다스의 손이 이루어 놓은 부동산과 주식 재벌로서의 부와 명성을 양손에 거머쥐었다. 그러나 그 많은 돈으로 파티를 벌이고 파티 피플을 모여들게 할 순 있어도 진정한 친구를 사귈 순 없었다. 하루이틀 즐길 땐 재미나던 사치도 천날 만날 즐기다보니 싫증이 났다.

일류 요리사도 엄마가 해주던 밤탕과 된장찌개 맛을 똑같이 내진 못했고, 친구들과 수다 떨며 먹는 치킨의 맛을 재현하진 못했다.

퇴근 후 버스를 기다리며 먹던 포장마차의 떡볶이, 점심시간 식사를 끝내고 테이크아웃하며 마시는 아이스 라떼, 퇴근 후 단골 빵집에서 사온 빵을 먹으며 TV를 보던 시간들이 그리워져 다시 출근을 해보려고 했지만 부동산 투자회사 회장인 범희를 출근하게 하는 회사는 없었다.

부와 사치에 질려버린 범희는 다시 렌탈 서비스 앱을 켰다. 이번엔 렌탈 목록을 훑어보다 비너스의 허리띠를 눌렀다.

헬레나 급의 미모 장착. 이 미모로 3차 세계대전이 일어날 수 있음.

설명을 읽어본 범희는 고개를 가로저었다.

'곤란하지 곤란해. 나 때문에 3차 세계대전이 일어나면.'

목록을 주욱 내려 보면 범희의 눈길이 공작의 날개, 무지개 유니콘을 지나 헤르메스의 운동화에 꽂혔다. 이 운동화에는 날개가 달려 있어 원하는 곳은 어디든 갈 수 있다고 씌어 있었다. 범희는 곰곰이 생각하다가 가만히 이 품목을 눌렀다.

잠에서 깬 범희의 눈에 누런 천장이 보였다. 벌떡 일어나자 조그만 창문이 보이는, 자신의 집이었다.

"만세!"

부동산 재벌에서 평범한 직장인으로 돌아온 범희는 재벌독립만세를 연호했다. 휴대폰 캘린더를 보니 2030년 6월 20일 토요일이었다. 휴대폰 캘린더가 10년이나 앞으로 잘못 맞춰져 있었지만 이따가 맞춰놓기로 하고 출근하지 않는 휴일이었기에 어딘가 있을 렌탈 운동화를 찾기로 했다. 아니나 다를까 신발장에 반짝거리는 운동화가 놓여 있었다.

생김새는 생각보다 평범했지만 신는 순간 에어가 탄탄하고 푹신해 정말 어디든지 갈 수 있을 것 같았다.

'동물원에 가보고 싶네.'

가볍게 생각한 순간, 운동화에서 날개가 돋아났다. 다음 순간 범희는 동물원 안에 있었다. 어릴 때 엄마 손을 잡고 왔던 그 동물원이었다. 범희가 걷자 흰색 공작이 날개를 쫙 폈다. 햇빛 아래 순백의 깃털들이 빛을 반사해내며 환한 자태를 뽐냈다.

이제 좋은 것을 볼 때면 엄마도 같이 보면 좋겠다는 생각이 드는 나이가 됐지만, 범희가 철이 든 지금 엄마는 곁에 없었다. 몇 년 전 천국으로 가신 까닭이었다. 사실 이 헤르메스의 운동화를 선택할 때부터 하늘에 계신 엄마를 보고 싶었다.

범희가 눈을 감자 운동화에서 또 다시 날개가 솟아올랐다.

'펄럭 펄럭 펄럭.'

동물원에 도착할 때와는 비교도 안되게 많은 펄럭임이 있었다. 하늘로 치솟은 범희는 독수리들과 시합을 해 이겼고 더 높이 구름 위로 올라간 범희는 비행기와 나란히 날다가 눈이 마주친 비행기 안의 꼬마에게 브이를 그려보이기도 했다. 그리고 까마득한 블랙홀을 거쳐 천사들

전용 엘리베이터에 올라탄 범희는 마침내 천국에 도착했다.

무지개 다리 위에 선 엄마가 범희에게 달려왔다.

"좋다, 너무."

엄마를 보면 하고픈 말이 많았던 범희였지만 막상 보니 이 말밖에 나오지 않았다. 엄마도 그런지 범희를 부르며 눈물을 흘렸다. 그렇게 해후의 시간을 즐기던 엄마가 어서 돌아가라며 등을 떠밀었다.

"왜? 나 돌아가더라도 엄마 밥 먹고 가고 싶은데."

범희가 말하자 엄마가 범희의 등짝을 치며 말했다.

"아이고, 이 철 없는 것아. 너 행복 렌탈 서비스 쓰고 있지? 벌써 세 번째 쓴 거고?"

"어, 어떻게 알았어, 엄마?"

"그거 공짜가 아니야. 첫 렌탈은 하루, 두 번째 렌탈은 십년, 세 번째 렌탈 비용은 이십년이야!"

"난 못 봤는데?"

"어이구, 그 비용은 깨알같이 작게 써져 있어서 알아보는 사람 거의 없어. 렌탈비에 더해 여기 천국에서의 시간도 더해지면 이승에서의 한도를 넘을 수도 있으니 빨리 돌아가!"

범희가 어벙벙한 채로 다시 집으로 돌아가고 싶다고 생각했지만 운동화에서 날개가 펼쳐지지 않았다. 휴대폰에서 삐삐-하는 소리가 시끄럽게 울렸다.

'귀하의 렌탈 비용이 남은 여생으로 지불 완료되었습니다.'

알림창이 뜨곤 범희의 발에 신겨져 있던 운동화가 스르륵 사라졌다. 그 모습을 본 엄마가 털썩 주저앉았다.

"안 돼!"

범희의 곁으로 생을 다한 자를 인도하러 온 천사가 다가오자 엄마가 앞을 막고 사정했다.

"선생님, 얘가 뭣 모르고 여기 오게 됐네요. 다시 이승으로 가는 길을 안내해주실 수 있을까요?"

천사는 차가운 눈길로 엄마를 보더니 단호하게 거절했다.

"평범희 씨는 출근길에 탄 버스 사고가 나 의식 불명에 빠졌지만 자식이 남은 생을 평범하게 누릴 수 있도록 해달라는 어머니 탄원이 받아들여져 평범희 씨 정신세계에서 평소와 다를 없는 삶을 이어갔습니다. 그러나 평범한 삶을 영위할 만큼의 자격이 되는지 행복 렌탈 서비스로 시험한 결과, 평범희 씨는 스스로의 욕심으로 그 생을 다 소진했습니다. 인간인데도 신의 음료를 마셔 귀가 밝아졌고 재벌로서 원하는 삶을 살고 이승과 하늘의 경계를 넘어 어머니도 보았으니 스스로 평범한 인간의 삶을 반납한 거 아닙니까?"

범희를 데리고 가려는 천사의 로브 자락을 붙잡은 엄마가 천국이 떠나가도록 꺼이꺼이 울었다. 그 소리에 하나님이 나타났고 사정을 묻는 하나님께 엄마가 다시 탄원을 시작했다.

"하나님도 부모 마음 잘 아시잖아요. 우리를 살리려고 예수님이 되어 세상으로 내려오셨죠? 저도 우리 범희가 지상에서 천수를 다할 수만 있다면 뭐든지 할 수 있어요. 제가 누리는 이 영생의 삶도 반납할 테니 범희에게 써 주십사 부탁드립니다."

하나님은 잠깐 생각하다가 홀을 들어 두 번 쳤다. 범희 앞에 각종 패물과 돈다발, 영예와 지식이 빙 둘러섰다.

"인류의 아비 된 도리로 범희 어머니의 청을 거절할 수가 없구나. 범희 네가 지상에서의 행복을 위해 단 하나 갖고갈 것을 고르도록 하여라."

자신의 눈앞에서 각각의 광채를 빛내며 있는 것들을 범희는 홀린 듯한 눈으로 바라보았다. 자기도 모르게 가장 화려한 빛을 내는 보석으로 손을 가져가는데 엄마가 그 손을 더 옆으로 잡아끌어 책을 집어 들게 했다.

"아, 이게 아닌데!"

범희가 아쉬움의 탄성을 지르자 엄마가 책을 딸의 손에 꼬옥 쥐어주었다.

눈을 뜨자 익숙한 천장이 보였다. 벌떡 일어나니 작은 창문이 보이는 자신의 집이었다. 그것을 내팽개친 범희는 휴대폰을 켜서 날짜부터 확인했다. 2020년 6월 22일, 월요일이었다.

"늦게 일어났잖아!"

부랴부랴 출근 준비를 마친 범희는 버스를 타고서야 한숨 돌렸다. 회사에 가는 동안 휴대폰이나 볼까 해서 핸드백 속에 손을 넣었더니 얇은 책이 잡혔다. 꺼내보니 아우렐리우스의 명상록이었다.

'이런 책은 산 적이 없는데 왜 여기 들어있지?'

의아해하며 책장을 넘기자 저자인 아우렐리우스가 가족들과 지인들에게 배운 것을 나열하며 감사하는 내용이 나왔다. 책장을 더 넘기자 사람은 외부가 아닌 자기 안에서 진정한 안식을 취할 수 있다는 문장이 나왔다.

'휴, 진정한 안식은 휴가나 퇴사로 가능한 거지.'

출근하니 다들 반가운 얼굴로 맞아주며 범희의 건강 걱정을 해주었다.

"입원해서 며칠간 의식 없었다며 이제는 괜찮아?"

"범희 씨 출근길에 교통사고 났대서 걱정했는데 어떻게 된 게 얼굴은 더 좋아 보이네?"

"하하, 네."

범희는 잘 기억나지 않지만 대충 대답하며 넘겼다.

"근데 저 정수기 이제 낡았는데 이제 신상으로 렌탈해야 되지 않나?"

"사무실 에어컨도 무풍으로 새로 렌탈하면 좋겠다."

'렌탈'이란 단어에 온몸이 얼어붙은 범희를 직장 동료들이 쳐다봤다.

"범희 씨 갑자기 왜 목석이 됐어?"

"그, 그러게요."

범희는 렌탈, 렌탈, 중얼대다가 갑자기 모든 것이 기억 났다. 특별할 것 없이 평범해서 불만인 이 삶이 사실은 신과 엄마의 사랑으로 허락된, 또한 신에게서 무료로 렌탈한 너무 소중한 시간이라는 것도.

점심 시간, 범희는 동료들과 식사를 하고 아이스 라떼를 테이크 아웃해 와 사무실 책상에 앉았다. 그리곤 '나, 범희에게'라는 제목의 글자를 쓰고 그 아래 자신의 부모님, 친구, 지인들에게 배운 것과 그들에게 감사한 점을 적기 시작했다. 내가 나 된 것의 감사함과 은혜를 전에 없이 뜨겁게 되뇌이면서.

옴두르만의 여인들

김창수

첫날밤의 아련한 아픔보다 남편에
게 소외되어가는 느낌을 참는 것이 더
욱 힘들었다. 그 첫 고통이 쾌락의 시
작이었다면, 지금은 그 끝을 향해서
달려가고 있었다. 그녀에게 절망적인
상황이 다가오면서, 온몸은 나락으로
빠져들었다.

김창수

부산광역시 출생
중앙대학교 심리학과 졸업
2015년 「카이로의 자스민 청년」으로 《월간문학》 등단(135호)
저서 2016년 스마트소설집 『네여자 세남자』(共著), 2017년 단편모음집 『글길을 따라 걷다』
(共著), 2018년 단편모음집 『2018 신예작가』(한국소설가협회, 共著)
단편 발표 2016년 《문학과의식》 겨울호 「카잔의 추억」, 2017년 《한국소설》 6월호 「부쿠레슈
티에 부는 바람」, 2017년 《월간문학》 9월호 「솔로 탈출기」, 2019년 《한국소설》 7월호 「하얀
집」, 2021년 《문학과의식》 봄호 「옴두르만의 여인」
한국문인협회, 한국소설가협회 회원」

옴두르만의 여인들

봄이면 나일강 서쪽에서 모래폭풍인 캄신이 불어왔다. 그 바람은 눈을 뜰 수 없을 정도로 강해서 앞을 분간하기 힘들었다. 캄신은 이곳 여인들 마음 깊은 곳에 숨어서 웅크리고 있다가 매년 봄이면 어김없이 새로 불어 닥친 모래바람과 뒤엉켰다. 이곳 사람들은 참을 수 없는 고통을 견디며, 내색하지 않는 여인의 마음을 한 치도 볼 수 없게 만드는 캄신에 비유했다.

바람 소리가 심해질수록 이곳 여인들은 뭔가에 홀린 듯했고, 그 소리를 따라 밖으로 뛰쳐나가고 싶은 충동을 느꼈다. 그것은 억압된 영혼에서의 탈출이었고, 여인으로서 할 수 있는 최후의 저항이었다. 그녀가 이 저주의 방에서 뛰쳐나간 것은 알라를 만나기 위해서였다.

청 나일강과 백 나일강이 합류하는 지역에 옴두르만이라는 작은 도시가 있다. 카르툼에서 백 나일강의 철교를 건너면 바로 나타났다. 두 개의 강이 만나서 도시를 감싸며 흐르고 있어 평온해 보였지만, 100여 년 전에는 이집트와 영국 연합군과 큰 전투가 벌어졌던 곳이다. 그 당시 전쟁의 흔적은 강을 따라 볼 수 있다. 오래된 포진지들이 나일강을 향해 배치되었고, 그 주변에는 군데군데 포탄 자국이 아직도 선명하게 보였다. 마을 사람들은 전투에서 죽은 수많은 영혼이 아직도 나일강의 주변을 떠돌고 있다고 믿었다.

포진지가 끝나면서 두 개의 강이 만나는 지점에 작은 마을이 있었다.

이곳은 옴두르만의 중심에서 가까워, 많은 상점이 대로를 따라 양옆으로 다닥다닥 붙어있었다. 먼지를 내며 달리는 픽업 뒤에는 위험하게 걸터앉아 곡예 하듯 서로를 의지하고 있는 사람들의 모습이 보였다. 상점들 옆으로는 머리에 히잡을 쓴 여인들이 어린애들을 가슴에 안은 채 좌판을 벌여 놓고, 지나가는 사람들을 부르고 있었다.

자밀라는 결혼하면서 남편이 마흐르(결혼청약금)를 많이 준 이유로 생활비를 넉넉하게 주지 않아 근근이 살아갔다. 처음에는 부족하지 않았으나, 점점 애들이 많아지자 생활비가 빠듯해졌다. 남편에게 여러 번 생활비를 더 달라고 요구했으나 그때마다 그는 마흐르 이야기만 했다. 자밀라가 남편이 주는 얼마 되지도 않는 생활비 부족으로 시작한 것이 과일 장사였다.

자밀라는 한 상점 옆에서 좌판을 깔고, 그날그날 새벽에 과일 시장에서 받아 온 물건들을 팔았다. 그녀는 다섯 살 된 막내딸을 집에 혼자 놔둘 수 없어 데리고 다녔다. 악몽 같았던 그녀의 과거 기억이 가끔 떠올라, 막내딸을 보며 한숨을 내쉬었다. 어린 딸은 그런 어머니의 마음도 모른 채 아이들과 땅바닥에 그림을 그리며 놀이에 빠져있었다. 일상 같은 시간이지만 자밀라에게는 또 다른 고통으로 다가왔다.

자밀라가 상점 앞에서 좌판을 열 수 있었던 것은 주인이 남편 친구라서 편의를 봐줬기 때문이다. 남편이 친구를 소개해 주던 날, 상점 주인은 그녀를 친절하게 대했지만, 날이 가면서 태도가 조금씩 변해갔다. 가끔 남편이 그곳에 들릴 때면, 상점 주인은 남편의 면전에서만 그녀에게 호의적인 척했다. 그녀는 상점 주인에게 당하고 있는 수모를 남편에게 말할 수 없었다. 이슬람 여인들은 남자 이야기하는 것이 금기사항이었다.

자밀라가 상점 안에 있는 화장실을 사용할 때, 그는 처음에 전혀 문제 삼지 않았다. 그녀는 그런 그에게 나름 예의를 표했다. 어느 날, 그는 갑자기 화장실을 이용할 때에는 허락을 받으라고 했다. 그의 얼굴은 점점 표독스러워졌고, 그녀에게 뭔가를 강요라도 할 것 같았다. 그가 남편에게 무슨 소리를 할지 몰랐기 때문에 어찌할 수 없었다.

그는 노골적으로 화장실의 문을 열어 놓고 볼일을 보라고 했다. 처음에는 말도 안 되는 요구에 그녀는 무척이나 난감하고 당황스러웠다. 그에게 여러 번 사정도 했지만 막무가내였다. 남편과 아이들이 있다고 애원했지만 들은 척도 하지 않았다. 그의 끈질기고 비정상적인 집착은 그녀의 생리적 인내의 한계를 무너뜨렸다. 결국, 그녀는 자존심을 버린 채 그에게 굴복했다.

상점 안쪽 구석 끝에 있는 화장실은 밖에서 보이지 않았지만, 상점 주인이 앉아 있는 곳에서는 그녀의 앉은 모습이 그대로 보였다. 그는 이상한 눈빛으로 흘깃흘깃 그녀의 모습을 쳐다보며 즐겼다. 그녀는 가끔 그의 갈라비아(남자의 하얀 전통의상) 밖으로 막 터져 나오려는 욕망을 볼 수밖에 없었다. 그럴 때마다 그녀는 긴장과 수치심으로 화장실에서 머무는 시간은 더 길어졌다. 그는 점점 과감해졌고, 그녀는 변태적인 그런 행동에 익숙해져 갔다.

나일강이 붉게 물들어가면서 뜨거운 바람도 서서히 어둠 속으로 사라졌다. 그녀는 팔다 남은 과일들의 일부를 상점 주인에게 고맙다는 인사로 주었다. 상점 주인은 그녀에게 측은한 미소를 보냈지만, 그녀는 그 미소가 가식이라는 것을 알고 있다. 남은 과일들은 집으로 가져가 배고픔에 지쳐 기다리는 아이들에게 주었다.

자밀라에게는 아들 셋과 딸이 셋이 있고, 남편의 둘째 아내이다. 이십 년 이상 나이 차가 있는 남편에게 열다섯 살에 시집왔다. 갓 서른에 많은 아이를 낳아, 결혼한 지 십오 년에 늘어난 것은 가족 숫자뿐이다.

아버지를 닮아서 튼튼하게 자라는 아들들은 문제가 없지만, 딸들이 커가면서 이슬람의 여성으로 살아가는 것이 쉽지가 않다는 것을 그녀는 잘 알고 있다.

자밀라가 시집왔을 때, 남편은 지극정성으로 대해주었다. 어린 나이도 있었지만, 첫째 아내에게는 이미 다섯 명의 아이들이 있어서 남편이 시들해져 있었다. 자밀라보다 열 살 위인 첫째는 항상 거만했고, 시기심도 많았다. 첫째의 은밀한 방해로 남편과의 예정된 잠자리는 무시되기 일쑤였다. 이슬람 율법에는 '남편은 모든 아내를 평등하게 사랑하고, 대우할 의무를 진다.'고 되어있지만 제대로 지켜지지 않았다. 남편의 편애는 가족의 문제이고, 아이들에게도 같은 형제, 자매로서 제대로 대우를 받지 못한다는 것은 불공평하다고 생각했다.

이슬람문화에서 남편은 아내들과 그 가족들을 동등하게 대우해줘야 한다고 했지만, 그것은 허울뿐이었다. 실제로 남편의 책임보다는 권한이 더 강해서 그런 일로 따질 수가 없었다. 가족에 대한 불화가 밖으로 퍼져나가면, 남편에게 '이혼'이라는 꼬투리만 잡혀서 이슬람 여성들은 속앓이만 할 수밖에 없었다.

자밀라는 자식을 낳고 기르면서 남편에게 등한시하게 되었고, 남편 또한 관심이 식어가기 시작했다. 남편은 첫째가 애들 뒷바라지 다 하고, 점점 무르익은 자태로 변하자 다시 가까워졌다. 첫째는 그런 남편을 위해서 친정에서 정성스럽게 만든 음식과 고급스러운 옷들을 해왔다. 자밀라의 친정과는 비교가 되지 않았다. 첫째의 거만함은 더욱 심해져 갔다.

자밀라는 어린 나이에 이슬람 율법에 따라 남편에게 일부종사(一夫 從事)해야 한다고만 알았지, 그녀에게도 닥칠 수 있는 남편의 권한을 그때는 몰랐다. 남편이 첫째 가족에 쏟는 관심이 과하다 싶을 때도 말

한마디 못 했다. 첫째가 남편의 사촌이기도 했지만, 신랑이 신부에게 주는 마흐르를 자밀라보다 적게 받았기 때문이다.

남편은 첫째 가족의 편애가 날이 갈수록 심해졌다. 자밀라는 더는 참을 수 없어 남편에게 서운한 감정을 따지기로 했다. 하루 다섯 번 하는 기도 중에 네 번째 기도를 마치고 집으로 들어온 남편에게 그녀는 화난 표정을 지으며 다가갔다.

"당신이 그동안 우리 가족에게 보였던 태도에 한마디 해야겠어요."

그녀가 마음을 진정시키며 말했지만, 가슴이 떨렸다.

"무슨 일인데…."

남편의 얼굴은 무덤덤했고, 그녀의 말을 무시하는 듯 말했다.

"첫째 가족을 너무 편애하는 것 아닌가요?"

그녀는 잠자리의 차례가 계속 지켜지지 않은 불만도 염두에 두면서 말했다.

"내가 뭘 편애를 했다고 그래! 항상 같은 식구로 대하고 있는데, 쓸데없는 소리 그만해!"

짜증 섞인 남편의 목소리가 방문 밖으로 흘러나갔다.

"자꾸 그러면 당신하고 같이 살 수 없어!"

자밀라는 남편의 큰 소리에 깜짝 놀랐다. 남편 입에서 나온 말은 더는 언급하지 말라는 경고였다. 오랫동안 같이 살면서 남편에게 이렇게 큰 소리를 들은 적이 없었다. 속으로 꾹 참으며, 남편이 하는 말에 이의를 달지 않았다. 남편의 입에서 '이혼'이라는 말을 듣지 않기 위해서였다. 이슬람법에 남편이 세 번 '이혼'이라는 말을 하면 자동 이혼이 된다는 것을 그녀는 알았다. 여태껏 남편과 살아오면서 얼마나 참았는데, 지금에 와서 그런 소리를 듣고 싶지 않았다. 그녀의 머릿속에 아이들의 얼굴이 하나씩 떠올랐다. '그래, 내가 참아야지.'

남편이 셋째 아내를 맞이하던 날, 캄신은 자밀라가 웅크리고 앉아서 겨우 숨만 쉬고 있는 방의 창문을 세차게 두드리고 있었다. 바람 소리가 커질수록 그녀의 숨소리가 점점 거칠어져 가고 있었다. 그 소리는 참을 수 없는 애절한 절규처럼 들렸다.

셋째는 남편 형의 아내였던 자밀라의 큰형님이었다. 그녀의 시숙(媤叔)이 오랫동안 앓던 병으로 죽자, 남편이 형수로서 대하던 그녀를 셋째로 맞이했다. 가족회의에서 둘째인 남편이 형님의 가족들을 맡기로 했기 때문이었다. 셋째가 데려온 다섯 명의 아이들은 조카들이라 큰 문제가 없었으나, 자밀라에게 그녀는 이제 큰 형님에서 아래 동생이 되었다. 이슬람에서는 남편과의 결혼 순서에 따라 과거 신분과 관계없이 서열이 정해졌다.

자밀라가 어린 나이에 시집와서 힘들어할 때마다 언니처럼 다정하게 대해주던 그녀였다. 여러 명의 아내를 데리고 사는 남편에게 어떻게 처신해야 한다는 것을 가르쳐 주었다. 절대 다른 아내들을 시기하지 말고, 남편에게 일부종사(一夫從事)하라고 했다. 남편과의 잠자리도 동등하게 돌아가면서 하게 되어 있지만, 다른 아내들이 문제를 일으키더라도 참으라고 했다. 그녀에게 많은 것을 배웠던 자밀라가 이제는 그녀의 형님이 되는 아이러니한 상황이 벌어진 것이다. 자밀라는 그런 처지에 있는 그녀에게 더욱 잘 해줘야 한다고 생각을 했다.

큰 집 형님이었던 셋째는 첫째가 어떤 여자인지 잘 알고 있다. 자밀라는 셋째가 들어온 이후에 첫째와 생길 수 있는 상황을 예견했다. 첫째가 셋째를 과거의 큰형님으로 대해줄 수 있을지 의문이 들었다. 첫째가 남편을 독차지하려고 할 것이고, 셋째는 그동안 봐왔던 첫째에 대한 행동을 단순하게 눈감아줄 수 있을지 걱정이 되었다. 남편과의 잠자리는 그녀들의 가족 문제이기도 했다.

얼마 지나지 않아 예상했던 일이 일어났다. 첫째가 남편을 독차지하려는 의도로 그들만의 가족 여행을 추진했다. 셋째가 들어오면서 보이지 않았던 첫째의 행동이 조금씩 드러나기 시작했다. 첫째는 돈 많은 그녀의 부모를 앞세워서 남편과 그녀 아이들만 데리고 사우디의 메카로 성지순례를 가기로 했다. 남편이 통상 모든 가족을 데리고 가야 했지만, 첫째의 부모를 끼워 넣어 그럴 수도 없었다. 첫째는 고리타분한 관습으로 동네 사람들에게 힐난(詰難)을 받더라도 상관 안 했다.

자밀라와 셋째는 남편의 결정에 아무 말도 하지 못했다. 자밀라는 그동안 첫째에게 겪어 온 경험으로 더 신경 쓰고 싶지 않았고, 셋째는 과거의 시동생에 대해서 이렇다 저렇다 말할 입장이 아니었다. 그런 두 동서는 첫째의 횡포에 관심조차 가질 수 없는 상황이었다. 그녀들에게는 당장 아이들의 문제가 더 중요했다.

자밀라는 셋째가 힘들 때마다 낭송하는 꾸란을 옆에서 눈을 감은 채 듣고 있었다.

"사람들이여! 알라가 너희를 창조하사 남성과 여성을 두었으되, 서로를 알도록 하였노라. 알라 앞에서 가장 크게 영광을 받을 자는 가장 외로운 자로 알라는 모든 것을 아시며, 관찰하시는 분이시라."

자밀라의 눈에 눈물이 고였다. 그 눈물은 자신의 처지뿐 아니라, 셋째의 고통이 얼마나 큰지를 알기 때문이었다. 그녀들은 힘들었지만, 꾸란을 통해서 서로 위로하며 마음의 평정을 찾아갔다.

밤새 잠을 설친 자밀라가 눈을 떴다. 갑자기 배 아랫부분이 경련을 일으키며 아파지기 시작했다. 밖은 아직 어두운데, 창틈으로 캄신이 불어오는 소리가 들렸다. 무엇인가에 홀린 듯 잠자리에 벌떡 일어났다. '할례' 하던 날의 악몽을 꾸었기 때문이다. 그녀가 가끔 겪는 고통이었다.

　그날은 자밀라가 겨우 열 살로 여성의 눈을 뜨기도 전이었다. 아침부터 그녀의 어머니는 끓인 물로 자밀라의 몸을 깨끗하게 씻겼다. 그녀의 아랫도리 깊숙한 곳까지 정성스럽게 닦아내고, 팬티 없이 하얀 도포만을 입혔다.

　"여성의 몸은 청결하고, 순결하며, 정숙해야 해."

　어머니는 자밀라에게 이슬람 여성으로 처신해야 할 자세를 이야기했지만, 무슨 소리인지 귀에 들리지 않았다. 할례의식에 대해서 얼핏 알기만 했지, 어떻게 하는지는 몰랐다. 그녀는 앞으로 일어날 일에 대해서 두려움으로 떨고 있었다.

　"너도 몇 년 후에 결혼해야 하는데, 네 몸을 청결하게 해야 한다."

　그녀는 어머니의 말보다는 긴 고통이 시작될 거라는 생각이 앞섰다.

　이슬람에서 '할례'는 완전한 여성이 되는 관문으로 인식되었고, 젊은 소녀의 처녀성을 유지하고, 아내로서의 정절을 지켜준다고 믿었다. 할례 시술을 받지 않은 여성들은 그들 자신의 성욕을 억제하는 신뢰성이 없어 정숙하지 못하다고 생각했다.

　그녀가 어머니의 손을 잡고 간 곳은 마을에서 조금 떨어진 움막 같은 곳이었다. 그 집에 다다르자, 그녀는 눈을 붕대 같은 천으로 가린 채 어머니의 손에 이끌려 들어갔다. 그곳에는 마을의 조산원이 젊은 여자와 함께 새파란 면도날과 피를 닦아 낼 헝겊을 정돈하고 있었다. 할례의식이 벌어질 마당에는 동네 여인들과 자밀라의 이모들도 이미 와있었다. 자밀라가 회복을 위해 며칠을 보낼 방안에는 매트리스가 깔려 있었고, 그 옆에는 상처를 치료할 빨간색의 과일과 채소로 만든 반죽도 준비되었다.

젊은 여자가 방 안에 있던 매트리스 한 장을 마당으로 들고 나왔다. 그 순간, 멀리서부터 시끄러운 북소리와 냄비 두들기는 소리, 요란한 박수 소리 그리고 여성들의 날카로운 고함이 점점 가까이 들려왔다. 그들의 행렬이 다가오자, 그녀의 어머니는 떨면서 꽉 잡고 있던 자밀라의 손을 낚아채면서 반강제로 매트리스에 눕혔다. 그녀는 어머니의 손을 꽉 잡고, 눈이 가려진 채로 시끄럽게 들려오는 소리로 불안과 공포에 온몸을 떨고 있었다.

젊은 여자가 그녀의 하얀 도포를 벗기자 까무잡잡한 알몸이 드러났다. 조산원이 면도날을 잡아서 익숙한 솜씨로 자밀라의 몸에 갖다 대었다. 그녀의 처절한 비명은 시끄러운 주변 소리에 금방 묻혔다. 엄청난 고통으로 침을 뱉고, 옆에 있는 사람들을 물고, 몸부림치면서 저항을 했으나 네 명의 보조자들에 의해서 사지를 움직일 수 없었다. 어머니는 살려달라는 자밀라의 울부짖는 소리를 들으면서도 두 팔로 다리를 꽉 잡고 있었다.

그녀가 정신을 차렸을 때는 저녁노을이 나일강을 붉게 적시고 있었다. 축 늘어진 자밀라 옆에 있던 어머니 얼굴에는 딸이 무사히 의식을 마쳤다는 안도감이 보였다. 청결하고 순결해진 딸이 이슬람 여성으로서 떳떳하게 살아가게 되었다는 뿌듯함도 느꼈을 것이다. 자밀라는 어머니가 잡고 있던 손을 놓았다. 그녀의 말랐던 눈물 자국이 다시 젖어가고 있었다.

자밀라가 악몽을 꾼 것은 그녀의 딸들에게 닥쳐오고 있는 그날의 두려움 때문이었다. 그녀는 어떤 일이 있더라도 절대로 이 짓은 딸들에게는 다시 시키지 않으리라고 다짐했다. 그녀가 마을 사람들에게 그런 말을 했다면 살아남지 못했다. 그저 마음속으로 딸을 낳은 걸 후회했다. 어린 소녀들에게 그토록 무참한 고통을 가하는 짓이 얼마나 잘못

임을 알았다. 그녀는 마을에서 멀리 도망쳐서, 이슬람의 관습이 존재하지 않는 그런 곳으로 가야 한다고 생각했다. 어떻게든 다시 겪어야할 상황을 피하고 싶었다.

자밀라가 상점 주인의 비정상적인 행동에 조금씩 멀리하자, 그는 노골적으로 그녀를 괴롭히기 시작했다. 좌판이 상점을 가려서 잘 보이지 않는다는 이유로 그늘에서 벗어나도록 했다. 좌판에 앉아 있는 것도 힘들었지만, 기온이 40도를 넘는 한낮의 뜨거운 햇빛 밑에서 몇 시간을 참는다는 것은 정말 견디기 어려웠다.

그가 의자에 앉아 있다가 자밀라에게 시원한 음료수를 가져다주었다. 그녀를 달래보려는 상점 주인을 싫어했지만, 그것을 받지 않을 수 없었다. 그가 남편에게 어떤 말을 할지 두려웠다. 이슬람에서는 여자의 말보다 남자의 말을 더 신뢰하였다. 그가 음료수를 건네주면서 그녀에게 말을 던졌다.

"이번에 남편이 셋째를 얻었으니 얼마간은 혼자 자야겠네. 흐흐흐…."

그의 비아냥거림에 내색을 하지 않았지만 사실이었다. 첫째의 시기와 질투로 남편과 잠자리를 거의 하지 못했다. 이제는 셋째와의 밀애로 당분간 남편은 내 곁으로 오지 않을 것이다. 더군다나 한 가정이 더 늘어나 생활비도 지금보다 줄어들 것이다.

가끔 친구 상점에 들르던 남편은 그와 무슨 일이 있었는지 오랫동안 모습을 드러내지 않았다. 그런 남편에게 왜 안 들르느냐고 물어볼 수도 없었다.

상점 주인은 자밀라에게 이상한 말을 했다.

"당신 남편이 이혼 이야기했다던데…."

"남편이 그런 이야기를 해요?"

그녀는 그의 말에 귀를 의심하면서 되물었다.

"남편이 그런 말을 내게 했겠어?"

그는 의미심장한 웃음을 띠며, 들으라는 듯이 다시 한마디를 던졌다. 그렇다면 그 이야기는 분명히 첫째의 입에서 나온 말이었다. 상점 주인하고 첫째는 친척 간이었기에 일부러 말을 흘렸을 수도 있었다. 첫째가 그녀를 보는 눈빛이 최근에 달라진 것을 느꼈다.

자밀라는 그날 밤, 첫째 집으로 찾아가 상점 주인이 한 말을 따져 물었다.

"그런 말 한 적 없네."

첫째는 딱 잡아뗐으나, 상점 주인이 자밀라를 어떻게 대하고 있는지를 다 알고 있었다.

"남편에게 아무런 말 안 했다는 건가요?"

자밀라는 첫째가 그런 사실을 남편에게 고자질했으리라 확신하고 물었다

"무슨 소리 하는 거야!"

첫째는 신경질적인 반응을 보이면서, 자밀라의 말을 끊어버렸다. 안 그래도 남편과의 관계가 소원해졌는데, 이런 말을 들으니 자밀라는 어찌할 바를 몰랐다. 남편에게 말했다가는 오히려 그런 수치스러운 사실이 드러날 것이고, 그냥 내버려 두자니 남편의 일방적인 오해를 풀 수가 없었다.

지난번 첫째 문제로 남편에게 이혼이라는 말을 들을 뻔했는데, 이번에 다시 이런 일로 남편에게 이야기한다면 상황은 더욱 악화할 것이 분명했다. 셋째와 밀애에 빠진 남편은 오히려 첫째를 두둔할 것이다. 셋째도 이런 문제에 대해서 신경을 써주질 않을 것이다. 자밀라는 첫째 집을 나오면서 하늘에서 반짝이고 있는 수많은 별을 멀뚱히 바라보았다.

자밀라는 남편과의 관계가 멀어지고, 잠자리한 지 오래되면서 알 수 없는 불안감이 엄습해왔다. 아직도 삼십 대의 창창한 나이에 오랫동안 밤마다 홀로 지새운다는 것은 힘든 고통이었다. 애들이 엄마 속도 모르고, 아버지가 보고 싶다고 할 때마다 가슴이 찢어졌다. 이제는 그녀를 보는 마을 여자들의 눈초리도 무서웠다. 그녀가 지나갈 때마다 수군거리는 소리도 들렸다. 남편에게 버림받은 여자라는 낙인이 찍혀가고 있었다.

　그녀는 밤에 잠자리에 누워서 눈을 감고 손으로 아래에 있는 과거의 흔적을 더듬었다. 날카로운 칼날이 스쳐 지나간 그곳을 만지면서 남편을 생각했다. 꿰맸던 자리를 하나씩 짚어보면서 첫날밤을 생각했다. 지금은 자유스럽게 숨 쉴 수 있는 그 공간이 왜 이리 휑하게 느껴지는지 알 수가 없다. 머리가 아파졌다. 기나긴 밤을 또 두통으로 밤을 지새워야 하나.

　그녀의 몸이 조금씩 변해가던 어느 날, 초경을 하면서 어머니는 딸의 결혼을 서둘렀다. 마을의 중매쟁이가 그 소식을 듣고 옴두르만에 사는 남자에게 선이 들어왔다고 집으로 찾아왔다.

　"그 남자에게는 이미 첫째 아내가 있는데, 둘째를 구하는 중이라고 하네요."

　그 중매쟁이는 미리 알아두라는 듯 말을 하면서도 어머니 얼굴을 보더니 혹시나 하는 마음에 한마디 더 붙였다.

　"그의 첫째 아내보다 마흐르를 더 줄 거라고 했대요."

　어머니는 그 말에 혹해서인지 그를 한번 보자고 했다. 자밀라의 의사와 관계없이 결혼은 속전속결로 진행되었다. 어린 나이에 아무것도 모르고 부모가 결혼을 확정 짓자 그녀는 막연한 두려움을 느꼈다. 그녀가 할 수 있는 것은 '할례' 때에도 그랬듯이 어머니가 시키는 대로 하는 것뿐이었다.

　결혼 준비는 한 달 전부터 본격적으로 시작되었다. 마을에 같이 사는 이모들도 자밀라에게 이것저것 챙겨줬다. 그녀의 아버지는 여인들의 결혼 준비에 아무런 관여도 하지 못하고 마음만 바빴다. 어린 동생들은 갑자기 달라지는 자밀라의 모습이 신기할 뿐이었다. 마을에서는 자밀라의 마흐르가 얼마인지 입소문만 돌고 있었다.

　결혼 며칠 전, 그녀의 어머니가 아침부터 작은방에 향을 피웠다. 화롯불에 꽂은 향이 방으로 퍼졌다. 자밀라는 실오라기 하나 걸치지 않은 채 어두운 불빛 아래 누워있었다. 그녀의 어머니는 끈적거리는 액체를 온몸에 발랐다. 몇 시간이 흐르고, 그 액체가 굳어지자 몸에 묻어 있는 이물질과 함께 털을 하나씩 뜯어냈다. 그녀의 몸은 잔털 하나 없이 깨끗해졌다. 이슬람에서는 털을 뽑아냄으로써 몸에 붙은 잡귀를 없앤다고 믿었다.

　어머니는 그녀가 받았던 할례의 흔적을 살폈다. 봉합되었던 곳이 풀어지지 않았는지 걱정이 되었다. 자그마한 구멍에서만 숨을 쉬고 있는 그곳을 유심히 보더니, 어머니는 안도의 한숨을 내쉬었다. 그녀의 순결이 확인된 것이다. 온몸으로 향이 배어 들어가도록 온종일 그 방에 누워있었다. 어머니는 그녀를 청결하고, 순결한 몸으로 만들기 위해서 정신없이 방을 들락날락했다.

　결혼식 하루 전, 어머니는 헤나가 담긴 통을 들고 방으로 들어왔다. 헤나라는 의식을 통해서 팔이나 다리에 헤나 염료를 사용해 문신을 그리는 전통이었다. 얼룩이 진할수록 시어머니와 남편의 사랑을 많이 받는다고 직접 그녀의 손과 발에 헤나로 문신을 그렸다.

　"이 헤나는 여성의 아름다움과 헤나 특유의 향이 남편을 유혹하게 만들어 준대."

어머니가 피곤해 보이는 그녀를 위해서 헤나에 관해서 설명해 줬다.

"헤나가 상징하는 것이 사랑과 애정, 행운과 존경 그리고 결혼 후에 안정적인 삶과 행복이야. 네가 결혼해서 남편과 잘 살았으면 해."

어머니는 정성 들여 헤나 문신에 사랑의 문양이나 글을 넣어주며, 딸에게 해주고 싶은 말을 했다.

결혼식을 마친 자밀라는 그날 밤에 무서운 경험을 했다. 어두운 방에 창문 사이로 들어온 달빛으로 남편의 빳빳해진 그곳을 선명하게 보았다. 평생 처음 남자의 욕정을 보고 놀란 그녀를 경험 많은 남편이 부드럽게 감싸며, 옷을 벗기기 시작했다. 그가 처음 가보는 계곡으로 서서히 진입했으나, 오랫동안 숨겨졌던 그곳은 굳게 닫혀있었다. 한 발짝씩 엉켜진 수풀을 헤쳐 나가자, 통곡의 메아리가 울리기 시작했다. 좁아진 계곡으로 한 번에 들어갈 수가 없었다. 그 통곡은 며칠간 온 계곡으로 퍼져나갔다. 그것은 고통이 섞인 환희의 소리였다.

어려서 잘 몰랐던 그녀의 결혼생활도 아득한 과거로 다가왔다. 첫날밤의 아련한 아픔보다 남편에게 소외되어가는 느낌을 참는 것이 더욱 힘들었다. 그 첫 고통이 쾌락의 시작이었다면, 지금은 그 끝을 향해서 달려가고 있었다. 그녀에게 절망적인 상황이 다가오면서, 온몸은 나락으로 빠져들었다.

그녀는 밤마다 잠을 설쳤다. 남편에 대한 애증이 심해질수록 배신감으로 변해가고 있었다. 그녀는 상점 주인에게 들었던 이야기가 사실이라면, 첫째의 시치미 떼던 표정이 맞는다면, 남편은 이제는 돌아오지 않을 거로 생각했다. 아니, 남편은 이제 어떻게 하던 그녀를 버릴 거라고 확신했다. 그녀는 싫어하는 상점주인 얼굴이 어렴풋이 떠올랐다.

캄신이 불어 바람이 거칠어지자, 자밀라는 며칠간 좌판을 펴지 못했다. 남편과의 문제로 며칠 동안 잠을 자지 못해서인지 현기증이 나기 시작했다. 잠을 설치고 있는데, 갑자기 그녀가 누워 있는 방의 창문에서 '똑! 똑!' 두들기는 소리가 났다. 조금 있더니, 그녀를 부르는 귀에 익은 목소리가 작게 들려왔다.

히잡을 둘러쓰고 밖으로 나가자, 상점 주인이 문밖에서 서성거리고 있었다. 그는 여자만 있는 집에 남자가 올 수 없다는 것을 알고 있다. 그가 남편을 만나러 왔다는 핑계를 댔지만, 남편이 집에 없는지 이미 확인했을 것이다. 그의 표정은 평상시와 사뭇 달랐다. 그의 사촌인 첫째가 무슨 말을 했는지 모르지만, 그녀에게 갑자기 나타난 의도가 불안해졌다.

그는 할 말이 있다면서, 여기서는 누가 보면 곤란하니 집 근처에 있는 움막으로 가자고 했다. 그곳은 마을 사람들이 종교행사가 있거나 어린 여자애들이 '할례' 때 사용하는 장소였다. 저녁이 되면 그곳은 인적이 끊기는 적막한 공간으로 변했다. 자밀라는 그가 무슨 말을 할지 궁금해졌다. 혹시, 남편 관련 이야기가 아닐까 하는 생각이 들었다. 정신이 몽롱한 상태에서 불안했지만 그를 따라나섰다.

나일강에서 불어오는 서늘한 바람이 그녀의 발목을 타고 몸으로 퍼져 들어왔다. 숨어 있던 욕망이 바람을 타고 그녀에게 전달되는 것을 느꼈다. 그가 바람이 심하게 부니 방 안으로 들어가자고 했다. 그 방은 '할례'를 끝내고 회복하는 데 쓰이는 곳이다. 잠시 멈칫하는 그녀의 손을 잡고 방으로 끌고 들어갔다.

방안은 희미한 달빛으로 잘 보이지 않았지만, 피 묻은 헝겊들이 어지럽게 널려져 있었다. 어두운 방에 잠시 정적이 흘렀다.

"남편이 상점에 들르지 않은 이유는 당신과의 문제라고 들었소."

그는 예상한 대로 첫째에게 들은 이야기를 했다. 그가 말하는 소리는 어둠을 통해서 귀로 뚜렷하게 전달되었다. 그의 눈동자가 달빛에 반사되어 빤작거렸다.

"남편이 왜 저를 싫어하는 건지 잘 모르겠어요."

자밀라는 분명 첫째의 모략이고, 상점 주인이 여기 온 것도 첫째의 의도된 묵인일 거라 생각을 했다.

"솔직히 저는 남편에 대한 애증도 이제는 사라지고 말았습니다."

그녀가 해서는 안 될 말을 체념한 듯 힘없이 말했다. 상점 주인에게는 마음을 열었다는 말로 들릴 수도 있었다. 그녀는 참았던 욕정을 풀고 싶다는 생각이 들었다. 그녀에게는 가족을 보살펴 줄 남편이 필요했다. 그녀가 지금 저지르려고 하는 일이 얼마나 위험한 일인지 알고 있다. 상점 주인 역시 남의 여자를 탐하면 어떻게 된다는 것을 모를 리 없었다. 그녀는 못살게 구는 그를 싫어하면서도 본능에 허물어지는 마음이 아팠다. 아니 그에게 다가가고 있는 자신이 더욱 싫어졌다.

상점 주인이 집으로 다녀가고 며칠이 지난 후, 남편이 저녁 늦은 무렵 집으러 와서 생활비를 주었다.

"이게 마지막 생활비야!"

화난 말투로 그녀를 쏘아보면서 던진 말이었다.

"그게 무슨 말이죠?"

그녀는 정색하는 남편에게 조심스럽게 물어봤다.

"몰라서 물어봐!"

남편은 모든 것을 다 알고 있다는 듯 그녀를 위에서 아래로 흘겨보았다. 자밀라는 아무 말도 하지 않았다. 그의 입에서 이혼이라는 말보다 더한 말이 나올 수도 있겠다는 생각이 들었다. 남편은 그녀에게 아무 말도 하지 않았다. 집을 나가는 그의 뒷모습을 보면서, 그녀는 서글픔에 흐느껴 울기 시작했다. 그 울음은 그녀의 잘못된 행위도 있었지만, 남편이 그렇게 만들었다는 배신감이 더욱 컸기 때문이었다.

상점 주인이 첫째와 만나서 무슨 계략을 세웠는지는 모르지만, 그들의 필요가 부합했을 것이다. 첫째는 셋째가 머지않아 남편에게서 멀어진다는 것을 잘 알고 있었지만, 자기보다 어린 둘째가 더 불안했을 것이다. '남편은 부인과 그 가족에게 동등하게 대해줘야 한다.'는 이슬람의 규범은 깨졌고, 그것을 믿는 이슬람 여성들은 없었다.

자밀라 옆에는 이제 아무도 없었다. 홀로 방에서 고통을 잊어버리려는 듯 큰 소리로 꾸란을 낭송하기 시작했다.

"자비로우시고 자애로우신 알라의 이름으로 새끼를 밴 지 열 달이 된 암낙타가 보호받지 못하고 버려지며, 산 채로 매장된 여아가 질문을 받으니 무슨 죄로 그녀가 살해되었느뇨.

빛을 맞이하는 아침을 두고 맹세하나니 그는 청명한 지평선에 있는 그를 보았으되, 너희는 어디로 가려 하느뇨. 만유의 주님이신 알라의 뜻이 없이는 너희는 아무것도 할 수 없노라."

그녀는 꾸란 낭송이 끝나고, 알라에게 절을 하기 시작했다. 정신없이 오랫동안 그렇게 움직이던 그녀가 '당장 알라에게 가야 해'라고 중얼거렸다. 알라만이 나의 더러워진 육신과 혼란스러운 정신을 깨끗하고 맑게 해줄 수 있다고 믿었다. 지금 그녀가 의지할 곳은 이슬람의 유일신인 '알라'뿐이었다. 냉정하게 떠나버린 남편도, 사악한 상점 주인도, 저주스러운 첫째도, 믿었던 셋째도 악마들이었다.

자밀라가 정신을 차린 것은 나일강이 붉게 물들어갈 무렵이었다. 창문 틈으로 바람 소리가 세차게 들리기 시작하자, 그녀는 갑자기 어디론가 달려갔다. 마을의 어린 여자애들이 할례를 하는 바로 그 움막이었다. 작은 방으로 들어간 그녀는 넋을 잃은 채로 상점 주인과 그날 밤의 일을 회상했다. 이곳에 오게 될 큰 딸 애도 떠올랐다. 그녀의 눈에는 온 세상이 붉게 보였다. 그것은 할례의 고통, 남자로부터의 고통이었다.

그녀는 어두운 방에서 얼마간을 중얼거렸다. 캄신의 소리가 그녀의 귀를 강하게 두들기자, 갑자기 밖으로 뛰쳐나갔다. '자밀라! 이제 나에게 와서 편안한 안식을 취하라.' 그녀의 귀에 알라가 부르는 소리가 계속 들려왔다. 어두운 나일강에서 하얀 도포를 입은 알라가 빨리 오라고 손짓을 하는 모습이 점점 가까이 보이기 시작했다.

날씨가 뜨거워지자, 캄신은 어디론가 자취를 감추었다. 조용하던 마을에 사람들이 웅성거리며 모인 곳은 마을 어귀에 있는 나일강변이었다. 하얀 천으로 덮여 있는 것이 보였다. 옆에는 갈라비아를 입고 머리에 터번을 둘러쓴 한 남자가 경찰들과 말을 하고 있었다. 그 남자의 표정은 굳어져 갔다.

"글쎄, 자밀라 남편이 오랫동안 생활비를 주지 않았다네요. 그래도 가족이 먹고살 돈은 줬어야 하는 거 아녜요?'"

"그런데, 자밀라가 어떤 남자에게서 돈을 얻어 썼다고 하네요."

"남편에게 말 못 할 사정이 있었겠죠."

"그런데 남편은 왜 안 보이죠?"

마을 여자들이 여기저기서 웅성거리는 말들이 들려왔다.

백나일강이 청나일강과 합류하는 그 곳, 옴두르만에 붉은 노을이 서서히 지고 있었다.

겨울 숲

김호진

"사십이 넘어도 여전하군."

이 객쩍은 우스갯소리 한마디가 허물어지는 신호였다.

그녀는 젊은 날의 내가 동경하던 그런 청량한 체취의 여인은 아니었다. 중년 나이에 걸맞은 살피듬으로 편안한 느낌은 깊어졌으나, 풋풋하던 처녀 적 모습은 잔영조차 찾기 힘들만큼 이울어 있었다.

김호진

고려대학교 정치외교학과 학사, 서울대학교 행정대학원, 하와이 주립대 대학원 정치학 박사.
영국 켐브리지대, 독일 베를린 자유대학 교환교수, 한국정치학회 회장, 경제정의실천시민연
합 고문, 고려대학교 노동대학원 원장, 세종대학교 이사장, 제 17대 고용노동부 장관 역임
고려대학교 명예교수, 계간《문학과의식》수석대표

겨울 숲

1

비창!

이 곡을 들을 때면 나는 민애란 선생, 그녀가 생각난다. 헤어진 첫사랑이어서만은 아니다. 나에게 사랑이 아픔이라는 것을 알게 한 사람이 바로 민 선생이기 때문이다.

그런데 바로 어제, 창밖에는 눈보라가 몰아치고 내가 또 그 선율에 홀릴 즈음 전화가 걸려왔다.

"선생님, 정아예요. 안녕하세요?"

민 선생 딸이었다. 목소리가 민 선생을 닮아 있었다.

"조정아?"

"네, 뵙고 싶어요."

"이거 얼마 만인가. 내일 오후 세 시에 사무실로 와요. 대학로 마로니에텔 303호요. 혜화역 1번 출구 앞 건물이요."

"저도 마로니에텔 알아요. 내일 뵙겠습니다."

이튿날 사무실을 들어서는 정아 눈웃음이 깊다. 해맑은 얼굴과 티 없는 눈망울은 여고 3학년 때의 모습 그대로였다. 중년을 넘긴 나이에도 몸매 또한 가냘파 보이지도 비대해 보이지도 않아, 허리께를 동여맨 버버리 코트가 더없이 기품 있어 보였다. 잘록한 허리 포인트를 강조

한, 자연스럽게 보이면서도 개성 있는 차림이었다.

"선생님, 안녕하세요? 그동안 연락 못 드려 죄송합니다."

서글서글한 눈매가 어머니 민 선생을 빼닮은 정아는 뮤지컬 배우답게 목소리가 나긋나긋했다

"어서 와요."

"선생님, 딸처럼 생각하시고 말씀 놓으세요."

'딸처럼?'

그 느닷없는 말에 당황하면서도 딸이나 다름없다는 생각이 들기도 했다. "어머니는 잘 계시나?"

정아는 묻는 말에는 대답하지 않고 봉투 하나를 내놓으며 말한다.

"엄마가 오래 전에 쓴 글과 사진이에요."

나는 서둘러 봉투를 열었다. 그녀가 썼다는 일기와 편지와 사진 한 장이 나왔다.

먼저 사진을 집어 들었다. 살포시 미소 짓는 민 선생 옆에서 나 역시 싱긋이 웃고 있는 빛바랜 흑백사진이었다. 사진 속 그녀는 이십 대의 청순미가 맑았다.

무심코 넘겨 본 뒷면에 이런 말이 쓰여 있었다.

'제가 눈을 감으면 휴지만도 못한 유품, 버릴 수 없어 보내 드립니다.

"어머니가 아프신가?"

눈을 감으면, 이 말이 마음에 걸려 내가 물었다.

정아는 머뭇대었다.

나는 뭔가 짚여 얼른 일기장을 펼쳤다.

'오늘 그를 보았다. 정아를 유모차에 태우고 어머님과 함께 덕수
궁 뜰을 걷고 있는데 가방을 든 그가 내 옆을 지나갔다. 대학생 교

복 차림이었다.

그와 함께 보낸 날들이 어제 일처럼 떠올랐다. 말을 걸고 싶었지만 시어머니가 옆에 있어 외면했다. 그러나 뛰는 가슴과 달아오른 얼굴은 감출 수 없었다. 안절부절 마음의 평정도 찾기 힘들었다.

몇 발 가다가 나는 뒤돌아보았다. 그는 벚나무 둥치에 몸을 기댄 채 나를 바라보고 있었다. 얼른 고개를 돌렸다. 출구를 나가며 또 한 번 돌아보았을 때도 그는 아직 거기 서 있었다. 나는 죄인이 된 기분이었다.'

일기에 적힌 내용은 사실이었다. 오십여 년 전 어느 해 4월의 일요일, 덕수궁 경내를 걷다가 정아를 데리고 소풍 나온 그녀를 나는 보았다. 말을 걸고 싶었으나 노파 한 분이 동행하고 있어 못 본 척 지나쳤다.

"정아, 어머니가 결혼 후에도 나를 잊지 않고 있었던 모양인데 이해가 되나요?"

"어머니는 그때 혼자였어요. 그러니까 선생님에 대한 그리움이 간절했겠죠. 오죽했으면 선생님을 찾아갔겠어요?"

나무라듯 말하는 그 말에 나는 오래 잊었던 기억을 서둘러 추적했다.

굳은비가 내리는 어느 해 늦가을 오후, 그녀가 연구실로 찾아왔다. 생기를 잃어버린 표정 없는 얼굴이 타인처럼 낯설었다. 잠시 머뭇대는데, 그녀는 별 스스럼없이 그동안 자주 들른 사이처럼 들어서고 있었다.

처녀 때처럼은 아니어도 맑고 큰 눈은 여전히 여름 바다만큼이나 시원스러웠고, 반듯한 이마와 선명한 콧날도 그대로였다.

"오, 오랜만이오." 이십여 년 만에 만난 그녀에게 던진 나의 첫마디는 어줍게 더듬는 투였다.

나도 모르게 그렇게 말한 것은 간절하게 그리워한 것은 아니어도, 은
연중 우연한 만남 같은 것은 기대하고 있었고, 그게 현실로 나타나자
설렘이 앞섰기 때문인지 모른다.

마주친 눈길로 인사를 대신한 그녀는 소파에 앉아서도 말이 없었다.
잠시 동안 어색한 침묵이 흘렀다. 침묵이 길어지면서 분위기가 좀 데
면데면하게 느껴지고 있어 내가 먼저 입을 열었다.

"아이들은 몇 남매요?"

나는 그다지 궁금하지도 않으면서 그렇게 불쑥 물었다. 그제야 그녀
는 기다리고 있었다는 듯 슬그머니 용건을 꺼냈다. 자식이라고는 딸
하나뿐인데 어느 대학에 보내야 할지 의논하러 왔다고 했다.

"딸은 어느 대학을 원하는데?"

"D대를 가겠대요. 그런데 통 공부를 안 해요. 정신이 달뜬 아이 같아
요. 상담 좀 해주세요. 제 말은 들은 척도 안 해요."

"사춘기 증세가 나타났나."

내가 한 혼잣말이다. 객쩍게 농담은 했지만, 그녀의 그늘진 표정에서
심상찮은 심사를 엿보고는 한 걸음 더 나갔다.

"이번 일요일 점심때 연구소로 함께 와요."

"그러지 말고 선생님이 저희 집으로 오면 어떨까요?"

말하면서 그녀는 입술만 달싹 웃었다. 처녀 때 모습이 얼핏 느껴지는
웃음이었다.

"내가?"

잘못 들었나 싶어 되묻는 나에게 그녀는 놀라운 말을 한다.

"딸하고 둘이 살아서 조용해요."

남편이 없다는 뜻이었다. 그래서인지 그녀의 그 제안이 특별하게 들

리기도 해서 두말 않고 약속했다.

2

 일요일 오후 다섯 시, 장충동 T제과점에서 그녀를 만났다. 맵시 나는 한복 차림이 오래 전 모습과 닮아 있어 감회가 새로웠다.

 그녀 집은 그 부근에 있는 2층 단독주택이었다.

 1층 안방을 들어서자 국화 향기가 가득했다. 어딘가 쓸쓸한 분위기를 빼면 두 모녀는 그런대로 여유 있어 보였다. TV와 전화기를 비롯하여 갖출 것은 웬만큼 갖춘 가재도구가 그것을 말해주고 있었다. 특히나 광택이 반질거리는 자개 옷장과 독일제로 보이는 오디오가 눈길을 끌었다.

 오디오는 무슨 소나타 곡을 잔잔하게, 그러다가는 갑자기 불같은 열정을 토해 내며 방안 분위기를 야릇하게 달구고 있었다.

 "정아야 내려와, 선생님 오셨어."

 2층에다 소리친 그녀는 저녁 준비를 하겠다며 부엌으로 나갔다. 평상복으로 갈아입고 앞치마를 두른 모습이 한결 정답게 다가왔다. 나를 위해 밥을 짓는 그녀가 왠지 모르게 아내처럼 여겨졌다. 되살아난 옛정이 나를 좀 들뜨게 했다.

 오디오를 들으며, 이상한 감정에 빠질 즈음 거실로 내려온 딸이 나에게 인사한다.

 "안녕하세요. 조정아입니다."

 생긋 웃는 모습이 상냥한 느낌으로 다가왔다. 상상 이상으로 발랄하고 사근사근한 정아와의 첫 대면은 그러하였다.

이목구비가 어머니를 빼닮은 정아는 유난히 반짝이는 눈망울까지도 닮아 있었다. 나이를 감안하더라도 정아는 내숭 없는 개방적인 성격이었다.

"반가워요. S여고 3학년이라고?" 첫눈에 친밀감이 들어 나는 격의 없이 물었다.

"네."

"그럼 입시 준비에 바쁘겠군."

어떤 과목을 잘하느냐, 취미가 뭐냐, 이것저것 묻다가 어느 대학 무슨 학과를 가고 싶으냐고 떠봤다.

"D대 연극영화과요. 뮤지컬 배우가 꿈이에요. 제 친구 오빠도 그 학과에 다니거든요." 정아는 망설임 없이 대답했다.

소신 있는 선택을 가상하게 여기는데 앞에 놓인 탁상전화가 울렸다. 수화기를 든 정아는 응 응 소리만 하고, 서둘러 끊으며 말한다.

"D대학에 다니는 오빠예요. 서점에 있대요."

"대학에 입학 못하면 그 오빠도 만나지 못하겠네." 나는 뭔가 짚이어 대놓고 말했다.

"네?" 정아 눈이 똥그래졌다.

"그러니 입시공부에 매달리라구."

정아는 대화가 끝나자 내빼듯이 나가 버렸다. 이제 식탁에 마주 앉은 사람은 나와 그녀뿐이었다.

그녀는 가슴선이 깊게 드러난 핑크색 드레스를 입은 채였고, 잔잔한 음악이 흐르는 실내 분위기는 오붓하면서도 고즈넉했다. 두 사람이 정담을 나누기에는 더없이 아늑했지만, 왠지 서먹해서 나는 연신 술잔만 비워댔다.

이것저것 권하며 살갑게 대하던 그녀도 잠자코 포도주만 홀짝였다.

"왜 미리 말 안 했지?" 잠시 침묵하다가 내가 물었다.

나와 가까이 지낼 때 왜 다른 남자와 몰래 약혼했느냐고 물은 것이다. 따지듯이 물은 것은 아니고, 한번 짚고 넘어가자는 투였으나 그녀는 나를 당황케 했다. 그녀 눈에 붉은 기운이 도는 성싶더니 눈물이 흘러나왔던 것이다.

"공연한 말을 했군."

내가 그 말을 끝냈을 때는 그녀가 내 가슴에 얼굴을 파묻고 흐느끼고 있었다. 서로의 체온과 맥박을 느끼며 한참이나 그러고 있는데 현관문 여는 소리가 들려왔다. 반사적으로 돌아서는 내 앞으로 정아가 걸어오고 있었다.

"선생님, 벌써 가세요?"

눈을 동그랗게 뜨고 말똥히 바라보는 정아 표정이 다 보았다는 식이다.

"응, 공부 열심히 해." 내심 켕겼으나 나는 덤덤히 말했다.

"언제 또 만나죠?"

정아에게 손짓하고 돌아서는 나에게 그녀가 한 말이다.

"연락할게." 나는 머뭇대며 말했다.

지키지 못할 빈말을 하고 선걸음으로 나와서는, 미련과 망설임으로 갈등하며 두 달가량 연락하지 않았다. 그 사이 그녀로부터 몇 번 전화가 왔어도 이리저리 궁색하게 피하고는 했다.

"선생님, 정아예요. 저 합격했어요. 파티하고 싶어요. 오늘 저녁 저의 집에 오실래요?"

이듬해 2월, 정아가 전화로 한 말이다.

자축 분위기에 빠진 정아의 그 들뜬 제안을 거절할 수 없어 나는 좀 어정쩡하게 되물었다.

"오늘은 안 되고 내일 어떨까?"

"내일은 할머니 댁에 가야 하는데 어쩌지. 그러면 저녁에 가죠. 오후 다섯 시쯤 오세요."

"그래, 내일 봐."

이튿날, 골목 입새를 접어들 때 대문 앞에서 서성이던 정아가 종종걸음으로 달려왔다.

"축하해. 장하구먼. 앞으로는 그 오빠 자주 만나겠네." 나는 덕담을 아끼지 않았다.

"감사합니다."

대답하는 정아 볼이 우물을 파며 장밋빛을 띠었다. 꿈 많은 청춘의 낯빛이었다.

언제 켰는지, 거실 오디오가 솔로 바이올린을 연주하고 있었다. 들꽃이 난만한 봄의 초원에서 춤판을 벌이는 흥겨운 멜로디였다.

저녁 식사를 하면서 건배도 몇 순배 나눈 그녀와 나는 어느 순간 엔간히 취해 있었다. 그녀는 줄곧 들떠 있었고, 정아가 서두는 바람에 파티는 일찍 끝났다.

"엄마, 할머니 집에서 자고 올게."

정아의 그 말은 묘한 뉘앙스를 풍기었다.

정아가 떠나자 갑자기 분위기가 바뀌어, 아늑한 고요가 집안을 감싸기 시작했다. 나는 금세 야릇한 감정의 포로가 되어 스름스름 허물어지고 있었다.

"사십이 넘어도 여전하군."

이 객쩍은 우스갯소리 한마디가 허물어지는 신호였다.

그녀는 젊은 날의 내가 동경하던 그런 청량한 체취의 여인은 아니었다. 중년 나이에 걸맞은 살피듬으로 편안한 느낌은 깊어졌으나, 풋풋

하던 처녀 적 모습은 잔영조차 찾기 힘들만큼 이울어 있었다.

그럼에도 입을 삐쭉하며 눈까지 흘기는 예상 못한 시늉만은 제법이 었고, 덩달아 내 남성도 깨어나고 있었다. 그걸 눈치 챘는지 그녀는 돌연 나를 벼랑으로 민다.

"오늘 가야 해요?"

나는 그녀 말이 너무 뜻밖이어서 멈칫했다. 나이가 들면 그런지 그녀는 그렇게 직설적이었다. 나는 밑뿌리까지 흔들리고 있었다. 바이오린 연주가 마지막 고비를 숨 가쁘게 질주하고 있었다.

한 대 맞은 듯 주춤대는 나를 그녀가 또 흔든다.

"꼭 가야 해요?"

묻는 것이 아니라 붙잡는 식이었다. 그녀 얼굴은 발그레 홍도 빛을 띠고 있었고, 취기 띤 눈길은 거부하기 힘들 정도로 나를 끌어당기고 있었다.

그러나 잠시 뿐이었다. 끌리기는커녕 이내 그녀가 부담스럽게 여겨졌다.

"연락할게." 나는 좀 미안쩍이 대꾸했다.

오디오의 바이올린 연주가 갑자기 뚝 끊어졌다.

돌아가는 차 속에서 그녀와의 관계를 곰곰 짚어 보았다. 시험에 걸린 것 같기도 하고, 장차 어떤 사달이 벌어질지 여간 혼란스러운 게 아니었다.

'멈추어야 해. 벼랑으로 떨어지기 전에.' 나는 속다짐을 했다.

밤잠까지 설치고는 이튿날 해외연수 신청을 했는데 승인이 났다. 기간은 일 년, 다음 해 2월 말까지였다. 연수기관은 영국 케임브리지대학이었다.

3

두 달 후 영국에 도착하자마자 진작 했어야 할 말을 엽서에 담아 띄웠다.

"일 년 예정으로 이곳에 왔소. 말없이 떠나온 나를 최소한의 교양도 없는 속물로 취급해도 어쩔 수 없소. 미리 말 안 한 이유는 짐작할 거요. 아무튼 우리는 여기서 멈춰야 합니다. 멈춤 없는 질주의 끝은 벼랑이오. 지금은 서운하게 들리어도 좋은 사람 만나면 언제였나 싶을 거요. 행복을 비오. 영국에서."

표현이 좀 지나쳤으나 그렇게 하는 것이 그녀를 위해서도 차라리 낫다고 생각하며 내 행위를 합리화했다. 진의는 분명하게 전달한 것 같아 미루던 숙제를 끝낸 기분이었다. 간혹 마음이 산란할 때는 술의 힘으로 다스리고는 했다.

여름 방학이 되어, 하루는 무료함도 달랠 겸 런던으로 나갔다. 꿉꿉한 날씨여도 기분은 상쾌했다.

웨스트민스터 사원을 들렀다가 관광객이 버글대는 버킹엄 궁전 앞을 어정댈 때, 누가 뒤에서 반가운 사람을 오랜만에 만난 소리로 외친다.

"선생님!"

통통 튀는 앳된 여자 목소리였다. 못 들은 척하다가 숨찬 소리가 또 달려들자 힐끔 돌아보았다. 여행 배낭을 멘 정아가 춤추듯 깡충 달려들었다. 숨어 살다가 잡힌 꼴이어서 민망스럽고 머쓱했지만 나는 정말로 반갑게 맞았다.

"정아구나. 더 예뻐졌네. 어쩐 일이야?"

"연수 왔어요, 방학 동안."

"혼자서?"

"그룹으로 왔어요. 스무 명쯤 돼요."

"그 선배도 왔나?"

"네."

"근데 왜 혼자야?"

"오빠는 다른 애들과 옥스퍼드 갔어요."

억지웃음 뒤에 숨어 있는 정아 낯빛이 왠지 어두워 꺼림칙했다.

"선배와 헤어졌나?" 나는 넘겨짚었다.

"나중에 말씀드릴게요."

사내들이란 배를 채운 맹수처럼 욕심만 채우면 돌아 눕는다. 그 선배라는 녀석도 그런 동물 습성을 드러내지 않았을까 걱정되었다. 미리 말한다면, 신통하게도 직감에 불과한 나의 우려는 훗날 사실로 드러났다.

"점심시간인데 식사나 할까?"

"네, 선생님."

정아는 스스럼없이 매달리듯 내 팔을 잡았다. 근처 레스토랑에 들러 버킹엄 궁전이 내다보이는 창가에 자리를 잡고, 스파게티 두 그릇에 생맥주도 한 조끼씩 주문했다.

"정아, 술 좋아하나?"

"저 술 못해요. 그렇지만 오늘은 마시고 싶어요."

무슨 암시 같은 그 말이 공연히 마음에 걸리었다.

"그 남학생 때문인가?" 나는 정아 표정을 살피며 에둘러 물었다.

"그렇기도 하고요. 선생님 뵈니 엄마 생각이 나서요."

도망 나온 나를 사정없이 메어꽂는 대꾸였다. 왜 암말 아니하고 몰래 왔느냐고 따지는 것 같기도 했다. 정아 눈을 마주 볼 수가 없었다. 정아가 짓는 미소조차도 나를 비웃는 비아냥거림으로 느껴졌다.

"선생님 엽서 제가 봤어요."

내 뒤통수를 후려치는 연타였다. 나는 거의 공황상태가 되어가고 있었다.

"어머니 반응은 어땠어?" 내가 풀죽은 소리로 물었다.

"엄마는 모르세요. 보시기 전에 제가 불태웠거든요."

켕기는 데가 있는 나에게는 꼭 조롱처럼 들리는 말이었다. 나는 무시당한 기분이 된 채로 야단치듯 반문했다.

"엽서를 태웠다고?"

"엄마는 심장이 나쁘세요. 한번 쓰러졌거든요. 그 엽서 보면 또 쓰러질 것 같았어요. 선생님 죄송해요."

"아니야, 죄송한 사람은 나야." 나는 정아 시선을 피하며 금세 목소리를 낮추었다. 충격을 받은 사람은 민 선생 그녀가 아니라 나였다.

"정아, 내 엽서를 보고 날 많이 원망했지?"

"저는 선생님을 이해해요."

"고마워. 엄마에게도 잘 말해 줘."

서둘러 점심을 마치고 케임브리지 행 열차를 탔다.

승차 때만 해도 맑은 날씨더니 어느 틈엔가 굵은 빗줄기가 투덕투덕 차창을 때리고 있었다. 뿌연 유리창에 환영처럼 나타난 그녀 얼굴이 줄곧 빗물에 씻기곤 했다.

고개를 주억거리며 어른거리는 그 환영은 무슨 말을 하려는지 입을 연신 비죽거렸다. 물에 젖은 그녀 눈과 마주칠 때면 나는 눈길을 피했다. 그녀의 시름 겨운 표정이 내 마음을 무겁게 했다.

자괴감 때문인지 차창에 비친 내 표정이 더없이 남루한 우거지상이었다. 비가 그쳤는데도 질주하는 바깥 풍경이 온통 우중충한 잿빛이었다.

나는 마음이 무거웠다.

충격을 받으면 그녀가 죽을 수도 있다니!

숙소로 돌아오자마자 안부 편지라도 쓸까 하다가, 긁어 부스럼이 될 수도 있어 그만두었다.

"정아가 중간 역할을 잘 하겠지."

이러지도 저러지도 못하게 되어 나는 체념하듯 그런 말로 자위했다.

정아만 믿고 그렁저렁 지내기로 마음은 먹었지만 영국까지 도망 온 것이 우습기도 하고, 기다리고 있을 그녀가 걱정되기도 하고, 맴돌이 하듯 갈마 드는 상상에 통 마음을 잡을 수 없었다.

4

며칠 후 해질녘이었다.

안개 낀 날씨만큼이나 침울한 기분으로 저무는 케임브리지 거리를 어정대는 데, 마주 오던 사람이 나를 부른다.

"어이, 마 위원!"

당시 내 직함은 연구위원이었다.

서울 어느 대학에서 서양미술사 강의를 하는 조재동 화백이 다가오고 있었다. 파리를 거쳐 런던까지 온 김에 관광 삼아 들렀다고 했다.

심사도 울적하고 사람도 그립 던 터라, 대충 인사말만 건네고 근처 레스토랑으로 그를 끌었다.

식사를 하면서 그런 곳에서 친구를 만나면 흔히 주고받는 이야기를 나누다 말고, 내가 하고 싶은 말을 그가 먼저 꺼낸다.

"요즘 그 여자 만나나? 노래 좀 한다는 민 여사 말이야."

그는 나와 그녀와의 관계를 알고 있는 몇 사람 중 하나다.

"사실 내가 여기 온 건 그 여자 때문이야."

맥 빠진 나의 대답이었다.

이어 모든 걸 숨김없이 털어놓자 조 화백이 호쾌하게 농을 친다.

"다시 만난 첫사랑을 피해 영국으로 피난 왔다? 더구나 혼자 사는 과수를. 이거 벌 받을 일이군."

너스레를 떤 그는 마시던 맥주잔을 비우며 일침을 놓는다.

"이봐, 남자가 무슨 겁이 그리 많아. 다윗이 부하 아내 밧세바를 가로챘어. 그녀가 목욕하는 걸 보고 어떻게 한줄 알아? 다윗은 밧세바 남편을 전선으로 보내 죽게 만들고 그녀를 취했던 거지. 바람둥이 화가 렘브란트는 밧세바를 사모하다 못해 자기 정부 알몸을 그렸어. 그 누드화가 유명한 '밧세바'요. 그들은 여체를 탐미했고 욕심나는 여자는 주저 없이 가졌어. 두 사람 다 용기 있는 사내지. 남자라면 그쯤 돼야 하잖소?"

잔뜩 취했어도 그의 말은 조리가 있었다.

"환쟁이 같은 말씀만 하시는군. 유부녀를 가로채는 게 용기 있는 짓이라고?" 내가 퉁을 주었다.

"꽁생원 같으니라고. 과부든 유부녀든 그게 무슨 상관이요? 내 말은 이 눈치 저 눈치 보지 말라는 거요."

그의 어조에는 힘이 있었고 표정도 진지했다. 남성적 본성을 가식 없이 드러내는 솔직함이 경탄스럽기도 했다.

"말만 들어도 자네는 자유분방하군."

내가 치키자 그는 또 호기를 떤다.

"나도 여자를 좀 아는데 민 여사는 두 번 태어나도 사내 잡는 팜므파탈은 될 수 없어."

"모르는 소리야. 그녀는 겉보기와 달리 불같다고. 어떤 일을 저지를지."

"불같은 여자라고? 그러면 자네는 벌써 카미유 클로델에 빠진 로댕이 되었을 걸. 사십 대의 로댕에게 이십 대의 클로델은 몸 전체가 불이었지. '나는 당신이 여기 있다는 생각이 나서 옷을 다 벗고 누워 있어요.' 이건 클로델이 유부남 로댕에게 보낸 편지 구절이오. 타오르는 정염을 못 견딘 거지. 이 뜨거움이 끝내 자신을 태우고 말았어. 비련의 주인공이 되고 만 거지."

"결말이 어떻게 되었소?" 내가 물었다.

"클로델은 로댕에게 버림받고 정신병원 신세를 졌소. 미쳐버린 거지. 근 삼십 년이나 갇혀 살다가 죽었소."

"좌우간 헤어진 첫사랑은 다시 만나면 안 돼. 특히 중년 과수는. 그런 여자는 남자를 잡아먹고 말지."

조 화백 자신에게 하는 말 같기도 했지만 나에게도 충고처럼 들리는 말이었다.

"이 사람아 왜 갑자기 그런 뚱딴지같은 말을 하나, 자네답지 않게."

내가 쏘아 주어도 조 화백은 들은 체도 않고 열차시간이 바쁘다며 자리를 떴다. 괜히 그도 나와 비슷한 처지에 놓여 있을지 모른다는 생각이 들었다.

이듬해 2월에 귀국하여 조 화백부터 만났다. 그는 중병 앓은 사람처럼 수척한 얼굴에 어깻죽지가 축 처져 있었다.

"조 화백, 자네 무슨 일 있지?"

"골칫거리가 생겼어. 같이 사는 여자의 남편이라는 자가 나타났어. 과부인 줄 알았는데 별거 중인 남편이 있었어."

침울한 표정으로 힘없이 말한 그는 한숨 쉬듯 덧붙인다.

"간통죄로 고소하겠다는 거야."

그 순간 나는 민 선생에게 연락하려던 생각을 접었다. 그녀 쪽에서도 일 년이 다 가도록 아무 연락이 없었다. 그렇다고 그녀 생각이 말끔하게 지워진 것은 아니었다.

그렇게 흐른 세월이 삼십여 년, 삶의 끝머리를 사는 내가 차이코프스키의 '비창'을 듣고 있을 때 그녀 딸 정아가 찾아왔던 거다.

5

"정아, 혼자 산다고 했지? 그 선배 기다리고 있는가?"

그때 정아 핸드폰이 가쁘게 진동했다. 수화기 저편에서 들리는 목소리가 남자였다. 나는 놀라서 눈꼬리를 치켰다.

"제 아들이에요." 정아가 해명처럼 말했다.

"아들?"

"영국 연수 때 그런 일이 있었어요."

"그 선배와?"

"네."

"그때 정아는 D대 일 학년이었을 텐데?" 나는 나쁜 놈, 하려다 말고 위로하듯 반문했다.

"임신하고 이 년 휴학했어요. 유산도 생각해 봤지만 세상모르는 뱃속

아이가 무슨 죄가 있어요?"

"그러고도 그 사람을 못 잊어 하나?"

"잊히지 않아요. 그래서 첫사랑인가 봐요."

"그래?'

"저는 첫사랑을 미완성의 예술이라고 생각해요. 결혼은 금세 권태가 나지만 첫사랑은 시간이 지날수록 그리워지거든요."

그럴 성싶기도 했다. 남녀의 사랑이란 못 이룬 경우가 더 애틋한 법인데, 삶의 여로에서 한때 누린 사랑이 오랜 기억으로 남아 있다면 그건 예술이다. 첫사랑이 특히 그럴 것이다.

나는 못다 읽은 그녀 일기를 다시 집어 들었다.

'한 해가 또 저문다. 오늘은 아무 일도 할 수 없었다. 한두 시간 독서도 배겨내기 힘들었다. 눈발마저 흩날려서 온종일 기분이 감당 못하게 가라앉아 있었다.

정아가 말했듯이 담장 안에 갇힌 사람을 기다리는 것만큼 어리석은 일은 없는 것 같다. 그런데도 왜 포기 못하는지 내 마음을 나도 이해할 수 없다.'

'정아 말이 옳소. 우리에겐 나도, 당신도 넘을 수 없는 담장이 있소.'
나는 속으로 말했다. 그러고는 계속 읽었다.

'신경이 쇠약해서인지 잠을 잘 수 없다. 빈 가슴, 외로움이 사무칠 때면 겨울 숲에서 날을 새는 착각이 든다. 아침에 눈을 뜨면 베갯잇이 젖어 있다. 고독을 못 견뎌 하면서도 왜 자꾸 나만의 세계로 빠져드는지. 의사가 우울증 처방을 해주었으나 음악으로 버티고 있

다.'

"어머니가 언제부터 이런 증세를 보였는가?" 일기를 다 읽고 내가 정아에게 물었다.

"오 년쯤 됐어요. 엄마는 그때부터 말수도 적어지고 밤새도록 음악만 듣고는 했어요."

"못 이겨냈는가?"

"나날이 심해졌어요. 한밤에 길거리를 쏘다니며 중얼대기도 하고, 어디 가느냐고 물으면 선생님 만나러 간다고도 하고, 한 번은 이층 창문에서 뛰어내리기도 했어요. 잠옷 바람으로요."

"그 정도였어?"

"나중에는 백혈병까지 겹쳤어요."

나는 주문(呪文)에 걸린 듯 이번에는 편지를 펴들었다. 분홍색 장미꽃이 그려진 편지지에 남색 잉크로 또박또박 찍어 쓴 펜 글씨였다. 사납게 폭발하던 오디오가 영탄조로 바뀌어 있었다.

'제가 남편과 결혼하기 위해 문경을 떠나던 어느 안개 낀 새벽, 선생님은 색안경을 낀 밀정 차림으로 길 건너 가로등 밑에서 나를 지켜보고 있었습니다. 그 모습을 본 제 심정이 어떠했겠어요? 버스를 타고 서울로 오면서 울기만 했습니다.

결혼 날에야 알았지만, 남편에게는 동거 중인 여자가 있었습니다. 그 사실을 알고부터 저의 결혼생활은 사실상 파탄이 났습니다. 지금도 가슴이 죄어드는 아픔을 느끼지 않고는 그 일을 생각할 수 없습니다. 그나마 남편이 일찍 가버리자 혼자된 몸으로 정아와 단둘이 살게 되었지요.

그렇게 십여 년을 지내다가 정아 진학문제도 상의할 겸 선생님을 찾아갔지요. 그런데 해외연수를 다녀온 정아가 선생님을 런던에서 만났다는 말을 했을 때, 당신은 몸만 아니라 마음도 먼 곳에 있다는 생각이 들더군요. 나도 모르게 당신이라는 말을 썼네요.

며칠 전에 정아가 말했습니다. 선생님은 담장 안에 갇힌 분이라고, 과거의 굴레에서 그만 벗어나라고, 사랑과 집착은 다르다고, 집착의 끝은 절망이라고.

선생님과 함께했던 문경의 밤들이 밉네요. 이만 쓸게요.'

"정아, 지금은 어머니 상태가 어떠신가?"

정아는 그늘 짙은 기색이 되어 엉뚱한 대답을 한다.

"선생님, 엄마 손 한번 잡아 주세요."

"뜬금없이 무슨 말이야?"

"엄마 오래 못 버티세요. 선생님이 손이라도 잡아 주시면 편안하게 눈을 감을 거예요."

6

Y병원 호스피스병동 독방 입원실, 산소마스크를 낀 여든 살의 그녀가 삶의 끝에 누워 있었다. 나와 동갑이었다.

아무리 오래 못 본 만년의 환자 모습이어도 그런 모습이라고는 상상도 못 한 터였다. 나는 두어 걸음 다가서다 말고 멈춰 섰다.

말라 쪼그려진 안면 피부, 깊게 팬 두 눈, 옹이처럼 솟구친 광대뼈와 뾰족한 턱, 핏기 없는 파리한 손. 육탈이 다 된 그녀는 말기를 앓고 있었다.

통증은 없는 듯 안식을 취하는 듯이도, 세속을 잊은 듯이도, 해탈한 듯이도, 시사여귀(視死如歸 죽음을 고향에 돌아가는 것처럼 여김)의 경지에 이른 듯이도 보이는 그녀는 평화로운 표정이었다. 가슴에 쌓인 한을 다 삭여버렸는지도 모를 일이었다.

그녀의 사위어진 모습을 본 순간, 내 목줄을 타고 뭉클 치솟는 게 있었다. 그녀가 그렇게 된 것이 꼭 내 잘못인 것만 같은 감정이었다.

당혹한 채로, 나는 그녀가 그렇게 된 것은 생로병사의 예정된 필연 때문이라는 옹색한 생각을 하며 마음을 추슬렀다.

정아가 기척을 냈는데도 그녀는 미동도 하지 않았다.

"엄마!" 정아가 소리쳤다.

눈을 뜬 그녀는 낯선 사람을 처음 보듯 자기 딸을 멀거니 바라보았다. 생기 없는 슬픈 눈이었다. 그토록 기품 있던 그녀가 저리도 변하다니, 허물만 남은 그녀 얼굴이 거렇게 낯설었다.

"엄마, 선생님 오셨어!" 정아가 목소리를 더 높였다.

저만치 비켜 있다가 한발 다가서는 나에게로 그녀가 고개를 틀었다. 그녀는 나를 뚫어지게 살피었고 나는 그녀와 눈을 맞추었다. 그녀는 누구인지 얼른 못 알아내는 듯 집요한 시선으로 나를 한참 훑었다. 빈 시선을 나 아닌 허공 어딘가에 던지고 있는 듯이도 보였다.

마침내 나를 알아본 그녀 얼굴에 희색이 어리는가 싶더니 이내 푹 꺼진 눈귀에서 눈물이 배어 나왔다. 기쁨의 눈물 같기도, 원망의 눈물 같기도, 체념의 눈물 같기도 했다. 죽음 앞에서는 사랑도 집착도 다 부질없는 허무라고 말하는 눈물같이도 여겨졌다.

그녀 손을 잡았다. 그녀와 함께 했던 지난날들이 밤거리의 네온처럼 명멸했다. 나는 무슨 말이든 하고 싶었으나 입이 열리지 않았다. 한참

후 눈으로 인사하고 돌아서는 내 등 뒤로 그녀 말이 더듬거리었다.

"작별의 말도 없이 가시네요."

곧 끊어질 듯 가랑거리는 떨리는 목소리였다.

작별이라는 말이 이상하리만큼 선뜩하게 울리고는 공허하게 사라져 갔다.

'죽어가는 사람을 무슨 말로 작별한단 말인가. 아무리 에둘러 표현해도 잘 가라는 말밖에 더 되겠는가.'

나는 속으로만 그렇게 생각할 뿐 아무 대꾸도 할 수 없었다.

밖으로 나오자 진눈이 내리고 있었다. 바람이 불지 않아 눈은 수직으로 무겁게 내리었고, 자욱한 눈발 사이로 가로등이 뿌옇게 졸고 있었다.

눈에 갇힌 자동차들은 두 눈만 반짝이는 괴물이 되어 느릿느릿 움직이었고, 가끔 울리는 경적 소리는 마치 비명처럼 들리곤 했다.

모든 것이 죽어있어 보였다. 걸어가는 사람들이나 굴러가는 자동차나 죽인 채로 움직이는 것 같았다. 그 풍경은 음산했고, 내 마음은 공허했다.

길거리를 오가는 사람들은 모두 코트 깃을 세우고 움츠린 모습으로 어디론가 바쁘게 걸어가고 있었다. 우산을 받쳐들었거나 모자를 눌러 썼거나 맨머리거나, 움츠린 모습은 다들 비슷했다.

그러나 머릿속의 생각이나 가슴 속의 감정은 저마다 다를 것이었다. 맨머리의 나도 남들처럼 움츠린 모습으로 그 스산한 밤거리를 넋 나간 사람처럼 허청허청 걸었다. 물론 생각과 감정은 남들과 전혀 다른 민애란 그녀와 얽힌 것들이었지만, 딱히 무어라고 표현하기는 힘들었다..

가로등 불빛은 사월 듯 가물거리고, 세상은 자우룩이 눈발 속으로 잦

아들고, 나는 마치 저세상을 걷는 느낌으로 덤덤히 걷기만 했다.

"미안하오."

한참이나 헤맨 후에야 나는 겨우 그 한마디를 웅얼댔다. 그것도 입속으로 우물우물 독백하듯이 말이다.

다음 날 정아가 전화를 걸어왔다. 성난 설풍(雪風) 갈기가 마구 타래치며 거실 창을 삭도질 하는 저녁나절이었다.

"선, 선생님." 정아는 말을 더듬었다.

불길한 예감이 들었다.

"왜 그래? 무슨 일이야?"

"엄마가 하늘나라로 갔어요."

정아 말이 끝나기도 전에 싹쓸바람 같은 게 귓속을 할퀴고 지나갔다. 오래전 어느 새벽, 그녀가 나를 떠나갈 때 느꼈던 아픔 같은 감정을 나는 또 느꼈다. 나는 거진 반 실성한 사람이 되어 소파에 철퍼덕 주저앉았다. 흐린 시야 속으로 병색 짙은 그녀 모습이 어슴푸레 떠올랐다.

나는 아뜩해진 채로 진혼 미사곡 하나를 틀었다. 그러나 그것이 그녀를 애도하려는 것인지, 내 마음을 달래려는 것인지는 분간할 수 없었다. 분명한 것은 이제 내 가슴 속에는 빈 둥지만 남았다는 사실이었다.

꽃의 사랑

신강우

대부분 여자가수들은 손님이 꽃을
주면 악수를 해주었다. 꽃을 주어 고
맙다는 표시인 것 같았다. 내가 앉아
있으면 클레아가 싱긋이 웃었다. 꽃
을 줄 사람이 와 반갑다는 그러한 표
시였다.

신강우

전남 고흥 출생,
《시조문학》시조,《한겨레문학》수필 등단
한국문인협회, 한국작가회의, 한국현대시인협회, 열린시학회, 한국시조시인협회,
성암문학회, 경기시조시인협회 회원
한국시조문학상, 경기시조문학 대상, 조선시문학상, 대통령 표창 수상

꽃의 사랑

양곤에 대하여 나는 많은 호기심을 가지고 있다. 아직 기억에 생생한 아웅산 묘소 폭발사고가 있었고, 아웅산 수지가 오랫동안 가택연금을 당하고 있기 때문이었다. 그곳은 늘 마음속으로 한 번 가 봤으면 한 곳이기도 했다. 목숨을 걸고 민주주의를 위하여 싸우고 있는 아웅산 수지를 한 번 보고 싶었다.

2개월의 휴가를 끝내고 다시 배를 타기 위하여 싱가포르에 도착하니 싱가포르 양곤을 다닌 정기 컨테이너선이 나를 기다리고 있다. 잘 아는 몇 선장들이 부러운 눈초리로 나를 바라본다. 오랫동안 동경의 대상이었던 양곤이 바로 눈앞에 서 있다. 싱가포르에서 양곤까지 항해기간이 보통 3일을 조금 넘는다. 날씨가 나쁘면 4일을 넘기도 한다.

배가 양곤에 입항하면 처음부터 나는 열나게 돌아다닌다. 더럽고 냄새나는 거리가 초라한 시골 골목 같다. 페인트가 거의 다 벗겨진 건물들이 마치 패잔병들이 비틀거린 것 같이 서 있다. 가난의 냄새가 따라다니며 자꾸 코를 찌른다. 여기저기 금빛을 가득 머금은 절의 탑들이 마치 구세주처럼 손짓하고 있다. 금빛의 큰 탑 그림자 속에서 가난이 꿈틀거리고 있는 것이 보인다.

나의 처음 목표는 마웅산 묘소와 아웅산 수지 집을 찾는 것이었다. 내가 쉽게 갈 수 있는 곳은 아웅산 묘소다. 부두 앞에서 택시를 타면 30분 후에 도달할 수 있는 곳에 아웅산 묘소는 있다. 아웅산 묘소는 언제나 굳게 문이 닫혀 있다. 아웅산 묘소 폭탄 폭발사고가 있는 후부터 생긴 일이다. 운전사들은 언제나 같은 설명을 했다. 운전사 모두가 아웅산 묘소 폭발사고를 잘 알고 있다.

"저기 2층 건물이 보이지요? 저기서 이북공작원이 리모트를 잘못하여 당신나라 대통령이 살았어요. 3키로 미터나 되는 거리에서 쌍안경으로 차 안에 탄 사람을 바로 본다는 게 어려운 일이었지요. 공작원들은 차만 보고 리모트를 눌렀지요."

"이북공작원들이 아웅산 묘소에 폭탄을 장치한 것을 당신나라 정보원들은 몰랐어요?"

내가 물었다.

"그게 독재정부의 단점이 아니겠습니까? 자기들 모가지를 지키느라 그런 데는 소홀한 모양입니다."

"10년 넘게 가택연금을 당하고 있는 아웅산 수지가 불쌍하지 않습니까? 아웅산 수지를 위해서라도 정권타도 데모를 좀 하십시오. 그냥 앉아서 기다리고 있어요?"

나는 아웅산 수지를 괴롭힌 군부독재 정권을 마구 욕했다. 운전수는 그냥 덤덤히 듣고만 있다. 부인도 긍정도 하지 않는다. 이미 돌처럼 굳어버린 독재정부를 욕한다는 것이 자기의 목에 칼을 댄 거나 마찬가지라고 생각한 것 같았다.

나는 시간이 지나면서 아웅산 수지가 금기의 말이라는 것을 알았다. 식당에서 농담으로 아웅산 수지라는 말을 했다가 다음날 아침에 정보원에게 끌려간 예가 허다하다는 것을 알았다. 오래 침묵을 지키던 운전사가 조용히 입을 연다.

"나도 아웅산 수지를 지지합니다. 그러나 우리에게는 힘이 없어요. 몇 년 전에 얀곤 대학생들이 반정부 데모를 했어요. 이것은 바로 말해 아웅산 수지지지 데모였지요. 데모 며칠 후에 휴교령이 내려졌어요.

얀곤 대학은 그 후로 3년간 문을 닫았어요. 제 아들이 2학년을 다니다 대학이 오랫동안 휴교하는 통에 지쳐 지금 배를 타고 있지요. 이게 미얀마 독재 정권입니다. 그들은 물불을 안 가립니다. 어디 이게 말이나 됩니까? 대학생들은 어떻게 하라고 3년 휴교를 합니까? 얀곤 대학이 미얀마 첫째의 대학입니다. 오랜 휴교 때문에 많은 대학생들이 일터로 나갔어요. 얼만큼 국가 큰 손실입니까?"

운전사는 내가 아웅산 수지를 좋아한 사람이라는 것을 안 것 같았다. 마음의 문을 잔뜩 열어놓고 이것저것 미얀마 군사정부를 욕했다. 모처럼 같은 동지를 만나 그 동안 가슴에 쌓인 울분을 터뜨린 것 같았다.

나는 시간만 있으면 택시를 타고 아웅산 묘소를 지났다. 운전사마다 아웅산 묘소 폭발사고를 상세하게 알았다. 그들은 똑 같은 설명을 했다. 오랫동안 내 질문에 굳은 침묵을 지키다 마지막에는 아웅산 수지 지지자라고 밝히고는 군사정부를 욕했다. 많은 얀곤 사람들은 아웅산 수지를 마음으로 존경하고 있다. 이러한 시한폭탄처럼 숨겨진 군사독재에 대한 불만을 철두철미한 정보정치가 막고 있다. 많은 사람들이 군부독재 정권을 싫어해도 그들에게는 힘이 없었다. 독재정권과 싸울 무기를 가지고 있지 않았다.

나는 얀곤에 다른 이상한 것이 있다는 것을 알았다. 애인에게도 손도 못 잡아보게 하는 여자가 그것이다. 얀곤 여자들은 정조관념이 아주 강했다. 결혼 전까지는 마음의 문을 잔뜩 닫아놓고 깨끗한 마음을 지키고 있다. 생명과 정조는 같다고 생각했다. 순결해야 결혼을 하여 행복하게 살 수 있다고 믿고 있다. 당직을 서느라 현문을 서성이는 인도네시아 3타수가 목에 힘을 주고 나에게 말했다.

"선장님, 나는 어제 수산나 손을 만져 보았어요. 좋다고 가만히 있데요. 수산나가 진정으로 나를 사랑하고 있다는 것을 알았어요. 참으로 수산나 손은 부드러웠어요."

"너, 몇 년 수산나와 사귀었니?"

"2년이 넘었어요."

"너는 수산나의 애인이 아니라 하나의 고객일 뿐이다. 아니, 키스를 하던가 안던가 해야지 손이나 만진 게 무어니?"

"선장님, 아직 양곤 여자를 모릅니까? 남편이나 손을 만질 수 있다는 거예요. 수산나도 마찬가지입니다. 결혼을 한 후에는 모든 것을 주겠다는 겁니다."

수산나는 양곤 대형음식점 스마일월드에서 노래하는 중국계 여자가수다. 대부분 음식점 무대에서 노래한 여자가수들은 예쁜 가명을 사용하고 있다. 이것은 좋지 않은 직업을 숨기기 위한 것이기도 하다. 수산나라는 이름도 가명이다. 수산나의 중국노래와 춤은 양곤에서 알아주었다. 그만큼 뛰어난 춤 실력을 가지고 있고 중국노래를 아주 잘 불렀다. 화교들이 스마일월드에 오는 날 무대는 그녀의 독차지나 마찬가지였다. 화교들은 가끔씩 떼거리로 몰려와 파티를 하고 돈을 물 쓰듯이 했다. 화교에 대한 자만 비슷한 것도 내보인 것 같았다. 그러한 날 수산나는 중국 특유의 의상을 입고 중국노래를 부르고 춤을 추어 많은 화교로부터 박수를 받았다. 더 많은 꽃을 화교로부터 받기 위하여 그러나 싶었다. 나는 그러한 유명한 여자가수가 선원을 남자 친구로 가지고 있다는 것에 대한 의심 비슷한 것을 가지고 있다. 3타수는 나이가 25살에 아주 미남이다. 정장을 하고 양곤 시내를 걸을 때면 꼭 귀공자처럼 보였다. 그의 귀공자 스타일 때문에 유명한 여자가수가 그를 가깝게 한 것 같았다.

나는 선원들이 여자 친구와 같이 놀려가려면 친척이나 다른 여자 친구가 따라 다닌 것을 알았다. 그것이 불교라는 종교에서 나온 것 같기

도 하다. 다른 여자가 꼭 거머리처럼 붙어 있어 여자 친구의 손을 잡아
보는 것도 어려운 것 같았다. 남에게 의심을 안 받게 그러나 싶었다.

나는 그 배를 타고 양곤에 처음 입항할 때부터 여기저기서 후한 대접
을 받았다. 같이 배를 타고 있는 선원들은 이미 돈을 잘 쓰는 사람으로
널리 알려져 있었다. 선원들은 필리핀인과 인도네시아 인으로 섞여 있
다. 여자에게 돈을 잘 쓰기로 유명한 선원들이 필리핀인과 인도네시아
인이다. 몇 선원들은 몇 년간 봉급과 수당을 다 쓰고도 호주머니는 텅
비어 있다. 봉급과 수당을 다 쓰고도 부족하여 다른 선원에게서 돈을
빌려 쓰고 있다. 가끔씩 내가 잘 아는 김 선장이 나에게 미친 선원들을
따라 다니느라 고생이 많다고 웃었다. 나도 선원들처럼 미쳐가고 있다
고 충고를 했다. 이것은 내가 미친 듯 돈을 뿌리는 선원들과 같이 다닌
것에 대한 비양 비슷한 것이었다.

나는 이곳저곳 선원들이 잘 다닌 곳을 찾아 다녔다. 나와 같이 배를
타고 있는 선원들은 대부분 대형음식점에서 노래하는 여자가수를 사
귀고 있다. 이미 선원들은 규칙을 정해 놓고 있다. 여러 음식점에 여자
친구가 흩어져 있으니 릴레이 비슷하게 다닌다. 어떤 음식점에 한 시
간 있다가 다른 음식점에 한 시간 있다가 이렇게 돈다. 여럿이 같이 다
닌 것은 실력을 과시하기 위한 것이기도 하다. 돈을 잘 쓴다는 것도 무
대에서 노래하는 여자 친구를 유명가수로 만들기 위한 작전의 하나다.
여자 가수는 고객으로 받은 꽃의 양으로 순위가 결정이 된다. 나도 선
원들의 여자 친구가 노래하는 음식점을 찾다 보니 릴레이 비슷하게 이
음식점 저 음식점을 들락거리고 있다.

무대에서 노래하는 여자가수는 모두가 미모를 가지고 있다. 선원들
이 가장 접근하기가 쉬운 여자가 무대에서 노래하는 여자가수이기도
하다. 무대에서 노래하는 여자가수들은 단골고객이 필요하다. 선원들

은 일종의 여자가수 단골 같기도 했다. 서로가 필요하여 생긴 사귐같이 보였다.

선원들의 들러리 비슷하게 여기저기 음식점을 들락거려도 나는 여자들에게 일정한 거리를 두었다. 45살의 나는 여자들의 따돌림을 받을 나이다. 대부분의 여자들은 나이 40이 넘은 남자를 결혼 대상자에서 이미 멀리 떼어 놓았다. 어떤 여자가수는 돈이나 긁어내자는 속셈으로 아양을 떤다. 나는 이미 이러한 여자의 생리를 잘 알고 있다.

내가 선원들의 뜨거운 사랑을 보는 재미에 빠져 있을 때 싱가포르 기관장 토니가 승선했다. 승선하고 4개월이 되어 간 때다. 토니는 싱가포르 사람으로 나이가 40살에 아직 총각이다. 키가 크고 몸이 호리호리 했다. 토니가 나를 따라 다니며 조금씩 사랑의 열기에 눈을 뜨고 있다. 맥주를 마시면서 가끔씩 농담 비슷한 말을 했다.

"얀곤 여자들이 아주 예쁩니다. 잘하면 얀곤 여자와 결혼할지 모르겠네요."

"토니, 정신 차려라. 싱가포르에도 많은 미녀가 있지 않니? 얀곤 여자와 결혼을 한다는 게 말이나 되니?"

"선장님, 아직 싱가포르 여자를 모릅니까? 싱가포르 여자들은 독립심이 강해서 대부분 독신을 원하고 결혼을 원하는 여자는 아주 콧대가 세서 나 같은 사람은 가까이 갈 수도 없어요. 왜 내가 아직 총각인지 모릅니까? 여자가 없어서입니다."

얀곤에는 음식점마다 등급이 있다. 물론 이것은 선원들이 만들어 놓은 것이다. 스마일월드는 첫 번째의 음식점이다. 20명의 여자 가수들이 돌아가면서 노래를 했는데 그녀들은 모두 미녀였다. 몇 명의 선원들이 그러한 미녀 여자가수를 사귀고 있어 나도 자주 스마일월드에 가서 맥주를 마셨다. 토니가 스마일월드에서 제일가는 미녀를 고른다.

이상하게도 나이가 겨우 20살에 첫째의 미모를 가진 그녀를 선원들은 가까이 하지 않는다. 나는 2타수에게 물었다. 2타수도 스마일월드의 미녀 여자가수를 사랑하고 있다. 기관장 토니가 한 여자가수를 택하여 나도 알고 싶었다.

"왜 선원들이 저렇게 예쁜 여자가수와 사귀지 않니?"

"선장님 클레아는 아주 콧대가 세서 아예 우리를 상대하지 않아요. 아직 고객이 무언지도 모른 풋내기 가수입니다. 꽃을 밤마다 많이 받은 것은 뛰어난 미모 때문일 겁니다. 아마 가수를 시작한지가 1년쯤 되나 봅니다."

"너도 기관장이 클레아를 좋아한 것을 알지?"

"기관장이 아마 헛물을 들이킬 겁니다. 클레아는 아직 남자를 몰라요. 남자라면 아예 고개를 돌려버립니다. 어떤 땐 클레아가 꼭 백마처럼 보여요. 가까이 가는 남자마다 발로 사정없이 차 버리거든요. 기관장이 발로 채일 것은 뻔한 일입니다."

여자와 거리를 두고 있어도 마음에 든 여자가수가 무대에서 노래를 하면 나는 가끔씩 꽃을 주곤 했다. 그 중에 클레아도 끼어 있었다. 아름다운 클레아에게 꽃을 주며 손을 잡아보는 것도 기분이 좋은 일이었다. 대부분 여자가수들은 손님이 꽃을 주면 악수를 해주었다. 꽃을 주어 고맙다는 표시인 것 같았다. 내가 앉아 있으면 클레아가 싱긋이 웃었다. 꽃을 줄 사람이 와 반갑다는 그러한 표시였다.

음식점마다 종이로 만든 여러 꽃을 입구에서 팔았다. 술을 마시다 좋아하는 가수가 노래를 하면 그 종이꽃을 사서 목에 걸어준다. 클레아는 언제나 많은 꽃을 고객으로부터 받는다. 뛰어난 미모가 그러한 위치로 끌어올려 놓은 것 같았다. 음식점이 문을 닫을 때 여자가수는 그날 밤 고객으로 받은 꽃값의 절반을 현금으로 받는다고 했다. 이미 클레아는 일본차에 운전사를 둔 부자가수가 되어 있었다.

토니는 늘 클레아에게 박대를 받는다. 많은 꽃을 사서 주어도 클레아는 고개를 돌리고 웃지도 않는다. 토니는 처음부터 몸에 열을 받고 있다. 무시에 대한 것이 더욱 그를 목이 타게 했다. 어떻게 클레아 주소를 알아내 클레아를 찾아가기도 했다. 이미 그의 마음에는 클레아가 크게 못으로 박혀 있었다. 나는 선원들을 통하여 토니가 클레아 집 앞에서 울기도 한다는 말을 들었다. 그것이 사실이라면 창피한 일이었다. 토니를 직접 따라 간다는 것이 좀 어색하여 어물쩡 하고 있을 때 1항사가 나를 찾았다.

"선장님, 기관장이 클레아 집을 찾는 것을 알고 있습니까?"

"나도 들어서 대충 알고 있다. 남자가 여자를 찾아다닌 것이 무슨 잘못이니?"

1항사는 내 말에 더욱 화가 난 듯 말을 쏟아 붓는다.

"클레아가 선물을 싫다고 하면 그만 두어야지 않겠어요? 클레아가 선물을 밖에 던져버리면 그냥 집을 떠나야 하지 않겠어요? 울기는 왜 울어요? 그것도 엉엉 소리를 내어서 말입니다. 나는 창피하여 안곤 시내를 다니지 못하겠어요. 선장님, 무슨 조치를 취해주십시오."

그것은 개인적인 일이다. 기관장이 여자 집에 가서 운다는 것을 내가 어떻게 할 것인가. 1항사의 건의도 타당한 것이기는 하다. 이것은 내가 풀어야 할 일이기도 하다. 한참 침묵을 지키다 1항사에게 한마디 한다.

"내가 기관장을 따라 일단 클레아 집에 같이 가보겠다. 그리고 길을 찾아보겠다."

"다음에도 기관장이 그러면 본사에 탄원서를 제출할 겁니다. 이미 전 선원들이 동의했어요. 기관장이 그런 것을 우리는 앉아서 볼 수 없어요."

1항사는 이미 각오가 되어 있다. 이것은 이미 모든 준비가 되어 있다는 것을 마지막으로 경고한 것과 같았다.

나는 클레아 집으로 가는 토니를 따라 나섰다. 내가 따라 나서니 토니가 아주 거북한 표정을 지었다. 왜 갑자기 따라 오냐고 말하는 것 같았다. 나는 모른 체 입을 다물고 토니를 따라 클레아 집으로 갔다. 클레아 집은 부두에서 택시로 30분 걸리는 곳에 있다. 얀곤에서 외국인 촌으로 불리는 부자들이 사는 데서 살고 있다. 토니가 클레아 집 초인종을 누른다 . 바로 나이가 18살쯤 되는 젊은 여자가 나왔다. 클레아 집에서 식모로 일하는 여자 같았다. 토니가 그녀에게 가까이 가 손에 돈을 쥐어 주며 말한다.

"클레아를 만나려 왔어요? 클레아를 좀 불러 주어요."

"나는 이미 여러 번 클레아에게 꾸중을 들었어요. 오늘은 안 돼요."

"그러지 말고 한 번만 불러주어요."

토니는 또 돈을 호주머니에서 꺼내어 그녀에게 준다. 그녀가 한참 생각을 하더니 웃는다. 이때 클레아가 밖에서 떠든 소리를 듣고 얼굴을 내민다. 그녀가 나서서 말한다.

"아가씨가 잘 아는 분이 와서 아가씨를 만나게 해 달라고 해서 지금 말하고 있어요."

클레아는 나를 보더니 좀 놀란 시늉을 했다. 토니가 호주머니에서 꺼낸 고급시계와 여러 선물을 손에 들고 다가갔다. 클레아는 얼굴을 찡 그리고 토니가 준 선물을 받아서 바로 토니에게 던져버렸다.

"이제 지겨워요. 나를 다시 찾지 말아요. 이 선물을 다시 가져가요."

"클레아, 나는 당신을 사랑합니다."

"나는 당신이 너무나 미워요. 이미 싫다고 여러 번 말을 했잖아요? 나를 다시 찾지 말아요."

클레아가 말을 끝내고 나에게 가볍게 눈인사를 하고 문을 닫아버렸다. 땅바닥에 주저앉아 토니가 울기 시작했다. 토니 이마에서는 피가 흐르고 있다. 클레아가 던진 시계에 맞은 것 같았다. 많은 사람들이 이상하다고 고개를 갸웃대며 지났다. 나는 토니를 끌었다.

 그날 저녁 스마일월드 근방에 있는 조그만 식당에서 저녁식사를 하고 몇 잔의 맥주를 마시다 8시에 스마일월드로 갔다. 클레아가 8시에 도착하여 옷을 갈아입고 있다. 보통 가수들은 7시 30분에 도착하여 옷을 갈아입었다. 조금 늦게 도착하여 옷을 갈아입고 있다. 토니는 다시 클레아를 보더니 활기를 띠기 시작한다. 몇 시간 전의 모욕을 잊어버린 듯 벙글벙글 웃는다.
 "선장님, 클레아와 나는 결혼할 겁니다. 나는 클레아가 그렇게 좋은 여자인 줄을 몰랐어요. 나는 클레아에게서 굳은 정조를 보았어요."
 "오늘 클레아의 말을 벌써 잊어버렸니?"
 "클레아가 그렇게 말을 하는 건 나를 시험해 보자는 말일 겁니다. 클레아도 나를 사랑하고 있어요."
 나는 이제 토니를 그냥 볼 수만 없었다. 꼭 토니가 미친 사람처럼 보였다. 클레아를 사랑하다 정신마저 돌아버린 것 같이 보였다. 1항사의 경고성 말이 내 귀를 빙빙 돈다. 토니를 위하여 무슨 일을 해야 했다. 사실 토니가 그렇게 클레아 집 앞에서 운다는 것은 누가 봐도 창피한 일이었다. 몇 잔의 맥주를 마시고 스마일월드 영업부장을 불렀다. 이미 나는 스마일월드의 큰 고객의 하나였다. 영업부장이 다가왔다.
 "나에게 무슨 일이 있어요?"
 "클레아를 오늘 밤 밖으로 데리고 갈수 없어요? 파티가 있는데 여자가 하나 필요해서 그럽니다."
 토니가 놀란 표정으로 주시했다. 나는 호주머니에서 미화 20불을 꺼내어 영업부장에게 주었다. 영업부장이 좀 기다려라 하더니 안으로 들어갔다. 5분 후에 영업부장이 음식점 주인과 같이 나타났다. 음식점 주인은 웃으며 내 옆에 앉았다.

"나는 선장 신을 잘 알고 있습니다. 우리 음식점을 찾은 지가 5개월이 되어 가고 있군요. 언제나 목석 같이 여자가수에게서 거리를 두고 있었지요. 오늘은 무슨 일이 생겼나요?"

"회사에서 오늘밤 파티가 있어요. 여자 파트너가 필요해서 클레아를 데리고 가려고 합니다. 아마 2시간 정도 클레아가 필요할 것 같습니다. 클레아가 노래를 못 불러 손해를 볼 겁니다. 제가 변상해드리죠."

내 말이 끝나기 전에 토니가 호주머니에서 미화 200불을 꺼내 음식점 주인에게 주었다. 음식점주인은 거절하려다가 받았다. 돈을 받고 허허허, 웃었다. 좀 이상한 일도 있다는 그러한 웃음이었다.

"좋습니다, 클레아에게 물어보겠습니다. 클레아가 강력히 반대한 경우 방법이 없습니다. 설득을 해보죠."

음식점 주인이 안으로 들어갔다. 10분 후에 영업부장이 다가와 클레아를 음식점 정문 앞에서 기다려라 했다. 클레아는 더욱 화사한 화장을 하고 모습을 나타냈다. 클레아 옆에는 나이가 30이 넘은 여자가 서 있었다. 클레아를 보호하려고 따라 다닌 친척인 것 같았다. 나는 택시를 타고 얀곤에서 제일 큰 디스코장으로 갔다. 클레아가 이상하다고 물었다.

"지금 어디로 갑니까?"

"오늘 클레아와 같이 있고 싶어요. 춤이나 같이 좀 추어도 되겠어요?"

클레아가 소리 내어 웃는다. 아주 기분이 좋은 모양이다. 토니도 기분이 좋은 듯 시종일관 싱글벙글 웃는다. 내가 나이가라스 클럽에 도착한 시간이 밤 9시다. 나이가라스 클럽은 거의 만원에 가까운 인파로 붐볐다. 나이가라스 클럽 입장권이 아주 비싸도 인기가 있다. 나는 나이가라스 클럽 구석에 자리를 잡아 맥주를 마셨다. 클레아는 맥주 한 잔을 오래 마셨다. 술을 잘 못한 것 같았다. 클레아 옆에 있는 여자는 아주 척척 잘 마셨다. 조심스레 내가 물었다.

"나이가 몇 살입니까?"

"35살입니다."

"결혼은 했습니까?"

"애인이 배를 타는 1항사였어요. 외국으로 배를 타려 나가더니 소식이 없어요. 벌써 5년이 넘었어요. 무작정 지금 기다리고 있어요."

"클레아와 어떤 관계입니까?"

"친 오빠가 클레아의 아버지입니다. 그러니까 나는 클레아의 친 고모가 됩니다."

클레아가 입을 열었다.

"나는 아버지 얼굴도 잊어버렸어요."

"아니, 아버지와 같이 살지 않아요?"

"얀곤에서 버스로 1시간이 걸리는 곳에 살면서도 나를 찾지 않아요."

클레아는 아버지를 아주 싫어한 것 같았다. 나는 더 이상 집에 대한 말을 하지 않았다. 그러한 이야기는 분위기만 잡치게 하기 때문이다. 술이 좀 취하니 토니가 클레아를 끌었다. 나도 클레아 고모와 같이 춤을 추었다. 그런데 이상한 일이 일어났다. 클레아는 가능하면 나와 같이 춤을 추려고 했고 클레아 고모는 토니와 같이 춤을 추려고 했다. 디스코라 손을 안 잡으니 자리를 바꾸면 파트너가 바뀌었다. 춤을 추다 보면 클레아가 어느새 내 앞에서 웃으며 춤을 추고 있다.

이미 클레아는 얀곤 많은 사람에게 알려져 있다. 많은 사람들이 우리 춤을 바라보며 부러워했다. 클레아 같은 얀곤에서 2번째라면 서러울 미녀여자가수와 춤을 춘 것에 대한 부러움 같은 것이었다. 클레아도 조금 취하니 열나게 춤을 추었다. 클레아는 무대에서 노래하면서 가끔씩 춤을 추기도 했다. 노래하기 위하여 이미 춤을 배운 것 같았다. 클레아 춤도 프로에 가깝게 보였다. 클레아가 앞에서 춤을 추니 꽃이 바람에 흔들린 것 같이 보였다.

시간이 11시가 되어 가고 있다. 나는 약속대로 11시에 나이가라스 클럽을 나왔다. 이미 아이가라스 클럽은 만원에 가까운 고객이 와 있다. 여기저기서 춤을 추느라 몸을 빙빙 돌리고 있다. 나는 클레아를 스마일월드에 데려다 주려고 같이 택시를 타고 있다. 클레아 고모가 조용히 말한다.

"선장님, 다음에는 바로 집으로 오십시오. 전화로 연락을 하고 오면 점심을 준비하겠습니다."

클레아는 조용히 듣고만 있다. 우리의 방문을 허락한다는 뜻이다. 토니는 들뜬 마음으로 클레아 고모 말을 듣고 있다.

배가 싱가포르에 도착하니 토니는 여전히 클레아에게 줄 여러 선물을 사느라 정신이 없었다. 나는 마음속으로 클레아와 토니가 가까워지기를 바랐다. 클레아가 토니와 좋은 커플이 되기를 빌었다.

얀곤에 도착하여 클레아 집으로 가기 위하여 오전 11시에 배를 나섰다. 전화로 클레아 고모가 12시까지는 집에 도착하게 하여달라고 했다. 클레아 집에 도착하니 클레아와 클레아 고모가 아주 화려한 화장을 하고 기다리고 있다. 큰 정원에 집이 있다. 새들이 나무에서 운다. 정원에는 의자가 몇 개 놓여 있다. 커피나 음료수를 마시려고 그렇게 해 논 것 같았다.

토니가 클레아에게 선물을 준다. 클레아는 웃으면서 받는다. 차마 방에서는 거절을 못한 것 같았다. 큰 일본 쏘니 전축이 놓여 있다. 방에 있는 많은 전자제품은 전부 쏘니 마크가 붙어 있다. 마이클 잭슨이 웃고 있는 큰 사진이 벽에 붙어 있다. 부자임을 보여주기라도 한 것 같았다. 처음에는 음료수를 내왔다. 집에서 일하는 여자가 2명이 있다. 그녀들은 분주하게 움직였다. 클레아는 바로 내 곁에 바짝 앉았고 클레아 고모는 토니 옆에 바짝 붙어 앉았다. 토니가 조금 거북한 표정을 지었다. 클레아가 내 옆에 바짝 붙어 앉는 것에 대한 불만이기도 했다. 클레아 고모가 클레아 할머니를 소개했다. 큰 양옥에서 클레아, 클레아 고모 그리고 클레아 할머니가 살고 있다. 클레아 할머니는 영어를 아주 잘했다.

"클레아 할아버지가 영국에서 일을 했어요. 영국에서 약 5년간 머물었지요."

"클레아 어머니는 지금 어디 있어요?"

내가 물었다.

"클레아가 10살일 때 총각을 만나 결혼했어요. 내 아들은 클레아가 5살일 다른 여자를 만나 따로 살고 있어요. 클레아가 미녀인 것은 어머니를 닮아서입니다. 클레아 어머니도 아주 뛰어난 미녀입니다. 내 아들이 그러한 미녀를 버렸지요. 지금 아들 둘을 두고 다른 여자와 얀곤에서 버스로 1시간 걸리는 곳에서 살고 있지요."

한 번 춤을 추고 나니 클레아 고모와 토니는 많이 가까워져 있었다. 클레아 고모는 늘 토니 옆에 앉아 미소를 지었다.

나와 토니에 대한 모든 정보는 선원들을 통하여 모든 가수들이 잘 알고 있다. 토니가 총각이고 내가 이미 이혼을 한 홀아비라는 것이 뿌연 안개처럼 흘러 다닌 정보다. 내가 홀아비라고 해야 여자에게 대접을 받는다고 선원들이 일부러 그렇게 말하고 다녔다. 선원들의 그러한 거짓말을 그냥 침묵으로 넘긴다. 미녀에게서 더 좋은 대접을 받는 것이 나쁠 것이 없었다.

시간이 지날수록 토니에 대한 클레아 고모의 사랑이 더 깊게 뿌리를 내리고 있었다. 나이가 별로 차이가 없어 결혼을 한다고 해도 문제가 없었다. 토니는 클레아 고모가 접근하는 것을 고의적으로 피하였다. 마음에 깊이 뿌리를 내린 클레아에 대한 사랑이 아직 뜨겁게 불타고 있었다.

나는 무대에서 나를 보며 노래하는 클레아의 눈이 반짝반짝 빛이 난 것을 보곤 했다. 나에 대한 클레아의 사랑이 움트고 있었다. 토니는 클레아의 그러한 것을 보고 큰 한숨을 자주 쉬었다. 토니를 위하여 길을 만들었는데 이상한 곳으로 가고 있었다.

토니는 클레아 고모의 끈질긴 구애에 시달리고 있었다. 나와 토니가 스마일월드에 도착하면 클레아 고모가 화사한 화장을 하고 기다리고 있었다. 클레아가 대기한 시간이면 클레아 고모와 클레아가 우리 식탁에 앉아 음료수를 마시곤 했다. 클레아 고모는 어디서 맛있는 고급과자를 가져와 먹으라고 주기도 했다.

클레아가 나에게 접근을 하니 토니는 벙어리 가슴을 앓고 있었다. 클레아 고모가 늘 집에 와 달라고 하여 나는 토니와 매 항차 클레아 집을 찾았다. 토니는 클레아가 나에게 마음을 주고 있는 것을 몸으로 느끼고 있었다.

토니는 자주 넋이 나간 사람처럼 배 난간에 서 있었다. 몸에 힘이 없어 보이고 앓은 사람처럼 얼굴이 창백하게 보였다. 늘 난간에 서서 클레아 집이 있는 곳을 오랫동안 지켜보았다. 토니가 멍 하니 난간에 서 있으면 선원들이 피하여 다니기도 했다. 흔히 볼 수 있는 실연을 당한 사람의 모습이었다.

침실에서 잡지를 보고 있는데 누가 내 집무실 문을 마구 두들었다. 문을 여니 2기사가 숨을 헐떡이고 있다.

"선장님, 기관장이 기관실을 올라오다 계단에서 떨어져 지금 기관실 바닥에 쓰러져 있어요."

내가 2기사를 따라 기관실로 내려가니 기관사들이 기관장을 부축하고 기관실계단을 올라오고 있다. 토니는 아주 이상한 웃음을 지었다. 온몸이 기름투성이였다.

"선장님, 미안합니다. 조금 상처를 입은 것 같습니다."

"상태가 심한 것 같으니 병원에 가는 게 좋겠다."

토니는 입을 다물고 말을 하지 않았다. 나에 대한 적개심 비슷한 것이 가슴에서 훨훨 불타고 있었다. 나는 바로 대리점에 연락하여 토니를 데리고 병원으로 갔다. 토니는 일어서기를 못했다. 아마 뼈에 이상이 생긴 것 같았다. 얀곤 종합병원은 너무나 더러웠다. 여기저기서 냄새가 났다. 토니는 응급실에서 의사의 진단을 받았다. 예측대로 옆구리 뼈가 몇 개 부러져 있었다. 일단 입원을 할 수밖에 없었다. 토니를 입원시키고 나는 클레아를 찾았다. 토니가 보고 싶어한 클레아를 보여주기 위하여서였다. 클레아와 클레아 고모가 나를 따라 나섰다. 클레아 고모는 장미꽃 한 송이를 토니의 베드 바로 앞에 꽂아 놓았다. 사랑의 표시인 것 같았다. 나는 출항 관계로 클레아 고모에게 토니를 잘 보살펴주라고 부탁하고 배로 돌아왔다. 2기사가 임시 기관장이 되어 배는 출항했다. 2기사는 기관장의 면허를 가지고 있었다.

다음에 얀곤에 입항하니 토니가 건강한 모습으로 배로 올라왔다. 의사 진단서에는 3개월간 심한 일을 하지 말라고 기록되어 있었다. 아마 뼈가 굳으려면 시간이 필요한 것 같았다. 토니는 즐거운 듯 웃음을 가득 머금고 있었다. 토니가 바로 나를 찾았다.

"선장님, 클레아 고모와 약혼하기로 결정했어요. 클레아를 잘 부탁합니다."

"그게 정말이니?"

놀라 물었다. 클레아를 그렇게 좋아한 토니가 클레아 고모와 결혼한다는 것이 이해가 안 되었다.

"병원에 입원하고 있으면서 나는 바로 눈을 떴어요. 클레아 고모는 아주 훌륭한 여자였어요. 이제 나는 바른 사람이 된 것 같아요."

토니는 서둘러 클레아 고모와 약혼을 했다. 토니는 많은 돈을 들여 클레아가 노래를 한 스마일월드에서 성대하게 약혼식을 올렸다. 나는 배의 선장이다. 모든 선원들을 동원하여 많은 돈을 뿌렸다. 진심으로 토니의 약혼을 축하해주었다. 클레아가 무대에서 노래 할 때마다 선원들이 돌아가면서 클레아에게 많은 꽃을 주었다. 이미 선원들은 클레아가 나를 좋아한다는 것을 알고 있었다. 클레아 같은 미녀가 나를 사랑한다는 것은 선원들에게도 자랑이었다. 음식점 고객들이 입을 딱 벌렸다. 그만큼 토니의 약혼식은 호화판이었다. 그날 밤에 선원들은 무대 가수에게 많은 돈을 뿌렸다. 스마일월드 같은 최고급 식당에서도 그러한 매상은 기록적이라고 했다. 모든 여자가수들이 돌아가며 많은 꽃을 받았다. 이것은 나의 지시이기도 했다. 나는 토니의 청에 의하여 클레아와 같이 무대에서 클레아가 좋아한 미얀마가요를 불렀다. 나는 가끔씩 파티에 초대를 받아 가곤 했는데 2차로 가는 가라오케가 문제였다. 얀곤 가라오케에는 한국 노래가 없었다. 그래서 나는 약방의 감초식으로 미얀마 가요 마웅을 배워 가끔씩 불렀다.

클레아는 이제 아주 자연스럽게 나를 대했다. 토니가 고모와 약혼했으니, 나와 클레아 사이에는 아무 문제가 없었다. 일이 이상하게 되어버렸다. 토니를 위하여 자리를 만들었는데 토니가 사랑한 클레아가 내 여자가 되어 있었다. 나도 클레아를 볼 때마다 마음이 흔들렸다. 배에 혼자 앉아 있으면 클레아의 웃는 아름다운 모습이 선하게 보였다.

토니는 클레아 고모와 약혼을 하고 바로 동거에 들어갔다. 배가 부두에 접안하면 바로 클레아 고모를 찾기에 바빴다. 깨가 쏟아지는 소리가 들렸다. 그런데 시간이 지나면서 시들해지고 있었다. 클레아 고모와 사이가 조금씩 벌어진 것 같았다. 약혼 3개월이 되면서부터는 눈치를 보며 스마일월드로 가는 나를 따랐다.

"토니, 클레아 고모가 기다리고 있으니 빨리 집에 가거라."

"선장님, 클레아 고모는 나의 평생 반려자입니다. 오늘 늦으면 내일 만나면 돼요. 나도 오늘 저녁에 클레아에게 꽃을 좀 주려고 합니다. 혼자 독차지 하려고 하지 말아요."

토니는 나를 따라 와 몇 시간 클레아 노래를 듣다가 집으로 갔다. 술을 잔뜩 마시고 10시가 되면 일어섰다. 몇 번 클레아에게 꽃을 주고 거의 만취가 되어 비틀거리며 집으로 갔다.

스마일 월드에서 클레아가 노래하는 것을 보다 밤 12시에 배로 돌아가려고 스마일월드 문을 나섰다. 클레아가 짙은 화장을 하고 밖에서 나를 기다리고 있다. 토니가 클레아 고모와 약혼을 하고 5개월이 되어 간 때였다. 토니와 같이 맥주를 마시느라 나도 이미 취하여 있었다. 클레아 자가용 운전사가 클레아 옆에 서 있었다.

"선장님, 오늘 밤 나하고 놀아요."

클레아 입에서 술 냄새가 났다. 술을 많이 마신 것 같았다. 클레아 자가용 운전사가 차를 몰고 왔다. 나는 클레아의 말을 차마 거절할 수 없었다. 나는 클레아 옆에 앉았다. 택시는 한참 안곤 시내를 벗어나 이리저리 꾸불꾸불 돌더니 조그만 공원 앞에 섰다. 클레아가 나를 끌었다.

"달도 밝은 좋은 밤입니다. 선장님과 같이 좋은 밤을 보내게 되어 행복합니다."

내가 클레아와 같이 택시에서 내리니 택시 운전사가 가방을 택시에서 내려두고 사라졌다. 클레아는 비틀거리며 그 가방을 들고 나를 끌었다. 어디서 개구리 울음소리가 들렸다. 공원은 텅 비어 고요가 짙게 꼬리를 내리고 있었다. 실바람이 지나는 소리가 꼭 처녀가 엉덩이를 흔들고 가는 소리 같이 들렸다. 클레아가 비틀거리며 한참 가더니 나무 사이에 있는 잔디에 가방에서 담요를 꺼내어 깔았다.

"선장님, 이리 앉아요. 아무도 여기엔 없어요."

나도 술이 취하여 비틀거렸다. 무언가 길을 잘못 간다는 생각이 들었다. 정신을 차리려고 목에 힘을 주어도 모두가 희미하게 보였다. 달빛 아래 클레아는 더욱 예쁘게 보였다. 클레아가 더욱 가까이 나에게 달라붙었다.

"선장님, 나는 선장님을 사랑합니다. 나는 선장님이 없으면 살 수 없어요. 오늘 약속을 받아야 하겠어요. 나를 사랑한다는 약속을 해주어요."

나는 침묵을 지켰다. 무슨 약속을 할 수가 없었다. 클레아가 울면서 가방에서 위스키 병을 꺼내어 마구 마셨다.

"선장님이 나를 싫어한 것을 알고 있어요. 그러나 나는 선장님을 잊을 수가 없어요. 내가 무엇이 부족하여 그래요?"

클레아가 일어나 옷을 벗기 시작했다. 팬티까지 다 벗었다. 내가 말릴 시간도 없었다. 클레아 아름다운 나체가 달빛을 받아 더욱 더 아름답게 보였다. 클레아의 아름다운 얼굴과 아름다운 몸매가 내 앞에 서 있었다. 나에게 모든 것을 보여주고 싶은가 보았다. 나는 일어나 클레아 옷을 하나씩 다시 입혀 주었다. 클레아가 큰 소리 내어 울었다.

"지금까지 나는 많은 남자에게 시달림을 받았어요. 그들은 내 몸을 원했어요. 그들의 유혹을 뿌리치기가 어느 땐 참으로 어려웠어요. 선장님은 내 몸도 거절했어요. 그 이유가 무엇입니까?"

"클레아, 이러면 안돼. 정신을 차려. 클레아에겐 좋은 남자가 많이 있

251

신강우 _ 꽃의 사랑

어. 나는 클레아의 남자가 될 수 없어."

클레아 손이 내 뺨을 내리쳤다. 그러면서 클레아는 내 품에 안겨 소리 내어 울었다. 나는 클레아가 마시다 둔 위스키를 마셨다. 더 이상 나를 감당할 수 없었다. 조금씩 내가 쓰러지는 소리가 들렸다. 고목이 바람에 버티다 쓰러진 소리가 났다. 클레아 짙은 살 냄새가 나를 짓눌렀다. 익은 석류가 터지는 소리가 났다. 석류가 터져 알알이 웃고 있다. 내가 길을 잃고 자꾸 천길 속 바다로 가라앉는 소리가 들렸다. 클레아 신음소리가 꽃잎을 하나씩 바람에 날리고 있다. 나는 큰 죽창을 들고 진주를 따려 헤매고 있었다. 어느새 클레아가 진주가 되어 죽창에 꽂혀 나왔다. 죽창에 찔린 클레아가 환히 웃고 있었다.

목이 말라왔다. 눈을 뜨니 나와 클레아는 공원 나무 숲 속에 알몸으로 누워 있다. 먼 동이 트고 있다. 나는 놀라 일어나 옷을 입는다. 클레아도 눈을 뜨고는 일어나 옷을 입는다. 클레아는 부끄러운 듯이 고개를 푹 숙였다. 클레아가 서둘렀다. 나와 이러한 일이 알려지면 클레아의 가수로서의 생명은 끝이나 마찬가지다.

"선장님 여기서 바로 뒤로 가면 큰 길이 있어요. 아마 걸어서 5분가량이면 길이 보일 겁니다. 버스를 타고 배로 돌아가십시오. 그리고 오늘 저녁에 다시 스마일월드로 와요. 나는 다시 말하지만 선장님이 없으면 못 살아요."

나는 클레아가 걱정이 되었다. 나무 뒤에 숨어 클레아가 어떻게 하나 지켜보았다. 나는 이제 클레아를 지켜주어야 할 위치에 있기도 하다. 클레아는 담요와 여러 가지를 가방에 넣고는 그 가방을 나무 사이에 숨겼다. 클레아는 핸드 폰으로 운전사를 부르는 것 같았다. 조금 있으니 클레아 자가용이 나타났다. 클레아는 자가용을 타고 공원을 떠났다.

나는 공원 빈 의자에 앉아 담배를 피우며 지난밤 일을 더듬었다. 가슴이 아팠다. 부모가 없이 할머니와 같이 살고 있는 클레아 인생을 망쳤다는 생각이 들었다. 눈물이 흘러 내렸다. 나는 이제 클래아와 무슨 관계가 되는가. 이제 나는 클래아를 어떻게 해야 하는가. 아무리 더듬어도 길이 안 보였다.

나는 클레아를 만날 때마다 고민이 따랐다. 한 번 잠을 자고 나니 클레아는 이미 아내가 된 듯 행동했다. 클레아 문제로 고민을 하고 있을 때 누가 정문에서 나를 기다린다는 정문 수위의 전달이 왔다. 클레아와 공원에서 하룻밤을 보내고 2개월이 된 때였다. 아무리 생각해도 찾아올 사람이 없었다. 정문에 나가니 가끔씩 스마일월드에서 보았던 남자가 기다리고 있었다. 나이가 27살쯤 보이는 미남이었다. 시간이 오후 2시였다.

"선장님, 좀 이야기를 할 일이 있어 찾아 왔습니다."

나는 말없이 따라 갔다. 그는 부두 근방의 조그만 카페로 나를 끌었다. 사람이 아무도 없이 카페는 텅 비어 있다. 나도 가끔씩 다니던 카페라 마담이 나를 알아보고 반갑게 맞았다. 테이블에 앉기가 무섭게 그 남자가 칼을 꺼내어 휘둘렀다.

"클레아를 너에게 뺏기느니 차라리, 너를 죽이고 나도 죽겠다."

나는 그의 칼을 피하느라 정신이 없었다. 이 때 카페 마담이 몽둥이를 들고 그를 뒤에서 내리 쳤다. 그 남자는 바로 쓰려졌다. 그 남자는 울면서 말했다.

"나를 죽여라, 나는 클레아를 포기할 수 없다. 돈으로 클레아를 사려는 비열한 인간아, 나를 죽이고 클레아를 가져라."

나는 그를 끌어 의자에 앉혔다. 그는 계속 소리 내어 울고 있었다. 내 손에서도 피가 흘러내렸다. 그의 칼을 피하기는 했는데 칼이 약간 내 손을 스친 것 같았다. 카페 마담이 날뛰었다.

"선장님, 이 자식을 감옥에 넣어야 해요."

"마담, 이것은 개인적인 문제요. 그냥 침묵을 지킵시다."

마담이 그를 몽둥이로 치지 않았다면 나는 큰 상처를 입을 번했다. 오랜 단골이라 마담이 위험을 무릅쓰고 나를 도왔다. 마담은 크게 웃었다. 어이가 없다는 그러한 표정이었다.

"선장님, 부처님을 가슴에 넣고 다녀요? 너무나 마음이 좋으십니다."

나는 조용히 그 남자에게 물었다. 그는 계속 소리 내어 울고 있다.

"언제부터 클레아와 사귀었어요?"

"클레아를 고등학교 때부터 사귀었어요. 벌써 7년이 되어 갑니다."

"지금도 클레아를 사랑합니까?"

"클레아와 나는 이미 결혼을 약속했어요. 얼마 전부터 클레아가 나를 피하였어요. 알고 보니 이미 클레아 마음에는 선장님이 자리를 크게 잡고 있었어요."

"집은 어디에 있어요? 그리고 직장은 있습니까?"

"선장님, 우리 아버지가 얀곤 항만청장입니다. 나는 얀곤 대학을 이미 졸업하고 얀곤 시청에서 일하고 있어요. 돈은 걱정하지 않아도 됩니다. 클레아와 살기에는 부족하지 않을 겁니다. 나는 클레아의 사랑만을 원합니다."

"좋습니다, 클레아를 당신에게 돌려드리겠습니다. 그러나 나에게 약속을 해야 합니다."

그 남자는 약속이라는 말에 고개를 들었다.

"무슨 약속을 해야 하겠습니까?"

"클레아를 행복하게 하시오."

그 남자는 바로 일어나 큰 절을 했다. 그러면서 더 소리 내어 울었다.

"선장님, 정말 감사합니다. 제 생명이 다할 때까지 클레아를 행복하게 하겠습니다.”

그 남자는 여러 번 고개를 숙여 감사를 표하고 택시를 타고 집으로 돌아갔다. 나는 그가 클레아를 행복하게 해주기를 간절히 바랐다. 여러 면으로 클레아를 행복하게 할 수 있을 것 같았다. 이제 나는 클레아를 만날 수 없었다. 나는 클레아가 나를 잊고 그 남자와 같이 행복하게 살기를 빌었다.

나는 클레아 남자 친구에게 약속을 하고부터는 스마일월드에 가지 않았다. 나는 선원들을 통하여 클레아가 스마일월드 가수도 버리고 나를 찾아 거리를 헤맨다는 것을 알았다. 가슴이 아팠다. 그러나 나에겐 다른 방법이 없었다. 토니도 가끔씩 클레아에 대한 말을 했다.

클레아 울음 섞인 말소리가 들려 자주 밤에 잠을 잘 수가 없었다. 아무리 길을 찾아도 클레아를 도울 길이 없었다. 나는 본의 아니게 클레아를 불행의 골짜기로 빠뜨린 사람이 되어버렸다. 나는 통신장을 따라 큰 절에 가기도 했다. 클레아를 좋은 길로 이끌어 달라고 진심으로 부처님에게 빌었다. 이렇게 클레아 때문에 괴로워하고 있을 때 1항사가 나를 찾았다. 1항사도 얀곤 대형음식점에서 노래하는 아름다운 여자가수를 사귀고 있었다. 1항사는 무슨 중대한 일이 있는 경우에 나를 찾았다.

“선장님, 클레아를 어떻게 할 겁니까?”

“내가 어떻게 해야 좋겠니?”

“바로 결혼하십시오. 선장님 같은 나이에게 그러한 미녀와 결혼한다는 것은 하느님이 준 큰 행운입니다.”

나는 침묵을 지켰다. 오래 내 대답을 기다리던 1항사가 한마디 더 던졌다.

“클레아를 이용하면 안 되겠습니까? 클레아의 미모를 이용하란 말입니다. 영화를 만들어도 될 겁니다. 나는 선장님을 이해할 수 없어요. 굴려온 복을 차버린 사람이 어디 있어요?"

나는 선원들의 말을 확인하려 시내로 갔다. 멀리서 클레아가 우리 선원들을 보고 뛰어왔다. 그리고 울면서 묻는 것이 보였다. 나는 바로 몸을 숨겼다. 그 화사한 미녀의 모습은 간 데 없고 더러운 옷을 걸친 클레아가 꼭 미친 여자처럼 보였다. 나는 눈물을 삼키며 배로 돌아왔다.

선원들의 불평이 대단했다. 내가 클레아를 불행의 골짜기로 빠뜨렸다고 원망하였다. 스마일월드에 가서도 마음이 괴로워 앉아 있을 수가 없다고 했다.

내가 클레아를 안 만나고 3개월이 되어간 때였다. 나는 선원들을 통하여 클레아가 교통사고로 오른쪽 다리를 절단한 것을 알았다. 클레아는 나처럼 생긴 사람이 보이면 달려갔는데 그날도 나처럼 생긴 사람을 보고 길을 건너다 차에 치어 병원으로 옮겨 치료를 받고 있었다. 달리는 차에 뛰어든 거나 마찬가지였다.

또 그 남자가 나를 찾아왔다. 나는 그를 정문에서 만나 지난번에 갔던 카페로 갔다. 그 남자가 울음을 터뜨렸다.

"선장님, 클레아가 교통사고로 병원에 입원하고 있는 것을 압니까?"

"예, 선원들을 통하여 이미 알고 있어요."

"선장님, 클레아를 다시 돌려드리겠습니다. 제가 클레아에게 큰 죄를 지었어요. 선장님이 계속 만났다면 클레아는 교통사고를 당하지 않았을 거요. 병원에 입원하고 있는 클레아를 만나십시오. 나는 병원에서 클레아를 만났어요. 클레아는 꼭 선장님을 한 번 보고 싶다고 했어요. 눈물에 젖은 클레아의 목소리가 지금도 들리는 것 같습니다."

"좋아요, 기다려요. 배에 가서 옷을 갈아입고 나올 게요."

나는 클레아 남자친구를 카페에 두고 배로 돌아왔다. 자꾸 눈물이 나왔다. 토니를 도우려고 했다가 클레아를 병신으로 만든 꼴이었다.

　병원에 도착한 시간이 오후 3시였다. 클레아 남자친구는 바쁘다고 나를 병원 앞에 까지 데려다 주고 사라졌다. 병실에 들어서니 클레아가 눈을 감고 노래를 듣고 있다. 미안마 가요가 흘러나오고 있었다. 클레아 옆에는 클레아 고모가 앉아 있었다. 클레아 고모는 나를 아주 쌀쌀하게 바라보았다. 클레아가 병신이 된 것에 대한 책임이 나에게 있는 것 같이 생각했다. 내가 클레아에게 다가가 입을 열었다.

　"클레아, 그 동안 잘 있었어요?"

　눈을 감고 있던 클레아가 놀란 듯이 눈을 떴다. 클레아 눈은 이때도 반짝반짝 빛이 났다. 나를 보더니 아주 정겨운 웃음을 지었다. 클레아 고모와는 정 반대의 표정이었다. 클레아가 조용히 입을 열었다.

　"나는 선장님이 안 올 줄 알았어요. 이러한 모습으로 다시 선장님을 보게 되니 가슴이 아파요."

　이때 클레아 고모의 독이 가득 찬 말이 쏟아졌다.

　"선장님, 이러한 클레아를 보니 기분이 좋지요? 클레아를 피한 이유가 무엇이었어요? 선장님은 나빠요. 클레아를 이제 어떻게 하겠어요?"

　나는 입을 다물었다. 다른 할 말이 없었다. 클레아는 나를 바라보며 웃고만 있었다. 클레아가 고모에게 말했다.

　"고모, 모처럼 선장님이 왔으니 맥주를 몇 병 사 와요. 같이 마십시다."

　클레아 고모는 클레아의 요청을 못 뿌리치고 맥주를 사러 밖으로 나갔다.

　이제 병실에는 나와 클레아만 남았다. 클레아가 조용히 말한다.

　"선장님, 나에게 좀 가까이 와요. 나는 선장님에게 아무 불만이 없어요. 나를 한 번 안아 주어요."

나는 가까이 가서 클레아를 안아 주었다. 클레아는 아주 행복한 표정을 지었다. 눈에서는 눈물이 계속 흘러내렸다. 나는 손수건을 꺼내어 눈물을 닦아 주었다.

"선장님을 한 번 만나는 게 소원이었어요. 이렇게 선장님을 다시 만나니 됐어요. 부처님에게 감사하고 싶어요. 나는 죽어서라도 선장님을 따라다닐 겁니다. 나를 잊지 말아요."

오랫동안 클레아는 내 품에 안겨 있었다. 미얀마의 가요가 계속 흘러 나왔다. 클레아가 아주 행복하게 보였다. 내가 클레아를 침대에 눕히고 일어선 것은 누가 병실문을 두들어서였다. 병실문을 여니 클레아 고모가 맥주와 여러 과자를 가지고 있었다. 나는 클레아와 클레아 고모와 같이 맥주를 마셨다. 클레아는 계속 웃고 있었다. 미얀마 가요가 바뀌어 클레아와 내가 같이 무대에서 불렀던 마웅이 흘러나왔다. 클레아가 조용히 따라 부른다. 클레아의 목소리는 옛날처럼 고왔다.

나는 다음 날 클레아가 자살했다는 것을 알았다. 클레아는 내가 병원을 떠난 날 밤에 손의 동맥을 끊어 자살했다. 간호사도 몰랐다. 아침에야 클레아가 죽어있는 것을 알았다. 나에게 더 부담을 주지 않겠다고 자살의 길을 택한 것 같았다.

기관장 토니가 나를 찾았다. 오전부터 취하여 혀가 비틀거렸다.

"선장님, 클레아가 자살한 것을 압니까?"

"이미 선원들에게 들어 알고 있다."

"선장님은 나빠요. 선장님이 클레아를 죽였어요. 이제 어떻게 하겠어요?"

"토니, 내가 이제 어떻게 해야 하겠니? 길을 나에게 알려주겠니?"

토니가 소리 내어 울기 시작했다. 눈물이 비오는 듯이 흘러내렸다.

한참 소리 내어 울던 토니가 입을 열었다.

"나는 클레아 고모와 결혼하면 클레아를 잊을 줄 알았어요. 그러나 사실은 그게 아니었어요. 클레아를 잊을 수 없었어요. 그래서 클레아 행복을 지켜보며 살려고 했어요. 클레아 고모는 이것을 알고 있었어요. 클레아 고모는 자꾸 클레아 마음에 불을 질렀어요. 남편이라는 사람이 조카의 행복을 지켜보고 살려고 하는 것을 누군들 허락하겠어요? 클레아가 죽은 것은 나에게도 책임이 있어요."

"토니, 참으로 나도 가슴이 아프다. 네가 알다시피 나는 클레아를 좋아해서 접근했던 게 아니다. 일이 이상하게 된 것 뿐이다."

"선장님, 나는 처음에 선장님에게 진심으로 감사를 드렸어요. 나도 남자입니다. 왜 사실을 모르겠습니까? 클레아가 보고 싶어요."

토니는 울면서 내 침실을 나갔다. 사랑할 수 없는 사람을 사랑했다 한 때 얀곤을 떠들썩하게 했던 미녀 가수 클레아는 이승을 떠났다. 이제 저승에서 나를 내려다보고 있다. 여러 선원들이 나를 비웃었다. 내가 옆에 있어도 노골적으로 비난했다.

"선장님이 어떻게 그러한 미녀를 만나, 굴러온 복을 발로 차버린 사람이 어디 있어?"

"선장님이 눈이 멀어서 그런 거지요."

"클레아를 생각하면 나도 눈물이 난다."

1항사가 손수건으로 눈물을 닦으며 말했다. 1항사는 여러 번 클레아를 찾아갔다가 거절을 당한 사람의 하나였다. 그래서 마음에 클레아에 대한 연민이 남아있었다. 선원들이 손에 꽃을 들고 배를 내려가고 있었다. 클레아가 있는 병원 영안실로 가고 있었다. 나는 소나기처럼 흐르는 눈물을 손으로 닦았다. 떠나는 뱃고동소리가 멀리서 들렸다.

나는 가만히 앉아 있을 수 없었다. 클레아를 위하여 무언가 해야 했다. 토니를 불렀다.

"토니, 절에 가서 클레아 명복을 빌어주자. 오늘 같이 절에 가지 않
겠니?"

"선장님, 좋아요. 선장님은 이것을 알아야 합니다. 선장님은 클레아
마음에 있는 단 하나의 남자였어요. 클레아도 아주 기뻐할 겁니다. 오
늘은 절에 가고 내일은 클레아 고모와 같이 클레아가 있는 병원 영안
실로 갑시다. 나는 오늘 아침에 클레아가 있는 병원 영안실에 갔어요.
클레아가 보고 싶어 견딜 수가 없었어요. 나는 병원 영안실에 누워있
는 클레아를 보고 놀랐어요. 무수한 빨간 장미꽃이 클레아를 덮고 있
었어요. 나는 클레아를 사랑한 사람이 그렇게 했을 거라는 생각이 들
었어요."

"내가 클레아를 죽였다는 생각이 든다. 나도 눈물이 난다."

"선장님, 내가 잘못했어요. 나 때문에 선장님이 끼어들어 이렇게 되
었어요. 내가 죽일 놈입니다. 선장님, 내일 클레아를 찾아 가 빨간 장
미꽃으로 클레아를 덮어주어요. 클레아가 아주 기뻐할 겁니다. 나는
배가 얀곤에 입항할 때마다 절에 가서 클레아의 명복을 빌려고 합니
다. 이게 내가 할 수 있는 마지막의 길입니다."

"토니, 클레아 고모와 빨리 결혼해라. 그것이 너에게 가장 좋은 것이
될 거다. 클레아도 아마 기뻐할 거다."

토니는 말없이 비틀거리며 내 침실을 나갔다. 토니의 눈에서는 눈물
이 계속 흘러내렸다. 어디서 종소리가 들렸다. 꼭 클레아가 절에서 기
다리고 있다고 빨리 오라고 부르는 것 같았다.

과녁

안명지

시인이 농담처럼 말했다.

"이 과녁은 가운데를 맞추기 위한 것
입니다. 그런데 아주머니나 저나 정
확한 과녁을 맞추기는 쉽지 않습니
다. 양궁선수가 아니니까요."

"그렇지요."

그녀의 표정이 어두워졌다.

안명지

경기도 이천 출생
2014년 《문학과의식》 소설 등단
2016년 제3회 경북일보문학대전 가작 당선
「파란 고무신」「살구꽃 피고 지다」「철로 너머의 수평선을 보다」「목줄」「호루라기 소리」외
발표

과녁

이른 새벽, 지하실 문을 여는 그녀의 다리 사이로 검은 고양이가 쏜살같이 빠져나갔다. 한발짝 뒤로 물러선 그녀가 균형을 잃고 비틀거렸다. 그녀는 마당을 통과하여 삽시간에 사라져가는 고양이를 눈으로 좇았다. 얼마 전부터 그녀 집 지하실에다 몰래 보금자리를 튼 고양이였다. 지하실에서는 무언가 썩어들어가는 듯한 냄새가 났고 어둠과 버무려진 탓인지 살벌한 분위기마저 맴돌았다. 그녀는 백열등을 켰다. 폐품들은 얼키고 설켜 있었고 잘못 건드렸다간 와르르 무너질 것처럼 위태로웠다. 그러나, 그녀는 위험 수위엔 아랑곳하지 않고 들쭉날쭉 쌓인 신문지와 종이, 옷가지를 마당으로 옮겼다.

지하실이 횅해지고 나니 고양이 집이 오롯이 드러났다. 그녀는 자신이 주워온 옷으로 고양이가 보금자리를 틀었던 날을 떠올렸다. 옷이 아깝다는 생각은 들지 않았고 오히려 마음이 따뜻했던 순간이었다.

혼자 밥을 먹고 혼자 잠자고 오직 폐지만 줍는 그녀에겐 도리어 음침한 지하실에 숨어든 고양이가 고마웠고 반가웠던 것이다. 살아 숨 쉬는 생명이 자신과 동거하는 것만으로도 삶의 의욕이 솟아났다.

마당 가에 있는 그녀의 유모차에도 폐지가 수북했다. 여기저기 비닐과 천으로 만든 주머니가 주렁주렁 매달린 유모차는 불편한 다리를 의지하느라 끌고 다니는 여느 노인들의 용도와는 달리, 그녀만의 유일한 폐지 운반용 도구였다. 그녀라고 큼지막한 손수레가 편리한 줄 모르는 건 아니었다. 다만, 한번 소유한 것을 버리지 못하는 성격 때문이었다.

옷 속으로 흘러내리는 땀이 스멀거렸다. 마당에 가득 찬 폐지는 당장 팔릴 것과 묵혀 두어야 할 것들을 분리해야 했다. 작업은 아침 식사 후 하면 될 일이었다. 그녀는 습기 찬 신문지, 그 위에 얹힌 옷들, 신발들을 대충 정돈하고 2층으로 올라갔다.

올라가는 계단마다 늘어선 그릇들이 그녀를 흐뭇하게 했다. 계단까지 잠식한 플라스틱 그릇과 음식들은 그녀에게 고립된 집을 지키는 수호신과 같은 것이었다. 집안 구석구석 무엇이든지 채워져야 빈 마음이 채워지는 그녀였다. 그녀는 태양고추장이라고 쓰인 플라스틱 그릇 뚜껑을 열었다. 된장이었다. 흩날린 벚꽃처럼 핀 곰팡이를 들어내고 된장을 냄비에 퍼 담았다. 배춧잎을 넣어 끓인 된장국은 아침 식사로 훌륭했다. 그녀는 전혀 불편한 기색 없이 옷가지를 발로 밀어가며 실내를 돌아다녔다. 소파 위에 작은 산을 이루듯 쌓여 있는 옷가지들, 거실 바닥 여기저기, 작은 방, 고전 문학작품에나 나올 법한 오래된 침대에 올려진 옷가지들에게 여러 귀신이 들러붙어 있을 것만 같았다. 그 외 신발, 아무렇게나 널려진 신문지, 그릇들이 뒤섞여 있었다. 와중에 안방에서 현관으로 가는 길, 작은방에서 안방으로, 안방에서 화장실 가는 길이 빤하게 나 있었고 그녀는 용케도 요리조리 물건들을 피해 가며 집안을 잘도 다녔다. 우거진 숲길처럼 길이 좁아질수록, 물건으로 둑이 쌓일수록 그녀 마음은 안온해졌다.

그녀 집으로 동네 여자들 네 명이 몰려들었다.

"도대체 냄새가 나서 살 수가 없어요. 쓰레기를 치우세요. 그러지 않아도 서울에서 제일 집값이 싸다고 난린데 이런 집구석이 있으면 집값은 더 떨어질 거라구요. 집값이 떨어지면 책임질 거예요? 멀쩡한 집에, 배울 만큼 배운 사람이."

삿대질해가며 중년 여자가 큰 소리로 떠들었다. 순식간에 사람들이 모여들었고 앞집, 옆집 베란다에서 내다보는 이들이 여럿 있었다. 여자들에게 둘러싸인 그녀는 태연한 표정이었고 입은 앙다물고 있었다.

"무슨 일이오?"

여자들이 핏대를 올리며 소리치고 있을 때, 말쑥한 차림의 남자가 여자들을 헤집고 그녀 가까이 다가오며 말했다.

"무슨 참견이야. 이런 집하고 뭔 연관이라도 있기나 하나?"

순 반말인 여자의 목소리는 앙칼졌고 남자를 위아래로 훑어내렸다.

"동네 주민을 이렇게 함부로 대하면 안 되지요. 아주머니는 2층으로 올라가시는 게 좋겠습니다, 그만."

"별꼴이야, 이런 인간을 두둔하다니……."

"멀쩡하게 생겨갖고는 한통속인가 봐. 나이로 봐서 아들은 아닐 테고."

이마를 잔뜩 찌푸린 또 다른 여자가 말했다. 여자들은 팔짱을 낀 채, 눈을 치뜨며 남자를 째려보더니 그녀 집을 빠져나갔다. 2층으로 올라가는 그녀에게 남자가 소리쳤다.

"너무 낙심하지 마세요. 누구나 다 내 방식대로 살아가는 겁니다."

뒤를 돌아본 그녀는 남자의 눈빛과 마주쳤다. 어떤 경계가 필요 없는 순한 눈이었다. 순간, 꺼져가는 모닥불이 되살아나듯 그녀 마음에 훈기가 돌았다. 미소를 짓던 남자가 가던 길을 걸어갔다. '별사람도 다 있네, 동네 여자들 말마따나 나를 두둔하는 사람이 다 있다니…….' 그녀는 중얼거렸다. 그날 밤, 그녀는 밤새 뒤척이면서도 알 수 없는 기쁨으로 충만했다.

이른 아침 그녀의 집 대문 앞에 신문지 묶음이 놓여 있었다. 신문지 위엔 빵도 몇 개 얹혀 있었다. 횡재였다. 꽤나 무게가 나가 책보다도 돈이 되는 신문을 누가 갖다 놓았는지 생각할 겨를도 없이 그녀는 그 빵으로 아침을 때웠다. 며칠 후, 오후 햇살에 털고 있는 신발들에서 먼지가 너울거리고 있을 때, 남자가 신문지 묶음을 들고 그녀 쪽으로 오고 있었다. 그제서야 그녀는 얼마 전 신문지 묶음과 빵을 갖다 놓은 게 남자였음을 짐작했다.

"며칠 전에도 신문지와 빵을 갖다 놓으셨지요?"

그녀가 묻자 남자는 빙그레 웃기만 했다. 가지런한 하얀 이, 반듯한 신체, 진지한 표정이었다.

"잠깐 이야기를 나눌 수 있을까요?" 신문지를 대문 앞에 내려놓으며 남자가 말했다.

"저 같은 사람에게 무슨 할 이야기가 있나요?"

그녀 얼굴이 붉게 물들었다.

"저 같은 사람이라니요. 소중하지 않은 사람은 이 세상에 아무도 없습니다."

"그렇게 말씀해 주시니 몸둘 바를 모르겠긴한데 도대체 무슨 말씀을……."

"아, 네. 그저 아주머니가 왜 보통사람과 다르게 사는지 평소 궁금했습니다. 별 뜻은 없습니다."

"그렇다면 이야기해드리는 거야 별문제 없지요."

그녀가 2층으로 올라가는 층계참을 가리켰다. 플라스틱 그릇들, 곰팡이가 낀 액체가 담긴 병이 계단마다 있었고 둘둘 말아 놓은 낡고 헤진 이불이 난간에 걸쳐있었다. 남자는 코를 벌렁거리면서도 인상은 쓰지 않고 층계참에 앉았다. 말끔한 차림과 또렷한 이목구비를 가진 남자와 추레한 자신이 나란히 앉는다는 게 불편한 그녀는 엉거주춤 앉지도 일어서지도 못하고 있었다. 그때,

"여기 얼른 앉으세요."

남자가 먼저 말했다. 여고 시절 사모하던 총각 선생이 옆으로 지나갈 때 떨렸던 것처럼 가슴이 떨렸다. 그녀는 머리를 매만지며 남자 옆에 앉았다. 되도록 남자와의 간격을 넓히고서.

"제 소개 먼저 하지요. 저는 무명 시인입니다. 가끔 이 골목길을 지나면서 아주머니 집을 봤지요. 특별하게 살고 있구나 싶었는데 옥상에 핀 꽃들이 제 눈길을 끌었습니다. 해마다 봄이면 꽃이 만발하더군요. 죄송한 얘기지만 어둠과 빛이 공존하고 있는 듯한 아주머니 삶이 궁금했습니다."

"아, 시인이시……."

그녀가 말끝을 흐렸다.

"한낱 무명 시인에 불과하지요. 그러나 저는 작고 여린 들꽃처럼 소박하게 살아가는 서민들의 삶을 대변하는 시인이 되고 싶었습니다. 그래선지 들꽃을 아주 좋아합니다. 예쁘기도 하고요. 그건 그렇고 언제 한번 옥상에 핀 꽃을 구경해도 될까요?"

시인이 그녀 쪽으로 고개를 돌리며 말했다.

"되다마다요. 꽃이 영광이겠습니다. 시인을 만날 수 있으니요." 사람들과 단절된 그녀 마음이 세상을 향해 개화하듯 열리기 시작했다.

"꽃의 말을 들어보겠습니다. 꽃은 아주머니에 대해 뭐라고 말하는지를요."

"꽃이 말을 하나요? 시인님도 참 엉뚱하시네요."

시인과 그녀는 마주 보며 웃었다. 갑자기 후두둑 비가 한두 방울 떨어졌다.

"날을 잘못 잡았군요."

떨어지는 비를 손바닥으로 받으며 말하는 시인의 목소리에서, 아쉬워하는 듯한 감정이 묻어 나왔다.

"날이야 많지요. 이 봄이 가기 전에만 오신다면……."

시인을 방으로 들일 수는 없는 일이었다. 시인은 다음 기회에 이야기를 듣겠다며 엉덩이를 털고 자리에서 일어났다. 그날 밤, 바람처럼 왔다 간 듯한 시인이 그녀 머릿속을 헤집었다. 무엇보다 시인의 정중한 태도, 부드러운 눈빛과 표정이 그녀 머릿속에서 아슴아슴 피어올랐다. 그 누구도 그녀에게 그런 태도를 보인 사람은 없었다. 하다못해 자식조차 분을 내고 원망만 했을 뿐, 그녀의 삶을 이해하지 않았고 발길마저 끊지 않았던가.

그녀는 뒤엉킨 폐지 속에서 자주색 줄무늬 티와 주황색 운동화를 골라냈다. 그 외 잡동사니와 가격표도 안 뗀 단화까지 모두 배낭에 담았다. 단화는 오래전 딸이 사다 준 것이었다. 딸의 손길과 체온을 버리는 것 같아 보관했는데 때로 그것은 그녀를 우울하게 만들기도 하였다. 차라리 팔아버릴까 몇 번 망설였던 것인데 오늘에서야 팔기로 작정한 것이었다. 그녀는 수요일, 토요일은 동묘시장으로 장사하러 가는 날로 정해놓고 한 번도 그것을 어긴 적이 없었다.   토요일 아침, 불룩한 가방을 등에 메고 대문을 나서는 발걸음은 깃털처럼 가벼웠다. 장작개비처럼 말라서가 아니었다. 물건을 팔아 얼마를 손에 쥘 수 있을까 생각하는 동안 느끼는 희열때문이었다.

그녀는 좌판에 비닐을 깔고 물건들을 가지런히 진열한 다음 먼지를 털어냈다. 상인들이 커피잔을 들고 깔깔대며 어젯밤 술 먹은 이야기, 자식 이야기를 나누는 동안 그녀는 물건만 매만졌다. 온몸에 밴 퀴퀴한 냄새를 꺼리는 사람들 속으로 굳이 끼어들고 싶지 않았고 그들도 그녀를 꺼렸다. 그녀를 투명인간쯤으로 여기는 상인들이나 상인들을 투명인간쯤으로 여기는 그녀나 소 닭 보듯 하기는 마찬가지였다. 주황색 운동화와 단화가 팔린 건 오후였다. 만이천 원이 그녀 손에 쥐어졌다. 배에서 꼬르륵 소리가 나고서야 그녀는 시인이 갖다 준 단팥빵 한 개를 먹었다. 빵에서 시인의 평화로운 표정이 눌어붙은 듯 그녀는 그것을 오래도록 바라보았다. 맞은편 상인들이 하나둘씩 물건을 갈무리하기 시작했다. 그녀도 팔다 남은 분홍색 머리띠, 양말, 팔찌와 자질구레한 물건들을 배낭에 주섬주섬 담았다. 주머니에서 꺼낸 돈은 이만 오천 원이었다. 운수 좋은 날이었다.

불 꺼진 집 앞에 도착한 그녀에게, 잠식하듯 담을 기어오른 담쟁이가 신경을 거슬렸다. 그녀는 눈을 찡그렸다. 자신의 돈을 갉아먹던 세입자들의 검은 손처럼 담쟁이는 엉큼한 식물이었다. 몇 번 잘라내도 어느새 벽을 기어오르는 걸 나뭇가지로 걷어냈지만 벽에 찰싹 달라붙은 담쟁이는 꿈쩍도 하지 않았다. 나뭇가지를 내동댕이치고 그녀는 집 안으로 들어왔다.

우선 거실과 방의 전등과 텔레비전을 켰다. 텔레비전 소리가 퍼지자 곤두선 신경이 가라앉았다. 문득 가출한 딸이 그리워 수화기를 들었다가, 날카로운 딸의 목소리가 환청으로 들려오자 그만 수화기를 내려놓고 말았다. 벽을 타고 쌓여가는 물건, 소파 위, 거실 바닥에 쌓인 오만 잡동사니들을 보면서 밀려오는 그리움이 어느 정도 잦아들었다.

밤 10시가 되자 그녀는 유모차를 끌고 밖으로 나갔다. 하루의 마지막 수거였다. 골목을 누빌수록 비닐과 천으로 만든 그녀의 유모차에 달린 주머니들이 불룩해져 갔다. 유난히 밝은 달이 그녀를 따라다녔다. 그녀와 그녀 유모차에도 비치는 달이 있어 그녀는 혼자라는 생각이 들지 않았다. 다세대주택 앞에 멈췄다. 헌옷 수거함이 커다란 우체통처럼 우뚝 서 있었다. 그녀는 입구까지 꽉 찬 옷들을 빼냈다. 종이나 박스 보다 훨씬 단가가 높은 옷을 만나는 건 행운이었다. 각종 폐품들이 단가하락 중이었지만 폐지와 쇳덩어리에 비해 단가가 워낙 높은 옷은 아직도 괜찮았다. 헌옷 수거함에 기댄 밥솥까지 유모차에 싣고 있을 때, 어디선가 남자의 노랫소리가 들려왔다. 그녀는 멈칫했다. 까마득하게 잊었던 남편의 노랫소리 같았던 것이다. 이미 세상을 떠난 지 오래된 남편일 리는 없는 노릇이었다. 어느 순간, 남편의 귀가 시간이 늦어지기 시작했다. 그녀는 밤이 깊어도 돌아오지 않는 남편을 기다리느라 밖에서 서성이는 날이 많아졌다. 새벽이 되어서야 노래를 부르며 귀가하던 남편은 다리를 휘청거렸다. 그녀는 잠시 유모차를 세우고 빌라 입구 계단에 풀썩 주저앉았다. 부르던 노래를 멈춘 남자가 그녀 얼굴에 제 얼굴을 가까이 들이밀었다.

"이 밤중에 누구야, 누구? 남의 집 앞에서 알짱거리고 말야."

빌라 주민인 모양이었다. 술 냄새와 시큼한 냄새가 그녀의 얼굴에 입김처럼 들러붙었다. 익숙한 냄새였다.

"에이 냄새, 퇴퇴."

오히려 냄새를 역겨워한 쪽은 취객이었다. 길가에 있는 유모차를 흘끗거리며 남자가 말했다. 남자는 비틀거리며 빌라 안으로 들어갔다. 남편의 얼굴이 떠오르는 듯하더니 이내 지워졌다. 문득 남편이 생각날 때가 없었던 건 아니었다. 그러나 막상 남편과 살던 때를 헤집으면 몸이 진저리쳤고, 암흑 속에서 도망 나오듯 추억에서 재빠르게 빠져나오곤 했다. 과거가 아름다운 추억이듯, 남편이 아련하게 떠오르는 건 그녀 과거 속에 남편이 있었고, 단지 그 과거가 아련한 추억으로 남아 있을 뿐이라고 애써 남편에 대한 회상을 그렇게 해석했다.

대문 앞에서 폐지를 정리하는데 시인이 신문지 묶음을 가지고 그녀

앞에 나타났다. 시인이 신문을 가져온 후로 괜히 대문 밖에서 서성이거나 일부러 일을 벌린 덕분이었다.

"산책 가는 길에 가지고 왔습니다."

"저 같은 인생에게 매번 이런 것까지 손수 갖다 주시니 이 은혜를 어떻게 갚아야 할런지요."

신문의 부피로 값을 점쳐보며 그녀가 말했다.

"버리는 걸 가지고 왔을 뿐입니다."

시인은 여전히 친절하고 정중했다. 그녀는 시인 앞에서 몸에 밴 폐품 냄새를 지우고 싶어졌다. 그녀라고 정리 정돈된 곳에서의 생활이 얼마나 쾌적하고 편한지 모르는 건 아니었다. 젊어서는 청소를 매일같이 하지 않으면 견디지 못한 적도 있긴 있었다. 그녀는 계단에 있는 생수 한 병을 시인에게 건네주었다. 그녀와 시인은 자연스럽게 대문 앞에 나란히 앉았다.

"언젠가부터 저는 소나무를 좋아하게 되었지요. 소박한 사람들의 일상에 관심을 두다가 어느날 소나무에게 푹 빠져 지금은 소나무에 대한 시도 쓰고 있지요. 아주머니께서 이 많은 물건을 모으는 것도 좋아서 하시는 것이겠지요?"

시인이 조심스럽게 물었다. 어차피 버린다는 신문을 갖다 주는 건 그렇다 쳐도 일반적이지 않은 그녀 삶의 방식을 이해하려는 시인은 분명 그녀에게 낯선 사람이었고 낯선 일이었다. 그녀와 상대조차 꺼리는 이들과는 사뭇 다른 사람이었다. 그녀는 남편의 삶의 방식도 이해해야 했을까, 잠시 생각했다. 남편이 떠난 후, 바닥에 뒹구는 깨진 유리 조각 쓸어 담듯 한 조각 한 조각 아픔을 쓸어 담았던 세월. 그 고통의 가해자를 이해했어야 했을까. 그녀는 자문했지만 답을 내릴 수는 없었다.

"그렇겠지요. 하고 싶어서라기보다 어떤 계기 때문이었지요."

"그 계기를 들어보고 싶군요."

그녀가 한숨을 쉬었다.

"오래전 1층과 지하에 세를 주었답니다. 1층에 살았던 남자는 이천만 원 보증금에 얼마간 월세를 냈었는데 어느 날 삼천만 원짜리 계약서를 들고 오더니 도장을 찍어달라고 했지요. 그저 형식일 뿐이라면서요. 처음 있는 일이었고 찜찜했지만 계약서에 도장을 찍어 주었어요. 설마 무슨 일이야 있겠냐 하면서요. 그런데 몇 개월 뒤 계약만기가 돌아오자 세입자는 보증금 삼천만 원짜리 계약서를 내밀었습니다. 세상이 망해가도 그럴 순 없는 일이었지요. 억울했지만 법도 소용없었습니다. 법대 나온 아들조차 계약서 앞에서는 어쩔 수 없다고 하니 고스란히 당할 수밖에요. 얼굴색 하나 변하지 않고 당당하게 권리를 주장하는 세입자가 너무 무서웠습니다. 그때부터 집에 세는 놓지도 않았고 사람조차 들이지 않게 되었지요."

그녀는 폐품을 줍기 시작한 이야기는 하지 않았다. 차마 그 일은 말하고 싶지 않았다. 세입자들이 모두 집을 비우고 빈방이 허전했던 건 사실이었다. 세입자들의 행위는 그녀 가슴을 날카롭게 찔러댔다. 어느 날이었다. 그녀는 상점이 늘어선 도로 가에서 우연히 버려진 마네킹을 발견했다. 마네킹은 팔과 다리가 한 짝씩 빠져있었다. 팔과 다리가 빠진 곳에 난 동그란 구멍 속은 깊고 어두웠다. 그 어두운 구멍이 마치 엄마에게 버려진 자신의 모습을 보는 듯했다. 그녀는 옷가게 주인을 쏘아보며 팔과 다리가 한 짝씩밖에 없는 마네킹을 집으로 가져왔다. 빈방 의자 위에 마네킹을 앉혀놓았다. 그리곤 며칠 동안 사라진 팔과 다리를 찾아다녔다. 끝내 찾을 수는 없었다. 빈방을 채운 마네킹은 그녀에게 생기를 불어넣어 주었다. 그 무렵, 길거리에 버려진 쓸 만한 그릇들, 화분, 새것이나 다름없는 신발, 옷들을 보면 그냥 지나칠 수가 없었다. 외출했다가 집에 들어올 때면 그녀의 손에 무엇이든지 들려 있었다. 처음부터 팔려고 했던 것은 아니었다. 잡동사니가 조금씩 채워지면서 집안에 온기가 스며들었다. 죽어가던 화분의 화초는 꽃을 피워냈고 예쁜 그릇은 주방을 장식했으며 말짱한 옷들은 옷값을 줄여 주었다. 공간을 지배한 물건들이 자식들에게 문제가 된다고는 생각지 않았다. 세를 주면 폐지 팔아 번 돈과 비교가 안 된다는 아들 분노에도 '세 들었던 사람들을 못   니?' 하고 그녀는 일축해 버렸다.

"사람은 사람을 속여도 폐품은 백 원이든 이백 원이든 고물상으로 가져가기만 하면 값을 쳐주지요. 적어도 나를 속이지는 않았습니다. 폐지를 팔아 건네받은 천 원짜리 지폐가 나에겐 실속있는 돈이었고 믿을 만했습니다."

격앙된 그녀의 목소리에 시인의 눈이 휘둥그레졌다. 이내 가방 안에서 노트를 꺼낸 시인이 무언가를 적었다. 사람들이 지나가면서 그녀 집을 향한 손가락질과 마주쳤을 때, 시인의 휴대폰에서 전화벨이 울렸다. 시인은 목례를 보내고 전화를 받으며 대문 쪽으로 걸어갔다.

그날 저녁, 그녀는 온 집안에 불을 환하게 켜고 꽃씨를 찾아다녔다. 될 수 있는 한 밤에도 텔레비전에서 나오는 빛만 의지하여 생활하는 그녀였다. 물건들이 뒤엉켜 있었지만 신발장 서랍에 넣어 둔 게 가까스로 기억났다. 봄이면 그녀의 집 옥상에는 언제나 꽃이 만발했다. 동묘시장에 내다 팔기도 하지만 어김없이 피어나는 꽃은 쇠처럼 단단해져 가는 그녀 심장을 말랑말랑하게 만들었다. 그녀는 사랑초, 제나늄, 튤립 씨를 주머니에 넣었다. 그리곤 유모차를 끌고 나갔다. 이왕 나가는 거 물건 하나라도 건질 요량이었다. 자신의 집을 일러 주면서 언제라도 들르라던 시인의 집으로 먼저 향했다. 시인의 집은 그녀의 집에서 100미터 정도 떨어진 빌라였다. 맞은편에서 손수레에 폐지를 잔뜩 실은 남자가 오고 있었다. 여러 번 마주친 얼굴이었지만 그녀는 알은 체 하지 않았다. 남자는 벙어리인데 아내가 외상을 잔뜩 지고 통장까지 챙겨 사라졌다고 했다. 남매를 혼자 키우며 오래도록 폐품을 주워 살림을 꾸려나간다는 것이다. 때론 차라리 남편이 벙어리였다면 어땠을까, 행복할 수 있었을까, 그녀는 생각했다.

시인의 우편함엔 얇은 책이 꽂혀 있었다. 저녁이면 외출을 자제한다는 시인이었다. 그녀는 우편함에 꽃씨를 넣어 두었다. 활짝 핀 꽃을 보고 기뻐할 시인의 모습이 떠올랐다. 머지않아 피울 꽃, 어김없이 피울 꽃이 시인을 기쁘게 해줄 거였다. 나오면서 올려다본 시인의 집 3층엔 불이 켜져 있었다. 창문 안에서 온화한 표정으로 앉아 있을 시인을 상상하며 그녀는 발길을 돌렸다. 빈 유모차를 끌고 집으로 온 건 처음이었다. 마당에 서 있는 그녀를 유난히 크고 노란 달이 비췄다. 하늘은 그녀의 그리움을 묻어 놓은 곳이었다. 때때로 그녀는 하늘 보기를 즐겼고 움직이는 달이 그녀를 향해 손짓한다고 믿었다. 자식들이 그녀 곁을 떠난 횟수를 헤아려보았다. 손가락 다섯 개가 다 구부려졌다.

"수영아, 나와서 에미 좀 도와줘라."

유모차에 가득 실린 폐품을 내리며 그녀가 소리쳤다. 그날도 달 밝은 밤이었다. 계단을 내려오는 아들의 발짝 소리가 반가웠는데 아들은 다짜고짜 유모차를 밀어버렸다. 유모차가 몇 바퀴 구르다가 구석에 처박혔고 폐품이 여기저기 흩어졌다. 아들은 뭔가 일을 저지를 듯 씩씩댔다.

"어머니, 여태까진 참았어요. 아니, 어머니를 이해하려고 노력했어요. 근데 이젠 도저히 참을 수가 없어요. 뭐가 부족해서 그러세요, 집이 없는 것도 아니고 자식들이 속 썩이는 것도 아닌데 도대체 왜 집을 쓰레기장으로 만드세요, 네?"

갑작스런 상황에 놀란 그녀는 아무 말도, 미동도 할 수 없었다. 여러 번 인상이야 쓰고 쓰레기 따위를 주워오지 말라고는 했지만 이런 행동을 보인 적은 없었다. 아들은 주먹으로 담장을 여러 번 쳤다. 쾅, 쾅 소리가 그녀 가슴 한복판에 대고 못질을 했다. 아들의 주먹에서 피가 흘러내렸다.

"예전의 엄마로 돌아올 수 없어? 이웃에서 냄새난다고 난리 피우고 간 지가 고작 며칠 지났어. 그리고 엄마 때문에 결혼도 포기했어. 어떻게 이런 쓰레기장 같은 집에 남자친구를 데려오겠어. 오빠도 마찬가지야. 결혼할 여자가 있지만 엄마 때문에 헤어졌다구. 그걸 알아? 어제 오빠가 여자 친구랑 헤어졌다는 것도 모르지?"

언제 왔는지 딸이 고래고래 악을 썼다. 자식들 결혼하는 데 자신이 장애가 된다는 걸 그녀는 생각지도 못했다. 억지라는 걸 알면서도 그녀는 '자식들 결혼을 막는 에미가 어디 있냐'고 쏘아붙였다. 아들은 그날 집을 나갔다. 얼마 후, 그녀가 폐품을 주워 돌아온 저녁, 딸의 방엔 화장대와 침대, 이불만 붙박이처럼 남겨져 있었다. 아들과 딸 모두 전화를 받지 않았다. 나중에야 딸은 앙칼진 목소리로 전화를 받았지만 살아 있다는 안도감 뒤에 쓸쓸함이 뒤따랐다.

"우편함에 꽃씨를 넣어 두고 가셨지요? 옥상에서 피는 꽃처럼 잘 키워보겠습니다."

한 손으로 신문지 묶음을 든 시인이 그녀 집을 찾아왔다. 실속 있는 돈 100원이 소중하다는 그녀의 말을 들은 후, 시인은 폐지를 모아 그녀를 갖다 주고 싶었다. 종이만 봐도 입꼬리가 올라가는 그녀는 시인이 주는 신문지 묶음을 얼른 받아들었다.

"고맙기도 해라. 이렇게 고마울 데가."

우편함에 넣어 두고 온 꽃씨 생각은 잊은 것처럼 신문에만 관심을 보이다가,

"예쁘게 키우세요. 아, 그리고 오신 김에 꽃 구경하고 가세요."

나긋나긋한 목소리로 그녀가 말했다. 시인이 먼저 옥상으로 오르고 그녀가 뒤따랐다. 분명 냄새가 진동할 텐데 시인은 코를 씰룩거리지도 인상을 쓰지도 않았다. 골목을 지나던 행인들이 고개를 갸웃하거나 힐끗거렸다. 시인은 꼿꼿하게 몸을 곧추세우고 계단을 하나하나 밟아갔다. 열 평이 넘는 옥상은 온통 꽃밭이었다. 수선화, 튤립, 패랭이꽃, 붓꽃, 민들레꽃이 누렇게 익은 벼처럼 흔들거렸다.

"생명은 이렇게 아름답습니다."

시인의 입에서 감탄의 소리가 흘러나왔다. 패랭이꽃을 손가락 사이에 끼우며 시인이 덧붙였다.

"이 작은 꽃을 보세요. 낮고 작은 이 분홍 꽃이 얼마나 아름답습니까. 이 꽃을 피우기 위해 이 작은 꽃은 온갖 비바람을 맞았을 겁니다. 우리네 삶과 똑같습니다."

"시인께서도 아픔이 있나요?"

그녀가 물었다.

"당연하지요. 제가 결혼 안 한 이유를 말씀드릴까요?"

그녀는 독신이라는 시인의 말에 내심 놀랐지만 태연한 척하며 고개를 끄덕였다.

"내 아버지는 평생 여자가 많았습니다. 아버지는 집을 늘 비웠지요. 그래도 어머니는 시간을 맞추어 내게 간식을 가져오셨고, 슬픈 표정도 어떤 말도 없이 공부하느라 수고한다는 말만 하셨지요. 나는 어머니의

고통을 그때 전혀 눈치채지 못했습니다. 아버지의 부재가 어머니에게 어떤 영향을 끼친다고 생각지도 않았으니까요. 그러던 어느 날 밤, 화장실을 가다가 어머니 방에서 흘러나오는 가녀린 울음소리를 들었지요. 달은 덩그마니 떠 있어서 대낮 같았습니다. 난 그때, 주먹을 꽉 움켜쥐었습니다. 꼭 성공하리라고, 여자에게 상처 주지 않으리라고요. 그러나 나는 사춘기가 되면서 내 몸이 아버지의 더러운 피를 이어받아 한 여자에게 만족할 수 없는 성향이라는 걸 알았습니다. 한 여자를 평생 가슴 아프게 할 수는 없었습니다. 그것은 내 어머니를 배반하는 것이었으니까요. 그 후, 독신을 고수했지만 지금은 후회하고 있습니다. 자식 하나 없는 이 막막함을 견뎌야 하니까요."

온화하던 시인 눈이 슬픈 빛으로 바뀌었다.

"시인께서 어머니의 마음을 헤아렸듯이 언젠가는 제 자식들도 에미 마음을 알아줄까요?"

"어머니 삶의 방식 때문에 발길을 끊었으니 자식들의 문제로 돌릴 수만은 없겠지요."

"알고 있습니다. 내 문제 때문이라는 걸요. 그러나 이 에미를 이해하길 바랐지요."

"저를 보세요. 어머니 생각과는 달리, 독신으로 늙어가는 나를 어머니가 원했겠습니까. 순전히 나만 생각한 것이었고 가장 큰 불효를 저지른 것입니다. 물론 이 시대엔 독신이 대단한 불효가 아닐 수도 있겠지만 제가 젊어선 그랬습니다. 어긋난 판단은 부모와 자식 모두를 불행하게 할 수도 있지요. 자식들이 외면하는 삶이 정작 무엇을 위해서인지 한번 돌아볼 필요가 있겠지요."

그녀는 아무리 사실일지라도 자신을 책망하는 시인의 말이 거북스러웠다. 다른 사람이었다면 이 비난에 핏대를 올렸을 것이다. 그러나 시인의 말 속에서 거북함보다 자신을 염려하는 마음이 앞선다는 확신이 들었기 때문에 시인에게 핏대를 올릴 분노가 일지 않았다. 이내 시인의 어머니가 자신이고 시인이 아들처럼 느껴졌다.

"차를 내오겠습니다."

그녀는 차를 내오겠다며 허둥지둥 계단을 내려갔다. 차를 마신 후, 시인이 물었다.

"무엇이 아주머니 가슴을 붙잡고 있습니까?"

자신의 고백을 기다리는 것 같은 물음에 그녀는 깜짝 놀랐다. 자신의 가슴을 붙잡고 있는 그 무엇이 있었던가? 그동안 생각해보지 않은 문제였다. 그런데 시인의 질문을 받자 갑자기 선명하게 떠오르는 얼굴이 있었다. 어머니와 남편이었다. 밟으면 밟히지 않는 그림자처럼 그들이 늘 그녀를 따라다니고 있었다는 걸 그녀가 미처 의식하지 못했을 뿐인 모양이었다.

"저는 버려졌습니다. 버림을 받는다는 것은 온몸이 화상으로 오그라드는 것과 같았지요. 어머니도 버린, 보잘것없는 내게 행복 따위는 애시당초 욕심이었나 봅니다. 초등학교 2학년 때인가 어머니는 집을 나갔습니다. 아버지의 바람도, 주사도 아닌 어머니의 바람 때문이었지요. 아버지는 그 충격에 방황했고 몸과 마음을 가누지 못했습니다. 늘 술에 절어 있거나, 아니면 하루종일 멍하니 한 곳만 바라보고 앉아 있기 일쑤였습니다. 내가 옆에 있다는 것조차 모르는 눈치였습니다. 나는 늘 혼자였지요."

시인은 허름한 옷차림이지만 똑 떨어지는 말투와 목소리, 자신을 정확하게 표현해내는 그녀의 눈빛을 좇았다. 이런 사람이 쓰레기를 모은 듯한 폐품과 산다는 것은 상처의 산물일 거라고 시인은 생각했다. 그러다 한순간 자신에게 하는 소리가 아닐까 싶었다. 그녀는 몸을 움츠리고 있었고 갑자기 자리에서 벌떡 일어난 시인이 옥상 가장자리에서 무언가를 가지고 왔다. 과녁판이었다.

"비 올 때 화분 받침대로 쓰려고 갖다 놓은 건데 그걸 왜 가지고 오셨는지요?"

그녀의 물음에 대꾸도 없이 시인은 과녁판에 못을 박았다. 못은 중앙을 비켜서 비스듬히 꽂혀졌다.

"아주머니, 화살을 좀 보세요. 물론 화살이 없어서 못으로 대신했지만요."

시인이 농담처럼 말했다.

"이 과녁은 가운데를 맞추기 위한 것입니다. 그런데 아주머니나 저나 정확한 과녁을 맞추기는 쉽지 않습니다. 양궁선수가 아니니까요."

"그렇지요."

그녀의 표정이 어두워졌다.

"연습할 수 없는 게 인생이라지요? 참 어찌해볼 도리가 없는 일입니다. 저도 제가 살아온 시간이 연습이었다면 이제는 결혼을 하여 아이도 낳고 살고 싶습니다. 그것이 어머니를 사랑하는 것이었을 테고요."

"저도 연습이 있었다면 아이들과 이렇게 되지는 않았겠지요?"

그녀가 말했다.

"지금도 늦지 않았습니다."

시인이 기다렸다는 듯이 대답했다. 그녀에게 알 수 없는 희망의 빛이 가슴 속으로 파고들었다.

꽃에 물을 주고 옥상을 내려가는 중이었다. 그녀는 물에 퉁퉁 분 듯 무거운 몸에 갑자기 현기증을 느꼈다. 그것이 화근이었다. 계단을 내려가던 다리가 후들거렸을 때, 그녀는 일이 벌어지겠다는 예감이 들었고 곧바로 몇 계단 아래로 곤두박질쳤다. 깨어났을 땐 병원이었다.

"엄마, 깨어났어?"

다급한 딸의 목소리가 들렸고 딸은 눈물을 글썽이고 있었다. 눈앞에 있는 딸을 보자 눈물이 쏟아졌다. 그녀는 이 비현실적인 상황에 적이 놀랐다. 그러면서도 여느 모녀지간처럼 다정하게 보일 자신과 딸을 누구라도 봐주길 바랐다.

"집 단속은 잘 했니?"

"엄마는 병원까지 와서 그 오만잡쓰레기 걱정이유. 하마터면 죽을 뻔했다구. 마침 지나가던 사람이 경찰에 신고해서 우리한테 연락이 왔으니 망정이지."

손등으로 눈물을 닦으며 딸이 쏘아붙였다.

"얼른 퇴원하자."

그녀는 하얀 시트 위에 앉은 자신의 모습이 싫었다. 병원의 침대는 남의 집 안방에 버젓이 누워 있는 것처럼 가시방석이었다. 특유한 알코올 냄새를 자각했을 때는 역겹기까지 했다. 오래 머물다간 하얀 시트에 둘둘 말려 영안실로 들어갈 것만 같았다. 그녀는 얼굴을 창문 쪽으로 돌렸다. 창문 밖에서 아지랑이가 피어오르고 있었다. 아지랑이 속에 한 여자가 그림자처럼 나타났다 사라졌다. 그녀는 소스라쳤다. 옷을 펄럭일 때마다 짙은 싸구려 향수 냄새를 풍겼던 남편의 여자, 그때마다 그녀의 속을 뒤집었던 여자, 그랬던 그 여자가 아지랑이 속에, 알코올 냄새 속에 숨어 있는 것이었다. 그녀는 눈의 티끌을 빼내려는 듯이 눈꺼풀을 자꾸 껌뻑였다.

"내일이면 가고 싶지 않아도 집으로 데려다 줄게. 걱정 마, 엄마."

하룻밤을 더 보내고 그녀는 퇴원했다. 다행히 크게 다친 곳은 없었고 며칠 쉬면 된다는 의사의 소견을 듣고서였다. 자동차가 골목 어귀로

들어섰다

"며칠 만이냐. 얼른 들어가자, 얼른."

달뜬 그녀의 목소리가 운전하는 딸의 비위를 거슬렸다.

"쓰레기가 그렇게 중요해, 자식들보다도 더?"

"쓰레기라고 함부로 부르지 마라!"

목소리는 단호하고 차가웠다. 삼삼오오 모인 여자들이 떠들다가 일제히 그녀 쪽으로 시선을 돌렸다. 그녀는 뭔가 이상한 기류를 감지했다. 집 앞에 선 그녀는 망연자실했다. 담장에 걸려 있던 이불이 보이지 않는 것이었다. 계단도 깨끗했다. 고추장 그릇, 된장 그릇, 줄 선 물건들이 온 데 간 데 없었다. 그녀는 딸을 노려보았다.

"에미 병원에 끌어다 놓고 무슨 짓을 했니?"

독기가 묻어 있는 말투였다. 그때, 어디선가 아들이 나타났다.

"어머니, 어쩔 수 없었어요. 동네 사람들이 진즉에 구청에 신고를 했었대요."

참으로 오랜만에 보는 아들 표정은 어두웠다. 그녀는 가슴이 미어졌지만 물건이 모두 사라진 현실 앞에 혼란스러웠다.

"엄마, 자식들과 인연 끊고 망신 주려고 작정했지? 이 멀쩡한 집을 이 지경으로……."

딸이 울먹이느라 말끝을 흐렸다. 가시에 찔린 듯 따가운 목소리가 허공에 떠다녔다. 몇 년 만에 만나는 자식들인데 어둡고 울먹이는 모습을 봐야 하는가. 원망과 슬픔이 섞여든 그녀는 자식들을 안고 싶다는 충동과 서운한 감정 속에서 갈팡질팡했다.

"그래도 에미한테 얘기는 했어야지. 에미에게 얼마나 소중한 건지 알면서 말이다."

그녀와 자식들 사이에 흐르는 이상한 기류에 여자들이 수다를 멈추곤 뿔뿔이 흩어졌다. 그녀는 대문 안으로 들어섰다. 끊어진 고무줄 옷이 흘러내리듯 쥐고 있던 삶의 의욕이 흘러내렸다. 다리가 휘청거렸다. 그녀는 양팔을 부축하려는 자식들의 손을 뿌리치고 기신기신 계단을 오르기 시작했다. 오직 바닥에 몸을 뉘이고 싶을 뿐이었다. '빌어먹을 것들.' 계단을 오르며 그녀가 중얼거렸다. 눈에서는 눈물이 괴어 있었다.

몇 번 무릎이 꺾였지만 일어나고 또다시 일어나 현관 앞에 다다랐다. 뒤따르던 아들과 딸이 현관문을 먼저 열었다. 거실을 가득 채우던 옷가지들, 잡동사니들이 사라진 상황 앞에서 그녀는 주저앉았다. 싱크대와 바닥에 널브러진 그릇들, 음식들이 하나도 없었다.

"밥은 무엇으로 해 먹니?"

"새로 사 드리면 되지요? 다 못 먹을 거였고, 곰팡이 냄새가 진동을 했어요. 어쩌자고 이러세요, 어머니?"

짜증 섞인 목소리로 말하던 아들이 이내 울먹였다.

"왜 에미를 이해 못 하니."

그녀도 울먹였다. 딸이 뒤에서 그녀를 안았다. 정중하게, 부드럽게 그녀를 대하던 시인에게서 느꼈던 감정, 지금 이 순간 딸에게서 느껴지는 감정이 하나가 되어 요동치는 그녀의 마음을 잠재웠다. 시인이 내밀던 과녁판이 아른거렸다. 과녁을 비켜 꽂혔던 화살이 그녀가 잘못 쏜 화살이라는 생각이 들었고 '폐품을 주웠던 일이 자식보다 네 자신을 위한 일이 아니었느냐고, 버리는 것에 대한 두려움 때문이 아니었냐'고 그녀 가슴이 자신을 향해 소리쳤다.

초점 없이 창밖을 바라보고 있다가 그녀는 밖이 어둑어둑해진 것을 인식했다. 등 떠밀어 보낸 자식들의 어두운 눈빛과 눈물, 처진 어깨가 그녀 눈물 속에 어리었다.

자개장과 냉장고, 수백 년 전 노파가 누워 있었을 것만 같은 낡은 침대와 재봉틀은 그대로 였다. 냉장고 문을 열었다. 달랑 물통만 있을 뿐 텅텅 비워졌다. 딸이 놓고 간 반찬들을 냉장고에 넣었다. 아들이 놓고 간 흰 편지봉투도 눈에 들어왔다. 만 원짜리 지폐가 꽤 여러 장이었지만 세어보지는 않았다. 제아무리 물건을 죄다 내버렸어도 에미를 완전히 버리는 것은 아니라고, 돈 봉투를 한옆으로 치우며 그녀는 중얼거렸다.

허허벌판처럼 사방이 뚫린 집안의 창문이 모습을 드러내자 실내가 훤했다. 그녀 자신이 여태 살던 집이란 게 믿어지지 않을 정도였다. 빈 방은 휑했던 예전 같지 않았고 오히려 무엇엔가 놓여났다는 해방감을 주었다. 물건에 가려져 점점 영역이 줄었던 창문. 환한 창문이 밖과 안의 소통을 가로막은 건 물건이었다고 말해주는 듯했다. 불을 켜도 어두컴컴한 집안에 적응된, 그녀에게 문제 되지 않았던 창문이었다. 그녀는 소파 위에 웅크리고 앉았다. 어머니가 집을 나간 날에도 그녀는 이렇게 앉아 있었다. 남편이 짐을 싸서 나간 날도.

시인이 여느 때처럼 그녀의 대문 쪽으로 걸어오고 있었다. 오랜만에 시인을 보자 가슴이 뛰었다.

"변화가 생겼군요. 견딜 만합니까?"

시인이 대문 귀퉁이에 핀 민들레꽃을 만지며 말했다. 속 시원하다고, 이제 동네가 깨끗해졌다고 그녀를 위아래로 훑어 내리며 떠드는 사람들과는 차원이 다른 말이었다.

"자식들과 약속했습니다. 밖의 물건을 절대로 들이지 않기로요."

그녀의 표정은 연한 새싹처럼 부드러웠다. 시인이 그녀의 거친 손을 잡았다. 시인의 손은 그녀의 몸을 녹일 만큼 따뜻했다. 오래전 남편이 객사했다는 소식을 듣고 한바탕 울었던 때처럼 울고 싶어졌다. 한바탕 울음은, 그리움 이전에 끝내 용서의 말을 듣지 못한 미완의 감정 때문일 것이었다. 적어도 남편은, 엄마는, 죽기 전에 '미안하다'는 그 한 마디는 했어야 했다. 죽음에도 남은 자에 대한 도리는 있는 법이었다. 그녀는 무심히 시인을 바라보았다. 시인의 눈빛과 표정이 남편을 용서하라고 말하는 것 같았다. 그녀는 속으로 고개를 끄덕였다. 그러자 그들에 대한 미완의 감정에 종지부를 찍었다는 생각이 문득 들었다.

시인은 그저 물끄러미 그녀를 바라봤다. 눈에서 눈물이 어리었지만 그녀는 시인에게 미소를 지어 보였다. 시인이 자리에서 일어났다. 그녀도 따라 일어섰다. 그때, 그녀의 다리 사이로 고양이가 쏜살같이 지나갔다. 부드러운 털이 그녀 다리를 살짝 간질였다.

사랑의 변증법

안혜숙

낯설지 않은 성벽들이 펼쳐지면서 미케네 성벽의 암사자 성문이 지나갔다. 그 순간 아가멤논과 클리타임네스트라의 침실이 떠오르고, 그 침실을 보면서 나는 오빠와 둘이 나란히 눕는 상상으로 가슴이 부풀어 떠들어 댔었다. 그러나 오빠는 친어미를 죽여야 하는 가혹한 운명의 신들을 외면하고 싶었는지 말없이 그곳을 지나쳤다.

안혜숙

1950년 평양 출생
1969년 숙명여자대학교 졸업
1990년 《문학과의식》 중편소설 「아버지의 임진강」 신인상으로 등단
1991년 중편소설 「저승꽃」 KBS문학상 수상
장편소설 『해바라기』, 『고엽』, 『역마살 낀 여자』, 『쓰르가의 들꽃』, 『다리위의 사람들』, 『잃어버린 영웅』, 『산수유는 동토에 핀다』, 『소녀 유관순』. 창작집 『창밖에는 바람이 불고 있었다』

사랑의 변증법

　무더위가 기승을 부리는 한여름의 뙤약볕을 염두에 두지 않았던 건 순전히 내 탓이니 누굴 원망할 수도 없다. 맞선은 아니어도 평소 신세 진 지인의 간곡한 부탁이라 거절할 수가 없었던 소개팅 자리였는데, 겨우 차 한 모금 마시고 한다는 소리가 잠자리부터였다. 제일 중요하다는 그의 말이, 어처구니없어 그냥 일어서려다 소개한 사람 체면을 생각해서 참고 앉아 있었다. 사실 그런 자리마다 기분 좋게 돌아온 적이 없었다.

　울적하고 심란한 기분으로 대문을 들어서는데 집안에서 흘러나온 동생의 콧노래는 짜증이 났다. 그대로 들어갔다가는 죄 없는 동생만 잡을 것 같아 슬그머니 발길을 돌리고 말았다.

　돌아선 발길은 자연스럽게 공터로 향했지만, 그네라도 한 번 타면 가슴이 뻥 뚫릴 것 같던 기분은 막상 그네에 앉고 보니 맥이 탁 풀렸다. 한동안 우두커니 앉았다가 그래도 찝찝한 기분을 한 방에 날려 보내고 싶은 마음이 그네에 발을 올리게 했다. 그런데 바로 건너편 초록색 지붕에 눈이 멎었고, 나는 그네에서 내려와 그 집을 향해 걸음을 재촉했다.

　가끔 그 집 앞을 지나칠 때면 은근한 유혹이 내 발목을 잡곤 했는데, 오늘은 그 유혹이 발동을 거는 것일까. 잠시 걸음을 멈추고 마음을 가다듬기를 몇 번 할 정도로 선뜻 내키진 않았다. 그러나 잠시 멈춘 내 걸음은 이미 집 울타리를 넘어 담벼락을 기어가고 있었다.

얼마 전 동생을 앞세워 산책길을 오르다가 나무들이 빽빽이 들어찬 공터를 발견했었다. 바로 조금 전에 머물렀던 공터에는 누군가 일부러 가져다 놓은 등받이 의자도 하나 있고, 고목에 달아놓은 그네도 있었다. 나는 그네에 걸터앉고 동생은 공터를 위압하듯 우람하게 서 있는 뽕나무 한 그루를 두 손을 벌려 가슴에 품어보며 웃었다.

"듬직하네, 누나도 이런 남자가 옆에 있으면 좋을 텐데."

동생은 슬그머니 내 팔을 잡아당기며 한번 안아보라고 했지만, 내 눈길은 뽕나무 너머로 보이는 외딴집을 바라보고 있었다. 빛바랜 초록색 슬레이트 지붕은 몇 군데 천막 천으로 땜빵을 한 듯 널려져 있고 그 위로 벽을 타고 올라간 담쟁이넝쿨은 제멋대로 얽혀서 지붕은 오래된 고옥 분위기를 자아내게 했다. 동생도 호기심이 가는 듯 나를 쳐다봤다.

"아는 사람이 사는 집이야?"

"빈집 같은데?"

"아니야. 며칠 전, 대문에 나와 있는 젊은 남자를 봤어. 참, 그 남자 괜찮던데."

동생은 내 얼굴을 보고 빙긋 웃었다.

"넌? 그저… 말끝마다…."

머리를 한 대 쥐어박으려는 내 팔을 잡아챈 동생은 잽싸게 그 집을 향해 달려가 대문을 살피고는, 뒤따라온 나에게 뒤쪽으로 오라는 손짓을 하더니 울타리를 껑충 뛰어넘었다. 나도 덩달아 담을 넘어 동생 뒤를 바짝 따라붙었다. 동생은 벌써 담벼락 쪽 창문에 커튼이 드리워져 있는 곳에서 뭔가 발견한 눈치였다.

커튼 자락이 중앙으로 맞물린 양쪽 사이에 약간의 틈새가 벌어져 있다고 창문에 눈을 가져다 댔다. 한참을 들여다보던 동생이 얼굴을 찡그리며 내 손을 잡아끌었다. 아무것도 안 보인다고, 그만 가자고 내 등을 떠밀었지만 입가에는 이상야릇한 미소를 흘리고 있었다.

그날 이후 가끔 이곳을 지나칠 때면 동생의 그 묘한 미소 때문인지 초록색 지붕이 그전보다 더 선명하게 보였다. 오늘은 그 집에 누가 살고 있는 지가 왜 궁금했는지? 나는 '훗' 혼자 웃는다. 설마 동생 말에 꽂힌 건가? 훗, 또 웃음을 흘리고 역시 노처녀의 히스테리가 문제라는 생각을 한다. 젊은 남자가 산다고? 꽤 괜찮다고? 내 호기심은 이미 불빛이 보인 남의 집 담벼락을 돌아와 결국 창틈으로 집안을 살피기 시작했다.

환한 형광등 불빛에 방안이 고스란히 드러났고, 먼저 눈에 띈 수족관에는 형형색색의 구피 새끼들이 부채질을 하듯 꼬리를 흔들었다. 수족관 옆 책꽂이에는 서너 권의 책들이 반듯하게 꽂혀 있고 그 옆 책상 앞에 의자는 침대를 향해 돌려져 있는데 침대의 싱글 사이즈는 의외였다. 마당에 장독대를 보면 혼자 사는 집은 아닌 것 같았는데… 궁금증이 가중되는 순간에 기침 소리가 들리고 방문이 열리자 겁이 왈칵 났다. 나는 창틈에서 눈을 떼고 돌아서는데, 문득 동생의 그 야릇한 미소와 그날 이후로는 산책길 코스를 바꾸라던 동생의 당부가 내 호기심을 다시 자극했다.

도둑고양이처럼 창문에 착 달라붙어 커튼 자락 사이를 들여다보는데… 헐! 나는 눈을 떼고는 입술을 깨문다. 실오라기 하나 걸치지 않은 남자를 본 것이다. 숨이 막힐 정도로 가슴이 뛰어 입술을 지그시 깨물었다. 당장 돌아서 도망치려 했던 내 의지와는 상관없이 내 눈은 벌써 창틈 사이를 비집고, 눈이 빠지게 구멍이라도 낼 듯 머리까지 쑤셔 박았다.

침대 끝에 걸터앉은 남자는 무엇인가를 열심히 들여다보는 것 같은데, 옆모습밖에 볼 수 없는 그의 오른팔 손놀림이 뭔가를 부지런히 닦거나 문지르는 것 같았다. 그 순간 남자의 고개가 번쩍 치켜 들렸다. 그의 두 눈은 초점을 잃고 멍하니 금방 뒤집힐 것처럼 보였다. 간질병인가? 나도 모르게 호주머니로 손이 갔다. 119에 신고라도 해야 할 상황인지 몰라 다시 창틈에 눈을 댔는데, 책상에 고개를 처박고 있는 모습이 몹시 탈진상태로 보였다. 나는 또 119를 떠올렸다가, 상황판단이 잘 되질 않아 다시 창틈으로 눈을 가져다 댔는데, 남자의 엉덩이가 불쑥 쳐들렸다. 동시에 그의 손은 책상 위 사각 티슈 통에서 한 움큼의 종이를 뽑아내 바로 사타구니로 가는 걸 보고서야 나는 맥이 탁 풀렸다. 그거였어, 왕재수! 괜한 호기심으로 못 볼 걸 보고 난 기분에 머리끝까지 열이 올랐다.

공터로 발을 돌리면서 연신 손바닥으로 부채질을 해 대다가 느닷없이 웃음이 터져 나왔다. 하긴 그게 무슨 죄라고….

나는 그네에 중심을 잡고 앉아, 두 다리를 쭉 뻗고 엉덩이에 힘을 주려다 그냥 포기하고 만다. 다른 때 같으면 하늘을 나는 기분에 구름이라도 뚫을 듯 힘찬 발돋움을 했을 것이다. 그러나 나는 발을 구르지 않고 엉덩이만 뒤로 뺐다가는 그대로 다리를 올린다. 허공으로 솟아야 할 내 몸이 마치 바람 빠진 공처럼 제자리에서 맴돌았다. 문득 낮에 만났던 선 본 남자가 했던 말이 떠오르고 벌렁거렸던 그의 콧구멍이 스쳐서 혼자 킬킬댄다. 이럴 때는 역시 그네가 최고라는 생각이 들었다. 한 방에 날려버리는 거야! 나는 그네에 두 발을 가지런히 올리고 무릎을 힘껏 굴리며 엉덩이를 앞으로 내밀었다. 내 몸이 나비처럼 사뿐 차올라 하늘을 향했다. 내 몸이 구름 속에 나부끼지는 않았어도 새들은 놀라서 나래를 폈을 것이다. 마치 기다림으로 지친 내 영혼이 하늘을 향해 날개를 펴듯이….

그네에서 내려온 나는 두 손을 모아 툴툴 털다가 얼핏 그 남자의 얼굴이 스쳤다. 낯설지 않은 얼굴이었다. 한참을 걸어도 제자리인 것 같아 뒤를 돌아보는데 초록색 지붕이 눈에 들어오고 그 집을 밝히는 창문 불빛이 유난히 환했다. 남자의 인상착의가 머리에서 뱅뱅 도는데 정확히 떠오르지는 않았다. 어디선가 본, 분명 아는 얼굴이었다. 혹시나 하는 생각에 집으로 달려가 동생을 불러 다그쳤다.

"그 남자 봤지? 공터 건너, 그 집 남자 누군지 모르겠어? 혹시 너, 알면서도 모른 척…?"

동생은 무슨 소리냐는 듯 눈을 둥그렇게 떴다.

"그 남자, 그 짓 하는 거 봤구나? 봤어? 보고 그러는 거야? 그러게 왜 그런 걸 훔쳐봐? 내가 그곳은 얼씬거리지 말라고 했잖아. 근데 뭘 놀라? 포르노 영화도 보면서…."

나는 동생 머리를 한 대 쥐어박았다. 그런데도 동생은 엉뚱한 말로 핀잔을 준다.

"선보러 간 건 어떻게 됐어?"

"왜 딴소리야? 말 안 하면 뻔하지, 뭘 기대 해?"

"또 아니야? 이번엔 뭐가 트집인데?"

"기가 막혀서. 어처구니가 없어서… 뭐 그런 남자가 다 있니? 글쎄."

말을 하다 보니 내가 생각해도 내 반응이 조금 우습게 보이는 것 같아 슬그머니 방으로 들어갔다. 하지만 동생은 뒤따라 들어와 의자까지 차고앉아 선본 남자가 어땠는지 추궁하듯 따지고 덤볐다.

"글쎄, 차만 겨우 마셨는데, 호텔가서 편히 쉬면서 얘기하잔다. 미친놈 아니니?"

"난 또 뭐라고. 솔직해서 좋네. 40대 맞선은 섹스부터 챙긴다잖아, 그 남자 괜찮다 후후훗."

"너? 그 웃음은 뭐야?"

나는 주먹을 올렸고 동생은 내 팔목을 잡았다.

"주먹질 하지 마! 내가 하고 싶은 말은 그냥 미친 척하고 따라가 보는 것도 재미있을 걸 같아서. 그래서 또 놓친 거야? 그놈의 첫사랑이 또 발목을 잡은 거지?"

나는 티슈를 툭 뽑아 얼굴을 쓱쓱 문질러 화장을 지웠다.

"그렇게 빡빡 문지르는 거 아니야, 끝까지 못 봤구나. 그자가 티슈 뽑아 살살 문지르는 걸 봤어야 하는데."

나는 동생을 발로 차버렸다.

"누나 제발! 남자들이 제일 싫어하는 여자가 어떤 여자인지 알아? 폭력 쓰는 여자야. 누나는 가끔 극단적일 때가 있어. 엄마 아빠는 아닌데 누굴 닮았을까?"

"또 딴소리야. 그러니까 까불지 말라고."

"나는 누나 얼굴에 주름살 생기면 싫어서 그러지. 살살 문지르라는 말이 어때서?"

동생은 책꽂이에서 비디오테이프를 하나 찾더니 툭 던져 준다. 나는 그걸 집어서 다시 동생에게 던졌다.

"이상한 거 아니야, 봐봐!"

동생은 내 얼굴을 심각하게 보더니 고개를 살래살래 흔든다.

"누나는 중기 형 아니면 안 되는 거잖아. 그래서 내가 해결책을 가져왔지."

동생은 비디오테이프를 건네준다.

"그거 내 여행 선물이야, 일정이 너무 바빠서 비디오로 대충 훑었는데, 편집하다 보니까 중기 형이 찍혔더라고. 관광 가이드를 눈여겨봐."

"내가 봐서 뭘 어쩌라고?"

"어쩌긴, 아직도 가슴이 뛰는지 확인해 보라고. 가슴이 뛴다면 내가 모셔 올까 해서."

동생은 비디오 플레이어에 테이프를 넣고 전원 스위치까지 켜준다.

"선 본 건, 잊어버려! 신세 진 사람 부탁이라 거절할 수가 없었다며? 빚 하나 갚은 거지 뭐…."

동생이 나가버리자 저절로 내 눈길은 화면을 따라갔다. 올리브나무가 울창한 계곡 사이로 한 줄기 햇빛이 내려오고 있었다. 이미 오래전 잃어버렸다고 생각했던 그 빛이 나를 향해 비치고 있는 것 같아서 나는 좀 더 앞으로 다가앉았다. 그 빛 사이로 오래 전 한 남자와 같이 걸었던 추억이 가슴을 서늘하게 했다. 그러나 금방 중기의 졸업여행에 초대받았을 때의 그 설렘이 나를 추억 속으로 이끌었다.

지금 생각해봐도 중기의 느닷없는 질문은 아직도 이해하지 못한 부분이었다.

"오이디푸스가 왜 자기의 두 눈을 뽑고 왕좌를 버렸는지 아니?"

"갑자기 그게 왜 궁금한데? 뭐, 그거야 테베를 정복하고 테베 여왕과 결혼을 했는데, 그 여자가 바로 어머니였지. 그리고 원수인 줄 알고 죽인 왕이 자기 아버지, 그래서 눈을 뽑고 평생 방랑자로 살았다. 그런 내용 아니야?"

"그런 대답 들으려고 물은 게 아닌데, 미안하다."

중기는 내 답에는 관심이 없는 듯 아무 말 없이 자리를 떠나버렸다. 나는 오빠의 뒤를 쫓아가면서 왜 대답이 부족하냐고 따져 물었는데도 고개만 끄덕거렸다.

"뭐야, 틀렸으면 뭐가 틀렸는지 말을 해줘야지."

중기는 입을 다문 채 나를 빤히 쳐다보더니, 혼잣말로 운명이라는 말을 읊조렸다.

"운명을 거역할 수 없었던 거야, 이미 정해진 운명을 몰랐던 거지. 그래서 운명이란 무서운 거야. 무서운 형벌이지. 신들도 거역하지 못하는 운명을 우리 인간이, 감히 어떻게 그 운명과 맞서겠니?"

"오빠는 지금 집에서 반대한 결혼이 운명이라는 거야? 그래? 그래서 포기하자는 거야? 말해 봐! 오빠의 운명을 누군가 가로막고 있다는 거야? 아버지의 결혼 반대를 그런 식으로 비약하고 있는 거지? 아니면 나와 헤어지고 싶어?"

"아니야, 답답해서."

"왜 얼버무려? 도대체 그 형벌은 누가 내리는 건데?"

"물론 신만이 내릴 수 있지. 인간과 신의 차이가 뭔 줄 아니? 인간이 모르는 비밀을 신은 알고 있다는 거야. 인간이 아무리 발버둥 쳐도 신을 이길 수는 없다는 거지."

도대체 무슨 생각을 한 걸까? 아마 그때부터 이별을 준비했던 것이리라. 그렇지 않고서야 대전에서 붙잡혀 간 그 해, 나한테는 전화 한 통 없이 결혼을 할 수 있었겠는가. 결국 나는 버림을 받은 것이고, 그 악몽 같은 실연의 세월을 지금까지 견디며 살아 낸 것이다.

나는 잠시 과거 속으로 빠져들었다가 다시 눈을 들어 모니터에 전원을 꺼버리고, 침대에 웅크리고 누웠다가 다시 일어나 리모컨을 켰다. 낯설지 않은 성벽들이 펼쳐지면서 미케네 성벽의 암사자 성문이 지나갔다. 그 순간 아가멤논과 클리타임네스트라의 침실이 떠오르고, 그 침실을 보면서 나는 오빠와 둘이 나란히 눕는 상상으로 가슴이 부풀어 떠들어 댔었다. 그러나 오빠는 친어미를 죽여야 하는 가혹한 운명의 신들을 외면하고 싶었는지 말없이 그곳을 지나쳤다.

나는 건성으로 화면에 흐르는 전경들을 보다가 멈칫 화면을 정지시켰다가 다시 되돌렸다. 폐허가 된 미케네 성에서 깃발을 든 남자가 지나갔기 때문이다. 가이드를 눈여겨보라던 동생의 말이 먹혔던 것 같다. 화면은 암사자 성문이 클로즈업되면서 곧바로 성문에서 관광객들이 줄을 서듯 몰려나오고 깃발을 든 남자의 얼굴이 측면으로 비쳤다. 나는 깃발을 따라가면서 입술을 잘근잘근 씹기 시작했고, 금방 관광객들 사이에서 모자를 벗어 이마에 땀을 닦는 중기의 얼굴이 오버랩 되는 순간 내 심장이 딱 멎었다가. 겨우 숨을 돌렸지만 금방 요동을 쳐서 두 손으로 가슴을 눌렀다.

중기는 성문 앞에 모여 있는 사람들에게 줄을 세우며 누군가를 찾는 듯 고개를 돌렸다. 바로 그 찰나, 중기의 얼굴이 화면 가득히 그대로 멈춰 있다. 나는 갑자기 긴장했으나 아무 생각이 없었다. 어쩌자고 동생은 이 얼굴을 보여준 것일까? 내가 그리스를 좋아하는 걸 중기와의 추억 때문이라고 생각한 것 같다. 나는 침대로 돌아가 엉덩이만 걸치고 웅크려 앉아 있어도 가슴에 한 방의 총을 맞은 듯 심장이 굳어버려 꼼짝할 수가 없었다. 겨우 제정신을 차렸지만 화가 나서 동생 방으로 달려갔다. 죽일 놈, 살릴 놈, 있는 욕을 다 쏟아내며 난동을 부리는 나를 물끄러미 바라보던 동생은 어이없다는 듯 웃어넘기는 게 아닌가.

"아니면 그만이지, 왜 그래? 누나가 다른 남자들 보기를 돌같이 하니까, 중기 형 때문인 줄 알고, 일부러 시간 내서 촬영까지 해서 받쳤는데 왜 그래? 근데, 지금 누나가 하는 이 행동은 좀 우습다. 완전 과민반응인데? 관심이 없다면 그냥 덮어버리면 되는 거 아냐?"

나는 조금 민망해서 집을 나와 어슬렁거리다 공터 쪽으로 발길을 돌렸다. 속이 답답할 때는 그네를 타면 모든 걱정 근심이 날아가 버렸다. 그런데 그네에 누가 앉아 있었다. 자세히 보니 바로 그 남자였다. 나는 당황하고 조금은 느끼해서 한 발 뒤로 물러섰다. 그러면서도 슬쩍 남자를 훔쳐봤다.

보통 키에 유난히 콧날이 오뚝하고 살집이 없는 체구, 분명 어디선가 본 얼굴이다. 아니면 비슷한 사람인가? 그렇더라도 그 비슷한 사람이 누구냐고? 나는 혼자서 안달을 하다가 뒤로 돌아섰는데, 그가 나를 의식하고 그네에서 일어나 자리를 뜨면서 나를 흘금 훔쳐보고는 지나갔다. 나 역시 그의 뒷모습을 훔쳐봤다. 그런데 그가 뒤를 돌아보다 내 눈과 딱 맞닥뜨렸는데, 분명 그 눈이 낯설지 않았다. 아는 얼굴이라는 확신이 들자 궁금증은 더 확산되고 머릿속은 더 복잡해지기 시작했다.

그동안 중매든 소개든, 맞선이란 형식으로 마주했던 남자들을 모두 떠올리면서 방금 지나친 남자의 얼굴을 다시 상기해 봤다. 앞이마를 가려서 콧날이 더 날카롭게 보였다. 그보다는 길었던가? 아니, 뭉툭한 것도 같고, 입 꼬리가 약간 아래로 쳐진 입 때문인지 전체적인 인상이 선해 보여서 보통은 호감이 가는 얼굴인데, 왜 섬뜩하게 느껴지는지 몰랐다.

집에 돌아와서도 나는 줄곧 그 남자를 떠올리느라 동생의 말에도 건성이었다.

"누나 왜 그래? 넋 나간 사람처럼, 아직도 비디오 때문에 충격 받은 거야?"

"혹시 그 남자 얼굴 자세히 봤니?"

"누구? 또 그 남자야? 그 남자가 마음에 드는구나."

"그게 아니야."

"그럼 뭔데? 하긴, 그 남자 여자 없는 것만은 확실하다. 그래, 먼 데서 찾을 게 아니라 가까운 데서 찾아야지."

"그런 뜻이 아니라고!"

나는 동생에게 신경질을 내면서 돌아섰다.

"참, 알다가도 모르겠네, 중기형도 아니고 그 남자도 아니고, 그런데 성질은 왜 부리는데? 중기 형이 보고 싶은 거구나?"

동생은 같이 화를 내려다 참는 듯 말꼬리를 내리고 방으로 들어가 버린다. 나 역시 내 방으로 돌아와 책상에 앉았다가 비디오테이프를 다시 돌려 본다. 그러나 화면은 건성이고 그녀의 머릿속은 어린 시절에 만났던 중기를 떠올리고 있었다.

초등학교 입학식 날이었다. 모두들 집으로 돌아가는데 엄마가 낯선 남자와 인사를 나누다가 내 손을 놓고 교문 옆에 매달려 있는 그네를 가리켰다. 그곳에 가서 놀고 있으라는 엄마 말에 나는 그네가 있는 곳으로 달려가다 뒤를 돌아봤는데, 엄마와 같이 서 있는 남자 옆에 내 키보다 조금 커 보인 남자애가 나를 보더니 한달음에 다가왔다. 나는 이미 그네에 앉았고 그 애는 내 옆으로 오더니 나를 쳐다보고는 씩 웃으면서 말을 붙였다.

"내가 밀어줄까?"

나는 고개를 흔들었다. 하지만 그 아이는 내 뒤로 가서 그네를 뒤로 잡아당겼다가 앞으로 슬쩍 밀었다. 나는 놀랍고 무서워서 소리를 질렀다.

"하지 마!"

한 번도 타보지 않은 그네라 온몸이 굳어버린 것 같았다. 그런데도 내 몸은 이미 공중으로 날았다. 다시 제자리로 돌아오는 그네를 또 밀어주는 남자애가 밉고 싫었지만 그네는 처음 보다 더 높이 올라갔고, 무섭지만 날아가는 기분은 싫지가 않았다. 세 번째로 날아오를 때는 내 입이 저절로 크게 벌어졌고, 나중에는 내 몸이 깃털을 단 듯 가벼워져서 소리 내어 웃기까지 했다. 그때 엄마가 다가오자 그 애는 아저씨가 있는 곳으로 달려갔다. 나는 갑자기 놔버린 그 애의 손을 의식하고 겁이 왈칵 났지만 엄마가 대신 줄을 잡고 나를 그네에서 내려줬다.

그리고 며칠 후 학교 복도에서 그 애를 만났다. 그 애가 먼저 말을 걸면서 자기 이름은 '중기'라고 앞으로 오빠라고 부르라고 했다.

"지난번에 만났던 네 엄마 옆에 계신 분이 우리 아빠야. 내가 널 예쁘다고 했더니 동생처럼 잘 보살펴주랬어."

그렇게 시작한 우리의 만남은 대학까지 이어져서 방학이 되면 함께 여행을 다닐 정도로 가까워졌다. 결혼은 기정사실이었는데 느닷없이 오빠에게 혼처가 나타난 것이다. 그날부터 오빠의 발걸음이 끊어졌지만 나는 중기 오빠를 믿었다. 내 믿음처럼 오빠는 졸업 기념으로 학교 동아리에서 그리스를 가는데 함께 가자고 했다.

그 여행을 나는 오빠가 내게로 완전히 돌아온 것이라고 믿었다. 그런데 집에 돌아오자마자 이번에는 우리 부모님의 반대가 심했다. 아버지는 부녀관계를 끊자는 말까지 나올 정도로 완강했다. 그래도 나는 포기할 수 없다고 버티다 아버지에게 감금까지 당하게 되었지만 중기에게서는 아무런 소식이 없었다. 나는 점점 절망감에 빠져가는 중에 엄마로부터 중기의 소식을 들었다.

"이제는 더 이상 버텨봤자 소용없게 되었다. 벌써 그 쪽 집에서는 결혼식 날짜도 잡았단다. 나도 어제 아버지한테 들었다. 그러니 이제 포기해라."

나는 할 말을 잃고 이불을 뒤집어썼다. 얼마나 울었는지 울다 지쳐서 깜박 잠이 들었던 것 같다. 아버지와 엄마의 목소리에 잠이 깼지만 그대로 잠자코 있었다.

"이제까지 울다가 금방 잠들었어요."

"당신 말 듣고 포기한 거야?"

"저라고 무슨 수가 있겠어요? 아무 말 않는 게 포기한 것 같아요."

"잘했어. 이럴 줄 알았으면 일찍 말해 줄걸. 어쩔 수 없는 상황이었는데.”

“모든 게 다 운명이라고 생각해요. 모르고 그렇게 된 걸 어떻게 해요.”

“그래도 우리 연수가 빨리 포기를 해 줘서 고맙네.”

아버지의 목소리가 원망스러웠다. 도대체 뭘 모르고 한 일이라는 건지, 말의 진의를 파악할 수가 없었다. 어떻게든 오빠를 만나야 된다는 생각뿐이었다. 나는 다음 날 엄마가 가져다주는 죽을 한 그릇 다 비우고 옷도 갈아입으면서 일상으로 돌아간 척 책상에 앉았다. 저녁나절에 아버지가 들어오시더니 내 등을 토닥이셨다.

“연수야, 고맙다. 이렇게 털고 일어나 줘서 정말 고맙다.”

밖으로 나가신 아버지의 목소리가 크게 들렸다.

“여보, 나도 이제 해방이요. 저 녀석 지키느라 꼼짝 못했잖아. 잠깐만 나갔다 올 테니 저녁은 맛있는 요리 좀 해봐요. 연수 좋아하는 콩국수 할까? 아니지, 그동안 못 먹었으니 갈비찜이 좋겠다.”

아버지의 들뜬 음성과는 달리 엄마의 목소리는 힘이 없었다.

“금방 무슨 입맛이 돌겠어요. 그 속이 제대로 된 속이겠어요? 나도 이렇게 가슴이 아픈데 저 어린것이 얼마나 아플지….”

“세월이 해결해 주겠지. 우리 잘못도 아닌데, 당신도 마음 쓸 것 없어. 모든 게 다 운명이야, 그동안 내가 얼마나 마음 졸인 줄 알아?”

“당신도 그랬군요. 사실 나도 마음이 조마조마했어요. 그 애처럼 그런 일 생길까 봐.”

“쉿, 우리 연수는 그런 어리석은 짓은 안 해. 괜히 눈물 비치고 그러지 마. 당신이 마음을 굳게 먹어야 연수를 지키는 거야.”

“그래요. 우리 연수는 다르죠?”

“그럼. 이제 됐어. 제 어미를 닮아서 결단력이 없을 줄 알았는데.”

"여보!"

갑자기 엄마와 아버지가 속삭이듯 가만가만 말을 하는 것도 이상했고. 엄마가 말한 그 애처럼 그런 일 없다는 말은 누굴 두고 하는 말인지 몰랐다. 그리고 아버지 말도 귀에 거슬렸다. 내가 엄마 성질을 닮아 결단력이 있다고? 나는 아니라는 생각이 들었다. 엄마야 매사가 분명하고 똑 부러진 성격이지만 나는 매사가 좋은 게 좋고 남의 말도 잘 듣는다. 싸움 자체를 싫어하기 때문에 누구와 시비가 될 만한 일이 있으면 피하거나 포기해 버린다. 아버지도 그런 내 성질을 보고 넌 엄마도 안 닮았냐고 추궁했던 적이 있었다. 그런데 엄마를 닮아 결단력이 있다고? 아버지는 아직도 당신 딸 성격도 몰랐단 말이야? 밖에 나가지 말라고 감금령까지 내린 아버지에게 별걸 다 트집을 잡아 시비라도 걸고 싶었던 심정이었는지. 나는 엄마와 아버지가 소곤거린 것 자체가 마음에 거슬렸다. 나만 속이고 두 분이서 비밀을 나누는 것 같아 서운함마저 들어 집을 탈출할 생각이 들었는지도 모른다. 마침 엄마가 음료수를 들고 들어와 마시라고 했고, 나는 주스를 마시면서 집을 빠져나갈 궁리를 했다.

"목이 많이 말랐었구나. 아픈 곳은 없지?"

나는 고개를 끄덕거렸다.

"그래? 그럼 우리 저녁에 갈비 먹자. 너 영양 보충해야지."

엄마는 서둘러 나가시면서 마트에 좀 다녀오시겠다고 했다. 나는 바로 중기에게 전화를 해서 무조건 집 근처 초등학교 교문 정문으로 오라고 했다. 무슨 일이냐고 묻는 말에 무조건 지금 당장 나오지 않으면 평생 후회할 거라는 말을 남기고 전화를 끊었다. 하지만 내 소지품은 아버지한테 압수당한 상태였고 안방문은 잠겨있었다.

이미 사랑에 눈이 멀어버린 내 안중에는 부모에 대한 미안함이나 가

책 같은 것도 없었다. 다만 시간이 흘러 그 두려움만 점점 마음에 가득 쌓일 뿐, 당장이라도 부모님께 잡히면 내 인생은 끝이라는 생각밖에 들지 않았다.

중기는 오래 걸리지 않아서 나타났다. 오빠를 본 순간 와락 눈물이 쏟아질 것 같아 이를 악물었다. 오빠 눈에서도 물기가 비쳤다. 그 순간 나는 안도의 숨을 내쉬었다. 그러면 그렇지, 오빠도 지금 처해 있는 현실이 가슴 아픈 거야, 그렇다면 나라도 용기를 내야지. 나는 중기에게 당장 도망가자고 했다. 그는 아무 말 없이 내 손을 꼭 잡았다.

"다시 생각해보란 말은 못하겠다. 널 어떻게 설득시킬 방법도 없고… 집으로 돌아갈 생각은 전혀 없는 거니?"

나는 고개가 땅에 떨어질 만큼 깊숙이 숙였다.

"그럼, 여기서 한 시간 정도만 기다리고 있어. 일단 어디든 가서 너를 좀 쉬게 해야겠다. 집에 가서 돈을 좀 마련해 올 테니…."

내 손을 놓고 일어서는 중기의 손을 나는 놓지 않았다.

"몹시, 떠는구나. 조금만 기다려, 빨리 돌아올게." 중기는 내 어깨를 힘껏 안아주고 찻집을 나갔다가 무려 세 시간이나 지나서 나타났다.

"많이 기다렸지. 너의 집에서 우리 집에 전화했나 봐. 아버지 감시가 심해서 겨우 도망쳐 나왔다. 일단 고속버스 타고 대전으로 가자. 그곳에 가면 농장 하는 친구가 있어."

나야 목적지가 어디든 상관없었다. 버스가 출발하고 목적지 대전에 도착할 때까지 우리는 손만 잡고 입은 열지 않았다. 대전에 도착한 시간이 너무 늦어서 시골로 들어가는 차는 이미 끊긴 상태라고 했다. 어쩔 수 없이 모텔을 찾아 들어갔고, 이미 지쳐있었기 때문인지 누구도 먼저 입을 열지 않고 침대에 나란히 누워 손만 잡고 있다가 사르르 잠이 들었다.

새벽녘에 눈을 뜨고서야 내 옆에 중기가 있다는 사실에 가슴이 뛰었고, 이 남자만 있으면 모든 것이 다 해결될 것 같았다. 순간 그의 가슴에 안기고 싶었다. 나는 그의 어깨에 가만히 얼굴을 기댔지만 그는 기다리고 있었던 듯 나를 껴안다 금방 가만히 나를 내려놓더니 먼저 소파로 기서 앉고는 나에게도 와서 앉으라고 했다.

나는 무안하고 부끄럽고 당혹감에 두 손으로 얼굴을 감쌌는데 그만 울음이 터져 나오고 말았다. 오빠는 나를 어린애 달래듯 내 등을 한 손으로 쓰다듬어주면서 잠깐 나갔다 오겠다고 했다.

"내가 잠시 이성을 잃었던 거야, 미안해, 너에게 상처를 줄 수는 없어. 더구나 이런 상황에서…."

중기는 말을 끝내지도 못하고 침대로 돌아가 엎드렸다. 아마 울음을 참는 것이라고 믿었다. 나 역시 너무 큰 충격에 잠자코 있었지만, 상처라니? 우리가 처음도 아닌데. 우리의 사랑을 확인할 때마다 그의 희열을 내 몸으로 느낄 수 있었는데, 그는 도대체 무슨 생각을 하는 걸까? 나는 차마 결혼 날짜를 잡았느냐고 물어보지 못한 걸 후회했다가 금방 마음을 가라앉힌다. 내 전화 한 통에 바로 뛰어나오지 않는가.

나는 창문을 열었다. 어둠밖에 깔리지 않은 세상이지만 밤하늘은 찬란하게 빛났다. 그 속에서 별들만 숨을 쉬고 있는 것 같았다. 별처럼 붉게 타오르던 내 몸이 말라비틀어지는 듯 움츠러들었다. 어디선가 들려오는 자동차의 소음이 밤 부두에서 울려오는 고동 소리처럼 구슬프게 들렸다. 내 목숨보다 더 사랑한 남자, 나는 침대로 돌아가 넋 놓고 앉아 있는 중기를 내려다봤다. 그는 나를 물끄러미 바라보는데, 가슴이 시리고 아팠다. 어쩌면 이별을 준비하기 위해 온 것인지도 모른다는 생각이 들었다. 그 생각은 나를 초조하게 만들어 당혹스러웠다. 침대에 앉아 있는 그의 무릎 앞에 나도 쭈그려 앉았다. 그리고 두 손으로 그의 무릎을 안아 가슴에 품었다.

"연수야! 제발… 이러지 마!"

중기는 나를 밀어내듯 일어나 밖으로 나가버렸다. 나는 그 자리에 화석이 된 듯 움직일 수가 없었다. 그러다 눈물을 흘렸던가? 아니, 욕실로 들어가 샤워기를 틀었던 것 같다. 그리고 눈물을 흘렸으리라.

중기는 한 시간 정도 지난 후 모텔로 돌아왔다. 손에는 햄버거와 우유가 들려있었다. 나는 달려가 그의 품에 안겼다. 그냥 가버린 줄 알았다는 내 말에 배고프겠다고, 우선 먹고 생각하자고 했다. 나는 그 순간 머릿속이 명료했다. 꿈을 찾아 여행을 온 것이라고 착각했던 나를 돌아볼 수 있었다. 그래서 탁자 위에 놓인 햄버거와 우유를 씩씩하게 먹었다.

"친구가 이곳 교외에서 농장을 한다고 했어. 며칠만이라도 그곳에 가서 좀 쉬자. 그리고 생각하자. 친구를 만나보고 올 테니 꼼짝 말고 여기서 기다리고 있어. 알았지?"

어린애 달래듯 내 몸을 침대에 눕혔다. 나는 가만히 눈을 감았고 그는 아무 말이 없었다. 나는 불안해서 가슴이 조마조마했다. 그래서 그의 손을 가만히 잡았다.

"연수야, 걱정 마, 오빠가 꼭 돌아올 테니."

내 손을 가만히 놓는 오빠의 손을 놓치고 싶지는 않았지만 나는 입술을 깨물고 대답하지 않았다. 왜 그래, 입술에 피 난다. 오빠는 손가락으로 내 입술을 꾹 눌러 주고는 돌아섰다. 그는 완전히 변해 있었다. 예전 같으면 입술을 포개서 내 입술을 달래주었고, 불만이 있으면 말로 하라고, 왜 죄 없는 입술을 깨무냐고, 내 볼을 가만히 두드리듯 손가락으로 톡톡 튕겨주거나 아니면 내 볼에 얼굴을 비비면서 속상해했는데 지금은 내 입술에 피가 나도 덤덤한 표정으로 나가버렸다.

사랑이 식으면 작은 행동 하나에도 둔감해지는 걸까? 나는 이불을 뒤집어쓰고 눈을 감았다. 버림을 받았다는 생각이 들자 온몸이 나락으로 떨어진 기분이었다. 우리의 사랑 역시 완벽할 수가 없다는 것인가? 우리의 관계가 절망에 이르러 있다는 것을 감지할 수 있었다. 그런데도 미련이란 언제나 가능성을 희망으로 던져준다. 그래서 잠들 수 있었는지 모른다.

밤새 중기는 돌아오지 않았고 밤을 지킨 나는 절망감으로 방 안을 서성거리고만 있는데, 새벽녘에 방문을 두드리는 소리가 들렸다. 한달음에 달려가 문을 열자, 우뚝 서 있는 경찰관이 대뜸 김중기 씨를 아느냐고 물었다. 나는 경찰관 앞으로 바짝 다가섰다.

"어디 있어요?"

"김중기 씨를 기다리셨나요?"

나는 고개만 끄덕거리면서 경찰관의 입만 쳐다봤다.

"그 사람 회사 공금횡령으로 수배된 인물인 줄 몰랐어요? 어제 오후에 검문에 걸려 서울로 이송되었습니다. 집에 가서 있으면 연락하겠답니다."

경찰관은 그의 부탁이 하도 절박해서 전해주는 것이라고 했다. 나는 꿀 먹은 벙어리처럼 멍하니 경찰관만 쳐다볼 뿐이었다.

"그럼."

경찰관은 임무 수행이 끝났다는 듯 홀연히 가버리는 걸 보면서 내 몸은 스르르 모래성이 무너지듯 그 자리에 허물어지고 말았다. 아무 생각도 없었다. 그리고 와락 솟구치는 눈물을 참기 위해 입술을 깨물었다. 아니 잘근잘근 씹히는 입술에 짠맛이 돌았다. 핏물 맛이나 눈물 맛이나 그 맛이 비슷하다는 걸 나는 유년시절부터 알고 있었다.

이모가 죽었다는 날, 나는 아무 영문도 모르면서 울음을 그치지 않아 어른들이 애를 먹었다고 했다. 마침 이모 친구들이 몰려오는 바람에 엄마는 나를 주방에 잠시 데려다 놓으라고 해서 누군가 나를 주방에 데리고 갔고, 그 여자는 나를 달래면서 계속 울기만 할 거면 여기서 나오지 말라고, 너처럼 그렇게 울기만 하면 죽은 사람이 구천을 떠돈다는 말을 하면서 나를 안쓰럽게 쳐다봤다. 나는 구천이 어딘지는 몰랐지만 나쁜 곳이라는 생각이 들어 그때 입술을 꼭 깨물었다.

"그래, 그렇게 입술을 꼭 다물고 있으면 울음이 그쳐. 그렇게 울지 말고, 꼼짝 말고 여기에 있어야 해"

그녀는 나한테 한 번 더 다짐을 하고 나가버렸다. 그런데도 나는 울었고, 주방에 어떤 아줌마가 나를 보면서 "뚝!" 했다. 나는 그 순간 입술을 악물었다.

"그래, 그렇게 입술을 꼭 깨물고 있는 거야, 연수가 그렇게 울면 돌아가신 분이 어떻게 눈을 감겠냐?"

나는 그 아주머니 말에 또 울음이 터질 것 같아 입술을 꽉 깨물고 그자리에 쪼그려 앉았다. 그렇게 앉았다가 정신이 희미했다. 엄마를 부르며 돌아봤지만 아무도 없었다. 나 혼자라는 사실에 무서웠다. 밖에서 사람들의 울음소리가 점점 멀어지는 걸 느꼈지만 그 의미가 무엇인지 몰랐다. 너무 조용해서 주방 밖으로 살그머니 나갔는데 아는 얼굴이 아무도 없었다. 나는 급한 마음에 밖으로 뛰어나갔고, 내 눈앞에서 버스에 오르는 사람들을 봤다. 그들은 분명히 검은 옷을 입었기 때문에 나는 그들을 놓치지 않으려고 달려가서 그 버스에 올랐고, 그 버스는 바로 출발을 했다. 그때 누군가 내 손을 잡아주고는 옆자리에 앉혔다.

버스는 금방 출발을 했지만 나는 버스 안을 돌아볼 수가 없었다. 그때 뒷좌석에서 아이고~ 하는 울음소리가 들렸다. 그 소리에 나도 덩달아 울음을 터트렸다. 옆에 아주머니가 내 어깨를 감싸주는 바람에 나는 울음을 뚝 그치고 입술을 깨물었다. 세 살 버릇 여든 간다고, 그 버릇을 지금까지 써먹느라, 억울하면 입술을 악다물고 초조하면 입술을 깨문다.

청천벽력이 따로 없었다. 그가 다닌 회사는 그의 아버지 회사였으니 이해할 수 없었다. 다만 그때 깨달았던 건, 그의 아버지가 아들을 지명수배 내릴 정도로 나를 싫어한다는 사실. 잘 사는 사람들은 못 사는 사람들을 벌레 보듯 한다던 아버지의 말이 떠올랐다. 사업에 실패하고 부도만은 막아보겠다던 아버지가 잘 나가는 친구들을 만나고 돌아와서 하던 말이었다.

아버지는 부도수표 남발 죄로 2년의 구형을 받고 수감생활을 마쳤지만 심한 우울증으로 집 밖 출입을 삼가하고 계시는 중이었다. 이번 일로 얼마나 상처가 크실까, 다급해지니 부모 생각도 나고 동생 얼굴도 스쳤다. 가슴이 먹먹하고 눈앞에 펼쳐진 상황이 무섭고 두려웠다. 그렇다고 이대로 집에 들어가는 일은 너무나 뻔뻔스러운 일이었다.

나는 한숨을 내 쉬고 내가 처해 있는 현실을 똑똑히 인식했다. 명문가의 딸과 결혼이 정해져 있는 현실 앞에 오빠라고 별다른 수가 있었겠는가. 그는 아버지의 말에 늘 복종하는 아들이었고, 어머니의 사랑은 늘 자애롭다고 자랑했다. 그런 아들이 어떻게 부모님의 말을 거역하겠는가. 내가 바보였다. 나는 우리의 사랑만 생각했지 현실에는 어두웠다.

모텔을 빠져나오는데 길가에 앉아 몇 가지 채소들을 놓고 파는 50대 중반의 아주머니가 나에게 손짓을 했다. 하나만 팔아주고 가라는 말에 내 입술이 저절로 깨물렸다. 내 수중에 땡전 한 푼 없는 설움보다는 안

쓰러운 아주머니의 청을 들어주지 못하는 내 처지가 슬펐다. 돈을 벌어야 해, 그 생각은 나를 깨우치게 했다. 대학만은 졸업시키겠다고 경비자리까지 알아보고 계신다는 아버지 생각을 하자 가슴이 에이고 눈물이 솟구쳤다.

어쩌면 아버지의 사업이 부도만 나지 않았어도 이렇게 심한 반대에는 부딪히지 않았을 거라는 생각도 들었지만 금방 머리를 흔들었다. 마침 가로등 가판대에 꽂혀 있는 벼룩시장 광고지가 눈에 띄었다. 우선은 숙식제공 자리부터 찾아갔다. 낮에는 차를 팔고 밤에는 술도 판다고 했다. 찻집은 몰라도 술까지는 마음이 내키지 않아서 돌아서려는데 주인이 나를 불러 세웠다.

"그럼 카운터를 보면 어떻겠어요?"

나는 고개를 갸웃했다. 경리라고 했다. 돈만 잘 받으면 된다고 해서 그대로 그 집에 눌러앉았다. 그렇게 시작한 내 일자리는 말이 경리지 급할 땐 안주 접시를 날라야 했고 손님이 옆에 앉으라고 하면 앉아야 했다. 겨우 이틀이었지만 손님들은 막무가내로 술을 권했고 싫다고 거절하면 욕부터 퍼부었다. 그들의 요구는 끝이 없을 것 같아서 주인에게 그만두겠다고 했다.

"당장 나가면 오늘 밤 장사는 어떻게 해. 오늘 밤만이라도 봐주고 가야지."

그날따라 손님이 많아서 테이블까지 도와줘야 했다. 손님 테이블에 안주 접시를 내려놓는 순간, 내 허벅지로 들어오는 손에 질색하고 옆자리 손님 얼굴을 봤다. 씨익 웃는 남자의 얼굴이 소름이 끼쳐 고개를 돌리고, 접시를 놓을 수 있는 공간을 만들기 위해 허리를 숙였다. 그 순간에 또 그 손이 내 허벅지를 더듬는 게 아닌가. 나는 더 참지 못하고 접시를 들어 남자의 면상에 쳤다. 악, 소리와 함께 얼굴에서 피가 튕겨 나왔다. 나는 두 손으로 내 얼굴을 가렸고, 홀 안은 금방 아수라장이 되었다. 금방 119 구조대 차가 도착했고 나는 경찰서 유치장 신세가 됐다.

그 후 중기로부터는 소식이 끊겼다. 그때만 해도 나는 세상 이치를 몰랐었다. 사랑 같은 걸 믿다니. 이 세상에 영원한 건 없다는 걸 뒤늦게야 깨달았으니까. 불같이 타올랐던 사랑도 길어야 삼 년이라는 말도 있다. 그러나 잊었다고 생각했던 중기의 동영상을 보고, 또 보고 있는 마음은 무엇인지 모르겠다.

며칠간 다녀오겠다고 훌쩍 떠난 동생이 이틀 만에 돌아왔다. 공항에서 엄마 요양소에 다녀오면 어떻겠느냐고 물어왔다. 나는 쾌히 승낙하고, 엄마에게 가져갈 물건들을 챙기느라 혼자서 분주하게 움직이는데 현관 벨이 울렸다. 동생이 벌써 온 줄 알고 문을 열었다.

"안녕하십니까?"

초록색 지붕 남자였다. 나는 흠칫 놀라 뒤로 한발 물러선 채, 무슨 일이냐고, 누구시냐고 물었다.

"날 보고 누구냐고? 날 알고 있으면서 왜 딴소리야?"

술이 약간 취한 그는 다그치며 덤벼들었다. 나는 어이가 없었지만 정신을 가다듬었다.

"아, 저기 공터에 사시는 사람, 맞지요?"

"날 봤잖아?"

갑자기 찾아와 큰소리를 치는 남자의 얼굴을 빤히 봤다. 어이가 없어서인지 웃음이 삐져나왔다.

"공터에서 봤잖아, 그네 타러 다녔잖아."

나는 웃음을 참지 못해 뒤로 돌아섰다.

"모른 척하면 다야? 모르긴 뭘 몰라?"

나는 좀 모자란 남자라는 생각이 들어 한숨을 쉬고 능청을 떨었다.

"아, 이제 기억났어요. 저 아래 초록색 지붕, 맞지요?"

"그래, 초록색 지붕."

나는 더 이상 웃음을 참을 수 없어서 그를 밀어버리고 문을 닫았다.

"문 안 열어? 문 열고 내 얼굴을 똑똑히 보라고, 내가 너 때문에 밖에도 못나갔단 말이야. 내가 그동안 어떻게 지냈는지 알아?"

나는 가슴이 뜨끔했다. 그래서 문을 열었다.

"나는 빈집인 줄 알았어요. 그리고 누가 그런 짓 하고 있는 줄 알았나? 그래서 날 어쩌라고? 훔쳐봤다고 고소라도 할 거야? 그리고 누구한테 반말이야?"

"어디서 둘러대기는? 시치미 딱 떼겠다 이거지? 기가 차네, 설마… 아, 이름이 뭐였더라, 그래 비너스, 맞다, 비너스 카페. 이래도 발뺌할 거야?"

나는 비너스를 몇 번 읊조리다 심장이 뚝 멎는 줄 알았다. 대전의 카페 이름이 비너스였다. 그렇다면… 나는 남자의 얼굴을 뚫어지게 봤다.

"내 코를 부러뜨려놓고는 시치미는….."

아, 나는 입술을 악물었다. 코가 부러졌다는 말은 경찰서에서 들어 알고 있었다. 그렇다면 코를 성형해서 몰라봤구나, 그래서 어디서 본 듯했는지도. 나는 당황하여 어쩔 줄을 모르다가 오히려 화를 냈다.

"당신이 그 뻔뻔하고 음흉한 그 치한이란 말이지? 나 같으면 창피해서도 아는 체 않겠다. 뭐가 큰 자랑거리라고 이렇게 달려와 다짜고짜 행패야? 당장 나가요. 불결해!"

그때 동생이 대문으로 들어오면서 무슨 일이냐고 내 앞으로 다가와 무슨 일이냐고 물었다.

"별 미친놈이 다 있어, 글쎄 그때, 대전서 내 허벅지에 손 밀어 넣던 그놈이란다. 난 못 알아봤는데 자기 입으로 이실직고하네. 그 말 하려고 여기까지 찾아왔다니 웃기는 일 아니니?"

잠자코 듣고 있던 남자가 갑자기 고래고래 소리를 지르자 동생은 남자를 달래며 함께 나갔다가 30분가량 지나서 돌아왔다. 어떻게 됐냐는 내 말에 동생은 나중에 하자고 했다.

"아, 피곤해서 오늘은 엄마한테 못 가겠다. 너무 늦기도 했고. 아, 전화해야겠네."

동생은 어딘가에 전화를 걸었다.

"형, 내일 갑시다. 너무 늦어서 안 되겠어. 내일 호텔로 모시러 갈게요. 네? 혼자 다녀오겠다고요? 왜요? 그래요? 그럼. 내일 연락주세요."

"누군데?"

동생은 난처한 듯 우물거리다가 그냥 아는 형이라고 했다.

"내가 모르는 형이 어디 있어? 누군데 그래?"

"아는 형이야, 그 형도 그곳 요양소에 아는 사람이 있어서 같이 가기로 했거든. 내일은 시간이 없다고 지금 혼자 다녀온다고 하네."

동생은 뭔가 숨기는 듯 말을 얼버무렸다.

"사실은 나도 지금 다녀오고 싶은데, 내일은 시간이 없을 것 같거든. 넌 많이 피곤해? 그럼 나 혼자 다녀올까? 어차피 준비도 했고. 넌 좀 쉬어. 아, 밥은 밥통에 있으니까 알아서 먹고. 참, 그 미친놈 얘기는 다녀와서 듣자."

"잠깐, 나도 갈래. 그 대신 운전은 누나가 하기다."

나는 운전대에 앉자마자 그 남자 어떻게 됐느냐고 물었다. 동생은 그 남자에게 관심이 많은 것 같다며 나를 놀리더니, 그 남자도 불쌍한 인생이라고 했다.

"누나 앞길이 왜 그렇게 꼬이는 가 했더니 바로 그 남자 때문이었던 가봐. 누나한테 언어맞고 콧대 부러져 성형하고 그 바람에 직장까지 잃었대. 더구나 성추행하다 코뼈 부러졌다고 소문이 나기 시작해서 마누라한테 이혼까지 당했단다. 이유야 핑계고 직장 잃고 백수로 오래 살다 보면 마누라가 붙어있겠어? 요즘 여자들이 얼마나 영악한데. 그러고 보면 누나는 영악하지도 못하면서, 그깟 첫사랑이 뭐라고 자기 인생을 패대기치듯 내던져 버려? 그러면서 뭐? 개나 주라고? 사랑이 그렇게 하찮은 거야?"

"아, 됐어, 너나 실컷 해."

"그래도 그 남자는 살아보려고 별일 다 해봤나 봐. 그나마 어머니가 그 집에 살다가 가셔서 자기 몫이 됐다고. 그래서 이사 왔는데 누나를 보고 한 눈에 딱 알아봤대. 그런데 너무 반가웠다나, 웃기지. 그래도 괘씸해서 한 번은 봐주려고 했었다니, 결국 오늘 터진 거지."

"그만해, 듣기 싫어!"

"처음엔 창피해서 피했는데 집에 들어가 곰곰이 생각해보니 자기가 피할 일이 아니더래. 맞는 말이라고 맞장구를 쳐주었더니 청산유수로 늘어놓더군. 술 취한 사람 얘기 들어주는 것도 보시라는 엄마 말, 우리 귀가 닳도록 들었잖아. 아버지 생각이 나서 그 사람 얘기 좀 들어주고 오느라 이제 왔어. 누나 만나려고 매일 집 앞에서 망보다가 우리 집을 알아냈나 봐."

"그래서 날 보고 어쩌라고?"

"자기 인생 책임지라고 하면 어쩔래?"

나는 브레이크를 밟았다.

"재수 없는 소리 할래?"

동생은 혼자 웃더니 나를 흘긋 본다.

"솔직히 그 남자 괜찮았어. 사람이 순수한 데가 있더라고, 나 같으면 누나 만나자마자 한 방 갈겨버렸을 텐데. 누나가 무슨 죄냐고 하더라고. 자기가 처신을 잘못해서 당한 망신이라고, 그날은 회사 회식 자리였는데 과장이 다음 달 승진에 자기 이름이 올라 있다는 말에 술잔이 모두 자기한테로 왔다나…"

"그래서 그 예긴 왜 하는데?"

"재미있잖아."

동생은 백미러로 나를 보더니 빙그레 웃는다.

"술 때문인지, 그날 누나 얼굴이 천사처럼 하얗고 이쁜데다 볼이 복숭아처럼 발그레 해서 한번 만져보고 싶었데. 자기가 나쁜 놈이냐고 묻더라. 나도 술 먹는 사람이라 그 정도는 약과라고 했지. 듣고 있어?"

나는 대답하지 않았다.

"누나한테도 절반의 책임은 있어, 누가 그렇게 이쁘래?"

나는 웃을 수밖에 없었다.

"그래도 괜찮은 사람이야, 따지고 보면 자기 잘못이라고, 누구 탓하겠느냐고 누나를 감싸주는 것 같던데? 지나간 세월이 억울한 건, 그 핑계로 무의도식 했다는데 안됐더라고. 그래도 어머니가 돌아가시고 나서야 정신을 차렸다고 엉엉 우는데, 나도 가슴이 찡하더라고. 갑자기 내 처지도 한심하고, 난 그동안 뭐했나 싶기도 하고, 그래서 아까 내일 가자고 했던 거야. 갑자기 엄마 보는 일이 부담스러워지더라고."

"그랬었구나. 너도 좋은 여자 만나면 좋을 텐데."

"어떻게 보면 첫사랑을 먹고사는 누나가 제일 행복한 사람 같기도 해서 가끔 누나가 부럽기도 하고, 괜히 심사가 뒤틀리기도 했거든. 미안해."

"미안하긴, 그 소릴 들으니 나도 마음이 무겁다. 너나 나나 우린 엄마한테 불효자야. 그치?"

우리는 함께 웃었다. 그리고 우리는 말을 잃었다. 나는 운명의 장난이란 말이 떠올랐다. 나로 인해 한 사람 인생이 그렇게 무너졌다니, 정말 운명이란 게 있기나 한 건지, 신의 형벌이 공평한 건지, 마음이 착잡했다.

요양소에 도착하자 동생은 담당 의사부터 만나보고 오겠다고 이층으로 올라가고, 나는 엄마 병실로 갔는데 엄마 침대가 보이지 않아 접견실 쪽으로 걸음을 옮겼다. 복도 끝에 반쯤 올려 진 엄마 침대를 발견하고 서둘러 가다가 걸음을 멈췄다. 틀림없는 중기였다. 그는 엄마와 나란히 창밖을 보고 있었다. 나는 뛰는 가슴을 억누르고 조심스럽게 다가갔다. 점점 걸음을 늦추는데 엄마의 목소리는 점점 커졌다.

"그럼 아직도 재혼을 안 했단 말이야?"

"결혼이야 아버지 사업 때문에 어쩔 수 없이 한 거죠, 저 같은 죄인이 어떻게 재혼씩이나 합니까? 연수가 아직도 혼자일 줄은 정말 몰랐습니다. 철호가 말해 주지 않았다면 전 평생 모르고 지낼 뻔했습니다. 그래서 철호를 따라왔어요. 저는 연수가 알고 있는 줄 알았습니다. 그래서 말인데요. 저보다는 어머님께서 이야길 해 주시는 게 좋을 것 같다는 생각에 이렇게 찾아뵌 겁니다. 부담되시면 제가 할까요?"

"자네는 왜 그때 이야길 안 했나? 그 애가 도망치자고 했으면 말을 했어야지. 함께 왜 도망은 쳐? 무슨 속셈이었어?"

"속셈은 없었습니다. 차마 입이 떨어지지 않아서 미루다가 그만 붙잡힌 겁니다. 이번에는 꼭 하겠습니다. 이제는 알아도 무슨 큰 상처가 되겠나 싶군요. 그때는 연수가 무슨 일이라도 저지를까 봐, 혹시나 자기 엄마처럼 스스로 목숨을 끊지나 않을까 싶어 차마 입이 떨어지질 않더군요. 죄송합니다."

"어떻게 자네 탓인가? 이 일은 누구의 죄도 아니네. 내 동생이 그렇게 가지만 않았어도 두 사람이 만날 수 있었겠는가. 모두가 하늘의 뜻이었네. 오히려 내 죄가 더 크지. 동생을 모질게만 내치지 않았어도 그렇게 생목숨을 끊었겠는가. 그래서 내가 이렇게 벌을 받고 있지 않나…"

"무슨 말씀을 그렇게 하세요. 요즘 암은 병도 아니랍니다. 더구나 위암 치료는 대한민국이 최고라지 않습니까? 수술 경과도 좋다고 하던데 무슨 걱정이세요?"

"나야 죽어도 여한이 있겠나, 우리 연수가 저렇게 있으니, 차마 눈도 감을 수가 없네."

"이번에는 말할 수 있을 것 같습니다."

도대체 무슨 말들을 하는지 전혀 연결되질 않았다. 무슨 말을 하겠다는 거지? 혹시 나와 다시 결혼이라도 하겠다는 건가? 나는 어이가 없었다. 그런데 내가 엄마처럼 스스로 목숨을 끊을까 봐? 뭐야? 내가 잘못 들었겠지. 그나저나 나한테 해 줄 말이 뭘까? 재혼을 한다는 건가? 나하고? 나는 어깨를 들썩했다. 이제 와서… 하지만 못할 것도 없다는 생각이 들었는지 내 어깨가 저절로 들썩한다. 그때 뒤에서 동생이 누나를 부르며 다가왔다. 동시에 중기와 엄마도 내 쪽을 돌아다봤다.

엄마는 당황하면서도 나를 반겼고 중기 역시 반색하던 얼굴을 수습하는 듯 말이 없었다. 동생이 다가와 너스레를 떠는 바람에 분위기가 부드러워졌다. 동생이 자연스럽게 엄마 침대를 잡아 밀면서 두 사람은 밖이 더 시원하다며 회포라도 풀고 오라고 했다.

중기와 나는 정원에 있는 의자에 나란히 앉았다. 중기가 먼저 잘 있었느냐고 묻고 나는 고개만 끄덕였다. 중기의 입이 쉽게 열리지 않을 것 같아서 내가 먼저 입을 뗐다.

"복도에서 엄마와 하는 얘기 대충 들었어. 그런데 무슨 이야긴지 이해는 못했어. 놀라지 않을 테니까 다 말해봐, 무슨 말이야? 그리고 나안 죽어, 무슨 말을 해도 상처도 안 받아. 그러니까 겁먹지 말고 말해. 어서, 빨리!"

중기는 조심스럽게 입을 열었다.

"대충 들은 것 같으니까 돌려서 말하지 않겠다. 우리 아버지의 결혼 반대는 나한테도 충격이었어. 너하고 내가 남매라는 사실이었으니까."

나는 쇠망치로 머리를 한 대 얻어맞은 것처럼 정신이 몽롱했다. 아득한 초원에서 달려오는 듯 말발굽 소리가 귓가에 울리는 것 같아서 귀를 감쌌다. 중기는 일어나 내 어깨를 두 팔로 감싸듯 붙잡고 내 얼굴을 보다 괜찮은지 묻고는 잠시 말을 잊고 있다가 나를 다시 쳐다보고는 흑흑 소리를 삼키고 있다. 오히려 나는 그의 두 손을 가만히 잡고 괜찮다고 달래자, 그제야 마음을 가라앉힌 듯 다시 말을 이었다.

"내가 널 처음 만났던 곳이 병원 영안실이라고 했지? 이모님이 돌아가셨다는 날을 기억하니? 넌 아무 영문도 모르고 울기만 했다더구나. 돌아가신 그 이모가 바로 네 엄마였어. 이루지 못한 사랑 때문에 가슴앓이를 하다가 돌아가셨단다. 우리 아버지 회사 경리부에 근무했다가 감사받는 일로 가까워지셨대. 그래서 널 갖게 됐고, 우리 어머니가 알게 되고, 이모가 사는 너희 집을 찾아간 바람에 이모가 집에서 쫓겨났는데, 그 길로 목숨을 잃으셨어."

나는 상상도 하지 못했던 너무나 엄청난 사실에 넋이 나갔다.

"연수야! 괜찮아?"

나는 가슴의 통증을 한 손으로 누르고 쏟아질 듯 번져 나오는 눈물을 참느라 고개를 깊이 숙였다.

"괜찮아?"

참았던 눈물이 봇물처럼 쏟아졌다. 중기는 다시 내 어깨를 감싸 안고 내가 울음을 그칠 때까지 기다렸다.

"그런데 그동안은 왜 몰랐을까?"

"장례식 날 너의 아버지가 우리 아버지한테 부탁하셨대. 당신 딸로 잘 키울 테니까 죽을 때까지 비밀로 하자고. 그래서 우리 아버지는 연이 이름을 연수로 바꾼 것도 모르셨고."

"내 입학식 날은 왜 만났는데?"

"그 학교 이사장이 우리 아버지였어. 입학식이라 학교에 들르셨다가 학교 앞에서 너의 엄마를 만나셨던 거야. 그날 아버지는 널 물어보셨어. 그 애가 어떻더냐고. 그래서 예쁘다고 했지. 나중에 생각해 보니까, 그때 아버지는 널 동생처럼 잘 봐주라고 하시면서 자리에서 일어나셨지. 그 얼굴이 몹시 슬퍼 보였던 걸 나중에야 기억해 냈었다."

"오빠."

"연수야, 기억나니? 그리스여행 동안 내내 이 이야기를 들려주려 했지만, 차마 말을 꺼낼 수가 없었다. 미안하다. 그때 말했어야 했는데…."

나는 입술을 깨물었다.

"그만해, 그러다 입술 깨물면 피나잖니? 아직도 그 버릇 못 버렸구나."

중기가 내 얼굴을 두 손으로 감쌌다.

"정말 많이 보고 싶었다. 이제는 정말 너한테 좋은 오빠가 돼 줄 수 있을 것 같다."

나는 저절로 고개가 숙여졌다.

"또 우는 거야?"

나는 입술을 한 번 악물었다가 고개를 들었다.

"아니야, 오빠가 미안해할 일은 아무것도 없어. 나도 좋은 동생이 돼
줄게."

나는 오빠의 두 손을 마주 잡았다.

"늦었지만 이렇게라도 알게 되었으니 얼마나 다행이야. 하마터면 우
리 둘 중 누군가는 오이디푸스가 될 뻔 했잖아."

말없이 나를 쳐다보는 오빠 얼굴을 보면서 불현듯 아버지의 말이 생
각났다. 중기를 만나기 위해 도망치기 하루 전인가, 세월은 모든 걸 잊
게 한다고. 정말 아버지의 말이 맞는 것 같았다. 그때 내가 이 사실을
알았다면 아마 나도 우리 엄마처럼 스스로 목숨을 끊었을지도 모른다.
그러나 지금은 너무나 담담했다. 나는 웃었다. 그리고 중기의 어깨를
툭 치면서 알려줘서 고맙다고 했다.

"역시 오라버니 자격이 있네. 이제부터 동생한테 잘하세요."

하지만 병실로 들어서는 내 발걸음은 무거웠다. 나는 엄마부터 껴안
고 한참 동안을 그대로 있었다. 덥다, 왜 이러니? 엄마의 목소리가 떨
렸다. 나는 한 번 더 엄마를 껴안았다. 이제 다들 가봐야지? 중기가 먼
저 렌터카를 돌려줘야 한다고 나가고, 우리도 뒤따라 나오다 나는 다
시 엄마에게 달려가 엄마 가슴에 안겼다. 엄마 고마워요, 나는 왈칵 쏟
아지는 눈물을 감출 수가 없었다. 엄마는 내 등을 가만가만 다독여주
면서 고개를 돌렸지만 나는 엄마 눈가에 번지는 눈물을 보면서 내 가
슴이 촉촉이 젖어 드는 걸 느꼈다.

"여자들은 뭐가 그렇게 복잡해? 엄마는 왜 누나만 보면 말도 잘못하
고… 오늘은 눈물까지 보이던데, 누나는 엄마 속 작작 썩이고 제발 시
집 좀 가라."

동생은 운전석 쪽으로 가는 나를 밀어내고 자기가 하겠다고 손을

안혜숙 _ 사랑의 변증법

내민다. 나는 호주머니에서 키를 내주고 옆 좌석에 앉으려고 문을 열었다.

"뒤에 타시지. 오늘은 머리도 복잡할 텐데 푹 쉬셔. 졸리면 자고."

나는 뒷좌석에 자리를 잡고 등을 깊게 등받이에 묻고 눈을 감았다. 갑자기 아버지가 보고 싶었다. 돌아가실 때까지 우리 연수, 우리 연수 하시던 아버지의 환한 얼굴이 눈앞에서 아른거려 눈을 떴다. 돌아가시기 전 일주일 동안 병원에 계셨는데 나만 보면 미안하다고 했다.

"널 고생시켜서 미안하다. 내 욕심이 널 고생시킨 거야. 미안하다. 대학이라도 졸업시켰으면 내가 이렇게 미안하지는 않은데… 하긴, 지금이라도 마음만 바꿔먹으면 너 하나만은 호강시켜 줄 수도 있는데, 이제는 틀렸어. 너무 멀리 와 버린 거야. 널 보냈어야 했는데…."

"괜찮아, 아버지. 이젠 그 사람 다 잊었어. 아버지 말대로 다 운명이지 뭐. 미안하긴, 아버지가 왜 미안해. 아버지 때문 아니잖아요."

"아니야, 좀 더 일찍 그 집에 너를 보내줬다면…."

"여보, 다 지난 얘기를 왜 끄집어내려고 해요? 이제 와 어쩌려고요, 왜 쓸데없는 소리를 하는 거예요."

나는 그때 엄마가 화를 내는 이유를 알지 못했었다. 오직 나만 생각했으니 아버지의 말뜻을 달리 생각할 수밖에…. 나는 이제야 깨달았다. 아버지의 사랑, 엄마의 사랑, 중기 오빠의 사랑, 앞 운전대에 앉아 백미러로 나를 훔쳐보는 동생의 사랑, 내가 사는 세상은 온통 사랑으로 가득 차 있었다.

"철호야!"

동생이 뒤를 돌아봤다.

"한숨 자지 그래, 잠이 안 와?"

"그 남자 있잖아, 나… 그 남자한테 시집갈까?"

"또 그 남자야? 헛소리 말고 잠이나 자라고. 너무 걱정하지 말고 기다려 봐. 중기 형이 누나 혼자라는 말 듣고 나를 앞세워 온 거야."

"넌 괜한 짓 한 거야."

"무슨 말 듣고 그러는지 몰라도 난 중기 형을 믿어. 집까지 가려면 아직 두 시간은 더 가야 해. 딴 생각 말고 그냥 푹 자버려."

나는 눈을 감아버렸지만 볼 위로 흐르는 눈물은 막지 못했다. 이제야 모든 것이 확연히 드러났다. 온 우주가 내 안에 있는 걸 그동안은 모르고 살았다. 느닷없이 초록색 지붕의 남자가 떠올라 혼자 웃었다.

우리의 사랑은 태초부터 시작되었을 것이다. 그래서 쓰라린 고통도 아름답게 승화시킬 수 있었다. 그러나 사랑의 변증법만이 영원할 수 있다는 걸 깨달았다. 그래서 사랑은 자유가 될 수 없고 자유 또한 사랑이 될 수 없다. 사람들이 미처 눈치 채지 못하는 것은 아무도 가르쳐 주지 않기 때문이다. 나 역시 그 사랑이 찰나에 사라질 수 있다는 걸 믿지 않았다. 자유가 사랑이 될 수 있다는 말을 믿었던 내가 어리석었던 것이다. 하긴, 사랑의 도피는 원래 시작은 황홀하고 끝은 절망이라는 말이 있다. 그 말을 믿지 않은 것도 나의 어리석음이었으니 이제 정신을 차릴 때가 된 것이다.

나는 이제야 하늘에 뜬 별이 보석이 아니라는 사실에 눈을 뜬다. 어차피 우리는 태초의 근원에서 벗어날 수 없으니까. 그래서 삶의 근원에는 질서가 있는 게 아닐까. 절박한 문제일수록 더 반듯한 질서가 필요하듯이….

나는 그 질서를 지키기 위해 또 다른 삶을 선택하게 될 것이다. 중기역시 그 질서를 위해 또 다시 자기의 영역을 찾아가리라.

"누나 자는 거야?"

"아니."

319
안혜숙 _ 사랑의 변증법

"누나 기분이 좋은 거야? 나쁜 거야?"

"좋은 거지."

"그럼 됐어."

나는 긴 여행을 끝내고 집으로 돌아가는 기분이었다. 약간의 노곤함이 잠을 부르는 것 같아 자동차 창문을 열었다. 바람이 훅! 내게로 불어왔고 순간, 알 수 없는 그 무엇이 짓누르는 것 같던 이상한 괴리감이 가슴에 빗금을 그었다. 가끔 그 괴리감으로 가슴이 서늘하리만큼 축축했던 그 이유가 바로 나를 낳아 준 생모의 그림자였음을 깨달았다.

불쌍한 엄마! 사랑 때문에 길을 잃고 얼마나 가슴이 아팠을까…. 그렇다고 자식까지 버릴 수 있었을까? 하긴, 나 역시 사랑을 잃었다는 한 가지 생각에 나를 길러준 부모님을 외면하지 않았던가. 결국 사랑이 유죄다. 나는 금방 몸이 한결 가벼워짐을 느낀다. 마치 깊은 늪과도 같은 구렁텅이에서 빠져나온 것 같은 후련함이다. 문득 영화 'Out of africa'에 삽입된 모차르트의 원곡 클라리넷 협주곡이 내 혀에 맴돈다. 그리고 영화 마지막 부분에 나오는 명대사가 떠올랐다.

"우리는 그 무엇도 소유할 수 없다. 단지 스쳐갈 뿐이지…."

삼행시

윤인영

일상으로 돌아가지 못하는 사람들이 허깨비처럼 앉아 있는 광화문에서 우리는 웃을 수 있을까? 그들의 슬픔을 볼모로 삼아 자신의 이익을 챙기는 무리들이 날마다 천막을 드나들고 비굴한 웃음을 짓는다. 이 모든 모순과 부조리 가운데에 이순신 장군이 묵묵히 서있다.

윤인영

1957년 부산 출생
이화여자대학교 졸업
2011년 《문학과의식》 소설 등단
저서 『동화 서편제』

삼행시

 시청 앞 광장이 온통 태극기를 든 사람들로 꽉 차 있었다.

 "탄핵 결사반대! 대통령님 힘내세요!"

 확성기에서 터져 나오는 쉬어터진 목소리와 지직 거리는 소리 때문에 나는 두 손으로 귀를 막았다. 이명 때문에 귀가 극도로 예민해져 있기 때문이다. 나는 사람들 사이를 비집고 플라자 호텔로 들어섰다. 호텔 로비에서 시청 건물을 바라보았다. 회색 돌로 지은 옛 시청 건물을 우주선 모양의 푸른색 유리 건물이 뒤에서 감싸고 있다. 마치 거대한 파도가 금방 옛 건물을 덮치려는 모양이다.

 키를 하늘만큼 높인 푸른 파도가 옛 시청 건물을 덮치고 프라자 호텔로 밀려온다. 마치 거대한 쓰나미가 밀려오는듯하다. 태극기를 든 사람들은 밀려든 파도에 휩쓸려 허우적거린다, 호텔 유리창들이 모두 깨어지고 어느새 온 세상은 푸른 물에 잠긴다.

 상념에 잠겨 있는데 한 중년 남자가 호텔 로비로 급하게 들어서는 것이 보였다. 손에는 태극기가 들려 있었다. 서두르는 모양이 화장실을 찾는 것 같다. 나는 그를 물끄러미 바라보았다. 문득 그날이 떠올랐다. 80년 봄 나도 여기 플라자 호텔로 뛰어들지 않았던가. 혹시 그날 저 남자도 여기 시청 앞 광장에 있었던 건 아닐까?

 80년 그날 나는 학교에서 나오다가 정문에 전경들이 바리게이트를 치고 학생들과 대치하고 있는 것을 보았다. 정문을 막고 있었기 때문에 딱히 시위에 참여하려던 생각이 없던 학생들도 자연스럽게 시위대 주위로 모여들었다. 전경이 학교 앞을 막고 있는 사실만으로도 울컥했다. 학생들은 점점 많아졌고 우리들은 바리게이트를 향해 돌진했다. 앞에 섰던 아이들의 머리채가 잡히고 블라우스가 찢겨 나갔다. 여자아이들의 비명 소리가 하늘을 찔렀다. 그들은 우리를 막지 못했다. 우리는 거리로 나섰다. 학교 문을 나서서 사거리에 이르자 주변 학교 학생들이 떼를 지어 합세했다. 우리는 그대로 시청 앞 광장까지 달려갔다.

시청 광장에는 이미 각지에서 몰려온 학생과 시민들로 꽉 차 있었다. 나는 많은 인파속에 엉거주춤 서 있었다. 독재 군사 정권 물러나라는 외침이 여기저기서 터져 나왔다. 앞부분에 시위를 주동하는 무리가 있었다. 놀랍게도 거기에 그가 있었다.

"재혁아!"

나도 모르게 그의 이름을 크게 불렀다. 그가 돌아보았다. 재혁은 나를 보고 쓱 웃었다. 그때 최루탄이 터졌다. 학생들은 사방으로 흩어졌다. 나는 정신이 혼미해졌다. 눈을 뜰 수 없었고 숨이 턱 막혔다. 누군가가 내 손을 잡아끌었다. 그가 나를 데리고 플라자 호텔로 뛰어들었다. 화장실로 뛰어든 그는 물로 내 얼굴을 씻어주었다. 기침이 터져 나오고 눈물 콧물이 정신없이 흘러내렸다. 그는 내 얼굴을 두 손으로 감싸고 말했다.

"괜찮아질 거야."

그는 잠시 내 얼굴을 살피더니 쏜살같이 달려 나갔다. 나는 한동안 화끈거리는 얼굴을 부여잡고 화장실 바닥에 주저앉아 있었다. 정신이 혼미해지면서 주위가 빙빙 돌았다. 그날 이후로 나는 그를 보지 못했다.

아래층 결혼식장은 하객들로 북적거렸다. 영숙 내외가 입구에서 하객을 맞이하고 있었다. 나는 영숙에게 축하인사를 하고 동창들이 모여 앉은 테이블로 갔다. 진영이 웃으며 손을 내밀었다.

"너무 부르주아 웨딩 아니니?"

진영이 네 귀에 대고 속삭였다.

"그러게 우리나라가 민주주의 국가가 되긴 했나보네. 민주투사께서 이렇게 화려한 결혼식을 하는걸 보니."

우리는 키득거리고 웃었다. 진영과 영숙은 나와 여대 동창들이다.

"그런데 영숙이 신랑 친구들은 어디에 있어?"

"저쪽 테이블에 있는 거 같은데."

진영이 가리키는 테이블을 나는 유심히 살펴보았다. 20대 젊은 청년들은 이제 중년을 넘어 할아버지로 접어들고 있었다. 재혁은 보이지 않았다.

결혼식은 주례 없이 진행되었다. 주례사 대신 신랑 신부는 서로에게 사랑의 메시지를 나누었다. 신랑은 신부를 으스러지게 안고 허리를 꺾고 입맞춤을 했다. 박수가 터져 나오고 웃음소리가 큰 홀을 가득 메웠다.

"좋을 때다."

"좋은 시절을 타고 난 거지"

진영이 내손을 두드리며 말했다. 좋은 시절? 과연 이 땅에 좋은 시절이 찾아온 것인가?

영숙 내외 얼굴에 웃음이 가득했다. 영숙 내외는 운동권 학생이었다. 일 년 선배인 그가 운동권 학생들이 모인 동아리로 영숙을 끌어들였다. 그들은 야학 선생을 했다. 우리는 영숙을 민주투사라고 불렀다. 영숙은 나와 진영을 타락한 부르주아라고 불렀다. 그래도 우리는 친구

였고 자주 어울렸다

영숙의 남편은 그 당시 의과대학 학생이었다. 영숙은 그가 주도하는 스터디 그룹에 열심히 참가하면서 그의 연인이 되었다.

영숙의 남편은 의사가 되지 못했다. 학교를 제대로 졸업하지 못하고 이런 저런 사업을 하다가 외국 자동차 딜러를 시작해 돈을 많이 벌었다. 강남에 집을 사고 아들을 조기 유학 보내어 공부시켰다.

주례사 대신 양가의 아버지들이 나와서 덕담을 했다. 영숙의 남편은 쑥스러워하며 마이크 앞에 섰다.

"사랑하는 아들아 네가 벌써 다 커서 장가를 가는구나. 나는 네가 무척 자랑스럽다. 나는 네가 꿈을 다 이루었으면 좋겠다. 우리가 청춘이었을 때는 가슴 속에 꿈을 간직할 수 없었다. 시대가 그것을 용납하지 않았다. 그러나 세상이 달라지지 않았느냐. 나는 그렇게 믿고 싶다. 아니 반드시 그런 세상이 되어야 한다고 생각한다. 아들아 며늘아 꿈을 향해 훨훨 날아라. 인생은 짧다. 주저하지 말고 손잡고 너희들의 항해를 힘차게 시작해라. 사랑하고 축복한다."

그의 눈시울이 붉어졌다. 나도 울컥했다. 영숙도 눈물을 훔쳤다.

식사가 나왔다. 연어 샐러드가 부드럽고 맛있다. 우리는 와인 잔을 높이 들고 막 시작하는 두 청춘을 위해 건배했다.

식사가 끝나갈 무렵 경수가 나타났다. 처음엔 잘 못 알아보았지만 자세히 보니 옛날 얼굴이 남아 있었다. 그가 진영의 어깨를 툭 치며 말했다.

"잘 지냈어? 오랜만이네."

경수는 쑥스러운지 마른세수를 했다.

"은혜 씨도 잘 지냈어요? 정말 오랜만이네요."

우리는 악수를 나누었다.

"재혁 씨는요? 재혁이는 안 왔어요?"

"글쎄 안 나타나네요. 뭐가 그리 바쁜지."

"뭘 하느라 바쁜데요?"

"촛불 시위 하느라 바쁘죠."

"아니 아직도 시위에 참여한다 말이에요?"

"드디어 재혁이가 한자리하게 될지도 모르지요."

재혁은 시위 주동자로 체포되어 학교를 제대로 졸업하지 못했다. 한동안 잠적하였다가 출판사를 차렸다고 들었다. 정계에 입문하기 위해 정당 일을 열심히 하고 다닌다는 소문도 들었다.

"얘기 좀 할까?"

경수는 진영의 어깨를 살짝 치며 눈짓을 했다.

"잠깐 갔다 올게."

진영은 경수를 따라 결혼식장을 빠져나갔다. 나는 걸어 나가는 둘의 뒷모습을 눈으로 따라갔다. 40년의 세월이 흘렀다니 믿기 어렵다. 우리가 처음 만난 날이 바로 엊그제 같은데 말이다.

벚꽃이 햇살에 눈부시게 반짝이던 4월의 어느 날 나와 진영, 영숙, 영숙의 남자친구와 재혁과 경수 이렇게 6명은 대성리로 나들이를 갔다. 일종의 소개팅 같은 것이었다. 영숙의 남자 친구가 자리를 마련했다.

마냥 설레고 마음이 부풀어 있던 신입생 때의 일이다. 우리는 강가에 돗자리를 깔고 앉았다. 맥주와 오징어 과자를 펼쳐놓고 맥주를 나누어 마셨고 기타 소리에 맞추어 노래도 불렀다. 어색 했지만 싫지 않았다. 바람이 따뜻하게 불었고 꽃잎이 하얗게 날렸다. 그때 영숙의 남자 친구가 뜬금없는 제안을 했다.

"곧 사일구도 다가오는데 우리 사일구로 삼행시 짓기 할까요?"

엉겁결에 우리는 삼행시 짓기 놀이를 하게 되었다. 하필이면 내가 처음 순서가 되었다. 나는 그날의 삼행시를 아직도 기억하고 있다.

사, 사월의 아름다운 날
일, 일일이 셀 수 없이 벚꽃이 날리네
구, 구름도 한가로운 아름다운 날.

나의 삼행시가 끝나자 잠깐 동안 침묵이 흘렀다. 다음 순서가 재혁이었다.

사, 사사건건 독재로구나
일, 일일이 말할 수 없네
구, 구린 냄새가 코를 찌르네.

나는 가슴이 서늘해졌다. 다음 순서가 경수였고 영숙의 남자 친구로 이어졌다. 이들의 삼행시들은 투쟁 사생결단 일편단심 혁명 피 민주주의 이런 단어들로 가득 채워졌다. 심지어 진영과 영숙 마저도 비슷한 삼행시를 지었다. 얼굴이 화끈 달아올랐다. 나는 죄라도 지은 사람처럼 가슴이 답답해졌다.

삼행시 짓기를 끝내고 우리는 둘씩 짝을 지어 뱃놀이를 했다. 나는 재혁과 짝이 되었다. 그가 노를 저었다. 노를 젓는 솜씨가 서툴러 배가 뒤뚱거렸다. 나는 보트 가장자리를 꽉 붙잡았다. 삼행시도 그렇고 어서 돌아가고 싶은 마음뿐이었지만 혼자 돌아갈 수도 없고 난감한 기분이었다. 강 가운데로 들어가자 수면이 잔잔했다. 재혁이 노 젓는 걸 멈추고 가만히 나를 바라보았다.

"삼행시 좋았어요. 예쁜 시였어요. 은혜 씨 말 대로 정말 벚꽃이 끝내 주네요."

"저 놀리는 거지요?"

"놀리기는요 진심입니다."

재혁이 환하게 웃었다.

"눈부신 4월인데 슬픈 일이네요."

"아닙니다. 은혜 씨 예뻐요."

움츠렸던 마음이 슬며시 풀렸다.

"우리나라가 그렇게 심각한가요?"

"독재가 너무 심해지고 있어요. 하고 싶은 말을 자유롭게 할 수 없는 세상이 되었죠."

재혁은 나보다 한해 선배였다. 고작 일 년 남짓한 대학 생활을 한 것인데 그는 이미 세상을 다 알아 버린 것 같은 얼굴을 하고 있었다.

"그런 말들이 너무 낯설어요. 무섭기도 하고."

"걱정 말아요. 우리는 끝내 이길 거니까."

재혁은 큰 소리로 웃었고 아침이슬을 소리 높여 불렀다. 그날 우리는 늦게까지 뱃놀이를 하고 강변을 따라 하염없이 걸었다. 오렌지 빛 석양이 강을 물들이고 머리위로 하얀 벚꽃이 내려앉았다.

나는 고등학교 때 밤을 새워 공부하며 대학 가기만을 손꼽아 기다렸다. 유신 헌법이 어떻고 독재가 어떻고 하는 말을 가끔 들었어도 관심이 없었다. 대학에만 가면 네 세상이 펼쳐지는 거야. 마음껏 하고 싶은 일을 할 수 있으니 그저 공부만 해라. 부모님도 선생님들도 모두 그렇게 나를 세뇌 시켰다.

그 날 강변을 걸으며 나는 무척 혼란스러웠다. 슬며시 스며드는 불안 때문에 허공에 숨을 헛헛하고 내뱉었다. 재혁이 내 손을 꼭 잡았다. 그렇게 스며든 불안은 대학생활 내내 나를 따라다녔다.

　나는 재혁을 따라 운동권들이 모인 스터디 그룹에 몇 번 참석했지만 그들이 같이 스터디 하는 주제들에 영 흥미를 느낄 수 없었다. 국가론이니 자본론 등의 책을 읽고 세상 진지한 표정으로 담배를 입에 물고 토론하는 선배들을 보며 나는 영 딴 세상에 온 듯 소외감을 느꼈다. 나는 더 이상 그곳에 가지 않았다

　재혁이 불쑥불쑥 나를 찾아왔다. 막걸리 한잔이 들어가면 그는 나에게 삼행시를 시켰다.

　"은혜야 삼행시 해 봐."

　"나 놀리는 거지? 이 시국에 바보 같은 시나 읊는다고."

　"그러게. 이 바보야 너는 어쩌자고 대책 없이 낭만적이야?"

　"이런 시국이야말로 지독히 낭만적인 사람이 필요한 거야. 그래야 희망이 있는 거라고."

　"그래 너만은 용서해준다. 너는 낭만적이어도 돼. 아니 영원히 낭만적이어야 해."

　하늘이 어떻고 바람이 어떻고 사랑이 어떻고 등등 나는 재혁 앞에서 그런 낯간지러운 소리로 삼행시를 지었고 그는 말없이 술을 마셨다. 많이 취했고 결국 그는 전봇대를 붙들고 꺼이꺼이 울었다. 그의 등을 두드리고 있노라면 슬픔에 마음이 무너져 내렸다.

　개천에서 용 났다고 그의 고향에서는 그가 부모님의 자랑거리었다. 사법고시에 합격하여 기울어진 집안을 일으키리라 철석 같이 믿는 부모님들에게 재혁은 운동권 학생이 되어 사법고시는커녕 학교도 제대로 졸업할 수 있을지 모르는 형편이라는 사실을 차마 말하지 못했다.

　영숙이 신랑 신부와 함께 테이블로 왔다. 잘 생기고 예쁜 커플이다.

유학중인 아들은 결혼식이 끝나면 같이 미국으로 떠날 예정이라며 영숙이 아들 내외를 소개했다. 나는 힘껏 박수를 쳤다. 마음껏 날개를 펼치렴. 훨훨 높이 날으렴. 나는 막 탄생한 신랑 신부를 마음껏 축복했다.

영숙의 아들은 배우 못지않게 잘 생겼다. 나는 잘생긴 젊은이를 자세히 보았다. 얼마 전 동창 모임에서 영숙이 한 말이 생각났기 때문이다. 우리 아들이 태극기 부대인거 모르지. 미국에서 전두환 자서전을 보내달라는 거 있지. 읽어봐야 알 수 있다고 말이야. 그때 우리 모두는 믿을 수 없다고 입을 모았다. 어떻게 영숙 아들이 그럴 수 있냐는 것이었다. 영숙은 아들이 무슨 이유에서 태극기 부대 쪽으로 기울었는지 알 수 없다고 했다.

그날 우리들은 촛불과 태극기를 두고 열띤 토론을 벌렸다. 국정 농단을 한 사실은 참 기가 막히지만 탄핵까지는 아니라는 무리들과 당장 탄핵시켜야 한다는 무리들이 둘로 나뉘어졌다. 너무 시끄러워 결국 매니저의 주의를 듣고야 조용해졌다. 대학시절 우리는 같은 마음이었다. 운동권이든 아니든 그것이 문제가 아니었다. 행동하는 아이들이 있었고 행동하진 못했지만 마음속으로 지지하는 아이들 그렇게 우리는 하나였다.

오늘 아침에도 나는 아들과 말다툼을 했다. 부패된 정권을 두둔하는 태극기 부대들은 보수 꼴통들이라며 나이든 사람들을 싸잡아 비난했기 때문이었다. 보수라는 말이 결코 나쁜 말이 아닐진대 보수 뒤에 꼭 꼴통이라는 말을 붙이는 게 영 못마땅했다. 아들은 오늘도 촛불 집회에 나갈 것이라고 했다. 역사의 수레바퀴가 거꾸로 돌아가고 있는 느낌이었다.

10.26 사태가 일어난 날 밤을 기억한다. 마침 그 날 친구들이 영숙의

집에 모여 있었다. 영숙 부모님이 집을 비운 날이었다. 라디오에서 엄청난 소식을 들은 그 날 우리는 뭐라 표현 할 수 없는 감정에 휩싸여 숨을 죽였다.

"새날이 밝아 오나봐."

영숙이 나지막하게 속삭였다.

"새날? 정말?"

영숙은 선배에게 전화를 했고 선배를 만나야 한다고 했다. 우리는 새벽이 밝아오는 길을 걸어 나왔다. 새벽공기는 쌀쌀했다. 우리는 외투깃을 올리고 바싹 붙어 걸었다. 날이 밝아 오고 있었다. 바람이 불었고 나는 몹시 떨었다. 추위 때문이었는지 두려움 때문이었는지 알 수 없지만 그날 내가 후둘 후둘 떨었던 것을 기억한다. 나는 그 날 재혁을 생각했다. 더 이상 그가 쫓기지 않아도 될까? 이제 그는 자유로워질 수 있을까?

새날은 쉽게 밝아오지 않았고 군사정권이 다시 정권을 잡았다. 달라진 건 아무 것도 없었다. 졸업 후 나는 결혼을 해 유학 가는 남편을 따라 미국으로 건너갔다. 10년을 보내고 돌아오니 우리가 그토록 벗어나고 싶어 했던 군사 독재도 끝나고 문민정부가 들어서 있었다. 오랫동안 민주화 운동의 상징이었던 김영삼, 김대중도 한풀이 하듯이 대통령을 했다. 노무현 대통령은 자살이라는 엄청난 충격을 안겨주었다. 우여곡절 끝에 독재자의 딸이 대통령이 되었다. 역사의 바퀴가 한 바퀴 돌아 이제는 진정한 화합의 시대가 온 것이라 생각했다. 아니 그렇게 되기를 간절히 바라지 않았던가. 그런데 시청 앞 광장이 촛불과 태극기로 나뉘어 싸우는 싸움터가 되었다. 종잡을 수 없이 마음이 심란하다.

신랑 신부가 새 드레스로 갈아입고 입장하자 피로연이 시작되었다. 웨딩케익을 자르고 와인 잔을 높이 들고 다시 한 번 새로 탄생한 부부를 축하했다. 밴드가 음악을 연주했다. 신랑 친구들이 우르르 나와 축가를 부르고 신부 친구들도 합세했다. 즐겁고 유쾌한 분위기였다. 진영이 테이블로 돌아왔다.

"회포는 잘 풀었어?"

"회포는 무슨"

"고무신 거꾸로 신었다고 원망은 안하고?"

"덕분에 착한 마누라 얻어서 벌써 손자가 둘이래."

"벌써?"

"마누라 덕분에 잘 사나봐. 마누라가 학교 선생이라네."

진영이 쓸쓸히 웃었다.

진영과 경수는 오랫동안 연인 사이었다. 진영은 적극적인 운동권 학생은 아니었지만 경수를 좋아하고 그를 적극적으로 응원했다. 단둘이 밀월여행을 떠나 우리 모두 그녀의 부모에게 불려가 곤혹을 치르기도 했다. 경수가 시위 주동자로 수감되면서 그들의 관계가 끝이 났다.

"나는 옥바라지는 못해."

진영은 눈물을 철철 흘리며 말했다.

"나를 속물이라고 해도 어쩔 수 없어. 평생 고생하고 살수는 없으니까."

그렇게 경수를 차버리고 진영은 졸업하자마자 부모님이 소개한 검사와 결혼했다. 후배 여자가 경수 옥바라지를 지성껏 했다고 했다.

진영은 천하의 나쁜 년이 되어 있었다. 운동권 학생들은 진영을 독립투사를 배반한 매국노 취급을 했다. 진영은 다른 세계로 날아갔다. 하필이면 검사여야 했는지 모를 일이었다.

"진영아 혹시 너 대성리에서 네가 지었던 삼행시 생각나?"

"삼행시? 네가 벚꽃 운운했던 거 같은데"

"그래 맞아"

"아니 내 것은 전혀 생각나지 않아."

"민주주의가 어쩌고 그랬던 거 같은데."

"내가 그랬단 말이야?"

진영은 깔깔거리고 웃었다. 나는 영숙에게 다가갔다. 영숙은 늦은 식사를 하고 있었다. 나는 영숙 옆에 앉았다.

"축하해 영숙아 그런데 그 삼행시 혹시 생각나니? 신입생 시절 대성리에서 했던 놀 이?"

"얘는 그게 언제 때 일인데 기억이 나겠어. 우리가 삼행시 같은걸 했단 말이야?"

영숙은 삼행시 짓기 했던 일 자체를 기억하지 못했다.

영숙과 진영 나는 각각 다른 삶을 선택했다. 그러나 우리 모두 정권에서 자유로울 수 없었다. 운동권이든 아니든 모두 가슴위에 돌덩이 하나는 얹혀 놓고 살지 않았는가. 우리들의 젊은 시절은 그렇게 안타깝게 지나갔다.

피로연은 1부, 2부로 진행되었다. 신부는 드레스를 두 번 갈아입었다. 2부에서는 댄스파티가 이어졌다. 신랑신부가 춤을 추었고 친구들이 합세하였고 결국 모두 나와 흥겨운 춤을 추었다. 진영과 나는 그들을 바라보며 와인 잔을 부딪쳤다. 결혼식장이 지하라 다행이라는 생각이 들었다. 시위대 소리가 여기까지 들리면 분위기가 영 말이 아닐 것이다.

피로연이 이어졌지만 나는 먼저 일어섰다. 밖은 어두워지고 있었다.

찬바람이 불었다. 새 시청사는 짙푸른 색으로 변해있었다. 깊은 바다 속 같았다.

나는 광화문 쪽으로 걸었다. 촛불 시위대들이 모여들고 있었다. 대부분 젊은 아이들이었다. 태극기 부대보다는 훨씬 활기차 보였다. 연인끼리 손을 잡고 오기도 했고 친구같이 보이는 아이들이 우르르 떼를 지어 다니기도 했다. 스피커에선 흥겨운 음악이 흘러나왔다. 길거리에는 포장마차가 나타나 오뎅이니 떡볶이 커피 등을 팔고 있었다.

하나 둘 촛불이 켜지고 있었다.

우리나라에서 처음 촛불시위가 시작된 것이 아마도 광우병 소동 때일 것이다. 그 당시 우리는 동창 인터넷 카페에서 이런저런 이야기를 나누고 있었다. 대부분의 친구들은 촛불시위에 대한 언급을 하지 않았다. 그때 독일에 거주하는 친구가 글을 올렸는데 그 당시 정부를 심하게 비난하는 글이었다. 무관심한 지식인들이 히틀러 나치 정권을 만들었다며 침묵하는 우리들을 싸잡아 비난했다. 정권 초기였다. 대부분의 사람들은 새로운 정권이 잘해주기를 기대하고 있던 때였다. 우리의 대통령이 혹시 히틀러 같은 사람은 아닌지 노심초사하며 감시해야 한단 말이냐. 좀 믿어보자. 기다려보자 그런 글들이 올라왔다. 미처 광우병에 대한 진실이 밝혀지기도 전에 언론이 먼저 점령해버렸다. 연일 촛불시위로 나라가 들썩였다.

네이버 동창 카페에서 논쟁이 벌어졌다. 그 당시 촛불 시위에 아이들을 많이 데리고 나왔다, 아이들에게 경각심을 일깨워야한다는 의견도 있었지만 아직 어린 아이들에게 어른의 의견을 강요하는 건 옳지 않다는 의견도 많았다.

아이들에게 불신과 믿음 중 어느 것부터 가르치는 게 좋을까 하는 것이 논쟁의 쟁점이었다. 우리가 뽑은 대통령이 믿을 수 없는 사람이고 우리나라가 믿을 수 없는 나라라는 인식이 아이들에게 어떤 영향을 끼칠 것인가? 마음속에 나라에 대한 믿음과 자부심이 미처 생기기도 전에 불신을 먼저 배우는 게 좋은 일인가? 그런 아이들이 과연 타인을 신뢰 할 수 있겠는가? 과연 나라를 사랑할 수 있겠는가? 언론은 한동안 촛불을 부추겼다. 온 나라가 촛불로 시끄러웠다. 문제는 국가를 신뢰할 수 없는 국민의 마음이었다. 오랜 기간 독재에 시달려 온 탓에 누구도 믿지 못하는 마음 그래서 직접 나서야 한다는 불안감에 너도 나도 촛불을 들었던 것은 아닐까?

우리는 결론을 내지 못했다. 갑론을박하다가 한동안 동창 카페가 폐쇄되었다. 문제는 아무도 논리적으로 국민을 설득하지 못했다는 점이다. 아무도 국민을 감동시키지 못했다.

광화문 광장은 촛불시위대로 가득 찼다. 그들의 얼굴을 살펴보니 하나같이 밝은 얼굴이었다. 마음이 누그러졌다, 손에 촛불을 들고 어깨동무하고 즐겁게 노래를 불렀다. 그들이 꼴통이라고 부르는 태극기 부대들은 모두 집으로 돌아가고 없었다. 나는 혹시 아들이 있을까 두리번거리고 찾아보았으나 아들은 보이지 않았다.

"엄마는 촛불이에요? 태극기에요?"

아들이 물었다. 나는 선뜻 대답하지 못했다.

"촛불과 태극기 둘 중에 한쪽을 꼭 선택해야하니?"

"이것도 저것도 아니면 죽도 밥도 되지 않죠."

"글쎄 나는 선택할 수가 없네. 촛불에 가까운 태극기?"

"그런 게 어디 있어요."

"우리나라는 엄연히 법치 국가야 법대로 순리대로 해결되기를 원해."

"못 믿어요. 믿을 수 없어."

아들은 그 한마디를 남기고 쌩하고 나가버렸다.

스피커에서 음악소리가 커지고 있었다. 며칠 전 미장원에서 있었던 일이 떠올랐다. 손님이 많아 기다리고 있었다. 그 중에 제법 연세가 있는 여인이 하나 있었다. 그녀는 앉자마자 큰 소리로 말하기 시작했다.

"미친놈들이 대통령을 탄핵시키려고 하네. 그놈들 다 빨갱이들이야. 대통령이 뭐 그리 큰 잘못을 했다고 야단들인지 알 수가 없어요."

"대통령이 잘못하긴 했지요."

나도 모르게 말이 툭 튀어 나왔다. 그녀의 눈이 치켜 올라갔다.

"촛불이에요?"

그녀는 나를 쏘아보며 물었다.

"촛불은 무슨."

"아니 대통령이 뭘 잘못했다고 야단이에요? 아버지, 어머니 그렇게 잃고 얼마나 힘들었겠어. 나는 그 생각을 하면 마음이 아파 죽겠구면."

"그건 그거고."

순간 나는 쓸데없이 끼어들었다고 생각했다. 그녀가 벌떡 일어났다.

"지금 빨갱이 정권이 나라를 잡으면 우리 다 죽어요. 북한 놈들에게 다 퍼주고 북한 놈들이 그 돈으로 핵 만든 거 아니에요. 우리 모두 싹 망하게 된다니까요."

"아줌마 그건 다 틀린 소리에요."

그때 차례를 기다리던 젊은 여자 아이가 끼어들었다.

"지금 대통령이 제 정신이에요? 나라를 통째로 말아먹고는 책임 질 생각은 안하고 숨어서 나오지도 않잖아요. 지금도 자신이 뭘 잘못했는지도 모른다니까요. 한심해요. 진짜."

"아니 어린 것이 뭘 안다고? 말아먹긴 뭘 말아 먹어? 네가 빨갱이가 얼마나 무서운 줄 아니? 아무것도 모르면서 깨춤을 추고 있어."

"툭하면 빨갱이 그것 좀 그만 우려먹었으면 좋겠어요. 아줌마야 말로 아무것도 모르네요."

"뭐라고 이것이?"

놀라운 일이 벌어지고 말았다. 그 여인은 젊은 아이의 긴 머리채를 잡아챘다. 여자 아이는 비명을 질렀다. 여자 아이도 여인의 파마머리를 움켜잡았다. 순식간에 미장원은 아수라장이 되었다. 젊은 남자 미용사들이 달려들어 간신히 둘을 떼어 놓았다.

"무식한 태극기 아줌마!"

어린 여자 아이는 이 말을 저주처럼 퍼붓고 밖으로 뛰쳐나갔다. 여인은 한 움큼 뜯긴 머리를 부여잡고 울음을 터트렸다.

"아이고 분해 어린 것이. 우리가 어떻게 이루어 놓은 나란데 아무것도 모르면서 민주주의가 무엇인지도 모르면서. 불쌍한 대통령 어쩔 거나 어쩔 거나."

그 여인은 부모님이 돌아가신 것처럼 서럽게 울었다. 나는 파마 롤을 말아 놓은 상태라 그 자리를 피하지도 못하고 그녀의 울음소리를 듣고 있었다. 나와 그녀와 눈이 마주쳤다.

"아줌마 촛불이야?"

그녀는 뜬금없이 나에게 물었다.

"촛불은 무슨."

"그럼 태극기에요?"

"태극기는 무슨."

"아니 그럼 뭐에요? 아줌마 정체가 뭐야?"

그녀는 나에게 화풀이를 할 모양이었다. 다행히 원장이 극구 그녀를 어르고 달래서 사태가 마무리되었다.

"박근혜를 탄핵하라! 대통령은 사퇴하라!"

머리에 붉은 띠를 맨 청년들이 만들어 놓은 단에 올라 목청껏 구호를 외쳤다. 예민한 귀 때문에 현기증이 일었다. 나는 세종문화회관 옆 계단으로 올라갔다. 진주 귀걸이를 빼서 가방에 넣고 두 귀를 감싸 쥐었다. 촛불 시위대들이 아침이슬을 불렀다. 햇살이 부서지던 강가에서 재혁이 부르던 노래이고 오래전 우리들이 최루탄 속에서 불렀던 노래다.

"재혁아."

나는 그를 나지막하게 불러보았다. 그가 그날처럼 돌아보며 쓱 웃어주면 좋겠다.

몹시 춥고 바람 불던 12월의 마지막 날 재혁이 집 앞으로 찾아 왔다. 그가 몹시 여위어 깜짝 놀랐다. 어디 아픈 건 아닌지 내가 그의 얼굴을 들여다보는데 그의 입술이 다가왔다. 그의 입술은 뜨거웠고 숨결은 거칠었다.

"은혜야 삼행시 해 봐."

나는 그의 손을 잡고 그의 눈을 들여다보았다. 나는 그날 삼행시를 짓지 못했다. 꼭 잡았던 손을 놓고 그가 돌아서 갔다. 희미한 가로등 아래로 휘이휘이 걸어가는 그의 여윈 어깨를 바라보면서 나는 오랜 시간 동안 움직일 수가 없었다. 바람이 몹시 불었다. 그가 마지막으로 나를 찾아 온 날이었다.

갑자기 주변이 어수선했다. 사람들이 우르르 한곳으로 몰렸다. 카메라 플래시가 여기저기서 터졌다. 유명 정치인이 온 모양이었다. 그는 만면에 미소를 가득 머금고 사람들과 악수를 하고 있었다. 그의 주변에는 한 무리의 사람들이 밀착하여 그를 따르고 있었다.

세종문화회관 바로 아래에는 또 다른 캠프가 설치되어 있었다. 해직 노동자들이 캠프에 가득 앉아 있었다. 그들은 촛불과는 무관하게 그들만의 구호를 외치며 시위를 하고 있었다. 노란 천막이 보였다. 3년이 넘도록 그 자리를 지키고 있는 세월호 캠프다. 어여쁜 아이들이 검은 리본을 쓰고 유령처럼 밤하늘을 배회하는 환상을 본다.

일상으로 돌아가지 못하는 사람들이 허깨비처럼 앉아 있는 광화문에서 우리는 웃을 수 있을까? 그들의 슬픔을 볼모로 삼아 자신의 이익을 챙기는 무리들이 날마다 천막을 드나들고 비굴한 웃음을 짓는다. 이 모든 모순과 부조리 가운데에 이순신 장군이 묵묵히 서있다.

"은혜야 삼행시 해 봐"

재혁의 목소리가 들리는 듯하다. 만약 그를 만나면 나는 어떤 삼행시를 지을 수 있을까?

광화문 광장 가득 촛불들이 켜져 별같이 반짝인다. 그들은 알까? 태극기 부대 중의 많은 사람들도 한때는 촛불이었다는 사실을. 그 오랜 과정을 거쳐 마침내 우리가 여기에 이르러 있다는 사실을.

하늘을 쳐다보았다. 어두운 하늘엔 별들이 하나도 보이지 않았다.

홀로 가는 길, 永眠

이애연

그리고… 맨살에 나이트가운을 걸친다. 매일 밤 반복되는 샤워 의식으로 서연의 기분은 상쾌해진다. 그러나 독한 외로움은 빠른 속도로 서연의 온몸을 흩어 내린다. 서연의 혼밤은 더없이 고요하고 지루하다.

이애연

2013년 월간 《한국수필》 5월호 수필 등단
2016년 계간 《문학과의식》 여름호 소설 등단
한국문인협회, 한국소설가협회, 국제 PEN한국본부 회원
수필집 『눈썹 꽃길에서 길을 찾다』, 단편 소설집 『그 사랑 진짜였을까?』

홀로 가는 길, 永眠

전철이 한강 다리를 건너고 있다. 서연은 유유히 흐르는 강물을 내려다본다. 햇빛에 반사되어 반짝이는 윤슬을 보자 기분이 한결 나아졌다. 종로3가역에서 내렸다. 평소엔 길치였던 서연도 YMCA 건물 옆에 있는 '민들레 영토'는 금방 찾았다. 입구에서 지하 계단으로 한 층을 내려가, 예약된 룸으로 안내 받았는데 출입구를 제외한 삼면이 벽으로 막혀 있어 무척 아늑해 보였다.

룸에 앉아있던 낯선 여자가 서연을 보자 나른한 눈빛을 보냈다. 시크한 표정은 왠지 우울해 보였다. 깊이 감추어 놓은 듯한 그녀의 눈빛이 묘하게 사람의 마음을 끌어들였다.

서연은 습관적으로 활짝 웃으며 인사를 건넸다.

"안녕하세요? 책사모 번개 팅에 오신거지요?"

밝고 환한 목소리로 인사를 건네자, 여전히 뒤로 비스듬히 앉은 채 무표정이던 그녀가 갑자기 몸을 앞으로 당겼다. 그러고 나서 손으로 자기의 옆자리를 가리켰다. 서연은 얼결에 그녀 옆에 앉았다.

"네, 제가 일등으로 왔어요. 제 이름은 천송아입니다."

"아, 저는 백서연입니다."

'책을 사랑하는 사람들 모임'이란 인터넷 카페에서 눈 팅만 하던 서연은, 아이디가 만물박사로 통하는 여자의 제안으로 이곳에 나왔는데, 천송아 역시 만물박사의 묘한 마력에 끌려서 나왔노라고 했다.

번개 팅엔 총 일곱 명이 모였다. 연령대는 거의 오십 대와 육십 대로 모두 여자다.

"남녀 혼성으로 모임을 만들면, 이성간의 러브라인이 형성되어, 갈등 구조가 생기고 모임도 오래 못 가요."

여자 회원만 고수하겠다는 만물박사의 설명도 공감대를 형성했다.

그 날, 즉석에서 오프라인 독서모임이 결성되었다. 그리고 만물박사가 회장으로 추대되었다. 인터넷 카페를 통해서 그녀의 해박함과 리더십은 충분히 검증되었기 때문이다.

"오늘 커피는 제가 쏘겠습니다."

회장이 커피 값을 내겠다는 말에, 각자의 취향대로 커피를 주문했다. 회장은 한약처럼 쓴 에스프레소를 시키면서 한마디 덧붙였다.

"저는 커피 본질의 쓴 맛을 즐기듯, 독서도 문학성 높은 책만 읽고 싶어요."

모임의 명칭을 '민들레 독서회'로 정하고, 매주 월요일 11시에 만나기로 했다.

"저는 소설가를 꿈꿨지만, 글 쓰는 재능이 없어서 명작 읽기로 만족해요."

회장은 자신의 메일에 저장된 단편소설 파일을 회원들과 공유하겠다고 선심을 표했다. 회장이 다녔던 소설 쓰기 강좌의 교수님이 교재로 썼던 백여 개의 단편소설은 유명 작가들의 대표작들이라 했다. 유능한 회장 덕분에 독서회 회원들은 책을 구입하거나 빌릴 필요 없이 스마트폰에서 읽어볼 수 있게 되었다.

독서회 창립모임을 마무리할 시간이 되자, 회장은 다음 주까지 읽어야 할 소설을 추천했다.

"김승옥의 〈무진기행〉을 읽어오세요."

*

    월요일 독서모임 날. 서연은 전철 안에서 스마트 폰에 저장된 단편소설 〈무진기행〉을 다시 읽기 시작했다.

    안개가 자욱하게 낀 물가로 밀려온 한 여자의 주검 문장에서, 서연은 깊은 상념에 빠져 무심코 창밖을 보았다. 전철은 한강 다리를 지나는 중. 도도히 흐르는 강물에 시선이 꽂혔다. 흐린 날씨 탓인지 강물은 어둡고 음산해 보였다.

    '그녀는 왜? 물에 빠져 자살을 했을까?'

    '물에 떠오른 자신의 죽음을 누군가에게 보이려는 의도였을까?'

    서연의 생각이 결론도 없이 난무하고 있을 때, 종로 3가라는 안내방송이 들렸다.

    서연은 반사적으로 몸을 일으켰고, 활짝 열린 전철 문밖으로 후다닥 튀어나갔다. 민들레 영토로 걸어가는 동안에도 자꾸만 물에 빠져 죽은 여자의 잔상이 따라붙었다.

    서연이 도착해보니 그 곳엔 회원들이 안 보인다. 시계를 보니 약속시간 20분 전. 예약된 룸 의자에 등을 대고 눈을 감은 채, 이런저런 생각에 빠져들고 있을 때 구둣발 소리가 들렸다.

    "안녕하세요! 서연 언니가 일등이네요?"

    생얼에 웨이브 없는 단발머리의 송아가 미소 띤 입매를 살짝 벌리며 높낮이 없는 어조로 말했다.

    "응, 난 일찍 와서 기다리는 성격이야."

    "어머, 저도 약속시간 전에 도착해야 마음이 편한데…."

    "그 점, 나랑 닮았네."

    두 여자가 소소한 대화를 나누는 사이에 다른 회원들도 하나 둘 도착했다. 일곱 명이 모두 모이자 회장이 카랑카랑한 목소리로 말했다.

"저를 주목해주세요. 제가 먼저 독후감을 발표하고, 다음 순서는 우측으로 돌아가겠습니다."

회장은 A4용지를 들고 붉은 줄 친 부분을 읽었다.

"저는 무진기행을 읽으면서 작가의 안개묘사에 탄복했어요. 무진의 안개를… 마치 이승에 한이 있어서 매일 밤 찾아오는 여귀가 뿜어내는 입김 같다고 서술했는데… 안개를 한 서린 여자의 입김으로 묘사한 게 놀라워요."

회장은 자신의 독후감을 차분히 읽은 후에 자신의 추억담까지 덧붙였다.

"제가 대학 다닐 때, 국문과 교수님이 입버릇처럼 하던 말이 있었는데요, '한국문학은 무진기행 이전과 이후로 형식이 갈라진다.'고 하셨어요. 평소에도 어찌나 무진기행 예찬을 하시던지, 그 교수님 별명이 '무진기행'이었다니까요."

발표를 끝낸 회장은 송아에게, 다음 순서라는 눈빛을 보냈다. 송아는 턱에 붙였던 손을 얼른 내리고, 헛기침을 하면서 목을 가다듬었다.

"저는 시체를 묘사한 장면이… 영화 장면을 보듯 그대로 그려져서 온 몸에 소름이 돋고 섬뜩했어요. 마치 물먹은 시체를 직접 보는 것처럼 묘사가 리얼했어요."

송아의 진저리 치는 몸짓과 표정 때문에 모두의 시선이 그녀에게 집중되었다.

"바다에 몸을 던져 생을 마감해야만 했던 여자의 죽음이 남의 일 같지 않아서, 그 소설을 읽은 날… 잠을 설쳤어요. 제가 자살 생각을 많이 해서 그런가 봐요."

좀 전의 오버액션에 비해 너무도 차분하게 말하는 송아의 이어지는 말에 모두 놀란 듯 눈을 동그랗게 떴다. '자살'이란 말을 입에 착 들러붙듯 친숙하게 던지는 그녀의 심리상태를 의심하는 투의 표정들이다. 그러나 개의치 않고 계속되는 그녀의 쉰 듯한 낮은 음성은 괴기한 느낌까지 들었다.

"저는 소설 속에서 자살을 택해야만 했던 한 여인의 죽음을 이해할 수 있어서 애도하는 마음이 들뿐, 다른 말은 더 하고 싶지 않아요."

송아의 독후감은 거기서 끝났지만, 물 위에 서있는 것처럼 그녀가 위태로워 보였다.

회장은 다음 차례인 서연에게 시선을 돌렸다. 서연은 바로 순서를 이어나갔다.

"저는 주인공 남자의 무심한 캐릭터가 마음에 걸렸어요. 처음 만난 처녀인 음악교사 하인숙과 눈이 맞아서… 자신이 살던 옛집에서 정사를 나눈 후에, 아무렇지도 않게… 편지 한 장도 안 남기고, 아내가 있는 일상으로 돌아간다는… 무책임한 남자의 심리묘사를 읽고 분노가 일었어요. 남자들은 원초적 욕정 때문에 여자와 쉽게 몸을 섞지만, 정신적 인간관계에는 큰 의미를 안 두는 것 같아요."

전직 국어교사였던 회장은 남자주인공을 변론하듯 자신의 생각을 말했다.

"저는 무진기행을 열 번쯤 읽었는데… 제 생각은 서연 씨랑 조금 달라요. 서울의 아내에게 돌아가는 남자의 마음도 나름 복잡했다고 느꼈어요. 무진으로 내려가는 길에 보았던 미친 여자와 물에 빠져 자살한 여자를 떠올리며, 그녀들에게 극단적 결과를 초래하게 만든 근본적 원인과 하인숙을 오버랩 시키며 고뇌했을 듯합니다."

열 번씩이나 읽어본 애독자답게 회장은 소설 속 주인공의 심리 분석까지 꿰뚫듯 열변을 토했다.

이애연 _ 홀로 가는 길, 永眠

"한 맺힌 여자의 입김 같은 물안개와 물에 빠져 자살한 여자의 주검과는 뭔가 개연성이 있다는 암시… 다시 말하자면 미친 여자와 자살한 여자와 하인숙을 일맥 관통시킨 심리묘사로 남자의 내적 갈등을 표현했다고 생각합니다."

회장의 독해력과 분석력은 뛰어났다. 회장의 작품 해설은 남달라서 모든 회원들을 제압했다.

"그럼 다음 회원님 말씀하세요."

나머지 회원들도 순서대로 독후감을 말했다. 발표가 끝난 후에, 그들은 더치페이로 늦은 점심을 먹고 커피까지 마셨다..

"다음에 읽을 책은 김훈의 〈화장〉으로 정하는 게 어때요?"

회장의 제안에 회원들은 모두 찬성했다.

"단편소설 〈화장〉의 내용은 암에 걸린 아내의 죽음과 화장에 대한 내용이니까 꼼꼼히 읽어오세요."

"왜? 죽음에 관한 소설만 추천하시죠?"

서연의 질문에 회장이 진지한 표정으로 말했다.

"웰 다잉이란 말도 있듯이, 우리는 언젠가 닥치게 될 죽음도 심적으로 준비해야 하기 때문입니다.

다른 회원들이 회장의 말에 동의한다는 표정으로 고개를 끄떡였다.

*

집으로 돌아가는 3호선 전철 안에서 서연과 송아는 삶과 죽음에 대한 얘기를 계속했다.

마흔 살인 송아는 대화의 내용이 깊어질수록, 염세적이고 우울증을 앓고 있다는 사실이 확연하게 드러났다. 화장기 없는 얼굴에 생 단발

머리인 송아는 타인의 시선 따위엔 관심 없고, 오직 자기만의 세계에 빠진 듯 보였다.

"송아 씨는 지금 하는 일이 뭐야?"

"애들 영어 가르쳐요."

"학원 강사?"

"아니요, 개인지도요."

"직장에 매이질 않아서 편하겠네."

"조카 2명을 주 2회로 가르치는데, 성적이 안 올라 스트레스 받아요."

"스트레스 받으면 병 생기는데…."

"언니는 스트레스 안 받나 봐요, 표정이 늘 밝으세요."

"사람이 단순해서 그래."

"언니, 내 머릿속은 늘 복잡해요."

"마음을 비워봐, 생사의 문제가 아니라면 모두 내려놔."

"바로 그거예요, 죽느냐, 사느냐… 그게 내 화두거든요."

"그렇다고 생사를 선택할 수는 없어."

"아니요, 죽음은 달라요."

"어떻게?"

"스스로 죽이는 거예요."

"자살은 죄악이야."

"그렇지만… 삶 자체가 고통일 땐, 죽음만이 유일한 탈출구가 될 수도 있어요."

"……"

서연은 망연자실 말문이 막혀서, 짐짓 시선을 차창 밖으로 돌렸다. 전철은 막 한강을 건너는 중. 죽음의 대화가 무색할 만큼 강물의 윤슬이 영롱해서 눈이 부셨다.

송아는 우울증이라는 심리상담사의 진단을 받은 적이 있다. 기질적으로 우울한 DNA를 보유한 듯 매사에 비관적이다. 어려서부터 또래 친구들과 어울려서 노는 일보다 혼자 책 읽기를 더 좋아했다. 자신의 의지대로 영문과를 택했고 상위권 성적으로 졸업했다. 사회성이 부족하고 자기만의 세계에 갇혀 사는 독특한 성격 때문에 대인관계가 어려웠다. 취업을 하려고 백방으로 노력했지만, 병약해 보이는 외모 때문에 면접에서 떨어지곤 했다. 때문에 정규직 취업 한 번 못해 봤다. 어쩌다 임시직으로 채용기회를 얻기도 했지만 오래 버티질 못했다.

그녀에겐 사랑도 취업만큼 어려웠다.

대학 신입생 때, 첫 미팅에서 만났던 남학생과 백일 정도 사귀었던 게 연애경험의 전부다.

첫 번째이자 마지막이 된 풋사랑도 여름방학이 시작되면서 끝났다. 여행을 당일치기로 하자는 결벽증의 송아와 하룻밤 자고 오자는 낭만파 남친과 의견 충돌로, 여행은 떠나지도 못하고 끝장이 났다. 그 이후론 연애 한번 제대로 못해봤다.

책읽기를 좋아했던 송아는 독서를 통한 공감대가 간접 소통의 창구라 생각해서 독서모임에 가입한 은둔 형 성격의 소유자다.

그런 송아가 유독 서연을 따르는 이유는 서연의 밝은 표정과 호감형의 친화력이 부러워서라고 했다.

"언니, 삼포 인생이라고 아시죠?"

취직, 결혼, 출산까지 포기한 젊은 층이 삼포세대라고, 서연도 신문에서 읽은 적이 있기 때문에 고개를 끄떡였다.

"제가 그 '삼포 인생'의 표본이에요."

"희망을 가져봐, 쉽게 포기 하지 마."

"저는 온몸이 돌아가면서 탈이 나요."

"건강은 최고의 재산인데, 안타깝네."

"잘 먹고, 잘 자고, 잘 웃는… 그래서 건강한 언니가 너무 부러워요."

"맞아, 내가 건강만큼은 타고났어, 엄청난 축복인 거 인정!"

*

독서모임 결성 일 년이 지나고 부터, 송아의 건강이 눈에 띄게 나빠졌다. 독서모임에 격주로 빠지더니, 아예 불참 지경까지 되었다. '건강 문제로 당분간 독서 모임에 못나간다'는 문자를 단체 톡에 올린 후, 송아와의 연락은 단절되었다. 전화도 안 받고 문자까지 씹은 채 잠수를 타버렸다.

일 년 넘게 소식이 없던 송아가 모두에게 잊혀갈 즈음, 서연은 전화 한 통을 받았다. 송아의 전화였다. 서연은 가출했던 동생의 전화라도 받은 것처럼 반가웠다.

"어디야? 몸은 괜찮아? 그동안 왜 소식이 없었어?"

서연은 숨도 안 쉬고 질문을 던졌다.

"사람 만나기가 싫어졌어요."

"그랬었구나! 그래도 날 잊지 않고 전화 줘서 고마워."

"가끔 언니 생각을 했어요."

"나도 송아 씨가 보고 싶었어, 우리 만나자.

서연은 서둘러 약속을 잡았다. 만나서 밥을 먹자고 했다. 독서모임 때 송아와 자주 들렸던 전철역 근처의 스타벅스에서 만나기로 확약을 받았다.

다음날, 서연은 서둘러 집을 나섰다. 약속 시간보다 조금 이르게 커피숍에 도착했다. 송아는 이미 창가에 자리를 잡고 앉아 있었다. 창백한 얼굴이 많이 수척해 보였다. 더 커진 눈이 쾡해 보였다.

"송아 씨, 정말 반가워. 그동안 많이 말랐네."

"울 오빠가 고부갈등으로 이혼하고 해외 지사로 도피하는 바람에, 내가 늙은 엄마 수발드느라 경황이 없었어요."

송아는 여전히 미혼이고, 조카들 영어 과외는 끝났고, 엄마를 모시고 산다 했다.

"말이 모시고 사는 거지, 제 건강 상태가 더 나빠져서 늙은 엄마에겐 오히려 혹이 됐어요."

"무슨 소리야. 어머니 입장에서는 얼마나 의지가 되는 딸이겠어!"

"언니, 난 아무래도 오래 못살 것 같아요."

"왜 그런 말을 해."

"내 몸은 저주받았나 봐요. 몸뚱이 이곳저곳 고장 나더니, 이제는 하다하다… 목이 옆으로 돌아가는 희귀병까지 왔어요."

"목이 돌아가다니 무슨 소리야?"

자세히 보니 송이는 목에 기브스를 한 듯 부자연스러워 보였다.

"지금은 보톡스 주사 약효로 고정시켰어요."

"얼굴 주름을 펴주는 보톡스가 그런데도 쓰이나?"

"목 근육을 마비시켜서 옆으로 돌아가는 증상을 막는 거래요. 삼 개월쯤 지나서 약효가 떨어지면, 기다렸다는 듯 코밑에서 내 어깨가 보일정도로 목이 왼쪽으로 회전돼요. 그때마다 두 손을 이용해서 얼굴을 원 위치로 돌려놓지만, 그것도 잠시뿐… 뺨에서 두 손을 떼는 동시에 다시 옆으로 돌아가 버려요."

송아의 얼굴은 세상의 끝을 맞은 듯 어둡고 침울했다.

"왜 목이 돌아간대?"

"모르겠어요. 의사 말로는 '근 긴장 이상증'이란 희귀병이래요."

"나도 처음 들어보는 희귀병이네."

"대인 기피증으로 처박혀 있다 보니, 몇 안 남은 인간관계마저 단절됐어요."

"생각보다 심각하구나, 많이 힘들었겠다."

"사는 게 고통스러워서, 차라리 죽고 싶어요."

송아는 오래 앉아있으면 허리도 아프다고 양미간을 찡그리며 세로 주름을 만들었다. 송아의 우울증이 더 깊어진 게 큰 문제다.

서연은 섣부른 위로의 말조차 찾지 못했다. 그저 송아의 두 손을 꼭 잡아줬을 뿐이다.

"언니, 나는 밤마다 영면(永眠)에 들게 해달라고 기도해요."

"결혼도 못 해보고 죽으면 억울하지 않아?"

"내 주제에 결혼은 무슨… 오히려 싱글이니까 죽어도 미련 없이 홀가분해요."

"왜 그런 허망한 소리를?"

"사실은 엄마에게 짐이 안 되려고… 음독자살을 시도했었는데 실패했어요."

"……"

서연은 가슴이 먹먹해서 말문까지 막혔다.

"엄마가 119에 신고하고… 병원 응급실에서, 죽음의 문턱까지 갔던 나를 살려냈어요."

"어떻게 그런 일을?"

"아무래도 난 스위스로 가야겠어요."

"스위스엔 왜?"

"완벽한 죽음을 선택하려고요."

"뜬금없이 그게 무슨 소리야?"

"스위스는 안락사를 보장해줘요."

"안락사는 법적으로 민감한 문제인데…."

"스위스엔 의사의 조력 하에 합법적으로 자살을 보장받는 '디그니타스'라는 병원이 있어요."

"송아는 그런 정보를 어디서 들었어?"

"인터넷으로 자살과 안락사에 관한 것들을 찾아봤어요. '디그니타스' 병원엔 등록된 회원이 5,500명이 넘어섰대요."

"안락사 가입 회원이 있다고?"

서연은 충격을 받아서 머릿속이 텅 비는 느낌이었다. 할 말을 못 찾고 송아의 입만 쳐다봤다.

"병원에서 의사가 처방한 약을 복용한 후, 의사가 지켜보는 가운데 '완벽한 죽음'을 맞는 합법적인 시스템이지요."

"사람을 살려야 하는 의사가 자살을 도와준다고? 이해가 안 되네."

"마지막 사체 처리와 장례까지 해결해 주는 곳이죠."

"그렇다 해도 스위스인이 아닌 송아와는 해당 없지 않아?."

"아니요, 2012년부터 2017년 1월 사이에 스위스 '디그니타스'에 신청한 사람 중엔 한국인도 18명이나 있대요."

"정말이야?"

그녀가 안락사에 대해, 얼마나 치밀하게 조사했는지에 질려서, 서연은 숨이 탁 막히고 현기증까지 일었다. 하늘이 마구 빙빙 도는 것 같아서 질끈 두 눈을 감아야만 했다.

"안락사 비용은 장례비까지 포함해서 천 사백만원 정도 든대요. 안락사 실행은 회원 등록 순으로 진행된대요."

"하지만 명색이 병원인데 죽기를 원한다고 무조건 다 받아주겠어?"

"까다롭기는 해요, 반드시 '치료 불능 진단서'가 필요해요."

"그렇겠지, 희망자 모두를 죽여줄 수 없겠지."

서연은 송아의 얘기를 듣다 보니, 가랑비에 옷 젖듯이 차츰 안락사의 당위성에 빠져들게 되었다. 게다가 스위스의 안락사는 담당의사의 보호 아래서 마지막 품위를 지키면서 생을 마감 할 수 있는, 나름 환자의 자존감을 지킬 수 있는 웰 다잉의 의식일지도 모른다는 생각까지 들었다. 만약에 서연 자신도 불치병에 걸리게 되어 '삶의 끝'이라고 느껴지는 순간이 오면, 안락사를 선택할 수도 있겠다는 은밀하고도 끈끈한 일종의 유대감까지 들었다.

송아의 결심은 확고부동해 보였다. 완치될 희망이 없는 병마에 시달리며 겨우 지탱하는 저질의 삶이, 죽음보다 나은 이유를 찾을 수 없다면? 차라리 영원히 잠드는 게 더 행복할 수도 있다는 송아의 끈질긴 주장에 서연도 서서히 공감하게 되었다.

*

송아는 인터넷 카페에서, 안락사에 대한 공통 관심 때문에 알게 되었다는 한 남자 회원과 친구가 되었다. 4기 위암이라는 그 남자와 송아는 밤낮으로 카톡 대화를 이어갔다. 죽음을 눈앞에 둔 사람끼리의 강한 공감대가 그들을 거리낌 없이 가깝게 만들었다. 죽기 전에 해야 할 말들을 서로에게 속 후련하게 털어놓게 되었다. 그리고 소울메이트가 된 그들은 둘만의 버킷리스트를 공유하고 은밀한 계획을 세우기도 했다.

의기투합된 그들은 삶의 마지막 여행지로 스위스를 택했고 드디어 스위스 행 비행기를 함께 탔다.

스위스에 도착한 후, 송아와 4기 암인 사십 대의 그 남자는 알프스 산맥을 가로지르는 샤프메르크 정상에 도달하기 위해서 기차를 탔는데, 그들이 머리를 맞대고 써 내려간 버킷리스트에는… 죽기 전에 알프스 산 정상 오르기와 달콤한 허니문 여행 가보기가 있었기 때문이다.

그들은 평범한 여행객처럼 스위스에 갔지만, 그보다는 '디그니타스'에 회원으로 가입하려는 뚜렷한 목적이 있었다.

송아와 뜻을 함께 한 그 남자는 위암 수술을 세 번이나 받은 남자다. 전이된 암세포 때문에 시한부 선고를 받은 그 남자는 더 이상의 방사선 치료와 항암제 치료를 거부했다.

"항암치료는 암세포는 물론 건강한 세포까지 죽이거든요. 더 이상 고통스럽게 멀쩡한 세포까지 죽이고 싶지 않아요."

시한부 암환자인 그 남자와 희귀병 송아는 서로의 모습에 연민을 느꼈다. 생의 길 끝에서 만난 그들은 애처로운 상대를 보자 단박에 끌렸었다. 눈물겨운 측은지심이 그들을 지남철의 양극처럼 밀착시켰다.

송아와 그 남자는 알프스 산의 경사 길을 힘겹게 오르는 기차를 타고, 드디어 산꼭대기에 도착했다. 전망대에서 내려다보는 산등선과 호수는 너무나 아름다웠다.

그 곳의 산장에서 송아와 그 남자는 하루를 묵었다. 그 들이 마지막 로맨스로 계획했던 허니문 여행지인 셈이다.

"숨이 끊어지는 마지막 시간까지 서로 어깨를 내주고 의지해요."

"그럽시다. 마지막까지 진정한 동행자가 되어 줍시다."

알프스 산을 뒤덮은 백색 눈에 반사된 달빛은 처연하게 아름다웠다. 모과 빛 보름달이 그들을 따뜻하고 정겹게 지켜보았다.

첫날 밤, 그들은 맨살을 맞대어 체온을 따뜻하게 지피면서… 서로를 애틋하게 보듬은 채 잠이 들었다.

다음날 아침에 눈을 뜬 송아와 그 남자는, 이상하게도 더 이상 외롭지 않음을 느꼈다. 서로에게 에너지를 주는 반쪽이 생겼다는 사실이 그들의 몸과 마음을 따뜻하고 평화롭게 만들었다. 놀라운 심적 변화를 그 당사자들조차도 믿을 수가 없었다.

"진정한 내 짝꿍이 생겼다는 느낌이… 이렇게 좋은 건지 미처 몰랐어요!"

"맞아요, 내 짝꿍! 참 따뜻한 말이네요."

알프스 산장의 하룻밤으로 심신이 완벽하게 하나가 되었던 그들은 행복한 마음으로 두 손을 잡고, '디그니타스' 병원에 도착했다. 그리고 준비해 간 서류를 원무과에 제출하고 소정의 절차를 밟았다.

그러나 두 사람의 소망대로 나란히 '디그니타스' 회원이 되지는 못했다.

송아는 가입이 허락되질 않았다. 아직 희망을 놓지 말라는 의사의 충고만 들었을 뿐이다. 회원가입이 허락된 4기 암 남자의 안락사 순서도 3년 후라고 했다.

*

서연은 요즘 새로운 버릇이 생겼는데 아침마다 거울 속의 자신에게 최면을 거는 일이다.

"너는 매력적이야."

자기최면은 효과가 있었다. 코발트빛 가을 하늘을 배경으로 달려있는 주황색 감처럼… 서연은 완숙미를 유지했고 자존감은 드높아졌다.

그러나 서연이 바쁜 일정을 끝내고 집에 돌아오면, 불 꺼진 집에는 적막이 흘렀다. 컴컴한 방에 불을 밝히고, TV의 볼륨을 높여서 고요함을 쫓아내지만, 사방에 송진처럼 들러붙은 쓸쓸함은 좀처럼 떨어지질 않았다.

　집요하게 맴도는 첫사랑의 잔상이 서연을 더 고독하게 만들었다. 그녀가 매정하게 차 버렸던 첫사랑에 대한 죄책감은, 형벌처럼 뼈 속 골수에 박혀버렸다. 실연에 방황하던 첫사랑의 취중 실족사에 서연이 결코 무관하다고는 말할 수 없기 때문이다.

　청빈한 첫사랑을 배신하고 재물의 유혹에 넘어갔던 서연의 결혼생활이, 불임증과 　남편의 바람기 때문에 막을 내리게 된 것은, 사랑 없는 결혼을 택했던 어리석음에 대한 형벌이라는 죄책감을 떨쳐버리지 못했다. 서연은 주홍글씨처럼 이혼녀의 문신을 가슴에 새긴 채… 어떤 사랑에도 빠져들지 못했다.

　이별만은 안 된다고 애원했던 첫사랑의 눈물을 결코 잊을 수 없는 건, 사랑보다 보석을 택한 삶을 후회하는 참담함 때문이다.

　"사랑 없는 삶은 삭막해."

　서연은 외로움을 벗겨내듯 속옷까지 훌훌 벗어던지고 욕실로 들어간다. 샤워기를 틀고 몸을 적신 후, 바디 젤을 타월에 묻혀 온몸에 거품을 낸다. 그리고 샤워기의 물줄기에 몸을 맡기고 거품을 씻어낸다. 뽀드득 소리가 날 때까지 물줄기에 온몸을 맡긴다. 오래오래 물 간지럼을 타다가 샤워기를 잠근다. 부드러운 타월로 몸을 감싸고, 머리카락의 물기도 털어낸다. 적당한 곡선미가 살아있는 온몸에 바디로션을 발라 촉촉함을 더한다. 그리고… 맨살에 나이트가운을 걸친다. 매일 밤 반복되는 샤워 의식으로 서연의 기분은 상쾌해진다. 그러나 독한 외로움은 빠른 속도로 서연의 온몸을 흝어 내린다. 서연의 혼밤은 더없이

고요하고 지루하다.

잠들기 직전에 서연은 고지혈증 치료약을 잊지 않고 먹는다. 위험 수준이라는 의사의 경고에 따라서 이틀 전부터 약물 치료를 시작했다. 이불 속 서연은 잠깐 뒤척이다가… 이내 깊은 잠에 빠진다.

잠속에서 서연은 꿈을 꾸었다. 뼈 속까지 스며든 외로움에 젖어, 꿈에서 조차 누군가를 갈망했다. 그리움은 물젖은 솜처럼 점점 더 무거워지더니… 비몽사몽 서서히 심연으로 가라앉았다.

그리고… 황망하게도 그 날 밤, 서연은 홀연히 저 세상의 출입문을 넘었다.

그녀는 다음 날 아침에 눈을 뜨지 않았다.

사인은 고지혈증으로 인한 심장마비 돌연사다.

*

장례식 날, 웃고 있는 서연의 영정 사진이 문상객들과 차례로 눈을 맞췄다.

스위스의 디그니타스 병원의 회원인 4기 위암 남자와 함께 장례식장에 들어선 송아는 눈물을 쏟으며 소리 내서 울었다. 오열하던 송아는 손수건으로 자신의 입을 틀어막으며 탄식처럼 질문을 던졌다.

"믿을 수가 없어, 건강하던 언니가 약골인 나보다 어떻게 먼저 가?"

서연의 영정 사진이 우는 송아를 바라보며 말했다.

"태어난 순서는 있어도, 가는 순서는 없잖아."

혈색이 훨씬 좋아진 4기 위암 남자가 송아의 어깨를 감싸고 서있는 모습을 보며 서연은 확신에 찬 독백을 했다.

"저 남자의 암세포에 기적이 일어난 게 분명해! 암세포를 죽일 수 있는 강력한 자생적 항암 에너지가 생긴 거야. 그건 분명히 사랑의 힘 일 거야."

4기 위암 남자의 관심은 오직 송아 뿐이다. 행여 송아가 탈진해서 건강이 더 나빠질까봐 걱정이 가득한 표정이다. 그 남자는 어깨를 감싼 팔에 힘을 주어 송아를 부축했다.

서연의 영정은 사랑의 힘이 얼마나 대단한 기적을 이루었는가를 눈앞에서 보고 감동했다. 서로에게 무한한 에너지를 주고받는 사랑이 아름답고 경이로웠다.

"시한부 선고까지 받은 4기 암세포도 사람을 함부로 못 죽이고… 죽을 운명인 사람은, 아무리 좋은 약을 써도 생명을 못 구한다잖아. 인간의 생명은 타고난 운명대로 나고 지는 거야."

삶에 대한 미련 따위는 없다는 듯, 살만큼 살았다는 듯, 해맑게 웃는 서연의 영정 사진을 바라보며 흐느끼던 송아가 뜬금없이 서연에게 질문을 던졌다.

"언니는 잘 때가 제일 행복하다고 말하더니… 그리 서둘러 영면에 든 거야?"

"맞아, 나는 등 붙이고 잠드는 순간이 젤 행복했어. 그러니까 너무 슬퍼 하지마."

밝게 웃는 서연의 살아생전 모습이 영정사진과 오버랩 되어 송아의 눈에 어른거리며 화답했다.

2019년 7월호 월간문학에 게재

선택

전홍배

이제 두 시간을 기다려야 한다. 저
분들이 완전한 한 줌의 재로 변화하는
시간은 딱 두 시간에 불과하다. 수십
년, 길게는 백 년 가까이 살아온 인간
의 삶이 단 두 시간에 정리된다.

전흥배

釜山 출생, 서울시립대 경영대학원졸(국제통상학 석사), 現 국제통상문제 자문역
2010년 계간《문학과 의식》신인상 등단
장편소설『고독한 者의 行路』단편소설『내 안의 性』『酒店, 플라토닉과 에로스』『欲情과 熱情 사이』『작별』등 다수

선택

인천 변두리에 있는 「영혼 장의사」의 사장인 '사후(死後) 스님'이 지독한 봄철 독감으로 출근을 하지 않았다. 사후 스님의 본명은 김명철이지만, 한때 불가에 출가하여 중노릇을 12년간 해왔던 경력으로 김 사장이라고 불리는 것보다, 사후 스님으로 불리는 것을 더 좋아했다.

법명(法名)이 특이하게도 왜 '사후(死後)', 즉 '죽은 다음에'였는 지에 대한 설명은 듣지 못했다. 아무튼 우리 영혼 장의사 식구들은 김명철 사장을 '사후 스님'이라고 부르는 것에 익숙해 있었다. 그러나 간혹 기독교나 천주교 신자들의 장례를 담당할 때면 상주들 앞에서는 김 사장님이라고 불러야 했다. 상주들의 심기를 건드리지 않기 위해 발 빠른 변신을 하는 것에 대해 '세속에 물든 인간들~!'이라고 비난해도 어쩔 수 없는 일이었다. 왜냐하면 우리는 매달 일정한 건수의 장례식을 맡아야 봉급을 탈 수 있으니, 세속의 풍속과 편견을 무시할 수가 없었다. 죽는 사람이 있어야 우리는 먹고산다! 참 아이러니하고 처절한 생존의 몸부림일 수밖에 없다.

나도 느지막이 출근하였다. 지난 3일간 매달려 있다가 어제 발인을 함으로써 장례가 끝난 초상이 있어 여독이 풀리지 않았기에 오전 10시경 출근을 한 것이다. 내가 출근하자마자 구청에서 전화가 왔다.

"영혼 장의사죠?"

"네, 정성을 다하는 영혼 장의사입니다."

"에구, 정성을 다하면 좋기는 하죠! 암튼, 김 사장님 있어요?"

"지금 안 계시는데, 무슨 일이십니까?"

"아, 무연고 사망자 장례를 진행할까 하고요."

"무연고 사망자요?"

"네, 어제 김 사장님하고는 일단 얘기가 되었으니, 내일 오전 11시까지 구청 복지과로 와서 장례비용 수령하세요. 그리고 시신은 B 병원 안치실에 있고요. 시립화장장에서 화장을 할 수 있도록 미리 연락해 둘게요."

"예, 알겠습니다."

"네, 암튼 내일 11시에 구청으로 오세요. 나는 복지과 김 주사라고 합니다."

"네, 감사합니다."

전화는 끊어졌지만, 수화기를 놓지 못했다. 무연고 사망자라고? 장례를 치를 가족이나 친척이 전혀 없는 경우가 있다. 이럴 경우 가끔 무연고 사망자에 대한 장례를 구청에서 의뢰해 오는 경우가 있다지만, 내가 일한 지 약 석 달 만에 처음 있는 일이었다. 사후 스님에게 전화하였다. 스님은 감기로 코가 막혀 코맹맹이 소리로 말했다.

"그거 간단한 거야. 내일 구청에 가서 비용… 두 사람이라고 하지?"

"예, 두 사람이랍니다."

"그럼, 한 구당 50만원이니, 비용 100만원 타고, 구청 직원, 아마 김 주사가 갈 텐데, 같이 장의차 타고 병원에 가서 시신 받아서, 시립화장장 가서 화장하고 무연고 사망자 납골당에 안치하면 끝나는 거여."

"제(祭)는 안 지냅니까?"

"아이구, 초상 치를 사람이 없는데 제는 무슨 제여? 그거, 절차는 구청 김 주사가 잘 알고 있으니, 김 주사가 하자는 대로 하면 돼."

"네, 그렇게 하겠습니다."

"그리고 돌아올 때, 남들 모르게 김 주사한테 20만원 줘."

"네? 20만원을 주라고요?"

"응, 한 사람당 우리가 40만원 먹고, 김 주사한테 10만원씩 주기로 했어. 앞으로 무연고 사망자가 있으면 우리한테 계속 맡길 거야."

"아니, 스님! 요즘도 그렇게 하는 공무원이 있나요?"

"앗따, 뭘 그리 따지고 있어? 불쌍한 사람 극락으로 모시는 좋은 일 하는데 서로 나누어 먹어야지, 안 그래?"

"아니, 그래도…"

"자네는 시키는 대로 하면 돼, 군소리 말고!"

사후 스님은 전화를 딱 끊어버렸다. 아무튼 담당 공무원에게 리베이트를 준다는 사실보다, 장례를 치러줄 가족이 없다는 무연고 사망자의 인생이 더 궁금해졌다. 김 주사와 인사도 나누고, 앞으로 이런 장례에 대해 조언도 얻을 겸 해서 구청 김 주사에게 다시 전화를 걸었다. 점심을 대접하고 싶다는 나의 제안에 김 주사는 '그럽시다'라고 흔쾌히 답했다.

식탁에 마주 앉아 대구탕 국물을 한 숟가락 떠먹으며 40대 초반의 깡마른 체격의 김 주사는 말했다.

"그분들이 극약을 먹고 동반 자살을 한 것인데…"

"아! 자살하셨군요?"

"예, 영감님은 연세가 79세고, 그 할머니는 78세던데, 유서도 다 써놓고, 가전제품도 이미 다 팔고, 주변 정리를 다 했더군요."

"아, 무슨 사연이 있길래, 그렇게?"

"아이구, 집 안에 있던 화초도 화학약품을 뿌려서 다 죽였던데요."

무슨 이런 일이? 기르던 화초까지도 약품을 뿌려서 다 죽였다고? 이 세상과는 완전히 인연을 끊고자 한 것이군! 자신의 손길이 닿거나 애정이 묻어 있는 것들은 죄다 정리하고 싶었던 거로군! 김 주사는 얘기를 계속했다.

"그리고 내가 알아보니, 가족이 없는 것도 아니더군요."

"아니, 가족이 있는데도 무연고자라니요?"

나는 놀란 눈으로 김 주사의 다음 말을 기다렸다.

"그 죽은 영감님한테는 이혼한 부인과 아들이 있는데요, 서울에 살고 있더라구요."

"그런데도, 장례를 안 치르겠다고?"

"그 사정이 어떤지는 모르겠지만, 한 달 전에, 그 사람들이 죽은 것이 발견되어서 온통 주민등록과 호적을 다 뒤져서 가족들을 찾아내었지요."

"그러셨어요?"

"그 전 부인하고 아들이 같이 살고 있던데, 그 부인은 70대 중반이고, 아들은 40대 후반이고, 손자들도 있던데요."

"그러면 장례를 치를 수 있을 텐데요?"

"하…! 그 사람들 사정이 좀 복잡한가 봐요. 그 전 부인이나 아들이 나보고 막 화를 내면서, 내 남편도 아니고 내 아버지도 아니니까, 다시는 연락하지 말라는 거예요."

"아니, 그럴 리가요?"

"아이구, 사실이에요! 장례고 지랄이고, 빈소도 만들기 싫고, 더는 핏줄이라고 생각 안 하니까, 다시는 연락하지 말라면서 막 성질을 부리더라구요!"

"아, 무슨 사연이 있는 모양이네요?"

"그래서 내가 괘씸해서, 부인과는 이혼했으니 끝이라지만, 아들이라는 사람은 친부에 대한 부양의무가 있잖아요? 그런 것처럼 아버지 장례를 치를 최소한의 의무가 있다고 그런 법적인 문제도 얘기했더니, 아들이라는 놈이 나보고 막 쌍소리를 해대기에, 내 참 더러워서 다시는 전화를 안 했어요. 그래서 할 수 없이 무연고 사망자로 처리한 거죠. 뭐 그런 자식이 있는지 모르겠어요. 참… 말세야!"

김 주사는 대구탕 속에 있는 생선 살점을 푹 떠서 밥 위에 얹었다. 나는 아무 말 없이 식사를 마쳤다. 김 주사는 식사를 거의 다 마칠 때쯤 혼잣말처럼 중얼거렸다.

"3천원, 3천원이 있었다지요…"

그 소리에 나는 김 주사를 올려다보았다. 김 주사는 실눈을 뜨고 나를 한번 일별하더니, 다시 고개를 숙이고는 그릇에 남은 밥알을 딸딸 긁으며 말을 이었다.

"그 사람들이, 그 죽은 영감님과 부인이 극약을 먹고 죽은 것으로 검시결과가 나왔는데… 자살한 것이죠."

"네…"

"예, 두 사람이 가지런히 누워 있었는데, 그 머리맡에 통장이 하나 있었데요. 딱 3천원이 잔액으로 남은 은행통장이 있었다고 하더구만요. 지금은 경찰서에 증거물로 예치되어 있어요."

"아…!"

"그리고 또 머리맡에 돈 50만원, 오만원짜리 돈 열 장, 현금 50만원이 있었데요. 아마 자신들의 장례비용으로 놓아둔 것 같아요."

"아…!"

나도 모르게 자꾸 탄식이 나왔다. 이분들은 자신들의 죽음을 오랫동안 철저히 준비해 왔다는 생각이 들었다. 가지고 있는 돈은 다 썼을 테고, 아마도 치유할 수 없는 난치병을 앓고 있었을 수도 있다. 그렇지만 최소한의 자존심으로, 또는 자신들의 장례를 치러줄 그 누군가를 위해 50만원을 준비했을 것이다. 또한 자살할 때 먹고 죽을 독극물도 차근차근 모았겠지. 그때의 심정이 어땠을까! 생의 끝자락에 몰려서 오로지 자의(自意)로 선택할 수 있는 것은 스스로 목숨을 끊는 그것밖에 남아 있는 것이 없을 때는? 특히 동반 자살은 고독사(孤獨死)와는 다르다. 아무도 모르게, 자신이 죽는지도 알지 못한 채 혼자서 고독사하는 경우에는 사고(思考)의 끈이 단절되어 고통이 덜할 수 있다. 그러나 동반 자살은 사랑하는 이가 죽어가는 모습을 어느 한쪽이 바로 옆에서 목격하게 된다. 동시에 극약을 먹었다고 할지라도 사망에 이르는 시간은 차이가 날 테니까… 상념에 잠겨있는 나를 깨우듯 김 주사는 말했다.

"그 머리맡에는 그 외에도 시신기증서, 주민등록증이 가지런히 놓여 있었데요."

"예? 시신기증서요?"

"예, 그런데 죽은 지 사흘이 지나서 옆집 사람에 의해 발견되었기 때문에 시신이 좀 부패되어 의과대학에 기증되지는 못했다고 합디다."

"네…!"

"그리고 유서에는 달랑 한 줄이 쓰여 있었데요. 즉, '우리들의 시신을 의료용으로 기증해주세요'라고요."

"아하, 그 참…!"

나는 갑자기 숨이 콱 막혀왔다. 시신을 기증하고 싶다는 마지막 소원도 이루지 못한 것이다. 인생이란 그런 것인가? 나의 의사(意思)

와는 상관없이 전혀 다르게 흘러가는 것, 절대 되돌아갈 수도 없는 것…

김 주사는 식당 앞에서 헤어지면서 말했다.

"내일 화장 시간은 오후 2시로 잡혀 있어요. 내일 나하고 같이 움직이면 됩니다. 내일 봅시다."

김 주사와 헤어지면서 사망자들이 살던 인천의 변두리 집주소와 사망자 중 79세 남자의 전(前) 부인과 아들이 살고 있다는 서울 집주소를 받았다. 나는 하늘을 올려다보았다. 5월의 눈부시고 싱그러운 햇살은 사정없이 내 얼굴을 때렸다. 이 아름다운 계절에 자살이라니? 이 살만한 세상에서 왜 자살해야만 했을까? 나는 장례용품을 실어 나르는 1톤 트럭에 올라타고는 사망자가 살았던 동네로 거칠게 차를 몰았다.

인천 변두리 산 중턱에 위치한 마을 입구에서 차를 세우고, 언덕을 올라갔다. 사망자의 생전(生前)의 삶이 어떠했을지 궁금했을 뿐이다. 골목길은 어지럽게 얽혀져 있었지만 그리 어렵지 않게 사망자들이 살았다는 집을 찾았다. 은색 대문 앞에는 흰 종이에 푸른 글씨로 '〈월세 있음〉 보증금 3백만, 월세 20만'이라고 큼지막하게 쓰인 종이가 붙어 있었다. 나는 문을 잡아당겨 보았다. 문은 꼭 잠겨있었다. 마치 거대한 바오밥 나무처럼 버티고 서서 완고하게 사람의 출입을 거부하고 있었다. 나는 문을 두드려 보았다. 안에서는 아무런 인기척이 없었다. 한참을 기다리다가 다시 문을 세게 두드려 보았다. 그때 누군가 뒤에서 말을 걸었다.

"거, 누구신지요?"

나는 몸을 돌려 소리 나는 쪽을 돌아보았다. 할머니 한 분이 검은색

비닐봉지를 든 채 뒤에서 나를 쳐다보고 있었다.

"아, 네, 여기 사시는 분을 좀 만나려구요."

잠시 머뭇거리던 할머니는 조심스럽게 말을 꺼냈다.

"혹시, 저기, 아들 되시는가요?"

"네? 아, 아닙니다. 전에 여기 사시던 분이…"

"아, 아들이 아니구만요? 박 씨 아저씨가 살았는데요."

"네, 얼마 전에 돌아가셨죠?"

"예, 그런데 그걸 어찌 아시는지?"

"네, 사실 저는 장의사인데요. 여기 사시다가 돌아가신 박 영감님 장례를 내일 치러야 하는데, 혹시 가족 분들이 오시는지 알고 싶어서요."

할머니는 고개를 저었다.

"아마, 아무도 안 갈 텐데…"

"네… 그런데 할머니는 박 영감님을 잘 아세요?"

"알다마다요. 우리 집이 바로 옆인데."

할머니는 사망자의 집 바로 위쪽에 있는 대문을 가리켰다.

"아, 그러시군요. 그러면… 잠시 말씀 좀 나누실 수 있습니까?"

할머니는 앞장서서 위쪽의 대문으로 향했다. 호주머니에서 열쇠를 꺼내어 문을 열었다. 할머니를 따라 집안으로 들어섰다. 대문은 현관문이나 마찬가지였다. 대문을 열자 조그만 부엌 겸 거실이 나오고 안쪽으로 방 1칸이 있는 불량가옥이었다. 아마 이 주위에 있는 집들은 죄다 모양이 같을 것이다. 할머니는 두부 한 모가 담긴 비닐봉지를 싱크대에 놓고는 부엌 바닥을 손으로 쓸면서 나보고 앉기를 권했다.

"구청에서 가족이 없는 무연고자로 결정이 되어서 내일 장례식 없이 바로 직장(直葬)으로 합니다. 빈소도 안 차리고 바로 화장하는 겁니다. 그래서 혹시나 참석할 가족이 있을까 해서…"

"박 씨 아저씨는 아들과도 의절하고 살았고, 김 씨 형님은 오래전에 아들이 죽었다고 했는데…"

"아, 돌아가신 할머니도 본래 가족이 있었던 모양이네요?"

"아, 그 형님은 고아로 컸다는데, 어째 나이가 차서 결혼은 했지만, 교통사고로 남편과 아들을 한꺼번에 잃었다고 했어요. 벌써 한 30년 전에 그랬다더군요."

"네… 그런데 박 씨 영감님도 아들과는 전혀 연락 없이 살았는가요?"

"내가 여기 산지 한 15년 되고, 옆집 형님네는 한 10년 전에 이리로 이사를 왔는데, 본처와 아들이 있다는 얘기는 들었지만, 그동안 아들하고 연락했다는 얘기는 못 들었어요. 아들이 찾아온 적도 없구요."

"네, 그럼 이분들이 어떤 사연으로 그렇게 목숨을 버렸는지 혹시 알고 계십니까?"

"음… 그 아픈 속사정이야 내가 다 알 수 없지만, 간혹 그 형님한테 얘기를 드문드문 듣기는 했지요."

"아, 그러세요?"

"박 씨 영감님은 김 씨 형님과 약 30년 전에 재혼을 했는데, 당시 김 씨 형님은 남편과 아들이 교통사고로 사망하여 혼자일 때고, 박 씨 영감님은 본처하고 아들이 있었다고 합니다. 아마도 본처를 버리고 재혼하는 바람에 본처와 아들하고는 원수지간이 된 것이 아닌가 싶어요."

"…."

"그 형님이 나한테는 참 잘해줬는데… 부부지간에 같이 죽어있는걸 내가 처음 발견했지요."

나는 옆집 할머니의 처연한 모습을 뒤로하고 집을 나섰다. 옆집 할머니가 박 씨 부부에 대해 알고 있는 것은 이것이 전부였다. 나는 차에 급히 올라서 서울로 가는 경인고속도로를 향해 거칠게 달렸다.

 서울 상계동의 아파트촌을 거의 다 지날 무렵, 단독 주택들이 줄지어 들어선 산동네가 시작되었다. 동네 초입에서 차에서 내려 주소를 들고 지번을 확인하기 시작했다. 건축한지 꽤 오래된 것으로 보이는 2층 연립주택 앞에서 나는 발걸음을 멈추었다. 주소를 재차 확인하였다. 칠이 벗겨진 파란 철문이 조금 열려 있었기에 나는 문을 조금 밀치고 안을 들여다보았다. 시멘트로 도포를 한 좁은 마당 한쪽에서 걸레를 빨고 있는 노인이 보였다.

"저… 할머니, 안녕하세요?"

 노인은 고개를 돌려 나를 쳐다보았다.

"사람을 좀 찾고 있는데요. 혹시 한영애 할머니가 여기에 사시는지요?"

"누구라고?"

"한영애 씨라고, 70대 중반쯤 되시는 할머니인데요."

"아, 한 씨라면, 2층에 사는 은주 할머니가 한 씨 성인데?"

"아, 그러세요? 혹시 그분 아들이 박기철 씨가 맞는지요?"

"아, 맞아요. 은주 아범이 바로 박기철인데요. 근데 누구신데요?"

 나는 내가 누구라고 답을 해야 할지를 잠시 생각했다.

"아, 저는… 음… 먼 친척 되는데요. 한영애 할머니를 좀 만나려고요."

"아, 그래요? 지금은 집에 없는데… 뒷산에 있는 절에 갔어요."

"아, 그러세요? 언제쯤 오실까요?"

"아마도 저녁답에나 올긴데… 달포 전부터 매일 점심 먹고는 절에 가서 저녁에나 와요."

"그러면 혹시 한영애 할머니 다른 가족 분은 안 계시는가요?"

"아, 은주 어멈도 일하러 가고 없어요."

시간은 오후 네 시를 조금 넘고 있었다. 나는 잠시 어떡할지를 생각했다. 여기까지 왔는데 그냥 돌아갈 수는 없다. 유족들에게 장례식을 할 것인지 말 것인지 여부를 다시 확인하고 싶은 생각이다. 게다가 이분들의 살아온 인생에 강한 호기심이 일었다. 전 남편의 장례식조차 거부하고, 더 이상 가족이었다는 것조차 인정하지 않는 이유가 정말 궁금해졌다.

"할머니, 그 절은 어디에 있습니까?"

"와요? 절까지 가볼라고요?"

"네, 저녁까지 기다릴 수는 없을 것 같아서요. 제가 절로 한번 가보겠습니다."

"절은 찾기가 쉬워요. 그냥 집 앞에 있는 길로 산까정 위로 올라가면, 법타사라는 팻말이 있으니, 그걸 따라서 그냥 왼쪽 산길로 쭉 올라가면 됩니더."

"법타사? 예, 알겠습니다. 고맙습니다."

집을 나서서 동네를 가로지르는 길을 따라 위쪽으로 걷기 시작했다. 동네를 벗어나 산으로 들어가는 초입에는 「법타사」라는 조그만 안내간판이 있고, 왼쪽 숲길 등산로로 길게 화살표를 그어 놓았다. 등산로를 따라 20여분을 올라가자 조그만 사찰이 나타났다. 사찰의 단청 무늬를 보는 순간, '아차!' 싶었다. 한영애 할머니가 어떻게 생겼는지 알지 못한다. 아까 걸레를 빨던 할머니에게 인상착의나 입은 옷이 어떤 종류인지를 물어서 알아서 와야 했는데… 이미 때는 늦었다.

사찰 대문을 지나 사찰 마당에서 전체를 둘러보았다. 다행히 암자형의 규모가 작은 사찰이라서 중앙에 대웅전과 왼쪽의 극락전, 오른쪽 뒤편으로 스님들의 살림방밖에 없었다. 대웅전의 계단을 올라갔다. 법당 안에는 3명의 부인네들이 부처님께 열심히 절을 하고 있었다. 사람들을 유심히 살피던 나는 낭패에 빠졌다. 절을 하고 있는 부인네들은 40대나 50대 초반으로 보이는 사람들밖에 없다. 혹시나 하는 마음으로 극락전으로 가보았다. 극락전 안에는 여성 한사람이 있었다.

회색 블라우스와 갈색 몸빼를 입은 노년의 여성이 가부좌를 틀고 앉아, 눈을 감고 손안에 든 염주를 굴리고 있었다. 나는 약간 어두운 극락전의 내부에 익숙해질 때까지 아미타불의 눈을 뚫어지게 보았다. 잠시 후 어둠에 눈이 익숙해지자 정좌한 채 불경을 암송하고 있는 여인을 찬찬히 살펴보았다. 나이는 대강 70대가 맞다. 일단 이름을 물어보아야 한다. 사망자의 전 부인인 한영애라는 사람이 맞는지를 확인해야 한다. 그런데 극락전 안에 흐르는 이상하리만치 무겁고 엄숙한 분위기에 압도되어 그 여인에게 쉽게 말을 걸지 못하고, 그저 문 앞에 서 있었다.

한참 시간이 지난 후, 이윽고 여인이 일어나 절을 하기 시작했다. 나는 재빨리 신발을 벗고 극락전 안으로 들어섰다. 여인은 옆에 누가 오는지 전혀 신경 쓰지 않고 그저 한없이 절을 올리고 있었다. 나는 여인의 옆에 무릎을 꿇고 앉아 두 손을 모은 채 용기를 내어 말했다.

"저어기… 혹시 한영애 할머니 되시는지요?"

절을 하던 여인은 내 말이 끝난 지 한참이나 되어서야 비로소 절을 멈추고는 나를 돌아보았다.

"한영애 할머니를 찾는데요?"

여인은 머뭇거리듯 나를 찬찬히 훑어본 후 말했다.

"아닌데요…"

"아, 네. 미안합니다."

나는 난감해졌다. 절 안에는 더 이상의 사람은 없었다. 천천히 일어나 문 앞으로 걸어 나왔다. 신을 신고 난 후, 여인을 돌아보았을 때, 그 여인은 무릎을 꿇고 눈을 감은 채 조용히 앉아 있었다.

절을 나서면서 나는 내가 왜 이렇게 이번 일에 집착을 하는 것일까라는 자책에 빠졌다. 모든 죽음에는 그만한 이유가 있을 것이다. 그것을 다 파헤쳐서 원인과 이유를 규명하자면 끝도 없을 것이다. 사찰의 입구 쪽에 나무로 지어진 구식 변소에서 소변기 대신으로 설치해 둔 물받이용 긴 홈통식 소변기에 오줌을 내갈기며, 그만 돌아가야겠다고 생각했다. 변소에서 나와 담배를 하나 꺼내 물고는 길게 연기를 뿜었다. 언덕 아래 저 멀리 마을의 전경이 내려다보였다. 허름하고 낡은 작은 마을이다. 그냥 그렇게 낡은 대로 그냥 두었더라면 더 좋았을 것을, 마을 환경 개선을 위해 노랗고 파란 물감으로 여기저기 칠해진 지붕과 담장들의 모습이 더 생경해 보였다. 마치 늙은 창부의 서투른 화장처럼, 천박해 보이는 색깔들은 그 속에서 살고 있는 마을 사람들의 인생까지도 천박하게 만드는 것이 아닐는지…

산을 다 내려와 죽은 박 영감의 전(前)부인 한영애 씨의 집 앞을 막 지나치고 있을 때였다. 누군가가 급히 부르는 소리가 들렸다. '형사님' 어쩌고 하는 소리인 것 같은데, 나는 형사가 아니므로 그냥 무시하고 계속 걸었다. 그러자 숨이 찬 목소리가 내 귓가에서 다시 한번 울렸다.

"저기, 형사님!"

나는 무심결에 돌아보았다. 법타사의 극락전 안에서 보았던 그 여인이 가쁜 숨을 달래며 창백한 얼굴로 나를 쳐다보고 있었다. 나는 무슨 일이나는 듯이 눈을 크게 떴다. 잠시 후 그 이유를 알 것 같았다. 나는 고개를 끄덕인 후, 앞장서서 걷기 시작했다. 여인도 말없이 나를 따라 걸었다. 내가 형사가 아니라, 장의사라는 것을 일부러 밝히지는 않았다. 마을을 벗어나 큰 도로가 시작되는 지점에 있는 조그만 커피숍으로 들어갔다. 한쪽 구석진 자리에 앉았다. 여인도 조용히 따라와 내 앞에 앉았다. 한참이나 침묵이 흘렀다. 나는 무슨 말부터 해야 할까를 열심히 생각했다. 이미 거의 잊어가던 이분의 상처를 들쑤시는 것은 아닌지? 또 내가 과연 이분의 인생에 관여할 자격이 있는지도 의문이다. 단지 나의 호기심을 만족시키기 위해서인가? 갖가지 상념으로 머리가 복잡해지고 괜히 왔다는 후회가 밀려올 때쯤, 여인이 먼저 말을 꺼냈다.

"장례는… 장례는 못 할 겁니다. 아들이 너무 반대가 심해서… 저도 어쩔 수가 없네요."

여인은 깊은 한숨을 쉬었다. 한참이나 눈을 감고 있던 여인은 이윽고 무겁게 말을 꺼냈다.

"그 여인네가, 참 독한 여자였지요. 벌써 한 30년은 되었네요. 나하고 우리 아들에게 너무 큰 상처를 주었어요. 더군다나…"

나는 여인을 가만히 쳐다보았다. 여인은 탁자를 물끄러미 응시한 채, 초점 잃은 눈으로 말을 이어 갔다.

"더군다나 애 아버지라는 사람도 그 여자한테 미쳐버렸는지, 우리 모자(母子)를 멸시하고 학대했지요. 결국 이혼을 해주고는, 지난 30년 동안 한 번도 연락 없이 살았습니다."

나는 조용히 앉아 여인의 말을 끊지 않기 위해 인내심을 가지고 여인의 얘기를 모두 귀담아들었다. 여인의 음성은 끊어질 듯 말 듯 이어지며 소리 없는 비명이 되어 커피숍 안을 휘젓고 다녔다.

아주 오래전, 약 30년 전에 여인의 남편인 박 영감이 교통사고를 냈다. 한 남자와 아이가 목숨을 잃게 되었다. 박 영감은 6개월의 실형을 선고받아 감옥살이를 하였다. 박 영감은 출소 후 죄책감에서 교통사고 피해자의 유일한 가족이던 김 여인을 돕기 시작했다. 마침내 김 여인은 남편과 아들을 교통사고로 죽게 만들었던 박 영감을 용서하고 마음의 문을 열었다. 그렇게 둘은 정분이 났다. 이것이 사건의 전부다. 그러나 이 단순한 사건이 가져다준 것은 한때 남편이었으며, 영원히 생부(生父)일 수밖에 없는 한 남자에 대해 30년이 넘도록 치유되지 않은 증오의 가슴을 가진 아내와 아들을 만들어 냈다는 것이다.

우리네 삶은 계획대로 살아지는 것이 아니다. 인생의 목표를 세우고 그 방향으로만 나아가고자 하나 수많은 변수와 암초를 만나고 종국에는 전혀 다른 쪽으로 방향이 틀어지고 마는 것이다. 그러나 그것마저도 오롯이 스스로의 책임인 것을, 혼자 감내해야 하는 멍에인 것을 깨달아 가는 것이 인생이 아닐까? 선택과 그 속의 또 다른 선택, 그리고 또 새로운 선택, 그 선택들의 연결고리가 우리 인생이 아닐는지? 자살이라는 선택까지도 삶의 또 다른 선택으로 존중해야만 할 것인가?

나는 커피숍을 나서며 말했다.

"내일 오후 2시에 인천시 시립화장장에서 화장을 합니다. 안 오셔도 되겠지만, 그냥 알려 드리고 싶어서요."

서둘러 인천으로 차를 몰았다. 교통사고로 인해서 발생하게 된 한 가족의 몰락과 그들의 상처들은 과거 속에 묻어두기로 했다.

이튿날, 아침부터 약한 이슬비가 내렸다. 나는 영구차를 타고 잡역부 오 씨와 함께 구청으로 향했다. 구청에서 김 주사를 태우고 B 병원 안

치실에 있던 시신 두 구를 인계 받아 간단히 염습을 하였다. 준비해 간 목관 두 개에 시신을 안치하고, 시립 화장장에 도착하니 오후 1시였다. 우리는 화장장 안에 있는 간이식당에서 쇠고기 국밥 한 그릇씩을 맛있게 먹었다. 생(生)을 마감하는 영혼들이 떠도는 곳에서 생(生)을 연장하고자 국밥을 꾸역꾸역 비우고 있는 인간들의 군상이 묘하게 어우러졌다. 생(生)과 사(死)가 함께 공존하는 곳, 이곳은 화장장이다. 이승을 영원히 떠나는 자들에 대한 애틋함과 그리움이 안개 같은 슬픔으로 침중하게 깔려 있는 한 켠에는, 아직 살아 있다는 안도감으로 간간히 웃음을 머금은 사람들의 모습들. '색즉시공 공즉시색(色卽是空 空卽是色)'이라고 했거늘, 삶과 죽음이 무에 다르랴? 기껏 촌음의 차이인 것을….

1시 50분이 되는 것을 보고 영구차의 뒷문을 열었다. 관 두 개가 나란히 놓여 있었다. 그때 언제 화장장에 왔는지 갑자기 사후스님이 뒤에서 나타났다. 스님은 승복을 갖추어 입고 큰 목탁을 손에 들고 있었다. 관을 고정하는 자물쇠를 풀려는 나를 제지하고서는 스님은 말했다.

"잠깐만 기다려…"

사후 스님은 두 개의 관 앞에 딱 버티고 서서 목탁을 천천히 두드리며, 금강경을 독송하기 시작했다. 평소의 걸걸한 목소리와는 달리 스님의 독경 소리는 청아하고 고고하게 화장장 주차장에 울려 퍼졌다. 과연 인간에게 육신과 구별되는 영혼이 있는 것인가? 그 영혼이 있어서, 극락왕생을 축원하는 스님의 독경소리를 듣고 있는 것인가? 이슬비가 간간이 내리고 희뿌연 안개가 피어오르는 한적한 화장장은 스님의 독경소리와 어울려 현실과는 동떨어진 환상의 세계처럼 여겨졌다. 이윽고 독경을 마친 스님은 우리를 돌아보며 말했다.

"일체 존재하는 것은 꿈과 환상과 물거품과 그림자와 같으며, 이슬이나 번갯불과 같은 것이니, 응당 이와 같이 보아야 하느니라!"

　말을 마친 스님은 홀연히 나타났을 때와 마찬가지로 몸을 돌려 헛헛
하게 걸어서 사라졌다.

　마치 귀신에 홀린 듯한 순간이 지나고, 잠시 후 정신을 차린 운전사
박 씨와 잡역부 오 씨가 관을 운반하는 밀차를 각각 1대씩 가지고 왔
다. 세상이 참 좋아져서, 이제는 전기 모터가 달린 관 운반용 밀차가
있어서 혼자서도 얼마든지 관을 운반할 수 있는 시대가 되었다. 옛날
에는 관 1개를 운반하기 위해 최소한 여섯 사람이 붙어서 땀을 뻘뻘 흘
리며 관을 들고 이동했었다. 그러나 지금은 기계화 시대고, 스피드 시
대다. 저승으로 가는 길도 빨라졌다. 우리는 두 구의 관을 각각의 운
반대에 싣고서는 화장장 안내인을 따라 소각로 입구로 밀고 갔다. 소
각로 출입구에는 이미 화부 두 명이 기다리고 있었다. 저 출입문 안에
는 아무도 들어갈 수 없다. 그곳은 시체들과 화부들만의 세상이다. 소
각로 출입구의 이쪽이 산 자들만의 세상인 것처럼 말이다. 화장허가증
과 함께 두 구의 시신을 화부들에게 인계하였다. 화부들은 일부러 근
엄하고 침중한 표정으로 잠시 서류를 훑어보고 고개를 끄덕이더니
밀차를 끌고 순식간에 안으로 사라졌다. 출입문은 다시 육중하게 닫
히고, 나는 손안에 있던 사탕을 빼앗긴 어린아이처럼 갑자기 억울한
생각이 들었다. 갑자기 울컥하고 감정이 북받쳤다. 고개를 숙여 대
리석 바닥을 한참이나 보고 있다가 천천히 건물 밖으로 나왔다. 이
제 두 시간을 기다려야 한다. 저분들이 완전한 한 줌의 재로 변화하
는 시간은 딱 두 시간에 불과하다. 수십 년, 길게는 백 년 가까이 살
아온 인간의 삶이 단 두 시간에 정리된다.

　나는 건물 밖으로 나왔다가, 다시 소각로 출입구로 급히 뒤돌아 들어

섰다. 조금 전 출입구를 돌아 나오며 느껴졌던 이상한 예감을 확인하기 위해서였다. 무언가 끈적한 시선이 화장장에 도착한 시점부터 줄곧 내 뒤통수를 때렸기 때문이다. 소각로 출입구를 자세히 보았다. 어제 보았던 회색 블라우스와 갈색 몸빼를 그대로 입은 그 여인이 소각로 출입구 문 앞에서 눈을 감고 염주를 돌리며 장승처럼 서 있는 것을, 마치 이 건물의 기둥처럼 영원히 그곳에 있을 것 같은 그런 모습을 나는 보았다.

베트남 비망록

허 빈

녹아내릴 듯한 뜨거운 햇볕 아래서 미동도 않고 서있는 열차는 꼭 말라죽어가고 있는 검은 뱀처럼 보였다.

나는 그때 내 운명 또한 언제 터질지 모르는 부비트랩 앞에 놓여 있으며, 내 젊은 날의 시간들 또한 저 움직일 줄 모르는 화물열차처럼 정지된 채 부식되어가고 있다고 생각했다.

허 빈

본명 허광웅
경북 경산 출생
서울디지털대학 문예창작학과 졸업
계간《문학과의식》신인상 수상 등단(2008년)
창작집『첫사랑 마지막 사랑』(2010년), 장편소설『한 개의 고원과 열두 개의 산봉우리』(2019년), 번역서『장진호 동쪽』(2013년)

베트남 비망록

병원 로비에 들어서자 맨 먼저 눈에 띈 것은 접수대 앞에 줄지어 서 있는 사람들이었다. 의자 역시 기다리는 사람들로 빈자리가 없었다. 보훈병원은 늘 그렇듯이 명절을 앞둔 역 대합실 같이 몸이 아픈 늙은 퇴역군인들로 붐비고 있었다.

그들에게는 더 이상 젊은 날의 용맹하고 날렵했던 모습 같은 것이라곤 눈 씻고 봐도 찾아볼 데가 없었다. 허리는 구부정하고 어깨는 축 쳐졌고 희끗희끗한 머리카락에다 검버섯이 돋은 주름지고 윤기 없는 얼굴들 하며 그저 볼품없는 늙은이들이었다.

한창 때에 군마나 야생마였다면 이제 그들은 비루먹은 말이거나 늙은 노새에 지나지 않았다. 그들의 그런 모습들은 언제나 나를 맥 빠지게 했고 알 수 없는 절망과 비애감에 빠지게 했다. 그들의 모습이 곧 나의 모습이기 때문이다. 구호품을 타러 온 것도 아닌데 구호품을 타러 온 난민 같은 기분을 떨쳐버릴 수가 없었다.

오늘도 그렇지만 나는 이놈의 보훈병원에 올 때마다 형편없는 삼류국가에서 살고 있다는 생각으로 기분이 더러워진다. 군대에 가지 않기 위해 해외출산과 국적 포기가 성행하는 요즘 세상에서는 진부하고 입에 담기도 쑥스러운 말이 되었지만, '나라와 겨레를 위해 충성'을 다 하다 다치거나 병든 사람들을 국가가 말 그대로 보훈하는 의미로 책임지고 치료하고 요양할 수 있게 해주겠다는 곳이 보훈병원이 아니던가.

나라가 가난했을 때야 그렇다 치더라도 OECD가 어떻고, 국민소득

1만 달러를 넘어 선진국 진입 운운하는 형편이 되었으면 그기에 걸맞는 시설과 운영시스템을 갖추어야 할 텐데 일개 대학이 운영하는 병원 수준도 못되니 도대체 말이 안 되는 이야기였다.

"개새끼들, 사람을 이렇게 밖에 대접할 수 없나… 북한에 퍼다 주는 것의 십분의 일만 써도 이 지경은 면할 텐데.."

나는 끓어오르는 분노를 혼잣말로 꿀꺽 삼켰다. 한심하고 딱한 일이지만 말은 이렇게 하면서도 나는 이 병원을 이용하지 않을 수가 없다. 고엽제후유의증 환자로 등록이 되어있어 진료비가 무료이기 때문이다. 고엽제후유의증환자란 베트남전에서 사용된 고엽제 때문에 생긴 것으로 추정되는 질환을 앓고 있는 환자라는 뜻이다.

먼저 미국에서 베트남전 참전 군인들과 그 2세들에게 나타난 질환들에 대한 역학조사에서 그것이 고엽제로 기인된 것으로 규명된 후 뒤늦게 우리나라에서도 베트남전 참전 군인과 그 2세들에게 적용되고 있는 것이었다. 질환의 범위는 다소 광범위한 편이었고 질환의 종류와 경중에 따라 후유증과 후유의증으로 분류되는데 내가 기왕에 앓고 있는 협심증은 후유의증에 해당되었다.

3년 전 어느 새벽에 숨이 넘어갈 것 같은 가슴 통증으로 119에 실려 갔다 온 후부터 나는 두 달에 한번 협심증 무료 약을 타기 위해 정기적으로 보훈병원에 다니고 있는 중이다. 그러나 오늘은 아니다. 나는 얼마 전부터 전립선에 이상을 느껴 지난주에 정밀검사를 받았고, 그 결과가 오늘 나오기로 되어있어 병원에 온 것이다.

사람 좋게 생긴 비뇨기과장은 얼마 동안 차트를 들여다보고 있다가 나에게로 시선을 옮겼다.

"수술을 받으셔야 되겠는데요. 전립선암입니다…다행히 초기입니다."

과장은 초기임을 강조함으로써 나를 안심시키려고 애를 썼다.

"수술은 빠를수록 좋습니다. 수술은 우리병원에서 받으셔도 좋고 다른 큰 병원에서 받으셔도 상관없습니다만 전립선암은 고엽제후유증으로 분류되어 있어 우리병원에서는 무료로 수술을 받으실 수 있습니다."

나는 전립선염이나 비대증 정도로는 예상했지만 암은 뜻밖의 이야기라 잠시 멍했다.

"너무 걱정 안 하셔도 됩니다. 초기라 수술만 받으시면…"

과장은 나를 안심시킬 요량인지 대수롭지 않게 말했지만 암이라는 말은 참으로 만감을 불러일으키는 말이었다. 머릿속이 하얗게 비어가는 느낌으로 잠시 어질했고, 정체불명의 파국이 나를 덮쳐 오는 것 같았다. 과장의 말은 부드럽고 잔잔했지만 나에겐 쓰나미였다. 태평스럽게 해변과 호텔 테라스에서 휴가를 즐기던 사람들에게 느닷없이 들이닥쳐 바다 속으로 휩쓸고 가버리던 쓰나미, 불행은 늘 그런 식으로 사람의 뒤통수를 쳤다. 베트남에 있을 때 베트콩의 기습이나 부비트랩도 늘 그런 식이었다.

비뇨기과를 나와 막막한 기분으로 사람들이 부적거리는 로비를 빠져나오는데 누가 말을 걸어 왔다.

"뉘신가 했더니 홍 대위 아니시오? 이게 도대체 얼마 만이오…"

말을 걸어온 사람은 뜻밖에도 베트남에 있을 때 같은 대대에 근무했던 11중대장 김 대위였다. 베트남에서 헤어진 후 내가 중령으로 진급해서 전방에서 대대장을 할 때 한번 마주친 후 근 25년 만이었다. 그는 그때까지도 소령이었고 결국 중령으로 진급을 못한 채 계급정년으로 전역했다는 소문을 들은 적이 있는데 여기서 마주친 것이다. 우리는 자판기 커피를 한잔씩 빼들고 로비 한구석 빈자리를 찾아 앉았다.

"여긴 어쩐 일이요? 김 형도 고엽제 때문이요?"

그는 호킨스병을 앓고 있다고 했다. 나는 호킨스병이 뭐냐고 물었다. 호킨스병은 악성 림프종으로 일종의 암이며 고엽제후유증 질환에 해당된다고 그가 대답했다. 다행히 방사선과 항암제 치료를 받고 많이 호전되었으며 지금은 정기적인 검진을 위해 병원에 다니는 중이라고 했다.

"홍 형은 무슨 일로…"

"글쎄요, 전립선암이라고 하네요. 방금 전에 그런 진단을 받고 나오는 길이라 사실은 좀 난감합니다."

그는 몰라보게 늙어 있었고 형색도 그리 좋은 편이 아니었다. 그는 몇 푼의 연금으로 이럭저럭 생계를 꾸려가고 있다고 쓸쓸하게 말했다. 술 마시기에는 이른 시간에다 그런 기분도 아니어서 다음에 만나 소주나 한잔 나누자며 연락처를 주고받고 헤어졌다.

"병원에서 뭐라 그래요?"

집으로 돌아오니 아내가 궁금하고 걱정스런 얼굴로 물었다.

"뭐 별거 아니야. 전립선비대증이래… 수술 받는 게 좋겠다는군."

나는 대수롭지 않게 말했다. 다행히 아내도 대수롭지 않게 받아 드렸다.

밤에 베트남에서 온 심장병 어린이 다섯 명이 국내의 한 종합병원의 배려로 무료수술을 받는 과정이 텔레비전에 방영되었다. 애들의 어머니들은 그렇게 많은 나이가 아닌데도 겉늙어 보였다. 햇볕에 탄 얼굴은 불안하고 겁먹은 표정이었고 잔주름이 많았다. 8시간 정도 계속된 수술이 끝나고 주치의가 수술실을 나서면서 수술이 잘 끝났다고 안심시키자 그녀는 눈물을 글썽이며 머리를 조아렸다. 방송 진행자가 소감을 묻자 그녀가 말했다.

"한때는 좋은 관계가 아니었으나 이제는 모든 것을 잊고 두 나라가 잘 돼가기를 바란다. 이렇게 아들이 수술을 받게 되어 대단히 감사하게 생각한다."

누가 연습을 시킨 듯한 그녀의 말은 자막으로 번역되어 나왔다.

나는 오랫동안 미루어 왔던 베트남 행을 결심했다. 베트남항공의 하노이 행 비행기는 온통 남지나해의 쪽빛 바다 색깔로 칠해져 있었다. 비행기는 예정보다 10여 분 늦게 인천국제공항을 출발했다. 내가 속한 패키지 팀은 30명쯤 되었고, 그밖에 다른 여행사를 통한 여행객들 등등으로 베트남으로 가는 사람은 생각보다 많았다. 비행기가 고도를 잡자 나는 안전벨트를 풀고 눈을 감았다.

정확히 35년 전, 그 때는 배를 타고 1주일 동안이나 걸러 갔었는데 지금은 5시간 반 후면 그곳에 도착할 것이다. 그 때 나는 맹호부대 교체 요원으로 가는 파월 장병이었고 28살의 새파란 육군대위였다. 나는 결혼한 지 채 2년이 안 된 아내와 첫돌이 곧 다가오는 아들을 두고 전쟁터로 떠났다.

우리는 춘천역에서 열차를 타고 밤새 달려, 다음 날 새벽에 부산 제3부두에 도착했다. 그곳엔 우리를 태우고 갈 미군 수송선이 이미 정박해 있었다. 내륙이 고향인 나는 그렇게 어마어마하게 큰 배를 보는 것도, 바다를 그렇게 가까이서 보는 것도 그때가 처음이었다.

항해는 지루했다. 나는 항해하는 내내 틈만 나면 갑판에 나가 바다를 바라보았다. 끝도 없이 펼쳐져 있는 남지나해의 쪽빛 바다와 배를 뒤쫓아 오던 돌고래 떼들의 자맥질이 지금도 선하다. 바다는 참으로 짙푸르고 깊었고 넓었고 또한 의연하고 위대해 보였다. 긴 항해 끝에 밤바다 너머로 불빛이 보이기 시작하더니 동틀 무렵에 수송선은 퀴논항에 입항했다.

 나는 맹호부대 예하 한 보병 대대의 보급관으로 보직을 받았다. 중대장 보직을 원했지만 다들 참모 보다 지휘관을 선호했기 때문에 나한테는 차례가 돌아오지 않았다. 내 임무는 여기 저기 흩어져 있는 중대 기지에 식량과 식수를 포함해서 탄약과 피복 등 필요한 보급품을 보급해주는 것이었다. 자동차가 들어 갈 수 있는 중대기지에는 대대로 파견나와 있던 중대선임하사들이 매일 한차례씩 자동차로 실어 날랐지만 중대 하나는 정글 깊숙한 곳에 작은 섬처럼 기지를 형성하고 있어 매일 헬리콥터로 물과 식량을 공수했다.

 기상이 나빠 며칠 헬기가 못 뜨는 날에는 오줌을 받아먹고 있다고 엄살을 떨면서 보급을 독촉하는 무전이 빗발쳤다. 대개는 엄살이었지만 어떤 때는 정말 심각할 때도 있었다. 그럴 때는 나도 상급부대에 몇 배를 더 부풀려 엄살을 떨어 겨우 헬기를 배정 받아 보급을 띄우곤 했다. 밤에는 작은 도마뱀이 기어 다니는 반 지하 벙커 속에서 아내에게 편지를 쓰거나 아들의 사진을 보면서 외로움을 달랬다.

 베트남에서 정확히 13개월 20일을 보낸 후 나는 퀴논항에서 수송선을 타고 다시 돌아왔다. 내가 베트남으로 떠날 때 채 돌도 지나지 않았던 그 아들은 이제 30대 중반으로 증권회사 과장이 되어 아버지의 여행비를 댔고, 그 아버지는 늙고 고장 난 몸으로 전쟁터에서 보낸 젊은 날의 기억과 시간의 흔적을 찾아 관광객으로 가고 있는 것이다. 참으로 덧없는 세월에 덧없는 삶이란 생각을 지울 수가 없었다.

 이 대위, 아니 지금은 호치민 주재 한국영사관에 근무하는 이 영사의 초청이 없었으면 나는 이번 여행을 결심하지 않았을지도 모른다. 이 영사는 내가 대대장으로 있을 때 내 예하의 중대장이었다. 그는 정규 사관학교를 나온 유망한 장교였으나 훈련 중에 자신의 중대에서 발생한 불의의 폭발물 사고로 의기소침해 있다가 결국 군인의 길을 버리고 유신사무관(維新事務官)으로 전직하여 외무부 쪽으로 진출했고 그 후 오래 동안 소식을 모른 채 지냈다. 아프리카인지 남미 어느 나라인지에 나가 있다는 말이 들렸으나 어디까지나 풍문이었다.

내가 대령으로 군에서 제대하고 한 언론사에 비상계획관으로 근무하고 있을 무렵, 그도 몇 군데의 해외주재 근무를 마치고 마침 외무부 본부에 들어와 있었던 모양이다. 어느 날 일산으로 가는 퇴근길 지하철에서 그와 나는 조우했다. 나를 먼저 알아 본 쪽은 그였다. 막 지하철에서 내려 출구 쪽으로 향하려는데 누가 "대대장님"하고 불렀다. 군에서 제대하고 나온 후 누가 나를 대대장님이라고 부르는 것은 근 25년만의 일이었고, 그와의 만남 또한 근 25년만의 일이었다.

그 후로 그는 가끔 회사로 안부전화를 해왔고 퇴근길에 소주잔을 나누며 흘러간 군대시절을 추억했다. 그는 예기치 않은 사고로 어려운 처지에 빠져있을 때 징계를 받지 않도록 도와준 것을 못내 감사했고 나를 여전히 옛날 직속상관이었던 대대장으로 깍듯이 대했다. 그렇게 지내다가 그는 다시 외국으로 나갔고 소식이 뜸하더니 베트남에 있다는 소식을 전해온 것이다.

이 영사는 내가 회식자리에서 술 마시며 했던 베트남전에 관한 이야기를 기억하고 있었던 모양이다. 이 영사는 자기가 베트남에 있는 동안 꼭 한번 다녀가라는 초대의 편지를 보내왔다. 편지는 간곡했고 진심에 차 있었다. 나는 여행사 패키지관광으로 나가 북부 베트남을 돌아 본 후 일행과 떨어져서 며칠 동안 이 영사 신세를 지기로 작정했다.

북부 베트남 관광은 하롱베이의 뛰어난 풍광과 하노이의 군사박물관을 제외하면 그저 그랬다. 4일간의 패키지관광이 끝나는 날 나는 이 영사에게 전화를 했다. 이 영사는 그렇지 않아도 전화를 기다렸다면서 노바이 공항에서 일단 다낭으로 가는 국내선을 타라고 했다. 하노이에서 퀴논으로 바로 가는 국내선은 아직 없다며, 비행기 표는 예약해 두었으니 베트남항공 데스크에서 찾으면 되고, 다낭공항에 내리면 그곳 교민회장인 김 사장이 마중할거라고 말했다. 다낭에서부터 호치민까지 길 안내도 김 사장이 해주기로 했으므로 마음 편히 옛날에 근무했던 지역을 둘러보고 호치민로 내려오면 된다고 전화기 저 쪽에서 말했다.

다음 날 나는 관광 팀과 헤어진 후 다낭 행 비행기에 몸을 실었다.

"홍 선생님이시죠? 이 영사님의 부탁을 받고 나온 김승호입니다"

공항 출구를 빠져 나오자 40대 후반으로 보이는 한 남자가 다가와 악수를 청하며 경상도 억양으로 말했다. 김 사장은 친화력이 좋아 보이는 서글서글한 사람이었고, 더구나 같은 동향이라 그와의 동행이라면 마음이 편할 것 같았다.

그는 한 이틀 정도 여정으로 다낭에서 호치민까지 1번 도로를 따라 남하할 작정이라고 개략적인 계획을 설명해 주었다. 다낭에서 호이안, 퀴논, 송카우, 투이호아, 닌호아, 나트랑. 캄란를 거쳐 호치민까지 약 1천Km의 자동차 여행이 될 것이라고 했다. 마침 호치민에 사업상의 볼일도 있고 늘 비행기만 타고 다녔기 때문에 자신에게도 기억에 남는 여행이 될 것 같다며 전혀 부담 같은 건 갖지 말라고 편하게 말했다.

다낭은 내가 생각했던 것 보다는 훨씬 큰 도시였다. 국제항과 국제공항을 갖춘 베트남 제3의 도시인 그곳은 베트남전 때는 주로 미군의 중부지역 기지로 사용된 곳이다. 다낭에서 30km쯤 남쪽에 있는 호이안은 우리 청룡부대가 주둔했던 곳으로 유네스코 세계문화유산으로 지정될 만큼 역사적 유물이 많은 유서 깊은 도시다. 그러나 나는 그곳과는 별 인연도 없었고 또 갈 길도 멀고 해서 차창 밖으로 흐르는 풍경을 보는 것으로 만족했다.

　퀴논은 맹호부대 사령부가 위치했던 곳이고 내가 1주일간의 항해 끝에 처음으로 밟은 베트남 땅이라 감회가 깊었다. 우리는 그곳에 있는 한국식당을 찾아 늦은 점심을 먹었다. 퀴논 시내를 벗어나 얼마를 달려 만난 첫 번째 낯익은 곳은 꾸멍고개였다. 그러나 그곳은 길도 넓혀지고 깨끗하게 포장이 되어있어 전과 같은 음산한 모습은 찾을 수가 없었다.

　"이 곳을 지날 때 늘 뒤통수가 근질근질 했었는데… "

　그곳은 가끔 베트콩들이 매복해 있다가 지나가는 아군차량을 저격을 하거나 기습을 하던 곳이다. 꾸멍고개를 넘어 송카우에 도착할 때까지 도로변을 스쳐 가는 풍경은 별반 변한 것이 없었다. 야자수 숲이며 물소들이 쓰레질을 하고 있는 모습이나 들녘에서 한결같이 작은 삿갓모양의 모자를 쓰고 일하는 농촌 아낙네들의 모습들이 그랬다. 도시는 변했을지 몰라도 베트남의 농촌은 그때나 지금이나 크게 변한 것이 없었다.

　지금은 김 사장이 운전하는 산타페에 몸을 싣고 느긋하게 흐르는 경치를 구경하면서 가지만, 35년 전 그때 나는 이 길을 철모에 방탄복까지 입고 케네디 지프차의 가속페달을 최대한 밟으며 앞 만보고 몰았다. 최대한 빨리 달리는 것이 저격을 피하는 유일한 방법이었기 때문이었다.

　우리들은 송카우에서 잠시 쉬어가기로 했다. 송카우는 우리 기준으로 보면 읍 규모쯤 되는, 바다와 강을 끼고 있는 어촌이다. 야자수 숲으로 둘러싸인 송카우는 전쟁 중인 그 때도 아름다웠지만 지금도 여전히 아름다웠다. 퀴논을 출발해서 한 시간 정도를 달리면 그곳에 도착할 수 있었는데 그곳은 치안상태가 비교적 안전했기 때문에 긴장을 풀면서 잠시 쉬어갈 수가 있었다. 군기 빠진 민병대원 몇이 늘 소총을 거꾸로 메고 어슬렁거리며 순찰을 돌던 좌판시장은 단층의 점포 건물들이 들어서 있었고 꽤 번화한 상설시장으로 변해 있었다.

송카우를 떠나 얼마 달리지 않아 연대본부가 있던 곳에 도착했다. 연대본부가 주둔해 있던 자리는 주택들이 들어서 있어 수색중대기지가 있던 연대 앞 고지를 가늠해 보지 않고는 찾을 수 없을 정도로 변해 있었다. 그곳은 미군 헬기조종사 사이에 마이아미비치로 알려져 있던 아름다운 해변의 넓은 사구지대였다. 대대가 상급부대의 큰 작전에 참가할 때에는 그곳에서 헬기를 이용하여 정글 속을 기동하는 대대 전술지휘소와 예하 중대에 식수와 탄약, C-레이션 등을 보급했다.

구릉지대 여기저기에 자리 잡고 있던 그 많던 막사들과 C-47치누크와 UH-1H헬기가 모래먼지를 날리며 뜨고 내리던 간이비행장의 흔적은 아무 곳에서도 찾을 수가 없었다. 다만 작전이 끝나면 살아 돌아온 병사들이 잠시 휴양을 취하던 연대 뒤쪽의 해변 백사장과 탁 트인 바다는 여전했고 그걸 보는 것으로 만족해야 했다.

베트남에 있는 1년 동안 나는 나와 관련되는 두 사람을 잃었다. 한 사람은 내 직속 부하였던 양 상병으로 군수과의 보급병이었다. 그는 연대에서 보급품을 수령해 오던 도중에 베트콩의 기습을 받아 전사했다. 집이 충북 옥천 어디였는데 키도 크고 잘 생긴 외모에 말씨가 느린 호남아였다. 그는 22살의 꽃다운 나이에 먼 이국에서 육군 상병으로 전사한 후 육군 병장으로 특진되어 한줌의 뼛가루로 한국으로 돌아갔고 동작동 국립묘지에 묻혔다.

또 한사람은 11중대 선임하사였던 권 상사다. 그는 대대기지로 파견 나와 있으면서 자기 중대에 대한 보급품 운반을 책임지고 있었다. 그는 트럭에 보급품을 싣고 중대기지로 가던 도중에 베트콩들이 매설해 놓은 부비트랩이 터져 전사했다. 이런 사고에 대비하여 매일 도로정찰을 실시했고 그날도 도로정찰이 완료되었다는 연락을 받고 출발했는데도 그런 사고를 당한 것이다. 사고보고를 받고 즉시 현장으로 출동해 보니 보급차량은 거의 형체도 없이 부서졌고, 잔해의 일부는 거의 50미터정도 거리까지 나라가 흩어져 있었다. 선임탑승자 좌석 쪽 앞바퀴가 부비트랩을 건드려 폭발한 듯 권 상사는 가슴부분이 심하게 훼손되어 있었다.

죽은 자에 대한 기억도 30여 년 세월에 바래져 이제는 희미하기만 하다. 연대가 있던 곳을 지나 얼마쯤 달려 양 상병이 보급품을 수령해오다 기습을 받아 전사했던 자리에 나는 차를 세우게 했다. 나는 한국에서 준비해 간 소주 한 병을 뿌린 후, 오랫동안 눈을 감고 이제는 모습도 가물가물한 양 상병을 회상하며 명복을 빌었다.

내가 이 영사의 초청을 받아드려 베트남 행을 결심한 것도 사실은 죽은 양 상병의 영혼이 아직도 서성거리고 있을지 모르는 그 곳에 진혼의 술 한 잔이라도 바치고 싶은 마음이 없지 않았기 때문이다. 임무수행 중에 전사했다 하더라도 나는 그의 죽음으로부터 자유롭지 못했고 편하지가 않았다. 30년의 세월이 이승의 시간으로는 길지 몰라도, 죽은 자의 시계로 보면 멈추어 있는 시간일 것이다.

찌탄삼거리를 지나 도달한 내가 근무했던 대대본부와 155미리 1개 포대가 있던 곳은, 한때 군대가 주둔했었다는 흔적 따위는 말끔히 지워진 채 풀이 무성한 구릉지대로 변해 있었다. 그곳은 1번국도 변, 바다가 멀리 내려다보이는 곳으로 송카우와 투이호아 중간쯤 되는 곳이다. 그곳은 내가 베트남 생활 1년을 주로 보낸 곳이기도 하다. 어느 날 밤중에 베트콩의 기습공격을 받았지만, 운 좋게도 B-40로켓포 포탄은 내가 잠자고 있던 벙커를 아슬아슬하게 빗나가 터짐으로 살아남은 곳이기도 하고 내가 고엽제에 오염된 곳이기도 하다.

 기지 주변의 사계청소를 위해 수시로 고엽제를 뿌리는 일이나 예하 중대에 고엽제를 보급하는 일은 내 소관이었다. 병사들은 모기약이 떨어지면 모기 쫓는데 특효라고 더러는 몸에 바르기도 했다. 정글을 누비며 작전을 뛴 전투병들의 경우는 더 했을 것이다. 비행기에서 뿌리는 고엽제를 안개비처럼 맞는 경우가 비일비재했으니까. 그때 우리들은 고엽제에 대해 무식했고, 다이옥신이 뭔지를 몰랐다. 우리들은 누구나 먼 훗날의 불행을 모른 채 그렇게 무방비로 노출되어 있었던 것이다. 세상 어딘가에서 살고 있을 그들도 이제는 늙은 몸으로 고엽제 환자가 되어 보훈병원을 찾고 있을지 모른다.

 기억을 더듬으며 대대주둔지를 돌아보고 있는데 때마침 멀리 내려다보이는 내해(內海)를 따라 놓여있는 철도 위로 열차가 빠르게 지나가는 것이 보였다. 아마 호치민에서 하노이까지 가는 급행열차일 것이다. 그때도 부정기적으로 화물열차가 지나다니긴 했다. 그러나 그때는 지금처럼 저렇게 빠르게 달리지를 못했다. 야자나무 숲 사이를 느릿느릿 기어가던 열차는 무슨 일이 있는지 꼼짝도 않고 멈춰 서기가 일수였고 어떤 때는 한나절을 그러고 있기도 했다. 아마 선로에 매설해 놓은 베트콩의 폭발물 때문이었지 싶다. 녹아내릴 듯한 뜨거운 햇볕 아래서 미동도 않고 서있는 열차는 꼭 말라죽어가고 있는 검은 뱀처럼 보였다.

 나는 그때 내 운명 또한 언제 터질지 모르는 부비트랩 앞에 놓여 있으며, 내 젊은 날의 시간들 또한 저 움직일 줄 모르는 화물열차처럼 정지된 채 부식되어가고 있다고 생각했다.

 우리는 해가 기우려 갈 무렵에 투이호아에 도착했다. 투이호아는 '머나 먼 송바강'을 끼고 있는 푸엔성 성도(省都)로 말하자면 우리의 도청 소재지쯤 되는 곳이다. 우리는 그곳에서 일박하기로 했다. 두 시간 정도 더 내려가면 투이호아 보다 훨씬 큰 해변 휴양도시 나트랑이 있지만 누군가를 찾아보기 위해 내가 김 사장에게 그렇게 요청했다.

"잊지 못할 애인이라도 있습니까?"

"여기까지 왔으니 한번 찾아보고 싶군요. 찾을 수 있을지 몰라도…"

내가 혹시나 해서 찾아보고 싶은 사람은 여자다. 우리들은 시내 한 호텔에 여장을 풀고 자동차는 호텔 주차장에 둔 채 거리로 나섰다.

나는 귀국하기 3개월 전부터 공석 중이던 민사장교를 겸했는데 주로 작전 중 불가피하게 발생한 민간인 피해를 보상해 주고 지역주민과의 친선을 위한 선무공작의 일환으로 관내 학교에 물자를 지원해 주는 것이 주로 하는 일이었다. 그녀는 작전책임지역 내에 있는 어느 초등학교의 선생으로 아들 하나와 노모를 모시고 사는 27살의 전쟁미망인이었다. 학교지원업무 관계로 접촉을 하면서 우리들은 내일을 기약할 수 없는 전쟁터에서 남녀가 흔히 그렇듯이 급속히 친해졌다.

3개월은 짧았고 곧 귀국 날자가 다가왔다. 귀국하기 얼마 전 그녀가 나를 투이호아의 자기 집으로 초대했다. 집에는 그녀 혼자 뿐 아무도 없었다. 모시고 산다는 노모와 아들도 보이지 않았다. 그날 그녀의 몸은 몹시 뜨거웠고 망설임이나 두려움 같은 것은 찾아 볼 수가 없었다. 나 역시 그랬다. 그것은 한여름 밤의 짧은 꿈같은 사랑이었다.

투이호아는 크게 변한 것이 없었다. 거리의 상점들이 그 때에 비해 활기차고 지나다니는 사람들의 표정이 부드러워진 것을 제외하면 내 기억 속에 있는 것과 별반 달라진 것이 없었다. 하교하는 일단의 여학생들을 만났는데 흰 아오자이 차림으로 자전거를 타고 가는 모습이 그때나 지금이나 여전히 발랄하고 상큼했다.

나는 기억을 더듬어 그녀의 집을 찾았다. 그녀가 살던 집은 내 기억에 비해 훨씬 낡아 보였지만 그곳에 그대로 있었다. 김 사장이 집안에까지 들리도록 베트남말로 뭐라고 크게 말했다. 안에서 아기를 안은 한 젊은 여자가 나왔다.

"실례합니다. 사람을 좀 찾는데요. 여기 30여 년 전에 살던 분들이 아직 사시는지요?"

김 사장이 내 말을 베트남말로 통역을 했다.

"누굴 찾으시는데요?"

여자가 다소 경계에 빛으로 반문했다.

"뚜이안 마을에 있던 초등학교 선생님을 하시던 구엔 반 랑이라는 분입니다만…"

"그 분은 제 어머니입니다만…"

"따님이세요?" 그녀가 고개를 끄덕였다.

"어머님은?"

"어머님은 5년 전에 돌아가셨습니다."

"아드님이 있었던 걸로 기억되는데…"

"혹시 한국에서 오셨어요? 오빠에게 무슨 일이 있나요?"

그녀는 일순 불안감을 감추지 못했다. 알고 보니 그녀의 오빠는 코리안 드림을 꿈꾸며 한국에 근로자로 나가 있었고 무슨 사고가 나서 찾아온 것으로 잠시 오해한 듯 했다.

"혹시 캡틴 홍 아니세요? 따이한 맹호부대의…"

그녀가 말끝을 흐리며 긴가민가한 표정으로 말했다.

"나를 어떻게 아세요?"

"역시 그렇군요. 어머니에게서 이야길 많이 들었어요. 좀 들어오세요. 집에 선생님 사진도 있어요."

나는 내 사진이 있다는 말에 몹시 궁금했다.

"어머니가 계셨으면 무척 반가워 하셨을 텐데…"

그녀가 벽에 걸린 액자 사진으로 시선을 주었다. 할머니 모습의 그녀 사진을 쳐다보면서 나는 내내 가물거리던 그녀의 젊었을 적 모습을 비로소 찾아내었다. 그녀가 방안으로 들어가더니 사진 한 장을 가지고 나왔다. 빛바랜 카메라 사진 속에서 나는 28살의 젊은 모습으로 웃고 있었다. 내 사진을 그녀에게 준 기억이 없다. 그런데 나는 35년 동안 그녀의 사진첩 속에서 웃고 있었던 것이다.

그녀의 말은 베트남에서 한창 불고 있는 한류 열풍 탓인지 매우 호의적이고 친절했다. 살림은 넉넉한 것 같지는 않았다. 나는 나올 때 수중에 있던 500달러를 건넸고, 열악한 근로환경에서 어렵게 지내고 있는 외국 근로자 이야기가 떠올라 기회가 되면 한번 찾아볼 요량으로 최근에 받았다는 한국주소가 적힌 봉투를 챙겼다. 한번 찾아보는 것이 지금은 이 세상에 없는 그녀에 대한 도리이지 싶어서였다.

우리는 다음 날 아침 일찍 투이호아를 떠났다. 나트랑를 거쳐 호치민으로 연결된 1번 국도는 우리나라 동해안의 7번 국도처럼 남지나해의 푸르고 광활한 바다를 끼고 뻗어 있다. 그곳엔 한국에서 수입해간 중고버스가 한글표시를 그대로 단 채 달리고 있었다.

"어제 본 그 여자, 혹시 라이따이한 아닌지 모르겠네요. 체구가 여니 베트남 여자 같지가 않던데…"

나트랑에 거의 도착할 무렵 김 사장이 불쑥 혼잣말처럼 중얼거렸다. 나는 침묵했다. 김 사장의 말을 듣기 전까지는 전혀 상상도 못한 일이기 때문이다. 그러고 보니 체격이 보통 베트남 여자들 보다 좀 커 보였던 것 같았다. 나는 그제 서야 그가 무슨 상상을 하고 있는지 짐작이 갔다.

나트랑에서 호치민까지 가는 내내 나는 김 사장이 했던 라이따이한이라는 말에서 놓여나지 못했다. 호치민까지는 긴 여정이었다. 우리는 밤늦게 호치민에 도착했다. 전에는 사이공, 지금은 그들의 영웅인 호치민을 기념하여 호치민시로 이름 바꾼 그곳에서 나는 이 영사의 극진한 대접을 받고 귀국했다.

귀국하면 곧 찾아 보리라던 마음과는 달리 그녀의 아들을 만나보는 일은 생각처럼 쉽게 실행되지 않았고 차일피일 미루어졌다. 차일피일 미루어지기는 전립선 수술을 받는 일도 마찬가지였다.

내가 한번 찾아봐야겠다고 작심한 것은 열악한 작업환경 속에서 일하다 불구가 되었음에도 불구하고 치료비는 물론 밀린 급여까지 악덕 공장주에게 떼이는 외국근로자의 실태를 고발한 텔레비전 프로를 보고 나서다. 그도 어쩌면 그런 처지에 빠져있을지 모른다는 생각이 문득 들어서였다.

나는 부천 어디로 나와 있는 주소를 들고 찾아갔다. 이리저리 몇 번을 물어서 찾아간 그곳은 건물 겉모양으로 봐서는 제법 규모를 갖춘 제조공장 같았다. 사무실에 혼자 앉아있던 직원은 내가 찾아온 용무를 말하자 무슨 일로 찾는 지를 되물으며 나를 몹시 경계하는 눈치였다. 나는 우선 노동부나 사회단체에서 나온 사람이 아니라고 그를 안심시킨 후, 베트남에 여행 갔다 알게 된 사람으로부터 무슨 물건을 전해 달라는 부탁을 받고 왔노라고 둘러대었다. 그는 내 나이나 형색으로 봐서 믿을 만 했는지 경계심을 풀고 자리를 권했다.

"실례지만 뭘 만드는 곳입니까?"

나는 그가 일하는 곳이 뭘 만드는 공장인지가 궁금하여 조심스럽게 말을 꺼냈다.

"일종의 프레스 공장인데 주로 주방기구를 생산하고 있습니다."

직원은 자기들 공장은 외국인 근로자를 착취하는 그런 악덕기업체가 아니며 급여나 후생시설도 웬만한 수준이 되는 곳이라고 뒤이어 강조했다. 내가 봐도 엉터리 기업체는 아닌 것 같았다. 텔레비전이 그런 케이스를 집중적으로 캐내 방송해서 그렇지 다 그렇지는 않을 것이다. 세상은 악보다는 선이 많은 곳이며 사람들은 누구나 저마다 양심을 지키며 살려고 노력하는 법이다.

"사실은 그 친구가 현재 여기에 없습니다."

"그만 두고 어디 다른 데로 갔나요?"

"아닙니다. 사실은 그 친구가 좀 다쳐서 병원에 입원하고 있습니다."

"많이 다쳤나요?"

"심하진 않습니다. 사실 프레스 일을 하다보면 가끔 생기는 사고입니다."

말버릇인지 직원은 사실이라는 말을 좋아하는 것 같았다. 나는 무슨 사고인지 캐묻지 않았다. 대신 그가 입원해 있다는 부천의 어느 병원 주소가 적힌 메모를 건네받았다. 이왕 여기까지 왔으니 병원에 들렀다 돌아갈 생각이었다.

큰길가에 있는 병원은 쉽게 찾을 수 있었다. 몇 개의 진료과목을 표방한 소규모의 종합병원이었다. 보아하니 교통사고나 산재환자를 주로 취급하는 병원으로 보였다. 나는 직원이 적어준 입원실로 곧장 찾아갔다. 병실은 6인실로 환자와 보호자, 면회객 등으로 어수선해 보였다. 그의 침대는 비어있었다. 침대에는 뉴엔 반 카이(베트남), 37세, 산재라고 쓴 명패가 걸려있었다. 옆에 환자가 조금 전에 나갔는데 곧 올 거라고 해서 나는 빈 침대 앞에 잠시 엉거주춤하게 서 있다가 복도에서 기다릴 요량으로 병실 밖으로 나왔다. 복도에서 얼마간 서성거리고 있을 때 한눈에 베트남사람으로 보이는 체구가 작은 그가 저쪽에서 걸어왔다. 손에 붕대를 감고 있는 것을 제외하면 멀쩡해 보여서 나는 우선 속으로 안도했다.

"뉴엥 반 카이 씨지요?"

이름을 부르자 그는 흠칫 놀라며 다소 겁먹은 표정을 지었다. 그의 그런 태도는 낯선 외국에서 이 눈치 저 눈치를 봐가며 살아가야하는 사람들이 갖는 피해의식과 본능적인 경계심으로 보였다. 나는 불법 체류자를 단속 나온 사람으로 오인해서 그러나 싶어 재빨리 "어머님이 구엔 반 랑 씨죠"라고 말하며 그를 안심시켰다.

그는 내가 자기 어머니의 이름을 아는 것을 몹시 궁금해 했다. 내가 베트남에서 누이동생을 만났다는 이야기와 어머니를 알게 된 사연을 말하자 그는 대뜸 '캡틴 홍'이냐고 되물었다. 나를 기억할리는 없고 그도 내 이야기를 어머니로부터 들어 알고 있는 듯 했다.

다행히 그는 불법체류자 신분이 아니었고 산업연수생 자격을 갖추고 정식으로 입국한 신분이었다. 그는 프레스작업 중에 손가락이 절단되는 사고를 당했으나 공장 측의 신속한 조치로 잘린 손가락 봉합수술을 받고 회복을 기다리는 중이라고 했다. 수술경과도 좋아 다 나으면 별문제가 없을 것 같고 2주 후에는 퇴원할 수 있을 것 같다며 나를 안심시켰다.

그가 말하는 것을 미루어 볼 때 그가 일하는 공장은 그 직원이 말한 것처럼 그리 나쁘지 않는 곳인 듯했고 내가 나서서 특별히 도울 일도 없는 것 같아 다행스럽다는 생각이 들었다. 나는 병원에 있는 동안 먹고 싶은 것이라도 사먹으라며 약간의 돈과 혹시 내 도움이 필요한 일이 있으면 연락하라며 내 전화번호를 건넸다. 그는 무척 고마워하며 군이 병원 입구까지 배웅하겠다며 나를 따라나섰다.

"참, 베트남에 있는 여동생은 몇 살이나 되었나요?"

나는 지나가는 말투처럼 베트남에서부터 줄곧 궁금해 하던 것을 물었다.

"33살입니다."

33살이라는 말을 듣는 순간 내 머리는 뿌연 안개로 가득 차올랐다. 라이따이안 같다던 김 사장의 말이 내 귀에서 윙윙거렸다. 33살이라면 내가 베트남에서 귀국한 이듬해에 태어났다는 뜻이 아닌가. 혹시 바로 재혼이라도 했단 말인가.

"그 때 어머님이 혼자 사셨던 걸로 기억되는데 재혼을 하셨던가요?"

"아니오. 쭉 혼자 사셨습니다."

부천에 다녀온 며칠 후 아침에 신문을 읽는데 기사 하나가 내 관심을 끌었다. 어떤 사람이 베트남전 참전수기인 '에이전트 오렌지'라는 책을 펴냈다는 기사였다. '에이전트 오렌지'가 고엽제를 지칭한다는 것은 나도 이미 알고 있는 사실이다. 기사는 신문기자가 그와 인터뷰한 내용을 요약한 것이었다. 그는 책으로도 고엽제 후유증의 고통을 다 표현해낼 수 없었던 듯, 떨리는 목소리로 그동안의 아픈 기억들을 토로했다고 쓰고 있었다.

"자식은 가슴에 묻는다는데, 아들 셋을 연거푸 잃고 나니 더 이상 삶을 지탱할 힘이 없어지더군요. 고엽제의 무시무시한 파괴력 앞에 우리 부부의 삶은 잎사귀 하나 남지 않은 채 앙상하게 고사(枯死)해 버렸습니다."

대학을 다니다 휴학하고 1969년에 입대한 그는 1970년 10월 백마부대원으로 베트남에 파병되어 22개월간 정글을 누볐다고 했다. 베트남에서 돌아온 지 5년가량 지나면서 잇몸이 무너지고 이가 하나둘 빠지며 여드름 같은 게 온몸에 돋기 시작했다. 결혼해서 1978년 첫아들을 낳았는데 두개골이 없는 기형으로 하루 만에 죽었고, 1980년 둘째 아들을 가졌는데 역시 두개골이 없는 기형으로 엄마 배 속에서 죽은 채 나왔다. 마침내 1989년 다시 아들을 낳았는데 태어날 때는 정상이었으나 생후 29개월 때 세균성 뇌막염이란 병에 걸려 2개월 만에 숨을 거두고 말았다. 두통과 극심한 위산과다 등 온갖 병들이 찾아오더니 40대 초반엔 이가 모두 빠져 틀니를 해야 했다. 제대한 뒤 고교 영어교사가 됐으나 병마 때문에 젊은 나이에 교직을 그만둬야 했다. 그런 그가 베트남에 있을 때 매일 써두었던 메모를 토대로 책을 펴냈다는 내용이었다.

그가 백마부대로 참전했다는 1970년은 내가 맹호부대로 파월된 해이기도 하다. 그가 만약 투이호아 부근에 있는 백마부대에서 근무했다면 그곳은 우리대대가 있던 곳에서 멀지 않는 지역이다. 그는 사병으로 22개월을 베트남에서 보냈고 나는 장교로 13개월을 있다 왔다. 그는 틀림없이 정글지대에서 벌어지는 수많은 작전에 전투병으로 참가했을 것이다. 나는 내가 앓고 있는 허혈성심질환이나 뒤늦게 나타난 전립선암쯤은 그가 당해온 참담한 고통과 비극에 비하면 아무 것도 아니라는 생각이 들었다. 그런 생각은 전립선암 선고 이후 마음의 갈피를 못 잡고 있던 나를 담대하게 만들었고 위안을 주었다.

요즘 세상에 그가 펴냈다는 책이 얼마나 세인의 관심을 끌게 될지는 의문이다. 나는 그가 펴낸 '에이전트 오렌지'가 많이 팔리기를 바랐지만 그 책을 사서 읽을 마음은 별로 없었다. 그 책은 틀림없이 나에게 고통만을 줄 것이 뻔했기 때문이었다.

나는 차일피일 미루어 오던 전립선암 수술을 받기 위해 보훈병원을 다시 찾았다. 그곳은 늘 그렇듯이 늙고 병든 퇴역군인들로 여전히 붐비고 있었고 달라 진 것은 아무 것도 없었다.

나는 고엽제의 독성이 오랜 기간 내 몸속에 잠복해 있다가 전립선 속으로 침투했고 베트남에서 정글을 고사시켰듯이 내 몸 구석구석을 서서히 불모지로 만들고 있는지 모른다고 생각했다. 은밀히 매복해 있던 베트콩들이 양 상병과 권 상사를 저격했듯이 암세포는 나를 저격하려 들 것이다. 나는 무기력하게 암세포 따위에게는 절대로 무릎을 꿇을 수가 없다. 비장한 각오로 그놈과 사생결단을 벌려 반드시 이겨내야 한다고 굳게 결심했다.

나는 수술을 받고 몸이 어느 정도 회복되면 베트남을 다시 찾을 작정이다. 투이호아에서 만났던 구엔 반 랑의 딸이 내 딸이든 아니든 나는 다시 한 번 찾아봐야 한다고 생각하고 있다.

문학과의식 소설동인집

신소설

발행일   2021년 3월 31일

지은이   문학과의식 소설동인
펴낸이   안혜숙

펴낸곳   문학의식사
등록   1992년 8월 8일
등록번호 785-03-01116
주소   우 23028 인천시 강화군 강화읍 시미리로 313번길 34 삼원 아트빌 402호
            우 04555 서울 중구 수표로6길 25(충무로3가 25-12) 501호(서울 사무소)
전화   02. 582. 3696 / 032. 933. 3696
이메일   hwaseo582@hanmail. net

값 15,000 원
ISBN 979-11-90121-22-4